Susan Hastings

SCHUSTERJUNGE KARL

Leben zur Zeit der

Völkerschlacht 1813

ROMAN

Plöttner Verlag

Bibliografische Informationen der Deutschen Nationalbibliothek:
Die Deutsche Bibliothek verzeichnet diese Publikation in der Deutschen Nationalbibliografie; detaillierte bibliografische Daten sind im Internet über www.d-nb.de abrufbar.

1. Auflage (II.)
ISBN 978-3-95537-000-8
Umschlaggestaltung: Jonas Plöttner
Foto: photocase.com
Satz & Layout: Jonas Plöttner
Gesetzt in der Times New Roman
Druck: Winterwork, Borsdorf

www.ploettner-verlag.de

Vorwort

Im Oktober 2013 jährt sich zum zweihundertsten Mal die große Völkerschlacht bei Leipzig. Napoleon mit seiner großen Armee wurde von den verbündeten Streitkräften der Russen, Österreicher, Preußen und Westfalen vernichtend geschlagen. Mittendrin wurde die sächsische Armee zwischen den Fronten aufgerieben. Der sächsische König hielt bis zur Katastrophe zu Napoleon. Erst während der dreitägigen Schlacht wechselten die Sachsen die Fronten, was dem König nachträglich die Gefangenschaft einbrachte.

Viel wurde und wird über die Feldherren dieser Schlacht geschrieben, ihre Heldentaten gepriesen, ihnen Denkmäler erbaut. Kaum jemand aber weiß um die Schicksale der unzähligen Namenlosen, die unter dem Großmachtstreben wahnwitziger Tyrannen leiden mussten, die sowohl von Siegern wie Besiegten geplündert, geschändet, verletzt oder getötet wurden.

Es gibt viele Augenzeugenberichte aus der damaligen Zeit, die von dem unsäglichen Leid der Zivilbevölkerung erzählen, Briefe der Soldaten, die als Kanonenfutter ins Feld geschickt wurden.

Dieses Buch ist all denen gewidmet, die in den Wirren der Besatzung und der Kriege ihr Hab und Gut, ihre Gesundheit und Unversehrtheit, ihre Würde und das Leben verloren haben.

Susan Hastings

September 2012

Oskar Hempel

Die Leipziger Fleischergasse wimmelte von Menschen, Karren und Getier. Gesäumt von unansehnlichen Fachwerkhäusern, teils mit vorspringendem Oberstockwerk, verlief die Gasse abschüssig und krumm zum Ranstädter Tor hinab. Unzählige Geräusche mischten sich mit dem strengen Geruch nach Unrat, Küchendunst, Abwasser und Rauch. Das Schnattern aufgeregter Gänse übertönte bisweilen das Rumpeln der Fuhrwerke, die Ochsentreiber und Mietkutscher schrien sich den Weg frei und vor dem »Roten Krebs« versuchte der Wirt unter wüstem Schimpfen die Hinterlassenschaft eines Ochsengespanns zu beseitigen. Zudem war die krumme Gasse viel zu schmal für die breiten Karren.

Mitten durch dieses Gewirr bahnten sich zwei recht unterschiedlich aussehende Männer ihren Weg. Der eine war jung, lang aufgeschossen, etwas ungelenk. Er trug eine zu kurze Hose, die seine dünnen Waden preisgaben, eine geflickte Weste über dem groben Hemd und eine Mütze von unbestimmter Form. Seine Füße steckten in hölzernen Pantoffeln, die über das Kopfsteinpflaster klapperten. Der andere war deutlich älter, sein Rücken gekrümmt und sein Gang steif. Auch er trug einfache Kleidung, allerdings reichten seine Hosen bis zu den Knöcheln, das Hemd von undefinierbarer Farbe wurde von einer Jacke aus grobem Stoff verdeckt. Auf dem Kopf trug er eine ähnliche Mütze wie sein jüngerer Begleiter. Es war Schuster Oskar Hempel mit seinem Lehrjungen Karl Fritzsche. Dank seiner langen dünnen Beine war Karl immer einen Schritt schneller als der von Alter und Arbeit gebeugte Schuster. Bis dieser mit seinen knotigen Fingern seinen Lehrling an der Schulter packte und unsanft zurückzog.

»Es gehört sich nicht, vor dem Meister zu laufen«, knurrte Oskar Hempel unwirsch und atmete dabei mühsam.
»Jawohl, Meister.« Karl bemühte sich nun um kleinere Schritte und musste dabei ständig entgegenkommenden Passanten ausweichen. Sie befanden sich auf dem Weg zum Fleischmarkt in der Nähe des Brühls, wo seit dem Mittelalter die Gerber ihr stinkendes Gewerbe hatten. Ein Stück weiter handelten die Juden mit Pelzen und Fellen. Karl hatte Schuster Hempel aus Versehen bereits wieder überholt, als es einen gewaltigen Knall gab. Zwei Karren hatten sich mit den Rädern ineinander verhakt. Der Ochsentreiber schlug wütend auf seine Tiere ein. Als von dem Karren schließlich das Rad absprang, gerieten die mächtigen Tiere in Panik. Einer der Ochsen stürmte mit aufgerissenen Augen vorwärts, wobei er das zerrissene Zugseil hinter sich herschleifte. Verzweifelt fuchtelte der Ochsentreiber mit den Armen. »Haltet ihn, haltet ihn auf«, schrie er. Doch die Rufe des Mannes gingen im panischen Geschrei der Passanten unter. Karren kippten um, Waren fielen auf das Pflaster, Menschen wurden überrannt. Eine Frau kreischte hysterisch mit hoch erhobenen Armen. Der Bulle stürmte direkt auf Oskar Hempel zu. Im Bruchteil eines Herzschlags warf sich Karl zur Seite, packte seinen Meister und riss ihn mit sich zu Boden. Karl spürte das heiße, stoßweise Atmen des Tieres, sah noch das Weiße in den in Panik aufgerissenen Augen, verspürte das Vibrieren des Bodens unter den stampfenden Hufen. Im nächsten Augenblick stürmte der Bulle über sie hinweg.
Karl wagte nicht, den Kopf zu heben. Wenn seinem Meister etwas passiert wäre – nicht auszudenken! Etwas bewegte sich unter ihm.
»Meister, Meister, ist alles in Ordnung?«
Ächzend setzte sich Oskar Hempel auf. Der Bulle indessen blieb direkt vor dem Büro zur Empfangnahme von Requisitionen stehen. Menschen, die kurz zuvor noch Soldatenröcke, Tuche, Schuhe

und Stiefel, sogar Wein und vor allem Geld an die französischen Besatzer dort abgeben mussten, stoben wie nach einer Explosion auseinander.

Beherzte Männer fingen das verwirrte Tier ein und hielten es am Rest des Strickes fest.

»Haste das gesehen?« Hempel blickte ungläubig um sich. »So ein blöder Ochse!«

»Vielleicht war der gar nicht so blöd«, erwiderte Karl und rappelte sich auf. »Ich würde mich auch nicht gern schlagen lassen.« Der Meister hätte ruhig etwas dankbarer sein können, hatte Karl ihm doch gerade das Leben gerettet.

Umständlich erhob sich Hempel und klopfte seine ohnehin speckige Hose ab. Sie hatte einen Riss am Hosenbein abbekommen. »Da kommt die Schürze drüber, das sieht man nicht«, meinte er und blickte dann seinen Lehrjungen scharf an. »Kein Wort zu meiner Alten, verstanden? Die hat immer Angst, ich würde vor ihr sterben… Ich sollte sie zum Fleischmarkt schicken.« Unbeeindruckt ging er weiter. Karl blieb nichts anderes übrig, als ihm zu folgen. Dabei schlug ihm noch das Herz bis zum Hals.

Der Fleischmarkt kündigte sich schon durch seinen üblen Geruch an. In der Nähe des Ranstädter Tors gelegen, trug die vorüberfließende Pleiße den Geruch weit in die Vorstadt hinein. Schuster Hempel zwängte sich durch die eng stehende Menschenmenge, die sich um einen Ausrufer scharte. Er beugte sich zu dem Stapel einfach gegerbter Häute herunter, der zu Füßen des Marktschreiers lag. Intensiv befühlte er die Ware, zog, zerrte, roch daran und warf sie wieder hin.

»Schlechtes Zeug«, brummelte er.

Der Verkäufer stutzte. »Was meckerst du, Hempel? Die kannst du dir doch gar nicht leisten. Verschwinde, alter Flickschuster. Du vergraulst mir nur die Kunden.«

Mit einer wegwerfenden Handbewegung zeigte der Schuster seine Verachtung und ging weiter. »Hier, das nehmen wir«, sagte er und zeigte auf einige geschnittene Häute, die auf einer Stange hingen.
»Aber Meister, die sind doch noch schlechter als…«
»Halts Maul«, knurrte der Alte und kramte in seiner Tasche nach einigen Münzen. Karl zog den Kopf ein. Auch wenn er einen ganzen Kopf größer war als sein Meister, hatte er ihm nicht zu widersprechen, was ihm oftmals nicht ganz leicht fiel. Er lud sich die zusammengerollten Häute auf die Schulter und folgte Oskar Hempel zurück bis zum Markt. Diesmal mieden sie die Fleischergasse, gingen stattdessen durch die Katharinenstraße, wo sich die Häuser der Pelzhändler und jüdischen Kaufleute aneinanderreihten. Am Markt bemerkten sie einen Menschenauflauf, der sich vor dem Rathaus drängte. Oskar Hempel zögerte, überlegte, ob er schauen sollte, was der Grund für diese Menschenmenge war.
»Bleib mal kurz hier«, wies er Karl an, doch dann winkte er ihm zu folgen. Ihr aufdringlicher Ledergeruch verschaffte ihnen Platz in der Menge.
»Hempel, musst du unsere Nasen beleidigen?«, fuhr ihn einer an.
Oskar Hempel grinste nur. »Was gibt es denn?«, wollte er wissen.
»Wieder ein Aushang. Die wollen noch mehr Geld aus uns herauspressen«, knurrte ein anderer. »Jetzt soll ein General schon fünf Taler Verpflegungsgeld erhalten, für einen Stabsoffizier wollen sie vier Taler und sogar für jeden Gefangenen vier Groschen. Wer soll denn das bezahlen? Wir haben doch selbst kaum noch etwas.«
»Du solltest den Mund nicht so aufreißen«, tadelte ihn sein Nachbar. »Hier drücken sich genug Spitzel herum, die einen an die Geheimpolizei verraten. Die französische Spinne lauert überall.«
»Sind es nicht die königlichen Kommissare, die uns auf die Finger schlagen, nur weil wir noch ein paar englische Waren am Lager haben?«

»Franzosen, Sachsen, ist doch alles gleich. Unser König macht, was der Franzose ihm befiehlt. Was für ein König!«

»Komm, wir gehen heim«, drängte Oskar Hempel und schob Karl mit seiner Last rückwärts durch die drängenden Menschen. »Die reden sich hier um Kopf und Kragen. Ich will meinen noch behalten.«

»Ihr habt doch nichts zu befürchten, Meister«, grinste Karl. »Dieses Leder stammt von uraltem sächsischem Vieh.«

Sie bogen in das Salzgässchen ein, querten die Reichsstraße und erreichten die enge Schuhmachergasse, wo sich mittendrin ein windschiefes Haus befand. Das Haus war gerade so breit wie die Eingangstür und besaß ein mit undurchsichtigem gelbem Glas gefertigtes Fenster. Dahinter befand sich die Werkstatt. Es war eng. An der Wand standen Regale, in denen sich Leisten an Leisten reihte, auch einige lederne Schuhe, höchst einfach genäht und dementsprechend billig. In einer Kiste türmten sich Holzpantoffeln, die weitaus mehr gekauft wurden als lederne Schuhe. Die geschnitzte Sohle benagelte Hempel mit einer ledernen Kappe. Aber meist hielt er sich und seine Frau mit der Reparatur von Schuhen, Stiefeln und Pantoffeln über Wasser. Die Zeiten waren schlecht. Er hätte auch gern für die Franzosen gearbeitet, die seit einigen Jahren Leipzig besetzt hielten, aber die hatten sich andere Schuster in der Gasse gesucht, um ihre Stiefel reparieren zu lassen. Hempel war eben nur ein armer Flickschuster.

Karl hing die erworbenen Häute auf Stangen, die quer durch die winzige Werkstatt gingen. Dadurch wurde es noch enger. Auch der Geruch wurde unangenehmer und mischte sich mit den Kohldünsten, die aus der dahinter liegenden Küche zu ihnen drangen. Nur ein zerschlissener Vorhang trennte diese von der Werkstatt.

»Da seid ihr ja endlich! Wie lange soll ich noch mit dem Essen warten?« Helene Hempel besaß eine unangenehme Stimme, konnte aber noch aus den ärmlichsten Resten eine Mahlzeit zaubern. Karl zog seine Mütze vom Kopf und stopfte sie in seine Hosentasche. Umständlich verstaute er seine langen Beine unter dem Küchentisch.

»Komme schon«, gab Schuster Hempel zurück. An das Gekeife seiner Frau hatte er sich gewöhnt, das brachte ihn nicht aus der Ruhe. Nur dass sein Lehrjunge schon vor ihm am Tisch saß, behagte ihm nicht. »Beim Essen bist du immer der Erste«, stellte er missmutig fest, während er seinen Stuhl zurechtrückte. Helene Hempel teilte mit einer großen Kelle den Kohleintopf aus. Sie hatte ihn mit Mehl gebunden, sogar ein paar Kartoffelstückchen fand Karl dazwischen. Speck gab es nur am Sonntag, wenn überhaupt.

»Schon wieder Kohl, da hebt sich wieder die Bettdecke.« Oskar Hempel rührte mit dem Löffel in seiner Schüssel und pustete. Wenigstens heiß war die Suppe.

»Wenn du mehr verdienen würdest, könnte ich auch etwas anderes auf den Tisch bringen.« Helene Hempel warf die Kelle in den Topf, dass es spritzte.

»Wie denn, wenn uns der Stadtrat wieder alles aus der Tasche zieht. Am Rathaus hängt die nächste Liste mit den Verpflegungssätzen für durchziehende Truppen. Ich sage dir, ich würde lieber zu den Soldaten gehen, die verdienen ihr Geld leichter als wir. Die nehmen's einfach von den Bürgern.«

Karls Schüssel war noch leer. Jetzt gab es wieder den obligatorischen Streit zwischen den beiden und ihm knurrte der Magen. Vorsichtig hob er die Hand und griff nach der Kelle.

»Ja, und du frisst uns die Haare vom Kopf«, richtete sich Helenes Zorn nun gegen Karl. »Bei so einem langen Kerl wie dir rutscht alles nur so durch. Ich war gleich dagegen, ihn als Lehrjungen zu nehmen.«

Karl schwieg vergnatzt. Helene Hempel hatte keinen Grund zu klagen. Schließlich bezahlte Karls Mutter für ihn Lehrgeld, obwohl er als Halbwaise keines zahlen müsste. Aber Flickschuster Hempel war kein Mitglied der Zunft, die in solchen Fällen für diese Lehrjungen einspringen würde. Er war nicht einmal Meister und hätte gar keinen Lehrling ausbilden dürfen. Es war also eine Gnade, dass Karl bei Hempels aufgenommen worden war. Zwar behauptete die Nachbarin Elsa Kübler, Hempels hätten es nur auf das Lehrgeld abgesehen, aber Karl war dankbar, dass er bei Oskar Hempel das Handwerk eines Flickschusters erlernen durfte. Man wusste ja nie, wie man es später gebrauchen konnte. Schuhe gingen immer kaputt.

»Ein paar Knochen vom Ochsenschwanz wären nicht verkehrt. Ich gebe dir doch genug Haushaltsgeld. Dafür wird's wohl reichen«, bemerkte Oskar mit vollem Mund.

»O ja, solche wie von dem verrückten Ochsen, der vorhin auf die Gasse ge...« Ein heftiger Tritt gegen sein Schienbein ließ Karl den Rest des Satzes verschlucken.

»Was war denn los?« Helene horchte auf. »Ist etwas geschehen?«

»Nichts«, knurrte der Schuster. »Halts Maul und iss jetzt.«

Helene schwieg nun auch und Karl konnte sich seine Schüssel füllen. Schweigend löffelten sie den Kohleintopf. Jeder bekam noch ein kleines Stück trockenes Brot dazu.

Zwischen Karls Füßen pickten die drei Hühner, die zur Wirtschaft von Frau Helene gehörten. Nachts sperrte sie sie in den kleinen Küchenschrank ein, dessen Tür durch ein Gitter ersetzt worden war. Tagsüber aber durften sie in der Küche und im Hof herumlaufen und sich ihr Futter suchen. Nicht selten flatterten sie über den Holzstapel am Zaun zum Nachbarn Kübler hinüber. Dann gab es ein großes Geschrei, denn Elsa Kübler bewachte ihren kleinen Gemüsegarten mit Argusaugen. Jedes Mal verlangte sie

von Helene Hempel eine Entschädigung und jedes Mal drohte im Gegenzug Helene Hempel mit einem Knüppel oder dem Kochlöffel. In jedem Fall musste Karl am Ende immer über den Holzstapel klettern und die abtrünnigen Hühner zurückholen. Dabei fürchtete er Küblers Hund, einen bissigen, giftigen und stets kläffenden Spitz mit geflecktem Fell und geringeltem Schwanz. Einmal wollte Arthur Kübler die Hühner nicht herausgeben und behauptete, es seien seine. Doch damit kam er weder gegen seine Frau noch gegen Helene an. Keiner besaß so magere Hühner wie Helene Hempel, und Elsa Kübler beschwor ihren Mann, nicht wegen dieser drei Galgenvögel vor dem Richter zu landen. Lieber wollte sie einige Kupfergroschen für die zerhackten Steckrüben einklagen. Es war doch ein Unterschied, auf welcher Seite man vor dem Gesetz stand.
Unwillig schob Karl die pickenden Hühner beiseite. Von ihm würde kein Krümel auf den Boden fallen, mochten die Viecher noch so an seinem Hosenbein herumhacken. Zum Dank platzierte eines der Hühner ihm einen weißlichen Klecks auf seinem Holzpantoffel.

Anna Fritzsche

»Du willst dich doch nur um die Morgenmesse drücken.« Helene Hempel stemmte die Fäuste in die Hüften und blickte Karl strafend an.
»Nein, nein, Frau Meisterin. Wenn ich mich beeile, kann ich noch meine Mutter zum Kirchgang begleiten.«
Der Blick der Frau wurde noch strenger. »Lügst du auch nicht? Es ist noch jede Menge zu tun!«
»Nun lass doch den Jungen in Ruhe«, mischte sich ihr Mann ein. »Es ist doch ehrsam, wenn er sich um seine Mutter kümmert. Außerdem ist alles getan, was getan werden muss.« Er zwinkerte Karl zu. »Iss dein Frühstück und verschwinde dann. Morgen bist du wieder da, verstanden?«
»Verstanden, Meister. Und – danke!«
Karl tunkte das Brot in die saure Milch und stopfte es sich in die Backen. Kauend nahm er seine Joppe vom Haken, setzte den Hut auf und griff zum Beutel.
»Warte, Junge!« Der Schuster hielt ihn am Ärmel fest und schob ihm ein kleines Päckchen unter den Arm. »Für deine Mutter, sie wird es sicher gebrauchen können. Zur Vorsicht solltest du es dir umlegen, wegen der Wache.« Er blinzelte wieder verschmitzt und verzog sein faltiges Gesicht. »Und sag nichts davon meiner Alten.«
Karl ertastete ein Kaninchenfell, nicht sehr dick, mit einigen Löchern im Leder, aber zwei angenähten Bändern. Man konnte es gut als Nierenwärmer benutzen.
»Die Mutter wird es Euch danken, Meister!«
Er schob das Fell unter sein Hemd und zurrte es am Bauch fest. Dann schloss er die Weste und zog die Joppe über. So gerüstet

ging er mit weit ausholenden Schritten durch die Reichsstraße zum Halleschen Tor hinter dem Brühl.
Die französischen Wachsoldaten waren bestens gelaunt, wahrscheinlich weil es neben der etwas üppigeren Sonntagsration auch noch einen Feiertagszuschlag an Branntwein und Fleisch gab. Sie winkten Karl einfach durch. Doch ankommende Reisende und Fuhrleute wurden akribisch kontrolliert. Konnte es doch sein, dass für die Osterfeiertage verbotene Waren in die Stadt gebracht wurden. Die Handelsleute, die zur Ostermesse nach Leipzig kamen, hatten diese Kontrollwut schon schmerzlich erfahren müssen. Seit Leipzig unter der französischen Besatzung stand, wurde der Handel drastisch erschwert. Viele Händler kamen gar nicht mehr zur Messe.
Hinter dem Halleschen Tor schloss sich die nördliche Vorstadt entlang der Gerbergasse an. Dazwischen lag ein ansehnlicher freier Rasenplatz, der von der Chaussee in zwei Teile getrennt wurde, umgrenzt von Platanen und schlanken, säulenförmigen Pappeln.
In der Gerbergasse reihten sich zu beiden Seiten die Wohnhäuser der Lohgerber, meist enge Fachwerkhäuser, aber es gab auch ansehnliche Bauten. Gleich im zweiten Haus zur linken Hand befand sich der Gasthof »Zum Palmbaum«, nur zwei Häuser weiter der Gasthof »Zur goldenen Sonne«, gegenüber der Gasthof »Zum schwarzen Kreuze« und auf halber Strecke westseitig »Zum schwarzen Rosse«. Gern hätte Karl hier ein kühles Bier getrunken, um seinen bevorstehenden Fußmarsch erträglicher zu machen, allein ihm fehlte das Geld dafür. Er war schon froh, dass seine Mutter das Lehrgeld für ihn aufbringen konnte.
An der steinernen Brücke, die über die Parthe führte, befand sich das Äußere Hallische Tor. Noch einmal musste Karl eine Kontrolle passieren. Zwei sächsische Soldaten gehörten dort zur Wachmannschaft, von denen Karl zum Glück einen ganz gut kannte.

»Frohe Ostern, Gottfried«, grüßte Karl.
»Frohe Ostern, Karl«, grüßte Gottfried zurück. »Gehst du deine Mutter besuchen?«
»Ja, es wird Zeit. Habe sie zu Weihnachten das letzte Mal gesehen. Es gibt so viel zu tun.«
»Na dann guten Weg, Schusterjunge!«
Karl winkte grüßend und schon befand er sich außerhalb der Stadt. Er atmete tief durch. Er fühlte sich plötzlich frei und guter Dinge. Das Frühstück in seinem Bauch gab ihm Kraft. Es war eine gute halbe Postmeile bis zum Dorf, immer die Hallesche Straße entlang, die stark ausgefahren, oft schlammig und manchmal kaum passierbar war. Doch sie war eine wichtige Verbindung für Händler und Reisende in Richtung Norden und Nordwesten oder von dort in die quirlige Handelsstadt. Nur heute, am Sonntag, wurde sie von leichten Reisekutschen und Spaziergängern bevölkert. Karl kam gut vorwärts.
Er ließ Leipzig hinter sich, links das Vorwerk Pfaffendorf, rechts die Scharfrichterei. Er richtete seinen Blick nach vorn und summte ein Liedchen vor sich hin. Einige Reiter überholten ihn, Soldaten, die zum täglichen Anblick in und um Leipzig gehörten, und fein gekleidete Herren in grauen Reitröcken und blank geputzten Stiefeln.
Die Straße war die beste Verbindung in das kleine Dörfchen Möckern, das eine gute Stunde nordwestlich der Stadt lag und wo seine Mutter in einer kleinen Hütte wohnte. Vorbei an der Ortschaft Gohlis westlich zur Aue hin gewahrte er schließlich den Kirschberg mit seinen sonnigen Obstgärten. Dahinter lag es: das Dorf Möckern.
Es war sein Heimatdorf. Karl hatte große Hoffnungen gehegt, dass es ihm als Lehrjunge in der Stadt besser gehen würde. Möckern bestand nur aus gut zwanzig Gehöften jenseits der Halleschen Stra-

ße auf dem Hang zur Aue. Zudem gab es einen Gasthof, ein Gefängnis, eine Landwirtschaftliche Anstalt, ein Spritzenhaus, eine Schule, die Karl vier Jahre besucht hatte, und sogar eine ansehnliche Holländermühle. Am Ende der Dorfgasse befand sich das Rittergut, trutzig von einer hohen Mauer umschlossen. Als Kind hatte Karl hier viel gespielt. Noch lieber aber tummelte er sich am Kirschberg. In den dortigen Obstgärten hatte er mehr als einmal köstliche Kirschen stibitzen können – man durfte sich nur nicht erwischen lassen.

Schon von Weitem sah Karl seine Mutter vom Kirchgang aus Wahren kommen. Auch sie hatte die bequemere Straße den schmalen Pfaden durch die Aue vorgezogen. Zum ersten Mal bemerkte er, wie klein sie war, wie schleppend ihr Schritt und wie krumm ihr Rücken. Seit einigen Jahren war sie verwitwet, musste alle Arbeit allein erledigen. Karl hätte ihr eine Hilfe sein können, aber zwei Personen ernährten die winzigen Felder nicht. In der Hoffnung, die Mutter mit etwas Geld unterstützen zu können, war er vor einiger Zeit in die Stadt gegangen. Seine Hoffnung hatte sich jedoch nicht erfüllt. Schuster Hempel war nicht reicher als Mutter Fritzsche, im Gegenteil! Fand sich auf dem Feld oder im Garten von Mutter Fritzsche immer noch etwas zu essen, herrschte bei Hempels meist Trostlosigkeit in der Küche.

So musste die Mutter das kleine Feld, das der Vater bearbeitet hatte, abgeben und ihr Leben als Häuslerin fristen. Die Fronarbeit auf dem Gut war schwer. Doch es gab niemanden, der sie davon hätte erlösen können. Manchmal überlegte Karl, ob er nicht hätte daheim bleiben sollen, um die Felder zu beackern. Vielleicht hätte es doch für beide gereicht. Aber damals, als Vater starb, war er erst zehn Jahre alt gewesen.

Karl winkte mit beiden Armen, um auf sich aufmerksam zu machen. Es dauerte eine Weile, bis die Mutter ihn bemerkte. Ihr Gesicht hellte sich sofort auf und ihr Schritt beschleunigte sich. Sie trug ihr bestes, allerdings recht abgetragenes Kleid, eine Haube auf dem Kopf und ein wollenes Tuch über den Schultern gegen die noch etwas kühle Frühlingsluft.

»Habe ich es doch gewusst, dass du mich heute besuchen kommst, mein Junge.« Anna Fritzsche umarmte Karl, der dazu etwas in die Hocke gehen musste.

»Es ist Ostern«, gab Karl etwas verlegen zurück. Gern hätte er seine Mutter öfters besucht, allein der weite Weg und die besonderen Umstände in Leipzig machten es ihm nicht möglich. »Der Meister lässt dir Grüße übermitteln.«

»Das ist sehr freundlich von deinem Meister«, erwiderte Anna Fritzsche. Sie bogen gemeinsam am Spritzenhaus von der Halleschen Straße in die abschüssige Dorfstraße ab. Am Gefängnisturm teilte sich der Weg in zwei Gassen. Linker Hand hinter dem runden Gefängnisturm mit dem Spitzhaubendach lag das kleine Grundstück der Fritzsches, eingezwängt zwischen zwei ebenso langen und schmalen Bauerngehöften, die sich zur Elsteraue hin erstreckten. Fritzsches Haus war nur eine windschiefe Hütte mit einem hölzernen Gartentor davor.

Anna Fritzsche kramte aus ihrem Beutel, den sie am Gürtel trug, einen Schlüssel hervor und öffnete die Haustür. Ein säuerlicher Geruch aus Essen, Misthaufen und feuchten Wänden schlug ihnen entgegen. Vorher war Karl das nie aufgefallen.

»Weil ich weiß, dass meine Kinder mich heute besuchen werden, habe ich natürlich ein Festessen gekocht«, sagte sie, nachdem sie das Schultertuch abgelegt hatte.

»Wieso? Kommt Karoline auch?«

»Aber natürlich«, freute sich Anna Fritzsche. Karls Freude hielt sich dagegen in Grenzen. Nicht, dass er seine Schwester nicht mochte. Der Grund war Karolines Mann.

»Sie müssten auch gleich da sein. Komm, wir müssen uns sputen, das Essen anzurichten.« Sie hantierte am Ofen, um ihn anzuheizen.
»Bratfischs kommen tatsächlich? Muss der Herr Pfarrer nicht seine Sonntagspredigt halten?«
Karls Schwester Karoline hatte vor zwei Jahren Pfarrer Gottlieb Bratfisch aus Lindenthal geheiratet und lebte seitdem im dortigen Pfarrhaus. Im Grunde hatte Karl nichts gegen Pfarrer, wenn der Schwager nicht so ein griesgrämiger, besserwisserischer und geiziger Mann gewesen wäre. Er hatte nie verstanden, was Karoline an ihm fand. Mutter Fritzsche war indes zufrieden, weil sie ihre Tochter in wohlgeordneten und gesicherten Verhältnissen wusste. Immerhin erhielt Gottlieb Bratfisch zu seinen zweihundert Gulden Jahresgehalt noch achtzig Pester Metzen Frucht, sechs Klafter Holz sowie eine Session Feld.
Das Holz knackte im Ofen und Anna Fritzsche schob die Töpfe geschäftig hin und her. Dann breitete sie ein Leinentischtuch auf dem Küchentisch aus, um die tiefen Scharten im Holz zu verdecken. Aus dem Schrank nahm sie das braune Steingutgeschirr, das nur zu Sonn- und Feiertagen benutzt wurde, und deckte den Tisch ein. Nach Karls Meinung war das Frauenarbeit, trotzdem wollte er ihr behilflich sein. Er nahm den Eimer, um am Brunnen Wasser zu holen. Im Garten blickte er sich um. Die Mutter hatte bereits angefangen, die Beete zu bestellen. Auf einem stand noch etwas Grünkohl vom Winter, dazwischen suchten sich die Hühner ihr Futter. Sie würden wohl den Rest vom Kohl vertilgen. In einem Gatter schnatterten junge Gänse. Die beiden Ziegen und die Kuh befanden sich wahrscheinlich schon auf der gemeindeeigenen Hütung. Die Seilrolle am Brunnen quietschte, als Karl den Schöpfeimer hochzog. Wie rückschrittlich hier alles noch war. In der Stadt besaßen sie eine Schwengelpumpe. Bessere Häuser waren sogar an die städtische Wasserleitung angeschlossen.

Karl brachte das Wasser in die Küche. »Was gibt es denn Feines?«, wollte er wissen.
Anna Fritzsche hob einen Topfdeckel an. »Hühnchen in Petersiliensoße mit Mehlklößen und Steckrübengemüse.«
Karl nickte stumm. Zumindest roch es besser als Helene Hempels Kohlsuppe. Dass die Mutter ein Huhn geschlachtet hatte, war ein wirklich großes Opfer. Immerhin lieferten die Hühner übers Jahr Eier und mussten auch die nächste Generation aufziehen. Wahrscheinlich hatte ein ausgedientes Legehuhn daran glauben müssen, das mindestens zwei Stunden gekocht werden musste, um das Fleisch beißen zu können.
»Ich hole mal noch Holz«, sagte er und nahm den löcherigen Weidenkorb. Am Hausgiebel befand sich der Holzstapel, säuberlich aufgeschichtete Scheite, die Karl im vergangenen Winter für die Mutter gehackt hatte. Der Stapel war stark geschrumpft.
»Mein Brüderchen ist ja auch schon da«, vernahm er die Stimme seiner Schwester. Er drehte sich um. Karoline winkte ihm lachend zu, während sie den anderen Arm bei ihrem Mann untergehakt hatte. Sie trug ein schlichtes Kleid, das sie mit einer bunten Falbel etwas aufgelockert hatte. Pfarrer Bratfisch stapfte im abgewetzten Gehrock und steifem Kragen neben ihr her. Mit seinem Spazierstock stach er Löcher in den trockenen Lehm der Dorfstraße.
»Ist er nicht immer der Erste, wenn es etwas zu essen gibt?«, spöttelte er statt eines Grußes.
»Sei nicht so streng zu ihm«, erwiderte Karoline. »Er ist ein guter Junge.«
Verbissen stapelte Karl die Holzscheite in den Korb und trug ihn in die Küche, während Karoline und ihr Mann das Haus durch die Vordertür betraten.
»Guten Tag, Herr Pfarrer«, murmelte Karl kaum hörbar, dafür schenkte er Karoline ein kleines Lächeln. »Guten Tag, Schwes-

terchen. Wie ich sehe, habt ihr auch den Weg nach Möckern gefunden.«
»Warum nicht? Gottlieb hat sich extra mit der Predigt beeilt.«
»Das ist gut so«, stellte Anna Fritzsche fest, nachdem sie Tochter und Schwiegersohn begrüßt hatte. »Das Essen ist gleich fertig.«
»Ich helfe dir, Mutter«, bot sich Karoline an, doch Anna lehnte empört ab.
»Ihr seid meine Gäste, da werdet ihr doch nicht arbeiten.«
»Recht so, schließlich ist es der Tag des Herrn, da wird nicht gearbeitet«, warf Gottlieb Bratfisch ein und blickte missbilligend zu Karl, der die Holzscheite neben den Ofen stapelte. Er setzte sich an den gedeckten Tisch und reckte genüsslich die Beine. »Wie gut doch so ein Spaziergang tut, und wie er Appetit macht.«
Mutter Anna stellte die Schüssel mit den dampfenden Klößen auf den Tisch. Gottlieb Bratfisch schob schnuppernd seine Nase darüber. »Das Mehl wird auch von Jahr zu Jahr schlechter«, stellte er fest, hieb aber dann seine Gabel in einen Kloß und legte ihn sich auf den Teller. Karoline nahm die Schüssel mit dem Steckrübengemüse, während Anna Fritzsche das gekochte und anschließend geschmorte Hühnchen auf die Bratenplatte legte. Es war wirklich ein Festessen.
Karl wischte sich die Hände an den Hosenbeinen ab und setzte sich als Letzter an den Tisch. Das Wasser lief ihm im Munde zusammen, während sein Magen vernehmlich knurrte. Mutter Anna zerteilte das Hühnchen.
»Wollen wir nicht erst ein Tischgebet sprechen, bevor wir beginnen zu essen?«, fragte Karoline.
»Das kann Karl machen«, bestimmte Gottlieb Bratfisch und fixierte Karl durch seinen Kneifer auf der Nase. »Ich wette, du hast dich heute um den Kirchgang gedrückt.«
»Nein«, log Karl. »In Leipzig gibt es dafür ja die Morgenmesse.«

»Dann wirst du ja noch ein ordentliches Tischgebet zustande bringen.«
»Sind Sie dafür nicht besser geeignet, Herr Pfarrer?«
Gottlieb Bratfisch schnappte nach Luft. »Frech ist der Bengel auch noch. Dein Meister hat dir wohl zu wenige Backpfeifen gegeben? Komm du nur zum Militär, da wird dir die große Klappe noch vergehen. Hattest du nicht mal geschworen, ein besserer Mensch zu werden und deine Untugenden abzulegen?«
In der Tat, das hatte Karl mal in einem schwachen Moment getan. Da hatte er sich von Pfarrer Bratfisch beeindrucken lassen, als er im Gestühl der Lindenthaler Kirche saß und blessiert nach einer Rauferei mit den Jungs aus Gohlis auf Drängen seiner Mutter Besserung gelobte. Der Pfarrer hatte ihn im Angesicht Gottes vor der Kanzel beim Wort genommen, was Karl am liebsten schnell wieder vergessen hätte. Denn ihm fiel nicht ein, wo er sich hätte bessern sollen. Anna Fritzsche hatte versichert, dass Karl ja ein braver, fleißiger und friedlicher Junge sei, der nur ab und zu seine überschüssige Kraft gegen die provokanten Burschen des Nachbardorfes richtete. Seit jener Beichte aber waren zwei Jahre vergangen, in denen Karl die Welt und vor allem Bratfischs Ansichten nicht mehr ganz so widerspruchslos hinnahm.
»Aber, aber… Heute ist Sonntag«, versuchte Anna die Gemüter zu beruhigen. »Ich werde das Tischgebet sprechen.« Sie faltete die Hände. »Komm, lieber Herr Jesus, sei unser Gast und segne, was du uns bescheret hast.«
Mit Annas letztem Wort bohrte Gottlieb Bratfisch seine Gabel in einen Hühnerschenkel und legte ihn sich auf den Teller. »Reich mir die Soße«, forderte er seine Frau auf, die nach der kleinen Kanne mit dem Petersiliensud griff.
Karl beobachtete ihn mit stillem Groll. Er widersprach nur selten, aber diesmal konnte er den Mund nicht halten. »Mutter hat dieses

Essen gemacht«, murmelte er. »Sie hat doch das Huhn gefüttert, sie hat die Rüben gesät und geerntet, sie hat das Mehl für die Klöße gekauft. Nicht der Herr Jesus.«
Eine bedrohliche Stille folgte Karls Worten.
»Sagte ich es nicht? Er lässt es am nötigen Respekt fehlen. Bist du vielleicht Anhänger dieser gotteslästerlichen Menschen, dieser Freidenker, die immer aufsässiger werden? In der Stadt treibt sich so viel Gesindel herum, das die Obrigkeit verspottet. Die Franzosen haben die gottgewollte Ordnung ganz durcheinander gebracht. Alle Menschen sind gleich – dass ich nicht lache! Die sind Revolutionäre.« Gottlieb Bratfischs Gesicht verfärbte sich zornesrot.
»Karl ist ein gottesfürchtiger Junge, trotz der Franzosen«, widersprach Karoline. »Außerdem sind die Franzosen doch ebenfalls Christen, oder?« Sie schaute fragend in die Runde.
»Kinder, es ist Sonntag«, beschwichtigte die Mutter. »Da müssen wir nicht über Politik sprechen. Außerdem kommt doch alles von Gott, nicht wahr? Jedes Lebewesen auf Erden. Übrigens habe ich ein ganzes Gelege junger Gänse vom Rittergut abkaufen können, sehr günstig. Weihnachten wird es also einen schönen Gänsebraten geben. Und nun greift zu.«
Der Pfarrer ließ sich nicht zweimal bitten und verschlang lautstark schmatzend das Hühnerfleisch. »An der Gans wird hoffentlich mehr dran sein als an diesem Huhn.« Er fuchtelte mit der Gabel in der Luft herum.
Anna Fritzsche legte Karl ein Flügelchen mit Brustfleisch auf den Teller. »Du bist so schmal geworden, Junge. Bekommst du bei deinem Meister nicht genug zu essen?«
Karl schob sich einen Löffel voll Rübengemüse in den Mund, um nicht antworten zu müssen. Vor seinem Schwager wollte er nicht eingestehen, wie kärglich es oft bei Hempels zuging. Sich selbst nahm die Mutter nur das magere Rückenstück.

Schweigend aßen sie. Karl musste zugeben, dass die Mutter wahre Wunder vollbracht hatte. Nach dem Kücheneinerlei bei Hempels war es ein wahrer Festschmaus. Karl verdrückte drei Mehlklöße und einen Nachschlag Steckrübengemüse mit viel Soße.
»Es ist noch ein Keulchen da«, stellte Karoline fest. Karl warf einen begehrlichen Blick darauf. Obwohl er liebend gern selbst die Keule noch gegessen hätte, so gönnte er sie aber auch seiner Mutter. Im gleichen Moment schoss Gottliebs Hand vor und spießte die Hühnerkeule auf. »Dann lasst es uns vernichten«, sagte er kauend und zersäbelte sie mit dem Messer in große Stücke. Karl warf dem Schwager einen vernichtenden Blick zu. Der bemerkte es nicht oder wollte es nicht bemerken. Selbstzufrieden verdrückte er auch die zweite Hühnerkeule, genehmigte sich noch einen Kloß und den Rest der Petersiliensoße. Erst als er den Teller bis auf das letzte Pfützchen gelehrt hatte, legte er das Besteck beiseite. »Preisen wir Gott für das gute Mahl«, sagte er und griente über Karls wütendes Gesicht. Er erhob sich und stakste steifbeinig die wenigen Schritte hinüber in das winzige Stübchen. Dort gab es ein kleines Kanapee mit verschlissenem Bezug, einen winzigen runden Tisch mit einer gehäkelten Tischdecke, auf dem ein Kerzenleuchter stand und die Bibel lag, sowie ein kleines Wandbord. Es waren Überbleibsel aus besseren Zeiten, als Karl Otto Fritzsche noch lebte. Die Mutter nahm eine Flasche und ein winziges Schnapsgläschen vom Wandbord, während Gottlieb Bratfisch sich auf dem Kanapee niederließ.
»Holunderlikör vom letzten Jahr«, sagte sie, während Karoline begann, den Tisch abzuräumen. »Nun lass doch, Mädel«, wehrte Anna ab. »Ihr seid meine Gäste. Den Abwasch kann ich selbst erledigen.« Sie band sich wieder ihre Schürze um. »Stellt euch vor, den Franz Schwabe haben sie beim Schmuggel erwischt. Nun sitzt er im Gefängnisturm. Dabei hat er daheim so viele Mäuler

zu stopfen. Was kann denn der einfache Bauer dafür, wenn sich der Herr General Napoleon nicht mit den Engländern versteht?«
»Was hat er denn geschmuggelt?«, wollte Karoline wissen.
»Zucker. Er wollte einfach seinen Kindern etwas Süßes gönnen.«
»Na ja, wenn's verboten ist...« Karoline zuckte mit den Schultern.
»Seit dieser General alles blockiert, geht es uns gar nicht mehr gut. Selbst das Zuckerwerk für Kinder stellt er unter Strafe. Ich weiß nicht, wohin das noch führen soll.« Anna Fritzsche schüttelte missbilligend den Kopf.
»Anscheinend will dein werter Herr General gar nicht, dass alle Menschen gleich sind«, ließ sich Pfarrer Bratfisch aus dem Stübchen vernehmen.
Karl verließ daraufhin wortlos die Küche und ging in den Garten. Sein werter General? Dieser Bratfisch hatte ja keine Ahnung. Karl atmete tief durch und ließ den Blick über die dicht bewaldete Aue schweifen. Vor dem Waldrand lagen die schmalen Felder der Dörfler, ein Flickenteppich, gewebt aus Erinnerungen. Früher hatte er das winzige Dorf gehasst, er fand es eng und ärmlich und wollte es so schnell wie möglich verlassen. Nun überlegte er, ob es ein Fehler war, die Mutter allein zu lassen. Der Boden war nicht so fruchtbar, dafür schwer und feucht. Immer wieder faulten die angebauten Kartoffeln und in manchen Jahren auch das Getreide. Allein der Garten trug reichlich Gemüse. Es gab nicht viel an Vieh in der kleinen Wirtschaft: nur zwei Ziegen und eine Kuh, die Milch lieferten und aus der Mutter Anna Käse bereitete. Zum Brotbacken musste sie Mehl kaufen. Die Preise dafür stiegen von Jahr zu Jahr.
»Ach, hier bist du.« Karoline kam in den Garten geschlendert.
»Wo sollte ich sonst sein?« Karl stopfte seine Hände in die Hosentaschen. Er verspürte das warme Hasenfell auf seinem Rücken. Er würde es der Mutter geben, wenn die Bratfischs wieder gegangen waren.

»Du hast es doch jetzt gut, wo du in der Stadt lebst«, seufzte Karoline. »Ich beneide dich darum. Auf dem Dorf ist ja alles so öde und langweilig, keine Läden, keine Menschen, keine Abwechslung.« Mit einer theatralischen Geste blickte sie zum Himmel.
»Bist du nicht glücklich als Frau Bratfisch?«, wollte Karl wissen.
»Wo denkst du hin«, rief sie betont laut. »Aber es wäre natürlich vorteilhaft, wenn Gottlieb eine Pfarrstelle in Leipzig bekäme. Leider hoffen wir bislang vergebens.«
»Glaubst du wirklich, in der Stadt ist es besser? Die Franzosen kontrollieren alles, suchen ständig nach verbotenen Waren. Und zu essen gibt es auch viel weniger.«
»Ist dein Meister so geizig? Schließlich bezahlt Mutter doch für dich das Lehrgeld.«
»Nicht geiziger als dein Mann«, gab Karl unwirsch zurück. »Aber er musste fünfzehn Paar Schuhe im Requisitionsbüro abgeben. Dabei besitzt er selbst nur ein altes Paar.«
»Du magst die Franzosen wohl nicht so sehr?«
Er wandte sich ab und zuckte mit den Schultern. »Ich finde ihre Revolution gut, der Gedanke, dass alle Menschen gleich sind. Freiheit, Brüderlichkeit, das klingt doch gut.«
»Also hat Gottlieb doch recht«, kicherte Karoline und klopfte ihm auf die Schulter. »Keine Angst, ich verrate dich nicht. Aber diese Ideen verstoßen gegen die göttliche Ordnung. Wie können denn alle Menschen gleich sein?«
Karl zuckte wieder mit den Schultern. »Wenn der große General Napoleon erst ganz Europa erobert hat, wird er diese Gesellschaft überall einführen. Dann gibt es auch nicht mehr so viel Hunger und Elend.«
»Du warst schon immer ein Idealist.« Karoline legte ihren Arm um Karls Schulter, während sie langsam zurück zur Küche schlenderten. Die Mutter hatte das Geschirr währenddessen

abgewaschen und im Schrank verstaut, die Leinentischdecke zusammengefaltet und die Töpfe auf das Wandbrett gestellt. Nur etwas Steckrübengemüse war übrig geblieben. Das ergab für Anna Fritzsche noch gut zwei Mahlzeiten.

»Wollt ihr auch ein Gläschen Holunderlikör kosten?« Auf Zehenspitzen schlich sie in die kleine Stube, wo Gottlieb auf dem Kanapee eingeschlafen war, und holte weitere Schnapsgläschen vom Wandbord.

Sie nahmen am nun kahlen Küchentisch Platz. »In diesem Jahr hat der Frühling schon zeitig begonnen«, begann sie zu plaudern, während sie die fingerhutgroßen Gläschen füllte. Die Freude über den Familienbesuch stand ihr noch immer ins Gesicht geschrieben. »Deshalb gab es schon die Gössel. Sie gedeihen gut. Gelbe Möhren habe ich auch schon ausgesät. Der Grünkohl ist nur noch was für die Hühner, es ist bereits zu warm. Wann konnten wir das letzte Mal Ostern ohne dicken Mantel zur Kirche gehen?«

»Dafür war der Winter sehr kalt. In unserem Garten sind sogar die Rosen erfroren.« Karoline leerte ihr Likörgläschen.

»Der Holzstapel ist recht klein geworden«, sagte Karl beiläufig. »Ich werde es dir wieder hacken, wenn du welches bekommst.«

»Ja, wenn«, erwiderte Anna Fritzsche gedehnt. »Auch wenn man den Wald vor der Nase hat, heißt das nicht, dass man sich davon bedienen darf.«

»Wir werden Holz für dich bekommen.« Karl sagte es so bestimmt, dass Karoline ihn erstaunt anschaute.

»Dafür braucht man aber Geld. Hast du welches übrig?«

Er zuckte wieder mit den Schultern. »Meister Hempel ist kein reicher Mann. Das Lehrgeld reicht gerade für die Unkosten. Da bleibt nichts übrig.«

»Und woher willst du dann Geld für das Holz bekommen?«
»Überlass das nur mir. Vielleicht gehe ich auch zu den Soldaten. Da hätte ich mein Auskommen. Sie rekrutieren derzeit in der Stadt. Leider bin ich zu jung. Sie nehmen nur Männer ab neunzehn Jahren.«
»Und du bist erst siebzehn, mein Kleiner.« Karoline strich ihm tröstend über die Wange. »So ein Pech!«
»Spotte du nur. Du wirst schon sehen, dass ich für die Ideale kämpfen werde. General Napoleon ist ein großartiger Mann. Und dann sind alle Menschen gleich.« Er zuckte zusammen, als Gottlieb Bratfisch plötzlich in der niedrigen Stubentür stand.
»Wusste ich doch, dass der Bengel obrigkeitsfeindliches Gedankengut hegt und verbreitet. Und das in der eigenen Familie. Komm, Karoline, wir müssen uns auf den Rückweg begeben. Es wird bald dunkel.« Er gähnte ungeniert und zog seine Weste zurecht.
Karl war nicht böse über den plötzlichen Aufbruch. Dann konnte er der Mutter sein Geschenk überreichen. Sein Schwager sollte davon nichts mitbekommen. Der würde doch nur denken, er hätte das Fell gestohlen. Für seinen Schwager war Karl das schwarze Schaf in der Familie.

Philipp LaMotte

Die Sonne zauberte funkelnde Sternchen auf die Spitzen der kleinen Wellen und Wasserwirbel des Pleißemühlgrabens. Gern hätte Karl seine nackten Füße darin gekühlt, allein die steile Uferböschung des Grabens hielt ihn davon ab. So hockte er sich unter einen der Bäume, die die Promenade zwischen Barfüßer- und Thomaspförtchen flankierten. Die wenigen Passanten, die hier flanierten, beachteten ihn nicht. Es hätte ein schöner Tag sein können, wenn ihm nicht so der Magen knurren würde. Doch etwas zu Essen würde er erst am Abend bekommen, wenn Schuster Oskar Hempel seine Werkstatt schloss und die Küche dahinter betrat, wo seine Frau Kohlsuppe kochte und graues Brot dazu reichte. Doch bis dahin waren es noch einige Stunden. Er schaute flüchtig über die Schulter zur Stadt – die große, stolze und reiche Handelsstadt Leipzig. Längst hatte sie sich über die Grenzen der alten Stadtmauer ausgedehnt, mussten vor den Toren Vortore errichtet werden, an denen die französischen Besatzungssoldaten Wache hielten und jeden kontrollierten, der in die Stadt hinein oder aus der Stadt heraus wollte. Heute war Karl ohne Kontrolle durchgekommen. Die Wachsoldaten kannten ihn und wussten, dass bei ihm keine Schmuggelware zu finden war.

Unwillkürlich strich sich Karl über seinen mageren Körper, den der großzügig geschnittene braune Kittel gnädig verhüllte. Seine Mütze hatte er zusammengeknüllt und neben sich gelegt. Es war angenehm warm. Er hätte jetzt gern einige Krebse gefangen, die es noch vor einiger Zeit zuhauf im Fluss gab, aber seitdem immer mehr schmutzige Abwässer aus den sich im

Umkreis ansiedelnden Manufakturen und Werkstätten, Wohnhäusern und öffentlichen Einrichtungen eingeleitet wurden, gab es sie kaum noch. Und die wenigen, die das überlebten, wurden von den Jungs gefangen, die seit jeher hier Krebse fingen und sie verkauften. Immer waren es vier bis fünf Jungs, die ihm offen Prügel androhten, falls er selbst Krebse fing.
Einmal hatte er es gewagt. Die Krebse wurden ihm jedoch sofort von den Franzosen abgenommen und landeten im Kochtopf der Wachsoldaten, während Karl hungrig nach Hause schlich.
Er dachte an sein Zuhause im Dörfchen Möckern, an die Zeit bei seiner Mutter. Sie waren zwar arm, aber niemand hatte hungern müssen. Bei Schuster Hempel hingegen gab es nur einen Strohsack, eine kratzige Decke und einen Nagel im Balken, an den er seine verschlissene Jacke hing. Er besaß nichts weiter als diese Jacke und eine Mütze mit Schild, so wie sie die französischen Revolutionäre trugen. Ja, auch Karl fand diese Revolution und den neuen Kaiser der Franzosen imponierend, der fast ganz Europa unterworfen hatte. Karl war nicht böse auf die französische Besatzungsmacht, auch wenn ihm die Soldaten seine Krebse abgenommen hatten. Dafür ließen sie ihn nun einfach passieren. Man musste sich eben nur mit den Umständen arrangieren.
»Ach, hier bist du!« Eine helle Mädchenstimme riss ihn aus den Gedanken. Gleich darauf setzte sich Friederike zu ihm ins Gras.
»Wo sollte ich sonst sein?« Karl versuchte, seine Stimme gleichgültig klingen zu lassen, obwohl er sich freute, dass Friederike ihn gesucht hatte.
»Hast du nichts in der Werkstatt zu tun?«
Karl zuckte mit der linken Schulter. »Habe ein Paar Schuhe ausgeliefert. Für den Rest des Tages braucht mich der Meister nicht mehr.«

Friederike blickte ihn nicht an. Sie wusste, dass es Karl peinlich war. Oskar Hempel war eben nur ein Flickschuster, der sich notdürftig mit Reparaturarbeiten über Wasser hielt.
»Wieso bist du heute hier?« Mit dieser Frage wandte sich Karl endlich zu ihr um. Friederike sah wie immer adrett aus, trug ein Kleid aus buntem Stoff, das unter der Brust mit dem gleichen Band geschnürt wurde, das auch ihre blonden Zöpfe schmückte. Er presste die Lippen zusammen.
»Ich gehe nicht mehr in die Schule«, erwiderte sie. »Ich helfe dem Vater.«
»Und wo ist er?«
Sie deutete hinter sich zur Stadt. »Er verkauft die Milch am Naschmarkt. Er hat die Papiere dafür bekommen.«
Weiß der Teufel, wie er das geschafft hatte. Karl kaute auf der Unterlippe herum. Friederikes Vater war Milchmann, der vom Dorf Liebertwolkwitz seine Ware auf einem zweirädrigen Wagen, den ein Maultier geduldig zog, in die Stadt brachte. Dazu waren gültige Papiere notwendig, für die er einen ganzen Taler löhnen musste. Doch nicht einmal das Geld versicherte ihm die Erlaubnis, denn die wurde von den Franzosen recht willkürlich erteilt.
Friederikes Familie war nicht reich, aber es ging ihnen anscheinend deutlich besser als Karl bei seinem Lehrmeister. Er war noch nie auf Friederikes Bauernhof gewesen. Liebertwolkwitz lag nur wenige Meilen vor Leipzig, allerdings durfte Karl die Stadt nicht ohne Weiteres verlassen. Oskar hatte es ihm verboten. Es war schon ein Stück Freiheit, dass er den Nachmittag am Mühlgraben verbringen konnte.
Überhaupt Freiheit! Die Franzosen hatten es vorgemacht. Freiheit, Gleichheit, Brüderlichkeit, das waren ihre Parolen, als sie ihren König aufs Schafott schickten. Seitdem hatte sich viel ge-

tan. Frankreich und der kleine große General, der sich selbst zum Kaiser krönte, hatten ganz Europa durcheinandergewirbelt.
»Warum bist du jetzt nicht bei deinem Vater in der Stadt? Wolltest du ihm nicht helfen?« Karl kaute auf einem Grashalm, während er mit den Zehen spielte.
»Ich bin heute nicht mit durchs Tor gegangen. Die Soldaten sehen mich immer so eigenartig an.« Sie streckte ihre Beine aus, um bequemer sitzen zu können. Mit Kennerblick sah Karl, dass sie nur einfache Schuhe trug, aus dünnem, leicht verschlissenem Leder. Mit viel Geschick hatte jemand ein Stoffband über die Kanten genäht, passend zum Kleid. Karl fand die Idee nachahmenswert, verlor aber kein Wort darüber. Von einem Mädchen würde er keinen Rat annehmen. Doch Friederike kam gar nicht darauf. Sie öffnete ein verknotetes Leinentuch, das sie die ganze Zeit an ihren Körper gepresst hielt. Brot, Käse, eine Flasche Milch und zwei verschrumpelte Äpfel kamen zum Vorschein.
»Greif zu«, forderte ihn Friederike auf. »Du hast doch sicher Hunger.«
Karl zögerte. »Eigentlich nicht viel«, log er. »Und du?«
»Das reicht für uns beide«, erwiderte Friederike. Karl war es unangenehm, aber nachdem sie sich etwas Brot mit Käse genommen hatte, griff auch er zu. Gierig verschlang er das Essen. Friederike reichte ihm auch die Milchflasche, die er ebenso dankbar annahm. Seit Wochen trank Karl zum ersten Mal wieder frische Milch. Friederike freute sich, dass es Karl schmeckte.
Sie hatten sich vor einem Jahr kennengelernt, an dieser Stelle, ganz zufällig. Seitdem trafen sie sich regelmäßig, mehr oder weniger zufällig an eben dieser Stelle, wenn Friederike ihren Vater mit seinem Milchwagen begleitete. Sie mochte Karl, auch wenn sie es ihm nie sagen würde. Stattdessen versuchte sie, ihm kleine Freuden zu bereiten, mit etwas zu essen, ein paar

Schlückchen Milch, Geschichten aus ihrem Dorf. Allerdings war sie sich nicht sicher, ob Karl sie auch mochte.

Sie schwiegen eine Weile, bis es ihr langsam unangenehm wurde.

»Hast du zu Ostern deine Mutter besucht?«, wollte sie wissen.

»Hm.«

»Hat sie sich gefreut?«

»Hm.«

»Gab es was Gutes zu essen?«

»Hm.«

»Dein Meister hat dich wirklich mal gehen lassen?«

»Hm.«

Sie schwiegen wieder und schauten auf das träge vorbeifließende Wasser.

»Hast du mal nach Krebsen geschaut?«

»Nö.«

»Willst du nach Krebsen schauen?«

»Nö.«

»Magst wohl keine mehr?«

»Nö.«

Friederike wandte sich um. Ein junger Mann kam vom Thomaspförtchen über die Brücke geschlendert. Unter dem Arm trug er ein Bündel zerlesener Bücher. Am auffälligsten aber war seine seltsam geformte Mütze mit dem nach vorn gebogenen Zipfel. Anfangs hatte Friederike darüber gelacht, doch Karl hatte sie aufgeklärt, dass es eine Jakobinermütze sei. Der Student Philipp war ein glühender Anhänger der französischen Revolution und des französischen Generals Bonaparte. Philipp war durch und durch Franzose, obwohl er doch nun hier in Leipzig studierte. Warum es ihn hierher verschlagen hatte, darüber schwieg er sich aus.

Ihre Augen begannen zu leuchten. So sehr sie den Schusterjungen auch mochte, war es mit Philipp doch etwas ganz anderes. Er war so klug, konnte sich begeistern und Friederike mit seiner Begeisterung anstecken. Er sprach über politische Dinge, über Dinge in der Natur, über die menschliche Gesellschaft. Friederike hätte ihm stundenlang zuhören können.

Karl bemerkte das Aufleuchten in Friederikes Augen und wandte sich ebenfalls um. Es gab ihm einen Stich in der Magengegend, als er Philipp bemerkte. Der Student winkte ihnen kurz zu und suchte sich ein Plätzchen etwas abseits, um sich ins Gras zu legen und seine Bücher zu studieren.

Was fand Friederike nur an dem, dass ihre Augen aufleuchteten, wenn sie ihn nur sah? Es störte Karl, aber er wusste nicht, wie er das hätte ändern können. Er besaß weder Bücher, in denen er hätte lesen können – wenn er hätte lesen können – noch eine Jakobinermütze.

»Solltest du deinen Vater nicht lieber helfen?« Es war wohl das Blödeste, was er hätte sagen können. Im gleichen Moment bereute er seine Worte.

»Willst du mich loswerden?« Friederikes blaue Augen weiteten sich und bekamen einen feuchten Schimmer. Doch dann grub sich eine steile Falte zwischen ihre Augenbrauen. Entschlossen knotete sie das Tuch zusammen und erhob sich. Ohne sich umzudrehen, lief sie zu Philipp und setzte sich neben ihn ins Gras. Er lächelte, legte bereitwillig sein Buch beiseite.

Karl ärgerte sich. Doch es war zu spät. Die beiden plauderten miteinander, er hörte Friederikes glockenhelles Lachen. Warum konnte Karl sie nicht zum Lachen bringen? Wütend warf er einen Stein in die Pleiße. Sein Blick fiel auf die halb ausgetrunkene Milchflasche, die Friederike offensichtlich vergessen hatte. Ihr Lachen ließ in ihm einen Entschluss reifen. Er musste ihr zeigen, dass ihm mehr an ihr lag, als einfach nur dumm neben ihr zu sitzen und ihre Wegzehrung wegzuessen. Er nahm die Flasche und wollte sich erheben, da erblickte er plötzlich zwei blank geputzte Schnallenschuhe neben seiner Hand. Darüber erhoben sich zwei stramme Waden in weißen Strümpfen, die in einer Kniebundhose endeten. Die Hose wölbte sich über einen deutlichen Bauchansatz, den auch die Weste nicht kaschieren konnte. Es war Heinrich, der Sohn des Kaufmanns Krell. Karl mochte Heinrich nicht. Heinrich protzte mit seinem Reichtum, den er seinem Vater zu verdanken hatte. Die halbe Stadt wusste, dass Krell schmuggelte. Zugleich steckte er sicher mit den französischen Besatzern unter einer Decke, sonst wäre er wohl schon längst ins Gefängnis gewandert wie der unglückliche Franz Schwabe aus Möckern.

»Na, haste nichts zu tun?« Heinrich grinste und blickte über seinen Schwabbelbauch auf Karl herab.

»Was weißt du denn schon davon«, gab Karl unwirsch zurück und drückte die Flasche gegen seine Brust.

»Weil du um diese Zeit schon hier herumlungerst. Da kann ja die Schusterei zu nichts kommen.«

»Arbeitest du denn?« Karls Augen verengten sich zu Schlitzen.

»Natürlich. Ich helfe meinem Vater bei seinen Geschäften. Wir haben eine Lieferung Holz aus dem Gebirge bekommen. Das liegt jetzt draußen auf dem Holzplatz vorm Halleschen Tor und muss verkauft werden. Ich habe ihm geholfen es zu vermessen.«

Wieder gab es Karl einen Stich in den Bauch. Heinrich besuchte die Bürgerschule, sein Vater konnte es sich leisten. Heinrich konnte schreiben, lesen und gut rechnen. Er würde bestimmt einmal ein ebenso reicher Kaufmann wie sein Vater werden.

»Geschäfte!« Karl blies abfällig die Backen auf. »Ist schon

seltsam, dass ihr Geschäfte machen könnt, wo doch der ganze Handel behindert wird.«

»Du redest, wie du es verstehst, Schusterjunge. Mein Vater ist Kaufmann, er muss damit unsere Familie ernähren.«

»Scheint gut zu gehen«, erwiderte Karl und pikste seinen Zeigefinger in Heinrichs Bauchfett.

»Blödmann! Weißt du eigentlich, was wir jeden Tag auf den Tisch bringen müssen? Bei uns wurden gleich zwei Offiziere einquartiert.«

»Ich weiß, was die Franzosen beanspruchen. Am Rathaus sind ja die Bekanntmachungen angeschlagen.«

»Sag bloß, du kannst lesen«, spöttelte Heinrich. Karl schlüpfte zähneknirschend in seine Holzpantoffeln, um endlich zu Friederike zu gehen.

Heinrich stellte sich ihm in den Weg. »Was hast'n da?« Er zeigte auf die Milchflasche.

»Das geht dich nichts an. Die gehört Friederike.«

»Gib mal her. Mal sehen, ob die Milch schmeckt.«

Karl zog die Flasche zurück. »Finger weg!«

»Ich habe auch was für dich.« Mit einer versöhnlichen Geste zog Heinrich zwei trockene Mehlklöße aus seiner Tasche und streckte sie Karl hin. »Habe ich vom Mittagstisch geklaut.«

Karl zögerte kurz. Sein Magen knurrte noch immer und die beiden Klöße würden seinen Hunger für einige Stunden besiegen können. Friederikes Lachen riss ihn schließlich wieder aus seinen Gedanken.

»Steck sie dir sonst wohin«, gab er zurück und ging an Heinrich vorbei. Vom Thomaspförtchen her kam ein Mädchen gelaufen. Sie schien etwas jünger als Friederike und gut gekleidet. Es war Heinrichs Schwester Sophie.

»Ach, Heinrich! Ich habe dich überall gesucht. Du sollst dich

doch nicht mit dem Pöbel herumtreiben, hat Mutter gesagt. Das ist kein Umgang für dich.« Sie blieb vor Karl stehen und schaute ihn herausfordernd von unten an. Dabei stützte sie ihre kleinen Fäuste in die Hüften.
»Niemand hat euch gezwungen, hier zu sein«, erwiderte Karl. »Mit Pfeffersäcken müssen wir uns nicht abgeben.«
Empört blies Sophie die Backen auf. »Hast du das gehört, Heinrich? Dieser abgerissene Schusterjunge hat mich beleidigt.«
»Geschieht dir recht«, fuhr Heinrich seine Schwester an. »Du hast hier auch nichts zu suchen. Geh heim zur Mutter, sie wird dich schon vermissen.«
»Was hast du da in der Hand?« Sophie zerrte an Heinrichs Ärmel, der seine Hände hinter dem Rücken versteckte.
»Das geht dich nichts an. Und nun verschwinde!«
»Ich denke gar nicht daran«, kreischte Sophie. »Erst zeigst du mir, was du da hast.«
Heinrich wehrte sich gegen Sophies Attacken, dann warf er die beiden Klöße in hohem Bogen ins Wasser. »Ich füttere die Fische.«
Für einen Augenblick bedauerte Karl, dass er die Klöße nicht gegen Friederikes Milch eingetauscht hatte. Doch dann grinste er. Mochten die beiden sich streiten, was ging es ihn an?
Er schlenderte zu Friederike hinüber, die nichts von dem kleinen Zwischenfall mitbekommen hatte. Sie plauderte angeregt mit Philipp. Karl blieb neben ihr stehen. »Hier, du hast deine Milch stehen lassen. Musst du nicht zu deinem…?«
»Oh, danke! Für Philipp war das Brot viel zu trocken.« Sie reichte Philipp die Flasche, die er in einem Zug leerte.
»Ich habe die Milch vor Heinrich gerettet«, stotterte Karl. Erst jetzt bemerkte er das Tuch zwischen Friederike und Philipp. Weder Brot noch Käse waren darauf zu finden. Auch die bei-

den verschrumpelten Äpfel waren verschwunden. Sie hatten alles gegessen.
»Das ist wirklich nett von dir.« Friederike blickte Karl nicht an. Sie hatte nur Augen für Philipp.
Philipp wischte sich mit dem Ärmel den Mund ab. »Wie ich schon sagte«, fuhr er in seinem Gespräch mit Friederike fort, »bin ich ein glühender Verehrer unseres großen Generals. Er ist ein Genie. Er war mit seiner Armee sogar in Ägypten. Das ist ein Land weit weg von hier, wo es statt Häuser viereckige Pyramiden gibt, die fast bis in den Himmel reichen. Die sind gefüllt mit Gold und Schätzen, die der große General nach Paris brachte. Ach, könnte ich ihn doch auf diesen Feldzügen begleiten.«
»Ist das nicht gefährlich?« In Friederikes Stimme schwang Besorgnis.
Wieso machte sie sich Sorgen um diesen Studiosus? Karl trat unruhig von einem Fuß auf den anderen. Er überlegte fieberhaft, wie er Friederikes Aufmerksamkeit wieder auf sich ziehen konnte.
»In seiner Armee? Das ist eine Ehre.« Philipp lachte, warf sich auf den Rücken und blickte in den blauen Sommerhimmel. »Wir Franzosen haben doch die Welt verändert«, sagte er versonnen. »Die Menschen mussten aufgeklärt werden über ihr klägliches Schicksal unter den mottenzerfressenen Monarchen. Nein, nein, der Kampf um die bürgerlichen Freiheitsrechte war und ist etwas ganz Großes, das nicht nur Frankreich, sondern die Welt verändert hat. Die Liberté muss in alle Länder getragen werden. Natürlich geht das nicht ohne Kampf. Schließlich wollen diese verdammten Monarchen nicht auf ihre Macht und ihre Privilegien verzichten.«
»Was sollen wir denn machen? Unseren König ermorden?« Als Friederike diese Frage stellte, weiteten sich vor Entsetzen ihre Augen.

»Zum Beispiel«, erwiderte Philipp beiläufig. »Der französische König ist ja auch auf dem Schafott gestorben. Das war ein Plaisier.«
Friederike schüttelte sich, gleichzeitig rückte sie ein Stück näher zu Philipp. »Du bist ja ein richtiger Revolutionär.« Sie blickte ihn bewundernd und ehrfürchtig an.
»Deshalb will ich auch den großen General dabei unterstützen, seinen politischen Geist in ganz Europa zu verbreiten.« Er klopfte auf den Buchdeckel. »Hier habe ich alles gelesen mit der Demokratie und der Republik und so. Die französische Nationalversammlung hat das Feudalregime zerbrochen. Leibeigenschaft und Frondienste wurden abgeschafft, den Bürgern ihre Rechte zugesichert. Von Geburt an sind und bleiben die Menschen frei und an Rechten einander gleich.«
»Heißt das Freiheit, Gleichheit…«
»…und Brüderlichkeit, jawohl! Alle Menschen sind Brüder und vereint im allgemeinen Glück.«
»Und die Schwestern?« Friederikes arglose Frage ließ Philipp auffahren. »Frauen sind Frauen«, sagte er herablassend. »Was haben die mit der Demokratie zu tun?« Er ließ sich wieder ins Gras fallen und zog seine Jakobinermütze vom Kopf. »Die habe ich von einem Mann, den ein Anhänger der Monarchie erschlagen hatte. Mitten auf der Straße. Schau, da klebt sogar noch sein Blut dran.«
Friederike starrte mit wohligem Gruseln auf den schwarzen Fleck. »Aber das ist schon lange her«, seufzte Philipp. »Es gibt keine aufrichtigen Jakobiner mehr. Jetzt werden sie als Königsmörder beschimpft. Diese Unseligen begreifen nicht, dass nur die freiheitlich-demokratischen Grundrechte sie aus der Tyrannei der Monarchen befreien können. Nieder mit Österreich, England und Russland! Ihre Monarchen unterdrücken das Volk und bestreiten das Recht des Volkes auf Freiheit und Gleichheit. Wenn es

das Volk selbst nicht begreift, dann muss man es eben zu seinem Glück zwingen.« Er vollführte eine eindeutige Handbewegung. »Der große General bringt den Völkern das Glück und ewigen Frieden.«
»Und Sachsen?« Friederike rückte noch ein Stück näher an Philipp heran. »Wir haben doch auch einen König. Muss er nun sterben?«
Philipp blies die Backen auf. »Man muss ihn ja nicht gleich umbringen. Vielleicht dankt er auch von allein ab. Wenigstens ist er ein Verbündeter des großen Generals.«
In Karls Gehirn arbeitete es. Vieles, was Philipp gesagt hatte, fand er einleuchtend. Ja, er hoffte sogar, dass alles so eintreten würde, wie es Philipp voraussagte. Wenn er nur an seine arme Mutter dachte, die auf dem Rittergut Fronarbeit leisten musste, nur weil sie verwitwet war und keinen freien Bauernhof führen konnte. Wie viel schöner und glücklicher könnte das Leben sein. Gleichzeitig ärgerte er sich, dass er Philipp insgeheim zustimmte. Gern hätte er Friederike bewiesen, dass dieser Studiosus nur ein Dummschwätzer war, der sie beeindrucken wollte, doch er fand kein Gegenargument. Im Gegenteil! Philipps Argumente trafen bei ihm auf fruchtbaren Boden. Alle Menschen gleich, ohne Unterdrückung, garantierte Rechte, demokratische Verhältnisse. Ob ihn dann der Meister noch ohrfeigen durfte?
»Wie kommt es aber dann, dass der große General sich zum Kaiser krönte, wenn er doch gegen die Monarchie ist?« Es war eine plötzliche Eingebung, die im gleichen Moment über Karls Lippen kam.
Philipp und Friederike starrten ihn an. Eine steile Zornesfalte bildete sich zwischen Friederikes Augenbrauen. Offenbar missfiel es ihr, dass der sonst so maulfaule Karl dem gebildeten und klugen Studenten widersprach.

Über Philipps Gesicht flog ein überhebliches Grinsen. »Was verstehst du schon davon? Natürlich hat das Volk seinen Kaiser demokratisch gewählt. Dreieinhalb Millionen meiner Landsleute stimmten der Krönung zu.«
Karl schwieg. Er hatte nichts mehr zu erwidern. Mit einem kurzen Blick auf Friederike setzte er seine Mütze auf. »Ich geh dann mal«, murmelte er. Friederike antwortete nicht. Sie hatte nur bewundernde Blicke für Philipp übrig.

Die Nacht senkte sich über die Stadt. Der Laternenanzünder befand sich auf seinem Rundgang. Mit einer langen Stange entzündete er geschickt den Ölbehälter über seinem Kopf. Die Laterne an der Ecke zum Nikolaikirchhof schickte ihr gelbliches Licht bis zum Fenster von Hempels Werkstatt. Dort wurde es durch das dicke Fensterglas gebrochen und landete als verwaschener Fleck auf dem schmutzigen Fußboden. Es reichte gerade noch, damit Karl etwas sehen konnte.
Karls Nachtlager befand sich an der Wand unter einem Regal. Es bestand aus eine Bretterkiste mit einer Strohschütte, einem geflickten Bettlaken und einer kratzigen Decke darauf. Nur im Winter war es ihm erlaubt, in der Küche auf der Bank zu schlafen.
Karl hatte nichts gegen diese Regelung. In der Werkstatt war kaum noch etwas von Hempels Schnarchen zu hören. Unter dem Regal hatte Karl sich ein eigenes kleines Reich geschaffen, für das er selbst verantwortlich war. Helene Hempel dachte nicht daran, ihm seine Schlafstatt in Ordnung zu halten, dass musste Karl selbst tun. Tagsüber verbarg ein zerschlissener Vorhang diese Schlafhöhle. Nachts aber fühlte sich Karl hier geborgen, samt seiner kleinen Geheimnisse. Aus einem Lederrest hatte er sich einen kleinen Geldbeutel genäht, in dem

er seine Schätze verbarg: eine kleine Sammlung von Uniformknöpfen, die er auf der Straße gefunden hatte, ein Messer mit Hirschhorngriff, eine Stiefelschnalle, ein paar Münzen, etwas Bindfaden, eine bunte Vogelfeder, den Zahn von einem verunglückten Fuhrwerkstreiber. Zudem versteckte er ab und zu etwas zu essen, mal einen Apfel, mal ein Stück Brot oder eine Brezel, die meist war gestohlen.

Karl streckte vorsichtig seine langen Beine aus und verschränkte die Arme unter dem Kopf. Sein Blick ging zur Seite, wo sich eine Strebe des Regals von einem Ende zum anderen zog. Er gewahrte eine Bewegung. Eine Maus balancierte auf der Holzleiste entlang und hob schnuppernd die Nase. Im diffusen Licht konnte Karl sogar die schwarzen Augen erkennen, die ihn aufmerksam musterten. Er überlegte, ob die Maus wohl wusste, dass er sie mit einer Bewegung töten könnte. Er sollte es auch tun, denn die Maus würde sich sicher über seine halbe Brezel hermachen, die er auf dem Heimweg am Naschmarkt einem fliegenden Händler vom Bauchladen stibitzt hatte. Eigentlich war Karl ein grundehrlicher Mensch, nur wenn er solchen Hunger hatte wie derzeit, brach er mit seinen Prinzipien. Er hatte fast immer Hunger, das Frühstücksbrot mit Sauermilch und der abendliche Eintopf hielten nicht lange vor. Und so einer wie Heinrich warf die Mehlklöße in den Fluss…

Karls Gedanken schweiften ab, während die Maus ihre Erkundungstour weiter fortsetzte. Es fiel ihm schwer, vor sich selbst zuzugeben, was er für Friederike empfand. Er mochte sie, er freute sich, wenn sie kam und es schmeichelte ihm, wenn sie sich mit ihm unterhielt. Gleichzeitig fühlte er sich in ihrer Nähe unbeholfen, ja hilflos, wusste nichts mit sich und seinen Händen anzufangen. Viel zu schnell verlor Friederike die Lust, sich mit ihm zu unterhalten. Dann wandte sie sich diesem Studenten zu.

Karl spürte ein ungutes Gefühl im Bauch, wenn er nur an Philipp dachte. Es war nicht Abneigung, denn Philipp war kein unsympathischer Kerl. Nein, es war – Eifersucht! Sie nagte an ihm wie die gerade gesehene Maus am frischen Leder. Er konnte hören, wie die kleinen Mäusezähnchen eifrig Schaden verursachten. Eben so ein Löchlein bildete sich nun in seinem Bauch. Friederike und Philipp, Philipp und Friederike. Angestrengt überlegte er, womit er Friederike imponieren könnte. Er konnte sie nicht ausführen, nicht in eine Gastwirtschaft einladen und ihr ein Glas Wein spendieren. Er sah eben auch sehr ärmlich aus und war für sie wohl keine gute Partie. Wenn er doch nur so schöne Kleidung besäße wie Heinrich. Dessen Jacken waren aus feinem Stoff gefertigt, seine Strümpfe leuchteten in fleckenlosem Weiß und der dünne Hemdenstoff lag bestimmt sehr angenehm auf der Haut. Auch Friederike sah immer sehr adrett aus. Ob es wirklich stimmte, dass sie von einem Bauernhof stammte? Wenn er so an das Haus seiner Mutter dachte…

Nicht einmal Heldenblut an seiner Mütze konnte Karl vorweisen wie Philipp mit seinem Jakobinerhut. Vielleicht hätte Karl etwas Ochsenblut von seinem Sturz in der Fleischergasse abbekommen sollen. Wie sonst konnte er seinen heldenhaften Einsatz für Hempels Leben beweisen? Philipp hätte sich bestimmt nicht so vor die Hufe des panischen Ochsen geworfen wie er. Doch das konnte Friederike nicht wissen. Sie himmelte Philipp an, als wäre er ein griechischer Gott.

Philipp war belesen, wusste sehr viel. Dafür war er ja auch Student. Ob das Friederike imponierte?

Frauen mögen Blumen und Gedichte, hatte er einmal gehört. Gern hätte er Frederike einen Blumenstrauß geschenkt, ihr einen Kranz daraus geflochten. Oder vielleicht sollte er ihr ein Gedicht schreiben. Ob sie die Schreibfehler bemerken würde?

Er nahm sich vor, am nächsten Tag Papier und Feder zu besorgen. Zwar lagen auf Hempels Werktisch einige abgerissene Blätter und ein Graphitstummel, aber damit notierte er nur die Maße seiner Kunden und die Adressen zur Ablieferung. Fett- und Schmutzflecke zierten die Blätter und den Griffel leckte er immer wieder an, damit er überhaupt schrieb. Je länger er darüber nachdachte, desto größer wurden die Zweifel, dass er ein Gedicht zustande bringen würde. Aber wenn er sich Mühe gab…

Ich sah ein Mädchen, zart und schön,
hinunter an den Flusse gehn.
doch schenkte sie mir keinen Blick,
vergeblich hoffte ich auf Glück.
‚nen Kranz aus Blumen wand ich ihr,
wollte einen Kuss dafür.
Ein andrer stahl der Maiden Herz,
für mich blieb nur ein Haufen Schmerz…

Noch im Halbschlaf fand er seinen Dichtversuch hoffnungslos misslungen und die Maus fraß Friederikes Blumenkranz genüsslich auf.

Gustav Lehmann

Karl reckte sich und stieß dabei gegen das Regal über sich, das bedenklich wankte. Schnell war er auf den Beinen, bevor sich Hempels aus ihrem Bett quälten. Im Hof hinter dem Haus wusch er sich flüchtig mit kaltem Wasser aus dem Brunnen, füllte dann den Eimer für die Küche und stellte ihn neben dem Herd ab. Während er in der Werkstatt die Fensterläden öffnete und auf dem Arbeitstisch am Fenster die Utensilien, die ein Flickschuster brauchte, zurechtlegte, hörte er Helene Hempel die Stiege von ihrer Schlafkammer heruntersteigen. Als erstes schimpfte sie, dass der Wassereimer nicht ordentlich gefüllt sei, dann, dass zu wenig Holz zum Anfachen des Herdes bereit läge, danach, dass Karl nur ein unnützer Vielfraß sei und zuletzt, dass endlich auch Oskar Hempel aus dem Bett kommen solle. Es war ein morgendliches Ritual, dem beide Männer keine Bedeutung beimaßen. Dafür achtete Karl darauf, dass alle Arbeitsmaterialien bereitlagen, falls jemand seine Schuhe geflickt haben wollte: da war das eiserne Dreibein und die Schusterbank, darauf Hammer, Zangen, Messer, Ahle, Locheisen, Nadeln, Nägel, Zwirn, Pechfaden, Lederstücke. Auch einige Leisten reihten sich im Regal nebeneinander, doch von einem Flickschuster ließ sich kaum ein Kunde neue Schuhe anfertigen. Darauf achteten schon die anderen Schuhmacher in der Gasse, die hier seit Jahrhunderten ihre Werkstätten angesiedelt hatten und ihre Zunftzugehörigkeit durch entsprechende Zeichen über der Tür darstellten.

Ein Schatten verdunkelte das Fenster. Im ersten Moment wunderte sich Karl, dass so zeitig schon ein Kunde wartete. Er freute sich und riss die Tür auf. »Guten Mo…« Das Wort blieb ihm im Hals stecken, als er beinahe mit einem ganz in Schwarz gekleideten Mann zusammenstieß. Der sah nicht so aus, als würde er die Arbeit eines Flickschusters benötigen, was Karl mit einem geschulten Blick auf die Schuhe des Mannes feststellte. Irgendwie schien es, als hätte sich der Mann hierher verlaufen. Die feinen Leute lustwandelten normalerweise auf der belebten Reichsstraße, auf dem Markt oder entlang der Grimmaischen Gasse. Aber hier… Ein stechender Blick traf Karl, dann wandte der Mann den Kopf ab und ging einfach weiter. Karl blickte ihm hinterher, doch als er aus der Küche die Blechtassen klappern hörte, hatte er ihn schon wieder vergessen. Sein Magen knurrte schon vernehmlich.

Zum Frühstück gab es Sauermilch und graues Brot, das Karl in seinen Becher brockte und dann auslöffelte. Oskar Hempel schwieg, wie immer morgens, dafür redete Helene Hempel umso mehr. »Karl, kleckere nicht so herum mit der Milch, immer machst du Flecke auf meinen schönen Küchentisch. Hast du die Hühner schon gefüttert? Du hast zu wenig Wasser geholt. Und beeil dich, damit du die Pferdeäpfel von der Gasse holen kannst, bevor die alte Küblern von nebenan sie sich unter den Nagel reißt. Die lauert doch schon hinter dem Fenster, um als erste draußen zu sein. Oskar, warum sagst du denn nichts?«

»Du redest doch die ganze Zeit«, erwiderte Oskar und wischte sich den Mund mit seinem Ärmel ab, um ihn anschließend hochzukrempeln und an die Arbeit zu gehen. Vom Haken nahm er seine Schürze und band sie sich um. Das Tagwerk konnte beginnen.

Karl sagte gar nichts. Was sollte er auch sagen? Der Küchentisch war keineswegs schön, seine Kleckse wischte er selbst mit dem Ärmel weg, und Pferdeäpfel gab es auf der Gasse genug, das reichte sowohl für Hempels winzigen Garten als auch für den der Nachbarn. Mit den Pferdeäpfeln wurde die kärgliche Erde im Garten verbessert, sodass wenigstens etwas Gemüse für die Küche angebaut werden konnte. Sogar ein Apfelbaum wuchs in Hempels Garten, der allerdings nur kleine, grüne und herbe Früchte trug.

Oskar Hempel setzte sich an seinen Arbeitsplatz. Es gab eigentlich nicht viel zu tun. Am Vortag hatte nur ein Kunde ein Paar zerschlissene Schuhe abgegeben, die neu besohlt und genäht werden mussten.

»Herrje, das sind ja Latschen«, stellte Hempel fest und kaute auf seiner kalten Holzpfeife herum. Seine Frau hatte ihm das Geld für den Tabak gestrichen. Außerdem gab es kaum preiswerten Tabak zu kaufen. Er riss den Schuhboden vom Schuh, zertrennte sorgfältig die Oberteile und nahm dann ein Blatt gelbliches Papier, um mit einem Graphitstift die Umrisse der kaputten Oberteile zu übertragen. »Karl, such mal ein Stück passendes Leder heraus«, nuschelte er.

»Muss erst die Pferdeäpfel zur Meisterin bringen«, erwiderte Karl. Oskar Hempel war kein Meister und Helene Hempel demzufolge nicht die Frau Meisterin. Doch die Anrede schmeichelte Helene und stimmte sie gnädig. Das hatte Karl schnell herausgefunden.

»Dann tu's«, erwiderte Oskar. Mit seiner Frau wollte er sich nicht anlegen. Er suchte selbst zwischen den Lederresten nach einem in passender Größe. Er legte die Papierform auf und schnitt mit einem scharfen Messer die Kontur aus.

Karl hatte inzwischen den Eimer mit Pferdeäpfeln im Garten ausgeleert. »Der Meister braucht mich in der Werkstatt«, sagte er schnell, als Helene ihm die Grabegabel in die Hand drücken wollte. Ihr blieb nichts anderes übrig, als den Mist selbst einzugraben.

Oskar Hempel schob Karl die Lederstücke über den Tisch. Das neue Lederstück musste nun mit der Ahle gepunktet werden, wo es an das andere Stück Oberleder angenäht werden sollte. Karl bemühte sich, die kleinen Löcher gleichmäßig zu stechen, damit es eine schöne Naht ergab. Dann legte er die Einzelteile Rand an Rand aufeinander und nähte sie mit Schusterdraht zusammen. »Immer von vorn nach hinten nähen«, mahnte ihn Oskar und kaute auf dem Pfeifenstiel herum. Aus seinem Mundwinkel sickerte ein brauner Tropfen.

»Gut, nun wenden. Hier, nähe ein neues Würstchen ein.« Das »Würstchen« war ein kleiner Lederstreifen, der im Hackenbereich eingearbeitet wurde. Karls Zunge schob sich zwischen die Lippen. Das machte sie immer, wenn er sich sehr konzentrierte. Das überstehende Leder wurde abgeschnitten, dann glättete Karl die Naht und betrachtete sein Werk.

»Na ja, irgendwann wirst du's noch lernen«, meinte Oskar, anstatt ihn zu loben. »Die Sohlen mache ich selbst. Du kannst die Schuhe nachher ausliefern. Kehr erst draußen den Dreck auf der Straße zusammen. Morgen früh kommen die Müllräumer.«

Karl seufzte, legte dann aber das Werkzeug beiseite. Zweimal wöchentlich kamen die städtischen Straßenreiniger mit ihren einspännigen Karren und räumten den Unrat weg, den die Anlieger zusammenkehren mussten. Das war wichtig zur Erhaltung der gesunden Luft in den Straßen und Gassen der Stadt. So lang die Vorderseite des Hauses an der Gasse reichte, musste Karl die Gasse fegen. Sein Glück war, dass Hempels Haus nur sehr klein war. Vor drei Uhr musste die Gasse gekehrt und der Unrat in einen Korb geworfen werden. Mittwochs und samstags wurden die Körbe geleert und der Unrat aus der Stadt geschafft.

Es war eine niedere, gemeine Arbeit, die Karl nur ungern verrichtete. Nur die Müllräumer fand er noch niedriger und ge-

meiner. Und doch hatten die ihr festes Einkommen, bezahlt vom Rat der Stadt.
Karl seufzte wieder und klammerte sich am Besenstiel fest. Lustlos kehrte er vor der Werkstatt. Immerhin konnte er dabei den Verkehr in der Schuhmachergasse beobachten: Warenverkehr zu den Handelshäusern, Bauern, die ihre Ernte direkt in der Stadt verkauften, Karren mit Verwundeten, die sich ihren Weg zu den Hospitälern bahnten.
Küblers Hund trieb sich ebenfalls auf der Straße herum und versuchte, in Karls Besen zu beißen. »Verschwinde, du Teufelsbraten«, zischte Karl und stieß den Spitz mit dem Besen weg. Statt sich verjagen zu lassen, verbiss sich der Hund jedoch in den Besenstiel. Immerhin besser als in Karls Wade.
»Was tust du mit unserem Hund?«, keifte Else Kübler, die aus ihrem Fenster auf die Gasse blickte.
»Ich werfe ihn mit auf den Müll«, erwiderte Karl gereizt. »Der gehört erschlagen, dieses giftige Vieh.«
»Wage es nur, du Vogelscheuche! Wenn meinem Hund nur das Geringste passiert, verklage ich dich. Du wartest doch nur darauf, uns eins auszuwischen. Und weil du feige bist, vergreifst du dich an dem armen Tier.«
»Nein, es vergreift sich an mir«, rief Karl und drohte Else Kübler mit dem Besen. Die warf das Fenster krachend zu. Der Hund erschrak und zog es vor, wieder im Haus zu verschwinden.
Die Gasse, in der Oskar Hempels Werkstatt lag, war so eng, dass kaum zwei Karren aneinander vorbeikamen. Wenn es doch einmal zwei Kutscher oder Ochsentreiber versuchten, gab es meist lautstarken Streit zwischen ihnen. Die kleineren Karren mit den Maultieren oder von Menschen gezogen waren da schon besser. Karl konnte gerade noch beiseitespringen, als wieder einer beinahe über seine Füße fuhr. Heute war aber auch was los! »Pass

doch auf, du blöder Eseltreiber«, fuhr Karl den jungen Mann an. Der drehte sich um und drohte ihm mit der Faust. Hinter dem Karren tauchte ein schmutziges Gesicht auf. Es war Gustav, der Sohn des Tagelöhners Lehmann. Karl kannte ihn, aber eigentlich wollte er nicht viel mit ihm zu tun haben. Gustav war noch etwas jünger als Karl, musste aber bereits seine vielen Geschwister über die Runden bringen, weil sein Vater nur selten eine Arbeit fand. Gegenüber von Hempels Werkstatt befand sich die Einfahrt zu einem großen Handelshaus, in dessen Hof die Waren gestapelt wurden. Der Kutscher klopfte lautstark an das Tor, als sich Gustav ihm in den Weg stellte, und versuchte, den Karrenfahrer zu überreden, dass er dessen Fracht abladen durfte.

»Herr, hören Sie, ich arbeite schnell und zuverlässig«, flehte Gustav, doch der Mann schob ihn einfach beiseite. »Ich bin kein Herr und du nicht mein Knecht«, knurrte er. »Die haben hier ihre eigenen Leute zum Abladen. Außerdem bist du viel zu schmächtig.« Er verschwand samt seinem Maultierkarren in der Einfahrt. Gustav blieb zurück.

»Na, wieder Pech gehabt?« Karl grinste. Gustav gab aber auch ein jämmerliches Bild ab. Wer würde den schon beschäftigen?

Gustav drehte sich um. Der Blick seiner tief liegenden Augen traf Karl ins Mark. Im gleichen Moment bereute er seine Worte.

»Ja«, sagte Gustav nur. »Wie immer.« Er blieb mitten auf der Gasse stehen.

»Platz da!« Ein Mann im schwarzen Gehrock, steifem Hut und mit Spazierstock scheuchte Gustav beiseite wie ein lästiges Insekt. Dabei blickte er auf Gustav herab und zog die Nase kraus. Es war genau der Mann, den Karl schon am Morgen vor der Werkstatt gesehen hatte. Was hatte dieser Mann hier zu suchen? Gustav duckte sich, als befürchtete er einen Schlag mit dem Stock. Wahrscheinlich war es die unbewusste Reaktion auf vielfältige Erfahrung. Der Mann spazierte in steifer Haltung weiter, doch plötzlich drehte er sich um und zeigte mit dem Stock auf Gustav, als wollte er ihn aufspießen. »Wie heißt er, Bursche?«

»L – L – Lehmann, Gustav.«

»So, so, Lehmann, Gustav. Und was treibt er hier?«

»Ich – ich suche Arbeit. Ich mache alles, Herr. Ich kann schnell laufen, Botengänge erledigen, Wagen abladen, Gepäck tragen…«

»Kann er auch hören?«

Gustav riss die Augen weit auf. »Hören? Natürlich kann ich hören.« Er zupfte mit seinen schmutzigen Fingern an den abstehenden Ohren.

Der Mann hob wieder den Spazierstock und stieß Gustav damit vor sich her. Schritt für Schritt wich Gustav zurück, seine Augen starr auf den unheimlichen Fremden gerichtet. Karl blickte den beiden kopfschüttelnd hinterher und setzte seine Arbeit vor der Werkstatt fort.

Der Mann stupste Gustav in eine Toreinfahrt. Mit dem Rücken zur Wand fühlte sich der Junge wie in der Falle. Seine Knie wurden weich, das Blut pochte in den Schläfen. Gleich würde ihn der Fremde umbringen…

»Du bist täglich auf der Straße?«

Gustav nickte stumm. Plötzlich nahm der Mann den Stock zurück, griff dafür in die Tasche und zog ein Geldstück hervor. Das hielt er Gustav vor die Nase. »Das ist dein Lohn«, flüsterte er.

»W – w – was soll ich tun, Herr?«

»Die Ohren aufhalten, und die Augen. Die Leute unterhalten sich doch, reden über alles Mögliche. Ich will wissen, worüber sie reden. Vor allem über unseren großen General und Kaiser, über die Franzosen, eben über all diese Dinge. Hast du das verstanden?«

Wieder nickte Gustav stumm.
»Auch wenn sie schimpfen, sich verschwören, heimlich rebellieren, Flugblätter verteilen, die Franzosen schmähen, aufrührerische Reden verbreiten, verbotene Gedanken äußern. Und wenn sie verbotene Waren handeln, schmuggeln, die Gesetze brechen. Verstanden?«
Gustav sank in sich zusammen. Hieß das, er solle die Menschen bespitzeln? Er starrte auf das Geldstück. Es war ein Kupfergroschen.
»Du kannst mehr davon verdienen, Gustav«, sagte der Mann mit süßlicher Stimme. »Wenn du mir subversive Leute meldest, solche, die gegen die Franzosen reden, gegen die Obrigkeit, gegen die hehren Ziele unseres großen Generals.«
»Ja, ja, das werde ich, Herr«, beteuerte Gustav und griff nach der Münze. Ruckartig zog der Mann seine Hand zurück.
»Das wirst du. Und versuche nicht, mich zu betrügen. Ich finde dich, überall.« Er beugte sich zu Gustav herab. Der Junge spürte den schlechten Atem des Mannes. »Schließlich bist du jetzt ein Geheimagent.«
Gustav riss die Augen auf. »Ein richtiger Geheimagent?«
»Was dachtest du denn? Ich bin von der Geheimpolizei und du gehörst jetzt auch dazu.« Er legte den Zeigefinger auf seine Lippen. »Darüber musst du schweigen wie ein Grab. Schwörst du das?«
Gustav nickte heftig. »Ich schwöre«, krächzte er. Sein Hals war trocken, die Zunge klebte am Gaumen und er stand nur noch auf seinen Beinen, weil er sich an die Wand der Einfahrt lehnte. In seinem Kopf drehte sich alles. Geheimpolizei? Und er war ein geheimer Agent! Er verdiente damit Geld, vielleicht schon viele Groschen, gar einen Taler…
Er dachte an sein Zuhause, den schmutzigen Raum, den sie bewohnten, die schreienden Geschwister, die verhärmte Mutter, das

Gesicht des Vaters, wenn er von seiner schweren Tagelöhnerarbeit zurückkehrte und der Lohn nicht für die hungrigen Mäuler reichte. Und Gustav? Er brauchte sich nur auf den Straßen herumzutreiben, die Ohren offen zu halten und es dem Herrn Geheimpolizisten melden. Er brauchte sich nicht einmal anzustrengen!
In seiner Hand spürte er das Geldstück, als würde es glühen. Trotzdem hielt er es umklammert, aus Angst, es zu verlieren. Die Gedanken wirbelten im Kopf wie Strudel in einem Fluss. Er musste sogar die Augen schließen, um den Schwindel und das Ohnmachtsgefühl zu bekämpfen. Wie aus weiter Ferne hörte er die Stimme des geheimnisvollen Mannes: »In zwei Wochen treffen wir uns wieder.« Gustav zitterte am ganzen Körper, gleichzeitig strömte eine angenehme Wärme durch die Glieder. Die täglichen Sorgen entschwanden wie Schnee in der Sonne. Er atmete tief durch, straffte seine Haltung und öffnete die Augen. Er blickte sich um. Der schwarze Mann war verschwunden, wie vom Erdboden verschluckt.
Noch immer kehrte Karl vor der Werkstatt, bis das holperige Pflaster endlich sauber war. Immer wieder hielt er sich dabei am Stiel des Besens fest und beobachtete die wenigen Passanten, die vorüberliefen. Gustav beobachtete ihn und überlegte, ob Karl vielleicht auch ein geheimer Spion war. Da er nun selbst zur Geheimpolizei gehörte, war sich Gustav sicher, dass er das schnell herausfinden würde. Er musste sich nur Karls Vertrauen erschleichen. Langsam schlenderte er näher.
Karl hielt in seiner stumpfsinnigen Arbeit inne. »Na, hat dich der Mann erschreckt? Du siehst so blass aus.« Er grinste schadenfroh. Natürlich würde er nie zugeben, dass ihn dieser unheimliche Fremde auch erschreckt hatte.
Gustav hob die Schultern und grinste zurück. »Was machst du hier? Hast du in der Werkstatt nichts zu tun?«, lenkte er schnell ab.

»Die Straße zu kehren, ist auch wichtig, sagt mein Meister. Im Augenblick nagelt er ein Paar Schuhe, die ich einem Kunden nachher ausliefere.«
»Darf ich dich begleiten?«
Karl musterte Gustav von oben bis unten. »Ich weiß nicht«, sagte er zögernd. »Du siehst nicht gerade gediegen aus.«
»Was heißt gediegen«, empörte sich Gustav. »Man soll die Menschen nicht nach dem Äußeren beurteilen. Manchmal steckt hinter einer feinen Fassade nur ein Müllhaufen.«
»Das sagst gerade du?«, wunderte sich Karl. »Na, du musst es ja wissen.« Karl erinnerte sich daran, wie verzweifelt Gustav eben noch um eine Arbeit gebettelt hatte. »Aber bezahlen kann ich dich nicht.«
Gustav schüttelte den Kopf. »Brauchst du auch nicht. Ich bin froh, mal mit jemandem zusammen zu sein.«
Karl musterte ihn wieder. Er verspürte Mitleid mit Gustav. »Meinetwegen. Ich schau mal nach, ob der Meister fertig ist.« Er verschwand in der Werkstatt.
»Wie lange treibst du dich denn draußen herum«, fuhr ihn Hempel an. Er hatte sich das Dreibein zwischen die Knie geklemmt, einen Schuh darüber gestülpt und nagelte mit kräftigen Hammerschlägen eine derbe Ledersohle fest. Karl bewunderte immer wieder, wie wunderbar gleichmäßig er die Nägel setzte. Mit Unbehagen dachte er an seine krumm geklopften Nägel und kratzte sich verlegen unter seiner Mütze.
»War viel Dreck«, erwiderte Karl. »Kann ich die Schuhe ausliefern?«
»Moment!« Hempel klopfte den letzten Nagel ein und betrachtete prüfend sein Werk. Dann spuckte er auf das Oberleder und polierte es mit dem Zipfel seiner Schürze.
»Hier, aber pass auf, dass du keine Flecken drauf machst.« Er reichte Karl die Schuhe.

Karl wickelte das Schuhpaar in ein Stück Sackleinen ein. Man konnte ja nie wissen, ob nicht eine Taube oder ein entflohenes Huhn einen Klecks darauf setzte. Er blickte auf seine bekleckerten Holzpantoffeln. Sie waren kein gutes Aushängeschild für einen Schuster. Verstohlen versuchte er, sie abwechselnd an den Hosenbeinen abzuwischen.

»Pass auf, dass du ordentlich entlohnt wirst. Und dass du das Geld vollständig bei mir ablieferst.« Er grinste dabei und zwinkerte mit einem Auge.

»In Ordnung, Meister.« Karl klemmte sich das Bündel unter den Arm und verließ die Werkstatt. Gustav erwartete ihn und wich nicht von seiner Seite, während Karl mit langen Schritten durch die Schustergasse zum Markt eilte, diesen querte und in Richtung Thomaskirchhof lief. Es war schon erstaunlich, dass der kleine, schmächtige Gustav so gut Schritt halten konnte. Was hatte er nur davon, an Karl wie eine Klette zu kleben? Karl jedenfalls war nicht bereit, auf Gustav Rücksicht zu nehmen und etwas langsamer zu laufen. In einer engen, durch ein Quergebäude verschlossenen Seitengasse des Thomaskirchhofs, die gemeinhin nur »Sack« genannt wurde, blieb Karl stehen.

Gustav keuchte. »Hier ist es wohl?«

Karl blickte auf ihn herab. »Jaaa«, erwiderte er gedehnt. »Aber du wartest hier.« Irgendwie war es ihm unangenehm, dass Gustav ihn beobachten würde, während er die Schuhe ablieferte und das Geld in Empfang nahm.

»Warum? Ist es geheim, wer die Schuhe bestellt hat?«

»Geheim? Nein, das ist es nicht. Trotzdem…« Er ließ Gustav einfach stehen und betrat das dreistöckige Haus. Ein dunkles, muffig riechendes Treppenhaus empfing ihn. Die Stufen knarrten unter seinen Füßen. Im obersten Stockwerk klopfte

er. Ein Mann in einem Morgenmantel mit bunten Flicken öffnete einen Spalt.
»Guten Tag, Herr, ich bringe Ihnen die bestellten Schuhe mit bestem Gruß von Meister Hempel.«
Die Tür öffnete sich ein Stück weiter. Aus dem Hintergrund vernahm Karl männliches Stimmengewirr.
»Entwarnung, Freunde«, rief der Mann. »Es ist nur der Schusterjunge.«
Ein leichtes Lächeln huschte über sein blasses Gesicht. Er nahm die Schuhe entgegen und kramte in seiner Tasche nach Geld.
»Wollen Sie die Schuhe nicht anprobieren?«, wunderte sich Karl.
Der Mann zögerte einen Moment, dann schüttelte er den Kopf.
»Das ist wohl nicht nötig, schließlich sind es ja meine alten Schuhe.«
Er drehte sie hin und her, klopfte mit den Fingerknöcheln gegen die Sohle. »Sieht stabil aus.«
»Der Meister hat sie mit viel Sorgfalt gearbeitet«, versicherte Karl. Er bemerkte, dass der Mann ausgefranste Filzpantoffeln trug.
»Daran zweifle ich nicht.« Der Mann schien zu überlegen. »Ich probiere sie doch nochmal an. Komm rein.«
Zögernd folgte Karl ihm in die enge Wohnung. Im Nebenzimmer saßen mehrere Männer um einen Tisch herum. Bei Karls Eintreten verstummten sie augenblicklich und starrten ihn an.
»Josef, wie kannst du ihn hereinlassen«, rügte einer.
»Keine Gefahr, ich kenne den Schuster. Das ist sein Lehrjunge.« Er setzte sich und probierte die Schuhe an.
Karl entdeckte auf dem Tisch eine Menge bunt bedruckter Blätter.
Der Mann schnürte die Schuhe zu, erhob sich und lief einige Schritte hin und her. »Wie neu«, stellte er zufrieden fest. Dabei

bemerkte er Karls neugierige Blicke. »Ich hoffe, du begreifst, dass wir hier Wichtiges besprechen. Du bist doch auch für die Freiheit, nicht wahr?«
Karl nickte heftig. »Ja, ja, ich bin auch für die Freiheit. Das muss man doch sein.«
Der Mann klopfte Karl auf die Schulter. »Recht so! Wir brauchen jeden, der uns unterstützt. Und hier ist der Lohn.« Er drückte Karl mehrere Geldstücke in die Hand. »Grüße deinen Meister. Ich danke.«
Karl verbeugte sich. »Der Meister dankt auch. Und ich danke. Es lebe die Freiheit!«
Unter mehreren Verbeugungen verließ Karl die Wohnung und eilte, zwei Stufen auf einmal nehmend, die Treppe hinunter. Unten erwartete ihn Gustav mit neugieriger Miene. »Haste dein Geld?«
»Klar, was dachtest du denn? Das sind ehrliche Leute, die auch für die Freiheit sind.«
»Wieso? Was für eine Freiheit?«
»Na, die Freiheit eben. Die hatten lauter bunte Flugblätter auf dem Tisch. Ich denke, das sind wichtige Leute.«
»Bunte Flugblätter?« Gustavs Ohren klappten nach vorn. »Was denn für Flugblätter?«
»Keine Ahnung, ich habe die nicht so genau gesehen. Es geht um die Freiheit.« Er warf Gustav einen abfälligen Blick zu. »Aber was verstehst du schon davon?«
»Nichts, nichts«, versicherte Gustav. »War nur so eine Frage.«
»Ich gehe jetzt zur Pleiße runter. In der Werkstatt habe ich nichts mehr zu tun.« Er deutete mit dem Kopf zum Thomaspförtchen.
»O ja, da war ich schon lange nicht mehr.« Gustav wich nicht von Karls Seite. Karl fand diese Anhänglichkeit störend und zog verärgert die Augenbrauen zusammen.

»Hast du denn nichts zu tun?«
Gustav schüttelte den Kopf.
»Na gut.« Karl wurde zugleich versöhnlich gestimmt, weil er das Geld in seiner Tasche fühlte. Heute war ein guter Tag. Sie passierten unbehelligt das kleine Nebentor.
»Manchmal sind die Wachen sehr kleinlich, aber mich kennen sie mittlerweile«, sagte Karl stolz.
»Da kannst du wohl schmuggeln?« Gustav flüsterte ehrfurchtsvoll.
Karl lachte auf. »Ich habe nichts zu schmuggeln. Aber wenn es sein müsste, ich glaube schon.«
»Tatsächlich?«
Karl blieb abrupt stehen. »Nein, der schon wieder«, stöhnte er.
»Wer?« Gustav blickte sich interessiert um.
»Na, der da. Heinrich Krell. Das ist der Sohn vom Kaufmann Krell. Und seine Schwester, diese dumme Gans, ist bestimmt auch nicht weit.« Dann ging er entschlossen weiter. »Heinrich bringt immer was zu essen mit. Mal sehen, was er hat, sonst bekommt er gleich Prügel.«
»Meinst du das im Ernst?«
»Natürlich nicht. Aber diesem Fettklops muss man immer mal in die Schranken weisen, sonst wird er übermütig. Jedenfalls habe ich jetzt Hunger. Du nicht?«
»Doch, doch!«
Sie blieben vor Heinrich stehen, der es sich neben der Brücke bequem gemacht hatte. Die meisten Bänke auf der Promenade zwischen dem Thomaspförtchen und dem Barfußpförtchen waren besetzt. Dort saßen die Kinderfrauen und hüteten den Nachwuchs ihrer Herrschaft. Damit auch die promenierenden Bürger sich ausruhen konnten, wurden schon vor einiger Zeit die Bänke gekennzeichnet, auf denen die Muhmen Platz

nehmen durften. Hatten sie doch den lieben langen Tag nichts andres zu tun, als auf ihre Schützlinge aufzupassen und dabei kräftig über ihre Herrschaft zu lästern.
»Da bist du ja, Karl. Ich hatte dich schon vermisst.« Heinrichs Gesicht hellte sich auf, als er Karl sah.
»Ach ja? Wieso das?« Er setzte sich neben Heinrich. »Du hast wohl wieder euren Mittagstisch geplündert?«
Heinrich grinste und seine prallen Wangen glänzten. »Klar. Ich musste aufpassen, dass Sophie nichts merkt. Die verpetzt mich gleich wieder.« Er deutete auf ein kleines Bündel im Gras.
Augenblicklich begann Karls Magen zu knurren und das Wasser lief ihm im Munde zusammen. Auch Gustav trat neugierig näher. Heinrich beäugte ihn misstrauisch. »Wer ist denn das?«
»Gustav. Er wohnt in der Nachbarschaft.« Das stimmte nicht ganz, denn die Tagelöhnerfamilie hauste in einer Dachkammer in einem der schrecklich schmalen Häuser an der Neuen Kirche hinter der Fleischergasse. Eigentlich lebte Gustav auf der Straße. Und er hatte immer Hunger.
Heinrich öffnete das Tuch. Zwei Stück Möhrenkuchen, zwei kandierte Apfelstücke und ein Stück ausgekochte Wurst kamen zum Vorschein. Gustavs Augen weiteten sich. »So etwas gibt es bei euch zu Mittag?«
Heinrich nickte wie selbstverständlich. »Bitte, bedient euch.« Mit einer gönnerhaften Geste wies er auf die Köstlichkeiten. Das ließen sich die beiden nicht zweimal sagen. Auch wenn Karl sich wiederholt geschworen hatte, nicht auf Heinrichs Bestechungsversuche einzugehen, so siegte doch sein leerer Magen über seinen Willen. Heinrich erkaufte sich eben Freundschaften, weil sonst niemand etwas mit ihm zu tun haben wollte. Aber ein Freund war Heinrich dennoch nicht. Das hinderte Karl jedoch nicht, es sich schmecken zu lassen.

Gustav schlang den Möhrenkuchen hastig herunter. Die Wurst teilten sie sich. Zum Abschluss verspeisten sie die kandierten Apfelstücke.

»Nun fehlt nur noch Friederike mit der Milch«, meinte Karl.

»Wer ist denn Friederike?« Gustav las alle Krümel vom Tuch auf.

»Die Tochter vom Milchmann.«

»Ach, der mit dem Maultierkarren? Den kenne ich.« Gustav leckte sich die Lippen. Milch konnte er sich nicht leisten. Die gab es nur manchmal für seine kleineren Geschwister. Heinrich hockte sich zwischen ihnen auf die Wiese nieder und schaute Karl erwartungsvoll an. »Ich habe auch Spielzeug mit«, sagte er, griff unter seine Weste und zog ein kleines Holzpferd und ein paar bunt bemalte Holzsoldaten heraus. »Ich habe noch mehr davon. Auch Soldaten. Da können wir Gefecht spielen.«

Skeptisch blickte Karl auf die kleinen Figuren. »Wo hast du die denn her?«

»Die hat mein Vater von seinen Handelsreisen mitgebracht.«

»Du hast es gut«, seufzte Gustav. Spielzeug kannte er nicht. Als er kleiner war, hatte er mit dem gespielt, was er gerade zur Verfügung hatte: mit geschliffenen Steinen aus dem Fluss, knorrigen Ästen, Flaschenscherben. Seine kleine Schwester besaß eine Puppe aus Stroh, die der Vater eines Abends zusammengedreht hatte.

»Ich besitze auch bunte Murmeln«, erzählte Heinrich. »Beim nächsten Mal bringe ich sie mit, da können wir damit spielen.« Er setzte den Soldaten auf das Pferd. »Ich bin natürlich der französische Soldat. Du bist der Preuße und du, Gustav, der Österreicher.« Heinrich grinste. »Der ist allerdings schon totgeschossen.«

Gustav schüttelte sich. »Ich will aber nicht tot sein.«

»Und ich will kein Preuße sein«, widersetzte sich Karl. »Schließlich bin ich Sachse.«

»Na ja«, lenkte Heinrich ein. »Einen sächsischen Soldaten habe ich auch. Den habe ich aber gar nicht mitgebracht.«

»Dann steck dein blödes Spiel wieder ein.« Karl wandte sich abrupt ab.

»Aber die Wurst hast du gefressen«, beschwerte sich Heinrich. »Bin ich nun dein Freund, oder nicht?«

Karl antwortete nicht, blickte stattdessen auf den träge dahinfließenden Fluss. Insekten schwirrten über die Wasseroberfläche.

»Aber mein Freund bist du«, versicherte Gustav.

Heinrich schien weniger begeistert. »Ich sehe dich hier zum ersten Mal.«

»Stimmt. Ich wusste ja nicht, dass ihr euch immer hier trefft.«

»Wir treffen uns nicht hier. Das ist wohl eher Zufall«, knurrte Karl.

»Ich habe auf dich gewartet. Und auf Philipp. Deshalb hatte ich zwei Stück Kuchen mit.«

»Ach, ich dachte, das zweite war für Friederike«, grinste Karl.

»Nee, ich mache mir nichts aus Mädchen«, erwiderte Heinrich. »Meine Schwester reicht mir vollkommen. Aber schau mal, wer da kommt.« Heinrich deutete zum Thomaspförtchen. Mit langen Schritten, ein Bündel Bücher unterm Arm, kam der Herr Studiosus, begleitet von Friederike. Karls Herz schlug schneller. Er wusste nicht warum, aber sofort begann es in seinem Bauch zu kribbeln. Warum klebte Friederike nur so an diesem Studenten?

Die beiden blieben etwas entfernt stehen, als sie das Trio am Fluss entdeckten. Sie diskutierten kurz miteinander, dann kamen sie näher.

Artig begrüßte Friederike die Jungs, während Philipp nur etwas herablassend mit dem Kopf nickte.

Friederike sah wieder bezaubernd aus. Ihr honigblondes Haar trug sie sorgfältig geflochten, die Zopfschleifen bestanden abermals aus dem gleichen Stoff wie die Borte an ihrem Kleid. Ihre Schürze war ebenso sauber wie ihre Schuhe. Karl überlegte, wie sie das fertig brachte. Schließlich kam sie fast täglich den weiten Weg aus Liebertwolkwitz nach Leipzig – immerhin eine Wegstrecke von einigen Meilen. Sicher saß sie auf dem Karren ihres Vaters und brauchte nicht zu laufen.

»Was willst du denn hier? Hast du wenigstens Milch mitgebracht?«, wollte Heinrich wissen.

»Nein«, gab Friederike trotzig zurück. »Ich muss mir keine Freundschaft erkaufen.«

»Die hat sicher schon Philipp getrunken«, bemerkte Karl etwas spitz.

Friederike errötete, dann zog sie zornig die Augenbrauen zusammen. »Was redest du da für Unsinn, Karl? Glaubst du, wir sind so reich, dass wir jedes Mal die Milch verschenken können?«

»Das habe ich nicht behauptet«, verteidigte sich Karl. Es ärgerte ihn, dass es schon wieder Streit mit Friederike gab. Dabei mochte er sie und wäre gern mit ihr allein gewesen. Die Anwesenheit der anderen, vor allem von Philipp, störte ihn gewaltig.

Philipp grinste nur, während er sich unter einem der Bäume niederließ und sorgfältig seine Bücherstapel neben sich legte. Karl deutete mit dem Finger darauf. »Wenn Friederike da ist, schaust du gar nicht rein. Wie willst du denn studieren?«

»Ich studiere die ganze Zeit«, gab Philipp zurück. »Du hast doch gar keine Ahnung. Derzeit studiere ich Kunst. Unser großer General hat wunderbare Kunstwerke von seinen Eroberungen mitgebracht.« Er schlug eine Zeitung auf und tippte auf einige Zeichnungen. »Wenn ich sie doch nur selbst in Paris im Museum besichtigen könnte.«

Interessiert beugte sich Friederike über das Papier. »Oh, das ist ja ein nackter Mann«, rief sie erschrocken. »Das ist Kunst?«
»Selbstverständlich. Das ist eine Skulptur aus Italien. Und aus Ägypten hat er auch Kunstschätze mitgebracht, Gold, Edelsteine und Figuren von Pharaonen.«
»Was sind denn Fandronen?«
Philipp lächelte wissend. »Pharaonen, Friederike. Das waren die Könige der Antike in Ägypten. Stell dir vor, wenn die gestorben sind, wurden sie zu Mumien getrocknet. Auch so etwas gibt es in Paris zu sehen.«
»Der General stellt getrocknete Leichen im Museum aus?« Karl schüttelte sich entsetzt. Auch Friederike erschauerte. »Was ist das für ein gottloser Mensch!«
»General Napoleon ist ein genialer Mensch«, widersprach Philipp. »Ich verehre ihn sehr. Er stärkt das Ansehen von Frankreich.«
»Durch Leichen? Wie kann man denn so etwas verehren? Als mein Vater starb, da haben wir ihn nur daheim aufgebahrt und dann beerdigt, wie es sich gehört. Mit einer Trauerandacht in der Kirche und Blumen auf dem Grab.«
»Du bist eben nur ein Schusterjunge. Um Kunst zu verstehen, muss man seinen Geist durch Studien erweitern.«
»Ich brauche kein Studium, um zu wissen, dass man keine Leichen stiehlt.«
Friederike schien hin- und hergerissen. »Also, ich finde auch, dass sich das nicht gehört. Der General ist doch sicher ein Christ, nicht wahr?«
»Diese Pharaonen waren doch Heiden«, beschwichtigte Philipp. »Da ist das erlaubt.«
»Ach so.« Offenbar gab sie sich mit Philipps Erklärung zufrieden. Gustav schaute nur stumm von einem zum anderen. Vom Sinn der ganzen Unterhaltung verstand er nichts, aber er merkte sich

jeden Satz. Das alles würde er dem Herrn Geheimpolizisten berichten, denn hier wurde offenbar gegen die Obrigkeit gesprochen. Nicht der Student, aber der Schusterjunge zeigte offen seine Ablehnung gegen den großen General. Und diese Friederike sagte auch einige Dinge, die wohl nicht ganz in Ordnung waren. Oder doch? Gustav kam ganz durcheinander.

»Mein Vater war in Paris«, mischte sich nun Heinrich in die Diskussion ein. »Aber von vertrockneten Leichen hat er nichts erzählt. Meiner Mutter hat er Parfüm mitgebracht.«

»Und Zucker geschmuggelt. Oder womit habt ihr die Äpfel kandiert?«

Heinrich starrte Karl entsetzt an. »Willst du damit sagen, dass mein Vater schmuggelt?«

Karl hob die Schultern. »Weiß man's? Vielleicht hat er den Zucker ja auch aus Paris mitgebracht, als Franzosenfreund. Manchmal lassen sich die Offiziere bestechen…«

»Halts Maul«, zischte Heinrich, den Tränen nahe. »Außerdem hast du das Zeug ja gegessen. Nun hängst du mit drin.«

Gustav schluckte. Auch er hatte die süßen Apfelstücke gegessen. Ob er das dem Geheimpolizisten erzählen sollte? Oder besser schweigen? Hastig verabschiedete er sich.

Es war nicht weit von der Thomaspforte zu Gustavs Heim. Er zog es vor, die Stadt über die benachbarte Barfüßerpforte wieder zu betreten. Die war klein, nur für den Fußgängerverkehr geöffnet und nicht sehr streng bewacht. Über diesem kleinen Wohnviertel erhob sich der schlanke Turm der Kirche wie ein mahnender Zeigefinger. Gustav hielt inne, um durchzuatmen. Es war ein aufregender Tag gewesen. Noch konnte er all die seltsamen Erlebnisse nicht so recht einordnen. Langsam schlenderte er weiter. Er war noch nicht bereit, nach Hause zu gehen. Er folgte der Klostergasse, bog vor der Fleischergasse nach links ein und erreichte den

Kirchhof. Früher stand hier ein Kloster der Barfüßermönche. Die gab es schon lange nicht mehr, doch Gustav wusste aus Erzählungen der alten Leute, dass manchmal einer von ihnen durch die sumpfigen Wälder der Aue geisterte. Jetzt erhob sich nur die Kirche mit ihrem steilen Satteldach und dem spitzen Turm über die umstehenden Gebäude. Auf dem länglichen Platz davor boten während der Messen auswärtige Töpfer ihre Waren feil. Auch die Getreidehöker hatten hier ihren Verkaufsplatz. Doch jetzt lag der Platz verwaist. Nur der Brunnen mit der Neptunfigur stand einsam. Gustav setzte sich auf seinen steinernen Rand und blickte ins Wasser. Dann tauchte er die Faust hinein, die den Kupfergroschen umklammert hielt. Was konnte er davon kaufen? Wahrscheinlich nicht viel, denn die Preise für Lebensmittel stiegen unaufhörlich. Zudem kamen immer weniger Messegäste und Kaufleute, seit die Franzosen die Stadt besetzt hielten. Auch die Besitzer der zahlreichen Gasthäuser stöhnten, denn die meisten lebten von den Fuhrleuten, Kaufmännern, Händlern und Gästen während der drei Messen. An der Nordseite des Kirchplatzes befand sich der Gasthof »Zum goldenen Herz«, ein Stück daneben das Gasthaus »Zum blauen Stern« und an der Ecke zur Fleischergasse das »Goldene Weinfass«. Er wandte sich zur anderen Seite des Kirchplatzes um. Dort, eingezwängt zwischen anderen unansehnlichen Häusern, stand das Haus, unter dessen Dach Gustavs Familie wohnte. Er ließ sich vom Rand des Brunnens gleiten und ging schleppenden Schrittes zurück. Einen Augenblick blieb er vor der schäbigen Haustür stehen und atmete tief durch. Das Haus war nur drei Fenster breit, ohne Zier im Putz. Wozu auch, wohnten doch hier nur sehr arme Familien. Lehmanns waren die ärmsten. Er stieg die steilen Treppen hinauf bis in das oberste Stockwerk. Schon durch die Wohnungstür vernahm er das Geschrei seiner kleineren Geschwister. Leise drückte er die

Klinke nieder. Feuchter Geruch schlug ihm entgegen. Quer durch den Raum zogen sich Leinen mit nasser Wäsche. Dazwischen spielten und stritten sich die Kinder. Mutter Lehmann hielt einen schreienden Säugling auf dem Schoß, Gustavs jüngsten Bruder. Sie versuchte, ihn zu beruhigen. Ein Tisch, zwei Bänke, mehrere Schemel und ein Schrank mit hängenden Türen bildete die ganze Einrichtung. In der Ecke teilten einige grob zusammengenagelte Bretter einen Teil des Zimmers ab. Ausgefüllt mit Strohsäcken und überdeckt mit graubraunen Pferdedecken diente das Geviert allen Kindern zum Schlafen. Nur der Kleinste durfte zwischen den Eltern im wackeligen Ehebett schlafen, das in der engen Nebenkammer stand. Zusammen mit dem Wäscheschrank füllte es die Kammer fast gänzlich aus. Ein eiserner Herd stand in einer Nische am Schornstein und war die einzige Möglichkeit zu kochen und zu heizen. Wasser mussten sie aus der Schwengelpumpe draußen in der Gasse heraufholen. Es war stickig und sehr warm. Gustav musste husten. Die Mutter blickte auf. Erst jetzt hatte sie ihn bemerkt. Er stieg über ein am Boden krabbelndes Geschwisterkind, schob mit der Hand ein Wäschestück beiseite und legte den Kupfergroschen auf den Tisch.

»Was ist das?«, wollte die Mutter wissen.

»Ein Groschen«, erwiderte Gustav.

»Was hast du dafür tun müssen?«

Gustav wollte von der seltsamen Begegnung mit dem schwarz gekleideten Fremden erzählen, doch er besann sich schnell eingedenk der eindringlichen Warnung des Mannes. Geheim war geheim, auch vor seiner Mutter.

»Hab einen Botengang erledigt«, erwiderte er.

»Und dafür hast du einen ganzen Groschen bekommen?«

»Ja, es war ein großzügiger Mann. Habe Schuhe ausgeliefert«, flunkerte er.

Der Säugling begann wieder zu schreien und die Mutter fragte zum Glück nicht weiter nach.
Es war schon dunkel, als der Vater nach Hause kam. Die Mutter wärmte den Hirsebrei auf, den sie zuvor schon den Kindern zu essen gegeben hatte. Stumm wartete sie darauf, dass ihr Mann auch Geld auf den Tisch legte, doch er tat es nicht.
»Hast du heute nichts verdient?«, fragte sie schließlich. Der Vater schüttelte den Kopf und löffelte den Hirsebrei.
»Hast du es wieder in die Wirtschaft gebracht?« Die Stimme der Mutter wurde schriller.
»Und wenn?«
»Denkst du gar nicht daran, dass hier acht hungrige Mäuler darauf warten, etwas zu essen zu bekommen?«
»Sicher. Ich denke an nichts anderes.« Er wischte sich mit dem Ärmel den Mund ab.
»Warum versäufst du dann das Geld?«
»Warum, warum – weil ich das alles hier nicht mehr ertrage. Dieses Geschrei der Kinder, dein ständiges Gezänk, diese Luft, die die Lungen verklebt, dieses ganze Elend, es macht mich krank. Glaubst du, das Geld liegt auf der Straße? Jeder hat mit sich selbst zu tun und die verdammten Franzosen durchsuchen jeden, bei dem sie etwas zu konfiszieren vermuten. Es gibt einfach keine Arbeit. Habe mich schon bei den Gerbern umgehört, aber die haben auch nur mit sich selbst zu tun.« Er schlug wütend mit der Faust auf den Tisch.
»Gustav hat einen Kupfergroschen verdient«, sagte die Mutter deutlich milder.
»Der Bengel kann auch was tun«, gab der Vater unwirsch zurück.
Gustav, der bereits auf dem Strohsack neben seiner Schwester lag, tat so, als schliefe er schon. Der ständige Streit der El-

tern schmerzte. Aber bald würde er viel Geld mit nach Hause bringen, und er brauchte nicht viel zu tun. Er brauchte nur seine Informationen an den schwarzen Mann zu geben. Ob er ihn wieder traf? Ob der Mann Wort hielt? Wie viel Geld würde er ihm das nächste Mal geben? Die quälenden Gedanken ließen ihn den Streit der Eltern vergessen. Sein letzter Gedanke war, dass er nun ein ganz wichtiger Mensch war: ein Geheimagent.

Mit einer Mischung aus Angst, Spannung und Ungeduld erwartete Gustav den Geheimpolizisten zwei Wochen später an der Ecke zum Nikolaikirchhof. Er hatte sich wieder in eine Toreinfahrt gedrückt und presste seine Hände gegen sein wild schlagendes Herz. Ob der Mann überhaupt kommen würde? Gustav benötigte das Geld ganz dringend. Sein jüngster Bruder war vor zwei Tagen gestorben und die Mutter lag krank auf ihrem Strohsack. Den Vater hatten sie schon seit Tagen nicht mehr gesehen. Er musste einfach den Mann treffen und er musste von ihm Geld bekommen. Einen anderen Ausweg gab es nicht mehr.

Er war fast erleichtert, als er die schwarze Gestalt drüben am Eingang der Kirche stehen sah. Gustav verließ seinen geschützten Platz und lief unmittelbar vor dem Mann in die Kirche hinein. Hier würde er ihm nichts antun, davon war Gustav überzeugt. Tatsächlich folgte ihm der Mann betont unauffällig. Er nahm seinen Hut ab, als er die Kirche betrat und blickte sich um, während er mit der Spitze seines Spazierstockes auf die Bodenplatten klopfte. Gustav versteckte sich hinter einer der Säulen. Er hörte die sich nähernden Schritte im Takt des Spazierstocks. Klack – klack – klack. Dann war es still. Von draußen drang der Lärm der Straße gedämpft durch die geschlossene Kirchentür. Vorsichtig lugte Gustav hinter der Säule hervor. Der schwarz gekleidete Mann blickte streng auf ihn herab. »Wenigstens bist du pünktlich«, bemerkte er. »Nun, was hast du mir zu berichten?«

Gustav versagte beinahe die Stimme. »Ich weiß ja nicht, ob es von Bedeutung ist…«

»Das zu entscheiden, überlass mal mir«, fuhr ihn der Mann an. »Also?«

»Ich habe den Schusterjungen Karl begleitet, ein Paar Schuhe auszuliefern. Der ging in ein Haus im Sack am Thomaskirchhof. Da haben sich Männer versammelt, bunte Flugblätter lagen auf dem Tisch. Die waren alle für die Freiheit.«

Der Blick des Mannes wurde stechend. »Flugblätter? Was stand darauf?«

»Das weiß ich nicht, Herr. Ich war ja selbst nicht dabei. Karl hat es mir erzählt. Außerdem … ich kann nicht lesen.«

»Das ist auch nicht notwendig. Hauptsache, du hältst die Ohren offen. Und wer ist der Schusterjunge Karl?«

»Der arbeitet bei Schuster Hempel in der Schuhmachergasse.«

»Gehört der Schusterjunge auch zu diesen Leuten mit den Flugblättern?«

»Ich glaube nicht. Der hat nur die Schuhe dort abgeliefert.«

»Nun ja, das kann Tarnung sein. Und sonst? Hast du noch etwas zu sagen?«

Gustav überlegte hastig. Sollte er von dem Gespräch am Flussufer erzählen? Aber dann würde er Karl belasten. Und Friederike. Und Heinrich. Der hatte schließlich etwas zu essen mitgebracht. An diesem Tag hatte er sogar das Gefühl gehabt, dass sie alle seine Freunde werden könnten. Er schüttelte heftig den Kopf. »Nein, das war alles.«

»Wirklich?« Die Stockspitze des Geheimpolizisten zielte auf Gustavs Brust.

Gustav schaffte es nicht, dem Mann fest in die Augen zu blicken. »So ist es, Herr. Das war alles.«
»Das war nicht alles. Du kannst mir nicht in die Augen sehen, also lügst du.« Der Mann packte Gustav am Kittel und beutelte ihn. Mit einem Blick zum Altar hielt er inne, ließ Gustav aber nicht los.
»Ich lüge nicht«, keuchte Gustav. »Es war … nur das mit dem Zucker.«
»Was für Zucker?«
»Der Sohn von Kaufmann Krell hat kandierte Äpfel verschenkt.«
»Ja, und?«
»Ich weiß nicht, woher die den Zucker haben.«
»Du meinst, dieser Kaufmann schmuggelt?«
»Das weiß ich nicht. Ich kenne den Kaufmann nicht. Nur den Sohn habe ich mal auf der Promenade an der Thomaspforte beobachtet. Weiter nichts, Herr.«
Der Mann griff in die Tasche und drückte Gustav eine Münze in die Hand. Es war ein Groschen.
»Das war etwas dürftig, Gustav. Es ist mein guter Wille, dich dafür zu entlohnen. Das nächste Mal hältst du die Ohren besser auf. Überall gibt es Kollaborateure, Schmuggler, Feinde der Franzosen. So eine kleine, schmierige Ratte wie du kriecht doch in alle Kloaken.«
Gustav hielt die Hand mit dem Groschen geöffnet. »Das ist zu wenig, Herr«. Er wusste nicht, woher er den Mut zu diesen Worten nahm. »Sie haben mir mehr Geld versprochen.«
»Was erlaubst du dir, du Lumpengesindel?«, zischte der Mann. »Du bekommst dein Geld, wenn ich nachprüfe, ob deine Angaben stimmen. Vorher bekommst du nicht mehr als das, was du da hast. Streng dich das nächste Mal mehr an…«
»Mein Bruder ist gestorben, meine Mutter ist krank«, rief Gustav verzweifelt. »Ich brauche das Geld.«

»Was geht mich deine Mutter an? Geld muss man sich verdienen. Aber wenn es dir nicht passt…« Er griff nach Gustavs Hand, der Groschen fiel zu Boden.
»Nein, nein, Herr, es ist schon genug. Ich werde Euch nicht enttäuschen.«
»Das hoffe ich, Gustav, das hoffe ich. Sonst…« Er ließ das Wort drohend in der Luft stehen.
Gustav schloss schlotternd die Augen. Als er sie wieder öffnete, war der Mann abermals verschwunden, der Groschen ebenso. Er hatte seine Schritte nicht mal klacken gehört.

Heinrich Krell

Das Gebäude der Bürgerschule oben auf dem Plateau der Moritzbastei bot einen soliden Anblick. Unter dem kurfürstlichen Wappen wurden Bürgersöhne zu gebildeten und tüchtigen Menschen erzogen. Auch wenn der imposante Bau noch längst nicht vollendet war, so diente er bereits seit einigen Jahren als erste konfessionslose Schule der Stadt, die den Bedürfnissen des Bürgerstandes angepasst war. Hinter der Sandsteinfassade büffelten die Schüler Geschichte und Geografie, Mathematik und Schrift, Religion und Sprachen. Nicht dass Heinrich Krell ein eifriger Schüler war. Es fiel ihm nicht leicht, dem Unterrichtsstoff zu folgen. Dabei hätte er dankbar sein müssen, dass sein Vater darauf bestanden hatte, dass Heinrich eine ordentliche Schule besuchte. Schließlich sollte er einmal in das Handelsgeschäft des Vaters einsteigen. Anders als in den kirchlich geleiteten Lateinschulen wurden hier die Lehrinhalte ganz modern nach den Methoden und Lehren des Schweizer Pädagogen Pestalozzi angewandt. Allerdings stand Heinrich im Augenblick nicht der Sinn danach. Er kämpfte gegen die Müdigkeit, während vorn am Katheder Lehrer Johann Friedrich Krug eindringlich darüber referierte, wie wichtig Lesen und Schreiben für die Bildung des Menschen sei.

»Die Schriftsprache ist nicht durch die Natur des Menschen bedingt«, sagte er, während er immer vier Schritte im Raum auf und ab ging. »Was uns bildet, ist die Tonsprache. Früher wurden alle Informationen mündlich weitergegeben.«

»Warum quält er uns denn damit?«, fragte Heinrichs Banknachbar und streckte sich gähnend.

Auch Heinrich fand, dass er nicht unbedingt all das benötigte, was er in den endlosen Unterrichtsstunden eingetrichtert bekam. Da fiel ihm das Denken sichtbar schwer. Von seinem Vater hingegen hatte er sich viel abgeschaut – zu seinem eigenen Vorteil handeln und Geschäfte machen, waren geradezu Heinrich in die Wiege gelegt worden.

»Die Schriftsprache ist eine Sache des Gedächtnisses«, fuhr Krug unbeirrt fort. »Lesen und Schreiben sind also eine Sache der Fertigkeit und des Fleißes. Diese Tugenden führen den strebsamen Schüler zum glücklichen Erfolg. Auch ihr werdet dieses Glück erfahren, da ihr die nötige Körper- und Geisteskraft besitzt, diese Fertigkeiten zu gebrauchen.«

Im Augenblick wünschte sich Heinrich nur die nötige Körperkraft, das Kommende abzuwehren. Die letzte Unterrichtsstunde war beendet, Krug hatte das Klassenzimmer verlassen. Langsam packte er seine Bücher, die Schiefertafel und das Schreibpapier in seine abgewetzte Ledertasche und blickte sich aus den Augenwinkeln um. Das Klassenzimmer hatte sich geleert. Er war beinahe der Letzte.

Heute hatte er keinen Blick für Draußen übrig, obwohl er in den Pausen gern am Fenster stand. Man konnte von hier aus direkt auf den Rossmarkt blicken, wo die Soldaten mit ihren Pferden ein buntes Bild abgaben. Langweilig wurde es da nie, denn es geschah immer etwas. Mal büxte ein Pferd aus, mal veranstalteten die Soldaten kleine Reiterparaden. Immer wechselte das Bild, je nachdem, welche Armee gerade in und um Leipzig stand. Es war ein Kommen und Gehen, denn irgendwo fand immer eine Schlacht statt.

Seufzend wandte Heinrich sich ab und verließ den Raum. An der Treppe stand Direktor Gedike. »Nun, Krell, wie immer der Letzte.« Er hielt die Hände auf dem Rücken verschränkt und blickte auf Heinrich aus gesenkten Augenlidern herab.

»Ich habe noch über die Worte von Herrn Lehrer Krug nachgedacht«, murmelte Heinrich. Hoffentlich verwickelte ihn der Direktor nicht noch in ein langatmiges Gespräch über die angeblich so modernen Krugschen Lehrmethoden. »Auf Wiedersehen, Herr Direktor. Einen schönen Feierabend, Herr Direktor.«
»Grüße an den Herrn Vater, Krell«, gab Gedike gut gelaunt zurück.
Aufatmend verließ Heinrich das Schulgebäude. Wenn er Pech hatte, würde er nur auf Umwegen oder im Laufschritt nach Hause kommen. Weit war es nicht bis zum Hause der Krells in der Sporergasse. Es war kein großes Handelshaus, nur ein paar Kellergewölbe unter einem Lagerhof, darüber die Wohnung der Familie.
Er kam nicht weit. In der Nähe des Kornmagazins sah er sie stehen. Es waren sieben, der lange Conrad dabei, zwei aus der Nachbarklasse, die anderen drei aus seiner eigenen. Den siebten kannte er nicht.
»Da ist ja das fette Schwein«, rief Conrad und zeigte auf Heinrich. »Blasen wir zur Schweinejagd!« Die anderen johlten. Verunsichert blieb Heinrich stehen und suchte mit den Augen verzweifelt nach einem Fluchtweg. Es gab keinen. Zur Linken befand sich die Stadtmauer, rechts das langgezogene Gebäude des Kornmagazins. Er musste weiter zur Petersstraße. Doch bis dahin kam er nicht. Drohend wie eine Mauer versperrten die sieben Jungs ihm den Weg. Es war nicht das erste Mal. Es war eher ein tägliches Ritual, dass sie ihm auflauerten. Mal hier, mal eine Straßenecke weiter, wo er sich wenigstens noch in die Peterskirche hätte retten können. Nun musste ihm etwas anderes einfallen. Ruckartig drehte er sich um und rannte den Peterszwinger entlang in Richtung Grimmaisches Tor. Vorbei an dem langen Wohngebäude, das auf der ehemaligen Landeskrone errichtet worden war, durch den kleinen Obstgarten am Ende des Gebäudes. Einen kurzen Moment überlegte er, sich wieder in die Schule zu flüchten, doch

er lief weiter, so schnell ihn seine stämmigen Beine tragen konnten. Vor einer Reihe niedriger Häuser, die größtenteils von Stadtsoldaten bewohnt wurden, holten ihn seine Verfolger ein. Johlend umringten sie Heinrich, drängten ihn in Richtung des zugeschütteten Wassergrabens, der jetzt als Baumschule und Küchengarten für das Waisenhaus genutzt wurde.

»He, Krell, wir wollen mit dir spielen«, schrie einer und stieß Heinrich, sodass er gegen einen anderen der Sieben taumelte.

»Krell, was rempelst du mich an?«, fuhr der Heinrich an. Er schubste ihn zurück. Wie ein Ball wurde Heinrich nun reihum gestoßen, immer heftiger. Dann folgte der erste Schlag. Heinrich duckte sich. Gegen sieben halbstarke Jungen kam er nicht an. Er dachte nicht einmal daran, sich zu wehren.

»Tritt ihn in den Arsch«, rief Conrad. Der Fremde ließ sich nicht lange dazu auffordern. Ein dunkler Abdruck blieb auf Heinrichs Hosenboden. Ein Faustschlag ins Gesicht ließ ihn taumeln. Ihm wurde schwarz vor Augen. Etwas Warmes rann über sein Gesicht. Wie ein Igel krümmte sich Heinrich zusammen, in der Hoffnung, so die Tortur zu überstehen. Die Zeit schien sich endlos zu ziehen.

Es war eher Zufall, dass Karl in diese Richtung blickte, als er aus dem Haus des Soldaten trat, dem er die geflickten Stiefel gebracht hatte. Die Zwingerwohnungen waren keine angenehme Gegend. Interessiert blieb Karl stehen. Eine richtige Prügelei war schon etwas Aufregendes. Früher war er selbst immer dabei, wenn es um das lebensnotwendige Quantum an Blödsinn ging, das Jungen in dem Alter nun einmal brauchten. Da bekämpften sich die Dorfjungs von der Armenhäuslerseite mit denen von der Rittergutsseite in Möckern. Und wenn es gegen die Dorfjungs aus Gohlis ging, dann waren sich die Möckernschen Buben einig. In harmlosen Fällen wurde mit Kirschkernen gespuckt, mit verfaulten Kartoffeln geschossen oder mit einem kleinen Katapult Steine geschleudert. Im Nahkampf nutzte Karl seine Armlänge aus und hielt sich fast alle Angreifer so vom Leib. Das Leben in Schuster Hempels Haus war ihm zu ruhig, außer einigen Wirtshausraufereien geschah in der Nähe wenig. Aber er hatte ja vor Gott und Schwager Bratfisch geschworen, ein besserer Mensch zu werden. Warum erinnerte er sich ausgerechnet jetzt daran?

Es dauerte eine Weile, bis Karl erkannte, um wen es sich bei dem Unglücklichen handelte, um den sich die anderen scharten. Die weißen Kniestrümpfe unter den altmodischen Kniebundhosen gehörten unverkennbar zu Heinrich Krell. Ein Grinsen huschte über sein Gesicht. Endlich bekam dieser eingebildete Kloß mal eine Abreibung!

Karl blieb stehen, um die Prügelei zu beobachten. Eigentlich war es keine richtige Prügelei, denn Heinrich wehrte sich nicht. Er ließ sich einfach zusammenschlagen. Auch wenn Karl sich insgeheim freute, dass Heinrich mal eins auf sein dummes Maul bekam, so fand er es doch reichlich unfair, sieben gegen einen. Nach mehreren heftigen Schlägen und Tritten sank Heinrich wie ein Getreidesack in sich zusammen und blieb am Boden liegen. Ein großer roter Fleck zierte vorn seine Joppe.

Karl überlegte, ob er nicht eingreifen sollte. Mochte Heinrich auch ein verwöhnter Kaufmannssohn sein, er hatte diesen Jungs nichts getan. Wenn schon eine Prügelei, dann richtig Mann gegen Mann.

Mehrere Männer schoben einen Karren mit Verwundeten vorbei. »Hey, hört auf, ihr Idioten«, rief einer. »Fließt nicht schon genug Blut, als dass ihr einen Schuljungen zusammenschlagen müsst?«

Verwundete Soldaten, Krüppel und Leichen auf den flachen Wagen gehörten seit einigen Jahren zum Stadtbild von Leipzig. Die Lazarette waren hoffnungslos überfüllt und bei jeder Schlacht, die der große General irgendwo im Umfeld schlug, wurden viele

Verwundete in die Stadt gebracht. Die Bevölkerung hatte sich längst an das Elend gewöhnt. Immer wieder forderte der Stadtrat neue Abgaben an Stoffen, Verbandsmaterial, Lebensmitteln und Geld, um die Kranken und Verwundeten zu versorgen. Da war es schon besser, sie starben und wurden aus der Stadt auf einen der Friedhöfe gebracht. Einer davon lag vor dem Grimmaischen Tor hinter der Johanniskirche.

Die sieben Schläger ließen tatsächlich von Heinrich ab. »Kommt, lasst uns gehen, das ist doch langweilig«, meinte einer von ihnen. »Der rührt sich ja nicht mal.«

Zögernd folgten sie dem Wagen, in der Hoffnung, vielleicht eine Uniformjacke, ein Paar Stiefel oder gar eine Waffe von den Verwundeten klauen zu können.

Karl eilte zu Heinrich, der reglos am Boden lag. »Heinrich, ich bin's, der Karl. Geht es dir gut?« Es war einfach eine blöde Frage, das wusste Karl im selben Moment.

»Nein«, wimmerte Heinrich. »Hau ab. Ich schaff das schon allein.«

Er versuchte sich zu erheben. Entsetzt starrte Karl in Heinrichs blutverschmiertes Gesicht. Aus seiner Nase sickerte noch immer Blut, viel Blut. Heinrich taumelte und suchte verzweifelt nach einem Taschentuch. Er fand keins. Vielleicht besaß er auch keins oder hatte es verloren. Mit dem Hemdärmel versuchte er, das Blut abzuwischen, doch er verschmierte es nur weiter.

»Komm, ich bringe dich nach Hause«, sagte Karl entschlossen, packte Heinrichs Arm und stützte ihn mit der Schulter. Heinrich wehrte sich nicht. Karl wusste nicht, warum er plötzlich Mitleid mit Heinrich hatte. Oder war es sein schlechtes Gewissen, dass er ihm nicht geholfen hatte, als die sieben ihn zusammenschlugen? Er dachte nicht weiter drüber nach. Heinrich war schwer und auch kleiner als Karl. Karl musste die Knie beugen, um den

Dicken stützen zu können. Insgeheim ärgerte er sich über sich selbst – hätte er doch einfach weggesehen. Er kam sichtlich außer Atem, als sie vor Krells Haus im Sporergässchen anlangten. »Kannst du nun allein gehen?«, wollte er von Heinrich wissen. Heinrich nickte, doch im nächsten Moment gaben dessen Knie nach und er fiel auf die Haustürschwelle.

»Auch das noch«, ächzte Karl und zerrte Heinrich wieder auf die Beine. »Nimm dich zusammen, wir haben es gleich geschafft.« Er stieß mit dem Fuß die Haustür auf und schleppte ihn die Treppe hinauf. »Hallo, Hilfe«, rief er an der Wohnungstür. Eine ältere Frau mit weißer Haube riss die Tür auf und starrte entsetzt auf die beiden. »Du lieber Himmel, was ist denn passiert?«, rief sie und streckte die gefalteten Hände zum Himmel. Karl ärgerte sich, dass sie nicht half. Er schob sie unsanft beiseite und schleppte Heinrich in die Küche, wo sich beide auf die Küchenbank sinken ließen.

»Frau Krell, Frau Krell«, schrie die Frau mit sich überschlagender Stimme. Das war also gar nicht Heinrichs Mutter, stellte Karl verwundert fest. Er war aber zu erschöpft, um etwas zu sagen. Gleich darauf erschien eine zweite Frau, die ebenso entsetzt aufschrie. »Was hast du mit meinem Jungen gemacht?«, fuhr sie Karl an.

»Ich?«, stotterte Karl verdutzt. »Gar nichts. Der lag da so…«

»Schnell, Hermine, hol kaltes Wasser und Tücher«, kommandierte Frau Krell und nahm Heinrichs Kopf in die Hände, um sich die Wunde genauer zu besehen. Karl fand die Gelegenheit günstig, sich ein wenig in ein besseres Licht zu rücken.

»Es waren sieben Kerle, die Heinrich zusammengeschlagen haben. Ich kam gerade dazu, um sie zu vertreiben.«

»Ach ja?« Frau Krell ließ keinen Blick von ihrem Sohn, bis Hermine mit der Wasserschüssel kam. »Nun steh schon auf, damit

sich Heinrich hinlegen kann«, forderte sie Karl auf. Karl half ihr, Heinrich zu betten, dann stopfte sie ihrem Sohn kleine Stoffstreifen in die Nasenlöcher.
»Ich ersticke ja«, versuchte Heinrich sich zu wehren.
»Unsinn, dann atme durch den Mund«, erwiderte sie und versuchte, ihm das Gesicht abzuwaschen. Sie tat es resolut, als würde sie jeden Tag einen Verwundeten verarzten.
Karl stand hilflos daneben. Einen Moment befürchtete er, Heinrich würde an seinem Blut ersticken. Er hatte schon einige Tote gesehen, aber noch nie einen Menschen sterben.
»Nun halt ihm doch die Hände fest, sonst kann ich gar nichts machen«, fuhr Frau Krell Karl an. Sie schien nicht zu befürchten, dass Heinrich sterben könnte.
»Hau ab!« Heinrich trat mit dem Fuß nach Karl. Ihm war es sichtlich unangenehm, dass er ihn in dieser Lage sah.
»Ich bin froh, dass es dir wieder besser geht«, erwiderte Karl. Aus den Augenwinkeln sah er sich in der Küche um. So eine Küche hatte er noch nie gesehen. Sie war groß, geräumig, voller wunderbarer Gerätschaften aus glänzendem Kupfer. Daheim gab es nur mattes Zinngeschirr. Hier gab es einen Herd mit Verzierungen, und auf dem Herd… Ihm stockte der Atem und gleichzeitig lief ihm das Wasser im Mund zusammen. Da stand eine ovale Pfanne und darin zwei knusprige Hühnchen. Die straffen Keulen ragten über den Rand, als bäten sie, herausgenommen zu werden. Karl wurde fast schwarz vor Augen. Er hatte seit dem Morgen nichts gegessen.
Frau Krell winkte ungeduldig mit der Hand. »Hermine, den Branntwein! Mein armer Junge hat bestimmt Schmerzen.«
»Aber der Branntwein ist doch für die Herren Offiziere«, wagte Hermine einen leisen Widerspruch.
»Papperlapapp! Die kriegen schon genug. Die beiden Hühnchen werden sie auch ohne Branntwein verspeisen.«

Hermine sagte nun nichts mehr und reichte einen Krug herüber.
»Hier, trink das«, forderte Frau Krell ihren Sohn auf.
Heinrich richtete sich auf. Nur mit Widerwillen nahm er einen Schluck und verzog das Gesicht.
»Furchtbares Zeug«, krächzte er und hustete. Dann blickte er Karl an. »Ich sagte doch, du sollst abhauen.«
Frau Krell wandte sich um. »Sieben Männer haben Heinrich überfallen, sagtest du?«
Karl nickte. »Sieben waren es. Sie haben ihn aber nicht überfallen, sondern einfach verprü...«
»Du sollst den Mund halten«, fuhr ihm Heinrich dazwischen.
»Da müssen wir dem jungen Mann wohl dankbar sein«, stellte Frau Krell fest. »Dabei sieht er gar nicht so kräftig aus, um es gleich mit sieben Räubern aufzunehmen.« Sie seufzte. »Es sind schreckliche Zeiten und so unsicher. Es waren doch keine Soldaten, oder?«
Karl schüttelte den Kopf. »Keine Soldaten. Sie sahen aus, als würden sie auch die Bürgerschule besu...«
»Was weißt denn du davon?« Heinrich wehrte die tröstenden Zärtlichkeiten seiner Mutter unwirsch ab. »Es war Gassenpöbel, betrunkene Wegelagerer.«
»Haben sie dir etwas weggenommen?«, fragte Frau Krell besorgt.
»Die Schultasche, meine Bücher, das gute Schreibpapier. Darauf hatten sie es abgesehen.« Es klang komisch, wie Heinrich durch die Nase sprach, und Karl musste unwillkürlich lachen.
»Was ist daran so komisch?« Frau Krell runzelte ihre Augenbrauen.
»Was soll Gassenpöbel mit Schulbüchern und Schreibpapier?« Karls Augen wanderten wieder zur Bratpfanne auf dem Herd. Ein bisschen dankbarer hätten sich die beiden ruhig zeigen können. Sein Magen knurrte vernehmlich.
»Das stimmt«, erwiderte sie nachdenklich. »Dann liegt Heinrichs Tasche bestimmt noch dort. Geh hin und suche sie, inzwischen

kann sich Heinrich erholen. Nicht wahr, Heinrich, du legst dich jetzt ins Bett. Hermine wird dir einen Tee bereiten und Sophie holt aus der Apotheke eine Medizin gegen das Blut. Du hast genug gelitten.«

Karl schluckte, dann machte er sich bereit zu gehen. Im gleichen Moment hörte er es draußen poltern, schwere Stiefel tappten auf dem Holzpodest vor der Wohnung. Dann öffnete sich die Tür und zwei französische Offiziere traten ein. Sie schienen bestens gelaunt, lachten und lärmten. Karl erkannte sofort, dass sie zur Kavallerie gehörten Außerdem brachten sie den Geruch von Pferden mit.

»´ermine, ist das Essen fertig?«, riefen sie aus dem Vorsaal, wo sie ihre Tschakos und die Offiziersdegen abnahmen.

»Mon Dieu, Madame, was ist geschehen?« Sie blieben in der Küchentür stehen, als sie Frau Krell und Heinrich bemerkten.

»Ein Überfall, ein Überfall«, rief Frau Krell. »Und das unter den Augen der französischen Soldaten.«

»Aber Madame Krell, ganz bestimmt nischt«, widersprach einer der Offiziere. »´einrisch ist ein Mann geworden, der sisch wehren kann. Nischt wahr, ´einrisch?«

Der andere Offizier trat näher. »Ein ´eld, der junge Mann. Komm in die Grande Armée, wir brauchen ´elden wie disch. Unser Kaiser wird gegen Russland ziehen.«

Frau Krell riss die Augen auf. »Wirklich? Aber mein Heinrich kann nicht zur Armee, er ist zu schwach und krank.«

»Es ist eine Ehre, in der Grande Armée zu dienen«, erwiderte der Offizier und erblickte die Bratpfanne. »O, eine kleine ,ühnschen, wie köstlisch!«

Karl gab es endgültig auf, auf das Hühnchen zu hoffen. Hermine beeilte sich, im Nachbarzimmer den Tisch für die Herren Offiziere zu decken. Gebratenes Hühnchen, helles Brot, Branntwein, Mehlklöße, eine Flasche Rotwein, Butter und…

Karl beeilte sich, die Wohnung zu verlassen. Er warf einen letzten Blick in eines der Zimmer, dessen Tür offen stand. An der Wand stand ein seltsames Gefäß, groß wie ein Fass, geschwungen wie eine Kaffeetasse, auf Löwenfüßen. Sein Schritt stockte. Neben diesem Gefäß stand ein Wassereimer, auf einem Hocker lagen Handtücher. War das eine Badewanne? Er hatte noch nie so etwas gesehen. Es war schon eine seltsame Welt bei den Krells. Eigentlich müsste er Heinrich bedauern, aber unter diesen Umständen…

Langsam schlenderte er zu Hempels Werkstatt in der Schuhmachergasse. Er dachte nicht im Traum daran, Heinrichs Schulmappe zu suchen. Sollte er doch ersticken an seinem Blut und seinen Hühnchen und seiner Badewanne.

Aus Hempels Küche roch es nach Brotsuppe mit Zwiebeln. Im Augenblick war es Karl egal, was er zu essen bekam, wenn er nur etwas zu essen bekam.

Es war erstaunlich friedlich, als sie beieinander zu Tisch saßen.

»Es soll Krieg gegen Russland geben«, sagte Karl, nachdem er den größten Teil seiner Schüssel geleert hatte.

»Woher hast du denn deine Weisheiten?« Oskar Hempel kaute gemächlich auf einer Brotrinde.

»Man spricht darüber«, wich Karl aus. »Ich habe es von zwei französischen Offizieren gehört.«

»Soldaten wollen immer, dass Krieg ist«, mischte sich Helene Hempel ein. »Sonst haben sie Langeweile und belästigen anständige Frauen auf der Straße.«

»Nee, Alte, haben sie dich belästigt?«, staunte Oskar Hempel. »Dann müssen die doch blind gewesen sein.«

Beleidigt blies sie die Backen auf, während Karl ein Grinsen unterdrückte.

»Ich war bei Krells in der Küche«, wechselte Karl das Thema.

»Die haben dort einen riesigen Tisch und eine Bank und einen verzierten Herd mit großen Pfannen.«

»Und da frisst du dich hier durch?«, empörte sich Helene Hempel.

»Ich hab doch dort nicht gegessen. Das war alles für die Einquartierung.«

»Siehste«, meinte Oskar Hempel. »Sei froh, dass wir keine Einquartierung haben und du sie durchfüttern musst.«

»Die hätten auch nichts anderes bekommen als ihr«, gab sie zurück.

»Irrtum, Helene, das ist vorgeschrieben, was die zu beanspruchen haben. Morgens Suppe und Käse und Brot und Branntwein, mittags Suppe mit Fleisch und Gemüse und eine Kanne Bier und abends ebenso Gemüse und Bier.«

»Und dann haben die sogar eine Badewanne.«

Helene Hempel ließ den Löffel sinken. »Tatsächlich?«

Karl nickte heftig. »Ich habe sie genau gesehen. Krells haben dafür sogar ein eigenes Zimmer.«

»Sag ich doch, der Krell ist stinkreich«, murmelte sie. »Gott gibt`s den Seinen im Schlaf. Selbst in diesen Zeiten leben sie wie die Made im Speck.«

»Neumodischer Kram«, brummelte Oskar Hempel. »Wozu brauche ich eine Badewanne? Baden ist ungesund. Kein Wunder, dass der junge Krell so dick ist. Der saugt sich da drinnen mit dem warmen Wasser voll.«

Karl dachte an seine morgendliche Wäsche im Garten an der altersschwachen Pumpe. Immerhin gab es bei Hempels Wasser. Die Pumpe nutzten auch die Nachbarn. Auch er konnte sich nicht vorstellen, in warmem Wasser zu baden. So etwas tat ein Mann nicht.

»Was treibst du dich überhaupt bei den Krells rum?«, wollte Oskar wissen. »Die sind doch kein Umgang für dich.«

»Ich habe zufällig gesehen, wie sie den Heinrich zusammengeschlagen haben. Da habe ich ihn nach Hause gebracht.«

Oskar hielt inne und blickte ihn nachdenklich an. »Aber zu essen haben sie dir nichts gegeben?«
Karl schüttelte den Kopf. »Nicht mal bedankt hat er sich. Dabei hat der so geblutet... Es war gefährlich wie mit dem durchgegangenen Ochsen, der letztens in der Fleischergasse...« Ein heftiger Tritt gegen das Schienbein brachte Karl zum Schweigen.
»Was haste denn von denen erwartetet?«, keifte Helene Hempel. »Die tragen die Nase doch so hoch, dass es reinregnet. Außerdem machen sie ja gemeinsame Sache mit den Franzmännern. Oder was glaubst du, wo der das ganze Zeug her hat?«
»Schließlich ist er Kaufmann. Für seine Frau hat er aus Paris Parfüm mitgebracht.«
»Du kennst dich ja bestens im Krellschen Haushalt aus«, stellte Oskar trocken fest. »Ist es dir bei uns nicht gut genug?«
Bei diesen Worten senkte Karl seinen Kopf etwas tiefer über seine Schüssel. »Sollte ich ihn so blutend auf der Straße liegenlassen?«
»Na ja, hast einen guten Kern.« Oskar löffelte bedächtig seine Suppe weiter.
»Das meinst aber auch nur du.« Entschlossen zog Helene Hempel ihm die Schüssel weg. Auch Karl musste aufhören zu essen. Es war ohnehin nichts mehr da. Was nützte ihm sein guter Kern, wenn sein Magen knurrte? Die Belohnung für seine Heldentat würde Karl sich noch von Heinrich einfordern. Ein Hühnchenschenkel oder zwei Weißmehlsemmeln waren das Mindeste, was Heinrich ihm besorgen musste.

Heinrich indessen lag auf seinem Bett und starrte an die Decke. Aus der Stube hörte er Geschirr klappern und die Gespräche der beiden Offiziere. Seine Nase hatte inzwischen zwar aufgehört zu bluten, doch noch immer steckten zwei alberne Stöpsel in seinen Nasenlöchern. Ab und zu schaute seine Mutter herein und

ermahnte ihn, ja die Stöpsel drinnen zu lassen. Zu allem Überfluss kam Sophie ins Zimmer gehopst. »Wie siehst du denn aus?«, staunte sie. »Was hast du denn?«
»Hau ab«, raunzte Heinrich sie an, aber Sophie ließ sich davon nicht beeindrucken. Sie setzte sich auf Heinrichs Bettrand und starrte ihn neugierig an.
Die Offiziere hatten ihn einen Helden genannt. Das schmeichelte Heinrich und ließ ihn den Schmerz vergessen. Vielleicht sollte er wirklich zur Armee gehen. In ihren Uniformen wirkten die Offiziere fesch und Ehrfurcht gebietend. Da wäre er wer, trüge Waffen und Stiefel und würde diesen Gassenjungs, diesen elenden Rotznasen eins mit seinem Offizierssäbel überbraten. Mehr noch, dieser Pöbel würde einen großen Bogen um ihn machen. Und Heinrich würde ihn keines Blickes würdigen.
Sein Blick wanderte zu den kleinen Holzsoldaten auf dem Tisch. Oft spielte er allein damit, stellte Schlachten auf, ließ die kleinen Figuren gegeneinander kämpfen. Das wäre wirklich ein schönes Leben, wenn nicht die Gefahr bestünde, totgeschossen zu werden. Auch sein Vater hatte davon gesprochen, dass er Heinrich am liebsten von der Rekrutierung freikaufen würde. Man konnte tatsächlich einen Anderen dafür schicken... Karl vielleicht, der sich doch gern so heldenhaft aufspielte.
Es war schon spät, als Wilhelm Krell aus seinem Handelskontor kam und das Zimmer seines Sohnes betrat.
»So, so, du hast dich also geprügelt«, stellte er fest und betrachtete seinen auf dem Bett liegenden Sohn im Schein der flackernden Kerzen.
Heinrich wandte den Kopf ab und zog schnell die angetrockneten Stoffstreifen aus seinen Nasenlöchern. »War nichts weiter«, murmelte er. Dann richtete er sich auf und blickte seinen Vater an. »Ich werde zu den Soldaten gehen.«

Einen Augenblick schwieg Wilhelm Krell verblüfft, dann lächelte er nachsichtig. »Sicher, du bist ja ein tapferer Junge. Allerdings ist das Soldatenleben nichts für dich. Das Leben eines Kaufmanns ist schon schwer genug in diesen Zeiten, und du sollst doch ein Kaufmann werden. Wozu habe ich dich auf die Bürgerschule geschickt?«

»Ich will kein Kaufmann werden«, widersprach Heinrich bockig. »Es widerspricht meiner Natur.«

»Tatsächlich?« Gutmütiger Spott lag in Wilhelm Krells Stimme. Dann wurde sein Gesicht ernst und er setzte sich neben Heinrich auf den Bettrand, nachdem er leise die Zimmertür geschlossen hatte.

»Willst du tatsächlich für einen größenwahnsinnigen General kämpfen, der unsere gesamten englischen Waren beschlagnahmt hat, der uns alle Pferde requiriert, die Lager durchsucht, den Handel erschwert, die Kontorbücher versiegelt, die Messen gestört und uns verfressene Offiziere in die Wohnung gesetzt hat? Überall wimmelt es von Spitzeln und Schergen, die jeden patriotisch gesinnten Mann ins Gefängnis bringen wollen. Du bist alt genug, endlich mit offenen Augen durch die Welt zu gehen.«

Heinrich schwieg eine Weile. Er schien nachzudenken. »Womit handelst du eigentlich, wenn doch alles verboten ist? Schmuggelst du?«

Wilhelm Krell presste die Lippen zusammen. »Darüber darfst du mit niemandem reden, hörst du? Mit gar niemandem. Wir wären alle in großer Gefahr.«

So lange Leipzig von den Franzosen besetzt war, wurde die Bevölkerung drangsaliert. Abgaben, Order, Beschränkungen oder gar Requirierungen waren an der Tagesordnung. Der Stadtrat konnte nicht anders, als die Befehle der Besatzer an die Leipziger Bevölkerung weiterzugeben und eindringlich davor zu warnen, gegen die geltenden Anordnungen zu verstoßen. Zudem gab es Tausende von verwundeten Soldaten in Lazaretten oder Gebäuden, die kurzerhand zu Lazaretten umfunktioniert worden waren. Ständig fanden draußen vor den Stadttoren kleinere und größere Kämpfe und Schlachten des großen Generals statt. Doch dessen Siegesglück schien wankelmütig. Lediglich verwundete Soldaten, Gefangene und Tote gab es ständig und reichlich.

Wilhelm Krell sprach leise und doch erregt. Dann legte er seine Hand auf Heinrichs Schulter. »Hast du vergessen, wie im vergangenen Jahr die ganzen beschlagnahmten Waren auf der Vogelwiese vor dem Ranstädter Tor verbrannt worden waren?«

Heinrich senkte den Kopf. Nein, das hatte er nicht vergessen – genauso wenig wie die ständig neuen Anordnungen, Befehle und Übergriffe. Er stand wie viele Leipziger unter den Gaffern des makabren Schauspiels im kalten Dezember, das sich täglich bis fünf Uhr Nachmittags hinzog. Sein Vater hatte damals eine hohe Zollstrafe zahlen müssen. Die wunderbaren englischen Tweedstoffe gingen danach in Flammen auf.

»Ich weiß, dass wieder neue Soldaten geworben werden«, fuhr Wilhelm Krell nun etwas ruhiger fort. »Und sie versprechen Ruhm und Ehre und Geld und Beute. Das ist kein ehrliches Tun. Krieg ist Krieg. Wir aber sind Kaufleute.«

»Womit sollen wir denn handeln?«, unterbrach ihn Heinrich. »Schlesische und brandenburgische Baumwollwaren dürfen ja auch nicht mehr gehandelt werden. Für Kolonialwaren mit preußischen Zertifikaten müssen vierzig Prozent Aufschlag gezahlt werden.«

Über Wilhelm Krells Gesicht huschte ein Lächeln. »Bravo, Junge, du kennst dich ja doch aus! Nun überleg dir doch mal, wie wir trotzdem unseren Geschäften nachgehen können. Aber lass deine Gedanken niemals über deine Zunge kommen.«

Als Wilhelm Krell eine Woche später sein Kontor betreten wollte, standen französische Soldaten davor. »Monsieur Krell?«
»Ja, was ist?«
»Sie sind verhaftet.«
Ungläubig starrte der Kaufmann den Offizier an. »Das ist bestimmt eine Verwechslung. Ich habe nichts verbrochen.«
»O doch! Ihnen wird Schmuggel vorgeworfen. Ihre Gewölbe sind schon geschlossen, alle Waren konfisziert. Wir haben genügend Beweise. Die Liste wird gerade erstellt. Kommen Sie mit.«
»Ich protestiere«, rief Krell erregt.
»Das nützt Ihnen gar nichts. Der Amtsrichter wartet schon auf Sie.« Mit den Gewehrkolben stießen die Soldaten Wilhelm Krell vor sich her. Auf der belebten Gasse erregte die Verhaftung Aufsehen unter den Passanten. Aus einer Toreinfahrt heraus beobachtete ein schwarz gekleideter Mann mit Spazierstock die Szene, nickte zufrieden und ging leise lächelnd davon.

Friederike Köster

Friederike legte vorsichtig ihre Haarschleife und die Kette mit dem kleinen Anhänger aus Muschelpatt hinein und schloss das Kästchen sorgfältig. Dann stellte sie es auf das Brett über ihrer gemeinsamen Bettstatt. Auch Ulrike, ihre jüngere Schwester, hielt ihr Schatzkästchen in der Hand. Sie entnahm allerdings die rote Haarschleife und band sie sich ins Haar. Dann legte sie auch die Kette um.

»Bist du nun endlich fertig?« Ungeduldig stand Friederike an der Tür und wandte sich zu ihrer Schwester um. »Wozu putzt du dich so heraus?«

Ulrike antwortete nicht, sondern stellte nur seufzend ihr Kästchen auf das Wandbrett, genau neben das von Friederike.

»Warum drängelst du so? Wir kommen noch zeitig genug ins Holz.« Nur widerwillig verließ sie die winzige Schlafkammer im Dach des kleinen Bauernhauses der Kösters. Sie folgte Friederike die Stiege hinunter. In der Küche standen zwei große Holzkörbe. Friederike schulterte sich einen, während Ulrike sich ihre Schürze umband.

Wenn sie ins Holz gingen, musste sie ihr Kleid schonen – es war ihr einziges.

»Die Mutter hat dir doch gesagt, du sollst deinen alten Rock und den Kittel anziehen. Du bist eine eitle Gans.«

»Das geht dich gar nichts an«, wehrte sich Ulrike. »Ich pass schon auf, dass kein Fleck dran kommt.«

»Dann beschwere dich nicht, wenn du zum Erntedankfest nichts anzuziehen hast. Du zerreißt dir bestimmt den Stoff im Gestrüpp.«

»Immer musst du mit mir schimpfen, nur weil du die große Schwester bist.« Ulrike blies beleidigt die Backen auf, dann packte auch sie den anderen großen Korb.

Der Streit war schnell vergessen, als sie die kleine Hofstatt der Kösters verließen. Es war wirklich nur ein kleiner Hof, aber er lag auf der Straße nahe der Kirche von Liebertwolkwitz und jeder kannte die Kösters. Alle Bauern, die Milch zu verkaufen hatten, brachten sie Johann Köster, der sie zu einem halbwegs guten Preis in Leipzig weiterverkaufte. Bislang hatte er immer wieder die wichtigen Papiere für den Verkauf innerhalb der Stadt bekommen. Weiß der Teufel, wie er das anstellte. Es waren harte Zeiten, da war jeder froh, sich noch ein paar Groschen dazuverdienen zu können.

Friederike konnte sich nicht beklagen. Immerhin besaßen sie einen Wagen und das Maultier, fünf Kühe und ebenso viele Ziegen, Hühner, Gänse und ein Schwein, das im Herbst geschlachtet wurde. Zum Hof gehörte ein großer Garten, in dem die Mutter alles anbaute, was die Familie übers Jahr zum Essen benötigte: Kartoffeln, Rüben, Kohl, Erbsen, Bohnen, Zwiebeln. Am Rand standen Beerensträucher, im hinteren Teil einige Obstbäume, unter denen die Gänse Gras rupften.

Der Vater war mit seinem Milchwagen unterwegs nach Leipzig. Diesmal war Friederike nicht mitgefahren, damit Ulrike nicht allein Holz sammeln musste. Die Mutter arbeitete im Garten, im Gras saßen die einjährigen Zwillinge Max und Paul. Immer wieder lauschte Amalie Köster zur Straße hin. Seit Wochen zogen wieder Soldaten durch den Ort, gab es Truppenbewegungen, wurden Verwundete nach Leipzig gebracht. Eigentlich ging es bereits seit mehr als fünf Jahren so, seit dieser französische General ganz Europa durcheinanderbrachte. Die singenden und zuversichtlich gestimmten Soldaten, die ins Feld zogen, kehrten nach den verschiedenen Scharmützeln und Schlachten als gebrochene Männer, verwundet, verstümmelt, desillusioniert zurück. Viele fanden auf dem Schlachtfeld ihr Grab. Anfangs verspürte Amalie Köster Mitleid mit den Soldaten, waren doch so junge Kerle darunter wie ihr Bruder. Ihre Hoffnung, dass diese vielen kleinen und größeren Kriege bald ein Ende haben würden, erfüllte sich nicht. Ihr Bruder fiel irgendwo nahe einem Ort, dessen Namen sie noch nie zuvor gehört hatte.

Sie sorgte sich um ihre Familie. Ihre beiden Mädchen waren ihr ganzer Stolz. Alles was ihre flinken Hände erwirtschafteten, sollte ihren Mädchen zugutekommen. Sie sollten sich nicht vor den hochnäsigen Stadtfrauen verstecken müssen, wenn sie den Vater nach Leipzig begleiteten. Aus Stoffresten nähte sie hübsche Kleider, die Schuhe wurden im Alltag geschont, damit sie nicht kaputt gingen, und Amalie achtete sehr auf Sauberkeit und adrettes Auftreten. Friederike und Ulrike besuchten die Dorfschule und wurden in Rechnen, Schreiben, Lesen, Geschichte, Religion und Geografie unterrichtet. Was zum Leben einer Bauernfamilie und zum Führen eines Haushaltes und einer Hofstatt wichtig war, lernten sie daheim. Im letzten Jahr wurden die Zwillinge Max und Paul geboren. Zum Glück gab es keinen Mangel an Milch.

Es war ein schöner Spätsommertag. Auf der Dorfstraße begegneten den beiden Mädchen Heinzehannes, wie sie den Schmiedegesellen nannten. Der war ein kecker Bursche. Ulrike hatte heimlich ein Auge auf ihn geworfen. Jedoch war Ulrike nicht das einzige Mädchen im Ort.

»Ihr elfengleichen Schmetterlinge, Zierde in meinen Augen, wohin führt euch der Weg?«

Friederike musste lachen. »Du Schmeichler, scher dich in die Schmiede. Von Schmetterlingen hast du doch keine Ahnung.«

»Der meint mich«, stellte Ulrike überzeugt fest.
»Ich möchte euch gern begleiten, leider lässt mein Meister mich nicht mit euch flattern. Muss diese Torriegel zur Mühle bringen. Aber wenn ihr wartet…«
»Das wäre auch noch schöner. Danke, aber wir brauchen deine Begleitung nicht«, erwiderte Friederike.
»Warum denn nicht? Es wäre ganz lustig«, warf Ulrike ein.
»Dann sind unsere Körbe am Abend noch immer leer«, gab Friederike zurück und mahnte Ulrike, weiterzugehen in Richtung Niederes Holz, einem kleinen Waldgebiet zwischen den Dörfern Liebertwolkwitz und Großpösna. Sie wählten nicht die Verbindungsstraße, sondern gingen über einen Feldweg durch die freien Äcker. Linker Hand erhob sich der Kolmberg mit seinen kleinen Sandgruben über die fast flache Landschaft. Die meisten Felder waren schon abgeerntet. In diesem Jahr hatte es ein sehr warmes Frühjahr gegeben und auch der Sommer war heiß und trocken, so dass das Getreide zwar schnell reifte, dabei aber nur kurze Halme und kleine Körner besaß. Das Mehl würde knapp werden.
Der Pösgraben war im Sommer ausgetrocknet und das Gras auf den Kuhweiden gelb geworden. Überhaupt war es ein seltsames Jahr gewesen. Heftige Gewitter hatten mit Hagel und Wolkenbrüchen viele Felder verwüstet, aber zum Glück nicht um Liebertwolkwitz. Friederike fürchtete sich vor Gewitter, hatte doch erst vor wenigen Jahren im Nachbarort der Blitz auf der Koppel ein Pferd getötet.
»Das liegt am Kometen«, orakelten die alten Frauen im Dorf. Tatsächlich befand sich ein seltsamer verwaschener Fleck am Himmel, der Unheil ankündigte. Doch im Augenblick dachten die beiden Mädchen nicht daran, obwohl ihnen etwas unheimlich zumute war. Sie liefen durch das Teufelsloch. Sicher gab es dazu auch eine düstere Geschichte. Ulrike blickte sich ängst-

lich um. »Wir hätten doch lieber auf der Straße laufen sollen«, bemerkte sie. »Du willst dich doch nur vor dem Holzsammeln drücken. Außerdem sind auf der Straße zu viele Soldaten. Gib doch zu, dass du ihnen schöne Augen machen willst«, erwiderte Friederike, die sich an den Rat der Mutter gehalten hatte und einen unscheinbaren braunen Kittel über dem Rock trug. Natürlich zog auch sie ihr gutes Kleid an, wenn sie den Vater nach Leipzig begleitete, wollte sie doch vor Philipp besonders hübsch aussehen. Aber hier zwischen Feldern war die Alltagskleidung praktischer.

Ulrike hingegen war wirklich eine eitle Gans und entzog sich immer wieder Friederikes Erziehungsversuchen. Dabei wollte sie einfach auf ihre Schwester aufpassen und ihre Mutter dadurch etwas entlasten, weil diese mit den Zwillingen alle Hände voll zu tun hatte. Immer war einer der beiden Jungs krank. Mehr als einmal hatte der Vater aus einer Apotheke in Leipzig Fiebersaft mitbringen müssen.

Ulrike unterdessen verzog bei den Belehrungen ihrer Schwester nur trotzig das Gesicht. »Die meisten Soldaten sind rechtschaffene Kerle.«

»Willst du etwa so dastehen wie die Johanna? Mit einem französischen Soldaten als Geliebten? Die Leute zerreißen sich das Maul über sie.«

»Die beiden sind verlobt, da ist doch nichts dabei. Außerdem ist der Soldat ein fescher Kerl. Jacques heißt er und er spricht so lustig. Der kann kein ‚H' aussprechen und sagt immer ‚Isch'«.

»Willst du, dass die Leute dir 'Soldatenliebchen' hinterherrufen?«

»Das tun sie nicht, denn ich habe keinen Soldaten als Geliebten. Dafür hast du aber einen heimlichen Geliebten in Leipzig, oder warum fährst du immer mit Vater mit und ich darf es nicht?«

»Das ist doch Unsinn! Wer erzählt denn so etwas?«

»Der Vater. Er sagt, du verkaufst gar keine Milch, sondern triffst dich mit ihm. Wer ist er denn?«
»Das geht dich gar nichts an!«
»Also doch! Jetzt kannst du es mir ja sagen.«
»Jedenfalls ist er kein Soldat, sondern ein Studiosus. Er ist sehr klug und war sogar schon mal in einem Museum.«
»Pah, und wenn schon! Du bist ein Studentenliebchen.«
»Das stimmt nicht. Ich unterhalte mich nur mit ihm, er kann so wundervoll erzählen, viele interessante Dinge aus der ganzen Welt, von denen du keine Ahnung hast. Jedenfalls kann ich mich viel besser mit ihm unterhalten als mit dir dummen Gans.«
»Selber dumme Gans.«
»Wenn du nicht nachher ordentlich mit Holz suchst, sage ich es heute Abend dem Vater.«
»Alte Petze!« In Ulrikes Augen standen Tränen des Zorns und sie rückte ein ganzes Stück von ihrer älteren Schwester ab. »Wirst schon sehen, dass ich meinen Korb eher voll habe als du deinen. Und ich erzähle ihm, dass du einen heimlichen Geliebten in der Stadt hast.«
Unter solchen kleinen Zänkereien erreichten sie das Niedere Holz, wobei beide ordentlich ins Schwitzen kamen. Es war sehr warm für die Jahreszeit, so warm, dass sogar ein Apfelbaum in ihrem Garten ein zweites Mal blühte. Friederike hoffte, dass es im Wald etwas kühler sein würde.
»Na komm schon, faulenzen kannst du nachher«, forderte sie ihre Schwester auf, die sich gerade schnaufend in den Schatten eines Baumes hat fallen lassen.
»Lass mich doch etwas ausruhen. Immer musst du drängeln. Nur weil du die Ältere bist…«
»Und damit für dich verantwortlich. Nun komm endlich!«
Trotzig blieb Ulrike sitzen. »Sammle doch dein Holz allein. Mir ist es zu warm.«

»Ich sage dir zum letzten Mal, dass du mitkommen sollst.«

»Nun gerade nicht!« Demonstrativ verschränkte Ulrike die Arme über der Brust. »Ich sammle Holz, wann ich es will. Der Tag ist noch lang und mir ist es jetzt zu heiß.«

»Das wirst du bereuen«, ereiferte sich Friederike. »Weißt du was? Du kannst mich mal…«

»Du mich auch. Ich habe es schon lange satt, dass du mich herumkommandierst.«

»Dann mach doch, was du willst. Aber von der Grütze bekommst du heute Abend nichts ab, damit das klar ist. Wer nicht arbeitet, bekommt auch nichts zu essen.«

»Pah!« Mehr hatte Ulrike nicht übrig für Friederike. Sollte sie doch Holz sammeln, sollte sie sie doch bei den Eltern verpetzen, am Ende würde sie nicht hungern, dafür würden die Eltern schon sorgen.

Wütend stapfte Friederike in den Wald. Ihr Zorn hatte sich im Bauch zu einem Knoten zusammengeballt. Im Augenblick wünschte sie ihrer Schwester die Pest an den Hals und ins tiefste Teufelsloch.

Verbissen sammelte Friederike im Unterholz dünnes Reisig und kleine Äste auf und packte alles in den Korb, der sich jedoch nur langsam füllte. Auch ihr war warm, es wehte kein Lüftchen und es ärgerten sie Insekten, die sich an Hals, Nase, Augen und Beine setzten. Mit dem Fuß brach sie größere Äste, die am Boden lagen. Viel war es nicht, denn auch andere Dorfbewohner besorgten sich hier ihr tägliches Feuerholz für Herd und Backofen. Und natürlich die Soldaten…

Friederike hielt inne und lauschte besorgt, als sie Männerstimmen vernahm. Ganz sicher waren es Soldaten, denn die Sprache war ihr fremd. Sie lachten, riefen etwas. Es kam aus der Richtung, in der sich Ulrike befand. Friederike hoffte inständig, dass sich ihre Schwester inzwischen besonnen hatte und in den Wald hineingegangen war. Hier konnte sie sich verstecken, bis die Soldaten wieder weitergezogen waren. Beunruhigt schlich Friederike näher, die Deckung des Unterholzes ausnutzend. Und dann entdeckte sie ihre Schwester, umringt von drei Soldaten.

»Was wollen Sie von mir?«, hörte sie Ulrike mit ängstlicher Stimme fragen. Von ihrem Trotz und Eigensinn war nichts mehr zu spüren.

»Hübsches Mädchen«, sagte einer der Soldaten und griff nach Ulrikes Zopf. Ulrike sprang auf, doch ein zweiter Soldat hielt sie am Arm fest. »Hier bleiben, schönes Mädchen. Du hast Essen?« Ulrike versuchte sich vergeblich loszureißen. »Ich habe nichts, wir haben selber nichts. Lasst mich los!«

Die drei lachten über Ulrikes vergebliche Anstrengungen. Friederikes Herz krampfte sich zusammen. Sie musste ihrer Schwester helfen, unbedingt! Aber wie? Gegen drei erwachsene Männer kam sie nicht an. Ihre Augen suchten nach einem Knüppel, einem starken Ast. In ihrer Nähe befand sich nichts, was sie als Waffe hätte verwenden können. Außerdem trugen die Soldaten Gewehre mit Bajonetten und Säbel. Inständig betete sie, dass die Soldaten Ulrike nichts antun würden. Friederike hätte ins Dorf laufen und Hilfe holen können, doch sie blieb voller Angst und Verzweiflung wie erstarrt hocken.

»Du hast genug, was du uns geben kannst«, hörte sie einen Soldaten sagen. Dann vernahm sie einen leisen Aufschrei von Ulrike.

»Halt sie fest, erst bin ich dran.«

Friederike ballte die Hände zu Fäusten. Auch wenn sie nichts sehen konnte durch die Zweige des Gebüschs, so vernahm sie doch genug, um zu ahnen, dass die drei ihrer Schwester Gewalt antun wollten. »Bitte lasst mich gehen, ihr Herren Soldaten«, flehte Ulrike.

Friederike glaubte für einen Augenblick wirklich, die Soldaten würden sich von Ulrikes Flehen erweichen lassen. Doch sie irrte sich. Ulrikes Schreie mischten sich mit dem heißeren Lachen der Soldaten, Stöhnen, Ächzen und Geräusche, als würden sich Schweine suhlen.

Am ganzen Leib zitternd presste Friederike die Fäuste auf die Ohren. Sie konnte Ulrikes Schreie nicht ertragen. Aus ihren zusammengepressten Augen rannen Tränen. Tausendmal bereute sie, sich mit Ulrike gestritten zu haben, tausendmal leistete sie Abbitte für ihre bösen Worte. Sie kam sich schrecklich feige vor, dabei war sie doch für ihre kleine Schwester verantwortlich. Wie sollte sie den Eltern gegenübertreten, wie sollte sie Ulrike noch in die Augen schauen können?

Mit dem Mut der Verzweiflung sprang sie auf und stürzte durch das Gestrüpp zum Waldrand.

»Lasst meine Schwester los«, schrie sie und trommelte mit den Fäusten in die Luft.

Verblüfft wandten sich die Soldaten zu ihr um. Nur schemenhaft sah Friederike, wie Ulrike am Boden lag, ihr Kleid zerrissen. Zwei Soldaten hielten ihre Beine fast, währen der dritte dazwischen kniete. Ulrike hielt die Hände aufs Gesicht gepresst, als könne sie es damit ungeschehen machen.

»Ihr Schweine, ihr elenden Schweine!« Friederike hieb dem Nächststehenden die Fäuste auf den Rücken, doch sie traf nur den Tornister. Die Überraschung der Soldaten wandelte sich in Belustigung, dann packte einer sie am Handgelenk. »Noch so ein schönes Mädchen«, rief er. »Was haben wir heute für ein Glück!« Er riss Friederike unsanft zu sich, dann zwang er sie auf den Boden.

»Nein«, schrie sie und wehrte sich verzweifelt. Doch je stärker sie sich wehrte, umso brutaler ging der Soldat mit ihr um. Sie hörte, wie der Stoff ihres Kittels zerriss. Sie strampelte mit den Beinen und wand sich aus seinem harten Griff. Ein Tritt von ihr traf ihn in den Bauch, der Soldat fluchte fürchterlich. Ein heftiger Schlag ins Gesicht nahm ihr beinahe die Sinne. Ihre Wange fühlte sich taub an, doch das war nichts gegen den stechenden Schmerz in ihrem Unterleib. Sie schrie gequält, während der Soldat ihr eine Hand auf den Mund drückte und sie beinahe erstickte. Friederikes Augen gingen zum Himmel. Er war blau, mit hübschen weißen Wolken. Vögel flogen von den Bäumen auf und verschwanden im warmen Sonnenlicht. Von irgendwo da oben schaute der liebe Gott auf sie herab und tat nichts, um sie von ihrer Pein zu erlösen. Plötzlich war alles ganz still. Es war, als würde die Zeit stehenbleiben, die Welt aufhören sich zu drehen und alles Leben erkalten. Außerstande sich zu bewegen, lag sie in einer unnatürlichen Verrenkung auf dem trockenen Boden am Waldrand. Der Schmerz hatte einer Taubheit Platz gemacht, die ihren Körper und ihren Geist befiel. Sie wollte so liegenbleiben, bis sie endgültig starb. Denn dass sie dabei war zu sterben, fühlte sie. Es gelang ihr nicht einmal, die Augen zu schließen. Sie starrte immer noch in den Himmel, die Sonne blendete. Irgendwie hatte sie sich das Sterben anders vorgestellt. Es sollte nicht so grausam sein. Das Erstaunen darüber meißelte sich in ihr Gesicht ein, während sie einfach auf den Tod wartete.

Ein leises Wimmern drang an ihr Ohr und nach langer Zeit auch in ihr Bewusstsein. Es bereitete ihr große Mühe zu begreifen, woher dieses Geräusch kam. Es war neben ihr, ganz nah neben ihr. Sie wollte es nicht hören, es störte beim Sterben. Doch es hörte nicht auf, bohrte sich in ihr Gehirn, schmerzte wie Nadelstiche. Etwas in Friederike begann sich zu wehren. Sie wollte es nicht hören, sie wollte keinen Schmerz mehr ertragen. Es sollte aufhören, aufhören, aufhören… Ihre trockenen Lippen formten sich, auch das schmerzte. Kein Laut kam aus ihrer Kehle, als wäre alles von Sand verschüttet. Aufhören, aufhören…

Mit größter Kraftanstrengung bewegte sie den Kopf zur Seite, um zu erkunden, was der Grund dieses Wimmerns war. Sie sah etwas neben sich, das ihr bekannt vorkam. Dieses Muster, dieser Stoff…

»Ulrike«, krächzte sie und hob mühsam den Oberkörper.

Zusammengekrümmt lag Ulrike auf dem Boden, die Hände vors Gesicht gepresst. Das leise Schluchzen ließ ihren Körper erzittern.

Friederike streckte den Arm nach ihr aus, berührte sacht mit den Fingerspitzen Ulrikes Schulter. Blitzartig bäumte sich Ulrike auf und schrie. Es drang Friederike bis ins Mark.

»Ich bin es, Ulrike. Wir sind allein.« Friederikes Stimme klang seltsam fremd.

Ulrike nahm die Hände nicht vom Gesicht, schüttelte nur heftig den Kopf. »Lass mich! Ich will sterben.«

Das wollte Friederike auch, doch ganz in ihrem Inneren erwachte ihr Selbsterhaltungstrieb, der sie nicht los ließ… Dabei kam sie sich so furchtbar schmutzig vor, ekelte sich vor sich selbst. Sie hätte um Hilfe rufen können, vielleicht hätte sie sogar jemand auf der Straße gehört. Doch Scham, Angst, Entsetzen und das Gefühl, an der Sache Schuld zu sein, ließen sie stumm bleiben. So blieben sie beide liegen, bis die Sonne hinter dem Horizont versank und sich die goldene Abenddämmerung über die Felder legte. Letzte Bauernwagen strebten dem Ort zu, Stimmen klangen aus der Ferne zu ihnen herüber. Bald würde der Nachtwächter seinen Rundgang beginnen. In der Wirtschaft würden die einquartierten Soldaten mit den Bauern zusammen trinken, lachen, streiten. Die Mutter würde die Hühner in den Stall sperren und der Vater, zurückgekehrt aus Leipzig, das müde Maultier abspannen und tränken. Der

Gedanke an die Eltern ließ Friederike frösteln. Sie würden sich Sorgen machen, weil sie noch nicht zurück waren.

»Komm, wir müssen gehen.« Friederike raffte sich auf, blieb auf zitternden Beinen stehen.

Ulrike krümmte sich zusammen. »Ich bleibe hier, bis ich tot bin.«

»Dann werden die Leute dich hier finden, oder glaubst du, Vater lässt uns nicht suchen?«

Zum ersten Mal nahm Ulrike die Hände vom Gesicht. Es war schmutzig, tränenverschmiert und gerötet. »Ich kann nicht ins Dorf gehen, so wie ich aussehe. Außerdem … außerdem…« Sie brach wieder in heftiges Weinen aus.

Friederike hockte sich neben sie nieder und strich ihr tröstend über die Schulter. »Wir zeigen die Soldaten, die uns das angetan haben, beim Gerichtsverwalter an. Die Gendarmen werden sie fassen und dann werden sie erschossen.«

»Ich weiß doch gar nicht, wie die hießen. Sie waren auf einmal da und … und…« Ihr Körper wurde von der entsetzlichen Erinnerung geschüttelt.

»Du willst doch, dass sie bestraft werden, nicht wahr? Ich will es auch.«

»Aber dann müssen wir dem Gerichtsverwalter alles erzählen«, stöhnte Ulrike. »Verstehst du? Alles!«

Friederike schwieg. Sie wusste nicht, ob sie dazu in der Lage sein würde. Die Gedanken in ihrem Kopf überschlugen sich. Wie sollte sie die Soldaten beschreiben? Sie trugen alle ähnliche Uniformen, die sich nur in Details unterschieden. Es gab so furchtbar viele, die ganze Armee bot ein zu buntes Bild, als dass sie sich an jede Einzelheit der Kleidung erinnern konnte. Waren die Rockaufschläge rot oder weiß? Die Jacken rot, blau oder grün? Welche Sprache sprachen sie? Entsetzt stellte Friederike fest, dass sie überhaupt keine genauen Angaben machen konnte. Alles verschwamm in ihrem Geist zu unwirklichen Schemen. Nur dieses Lachen, dieses harte Lachen war so deutlich, als stünden die drei noch neben ihr.

Inzwischen senkte die Nacht gnädig ihren schwarzen Schleier über sie. Die Dunkelheit schützte sie vor den Blicken, vor der grausamen Wirklichkeit. Sie bot ihnen ein Versteck, war die Tarnkappe vor der Welt da draußen. Sie hielten sich umschlungen, stolperten, tasteten sich vorwärts, schleppten sich dahin, immer abseits der Straße, durch die Felder, zwischen den Gärten hindurch, umgingen die Mühle in großem Bogen, bis sie endlich die elterliche Scheune erreichten. Erleichterung mischte sich mit Angst. Scham überwältigte sie. Sie blieben stehen, schwer atmend, zitternd und schwankend. Es schien für sie unmöglich, so den Eltern unter die Augen zu treten. »Meine Haarschleife ist weg«, ächzte Ulrike. »Und meine Kette auch.«

Als wenn das jetzt wichtig wäre, dachte Friederike, doch als Ulrike wieder zu weinen anfing, nahm sie sie fest in den Arm. Gleichzeitig fand sie selbst Halt und Stütze, denn ihr ging es nicht anders als Ulrike. Warum waren sie nicht gestorben? Warum hatten die Soldaten sie nicht gleich getötet? Aber sie lebten und mussten selbst entscheiden, was nun zu tun sei.

Morgen würde alles anders sein, morgen war ein neuer Tag. Als könne die Nacht die Ereignisse auslöschen, alles ungeschehen machen, den Mantel des Vergessens über sie breiten. In stillem Einvernehmen öffneten sie leise das Scheunentor einen Spalt breit und schlüpften hindurch. Der vertraute Geruch nach Heu und Stroh beruhigte sie. Nebenan im Stall muhte eine Kuh. Aufstöhnend ließen sie sich in den weichen Berg fallen. Ulrike wühlte sich tief ins Heu. Hier fühlte sie sich sicher. Doch ihr ganzer Körper bebte und es schüttelten sie immer wieder tiefe Schluchzer. Friederike tastete nach Ulrikes Hand.

Neben ihnen raschelte es. Zunächst nahm Friederike keine Notiz davon. Vielleicht hatten sich ein paar Hühner hierher verirrt. Plötzlich flackerte ein Lichtschein auf. Irritiert hob sie den Kopf. »Vater?«

»Ja, was haben wir denn hier für eine nette Überraschung?« Sie blickte in mehrere Männergesichter.

Soldaten!

Ulrike

Friederike fand ihre Schwester in der Schlafkammer. Ulrike saß auf dem Bett und schnitt sich ihre langen Zöpfe ab. Sie tat es voller Zorn, als müsse sie sich selbst für etwas bestrafen, wofür sie keine Schuld trägt. Friederike wollte sie davon abhalten, doch es war bereits zu spät. Ein Zopf lag am Boden, den zweiten hielt sie straff vom Kopf und ratschte mit der Schneiderschere der Mutter knapp am Kopf entlang.

»Um Gottes Willen, was tust du da?«, rief Friederike entsetzt.

»Lass mich in Ruhe!« Ulrike warf den zweiten Zopf zu Boden, dann hielt sie ihrer Schwester die Spitze der Schere wie eine Waffe entgegen. Erschrocken blieb Friederike stehen und starrte auf die Zöpfe. Sie lagen da wie abgetrennte Körperteile, so ganz ohne Leben, ohne die hübschen Schleifen. »Ich will kein Mädchen mehr sein!«

Friederike holte tief Luft. Dann trat sie vorsichtig näher, bemüht, nicht auf die Zöpfe zu treten. Sie setzte sich neben ihre Schwester und legte ihr den Arm um die Schulter.

»Ich verstehe dich, aber du kannst es nicht ändern. Du bist Ulrike und kannst keinen Ulrich aus dir machen.«

»Und warum nicht? Dann wäre ich ein Mann, ein Soldat, könnte den anderen wehtun.«

»Willst du das, den anderen wehtun?«

Ulrike nickte heftig, dann brach sie in Tränen aus. Friederike fühlte sich hilflos. Sie konnte mit Ulrikes verändertem Wesen nicht umgehen. Dabei ging es ihr selber nicht besser. Doch irgendwie musste das Leben weitergehen. Seufzend erhob sie sich.

»Wenn du ein Mann sein willst, dann benimm dich wie ein Mann. Ein Mann weint nicht.«
Sie ließ Ulrike allein.
Wie oft hatte sie in den letzten Monaten bereut, sich jemals mit ihrer Schwester gestritten, sie als eitle Gans betitelt zu haben. Sie wusste nicht, wie sie das Unrecht an Ulrike wiedergutmachen konnte, nahm ihr jede Arbeit ab, steckte ihr die besten Bissen zu und versuchte sie in den langen Nächten des Winters zu trösten, wenn Ulrike, in Tränen aufgelöst, mit dem Schicksal haderte.
Dabei litt Friederike selbst unter dem furchtbaren Geschehen. Immer wieder schreckte sie aus Albträumen auf. Vor jedem Soldaten versteckte sie sich, verließ kaum noch das Haus. Und doch kamen immer wieder Soldaten, wollten Proviant abkaufen. Die meisten waren anständig, die wenigsten forderten etwas mit Gewalt. Friederike konnte dem Ganzen nicht entfliehen. Die Eltern hatten entsetzt reagiert, als Friederike nach langem Zaudern ihnen erzählte, was ihnen beim Holzsammeln geschehen war. Und sie hatten die Töchter beschworen, mit niemandem darüber zu sprechen, zu groß waren Scham und Schande. Auch wollten sie keine Anzeige gegen die Soldaten erstatten, wollten nicht zum Dorftratsch werden, mitleidige Blicke oder hämische Sprüche vermeiden.
Zur Weihnachtsmesse war es das erste Mal, dass beide überhaupt wieder die Straße betraten.
In der Kirche saßen sie still, die Köpfe gesenkt. Immer wieder warf Schmiedegeselle Hannes Heinze Ulrike fragende Blicke zu. Mehr als einmal hatte er versucht, Ulrike bei den Kösters zu besuchen, doch immer hatten die Eltern ihm den Besuch verwehrt. Ulrike sei krank, hatten sie behauptet. Nun sah er sie zum ersten Mal seit langem wieder. Krank, so sah sie auch aus, fand Hannes. Blass, mit eingefallenen Wangen, roten Flecken am Hals,

das Haar unter einer großen Haube verborgen, hielt Ulrike das Gesicht gesenkt. Sie schaute niemandem in die Augen, sprach zu keinem ein Wort und weinte ab und zu still vor sich hin. Hannes machte sich ernsthaft Sorgen.

Nach der Messe versuchte er Friederike abzufangen, doch sie wich ihm aus. »Es ist besser, du lässt uns in Ruhe«, wies sie ihn schroff ab. Hannes ließ nicht locker.

»Was ist das für eine Krankheit?«, wollte er wissen. »Ich habe hier Äpfel und Nüsse für Ulrike. Für dich natürlich auch. Und einen Honigtrunk, den meine Großmutter immer braut, wenn im Winter das Fieber kommt. Es hilft ganz bestimmt.«

Friederike blieb kurz stehen. »Verstehst du nicht, niemand kann Ulrike helfen. Am besten, du vergisst sie.«

Verblüfft blickte Hannes ihr nach. Dann zog er die Augenbrauen zusammen. »Was bist du nur für ein kaltherziges Weib«, rief er Friederike nach. »Ich werde Ulrike niemals vergessen, selbst wenn der Himmel einstürzt!«

Das Festmahl fiel in diesem Jahr bescheiden aus. Nur noch eine etwas magere Gans war der Familie übrig geblieben, die Amalie Köster mit Apfelstücken, Pfefferkuchen, getrockneten Beeren und Backpflaumen füllte. Die Mehlklöße waren mindestens ebenso kostbar wie die gefüllte Gans selbst. Nur Kohl gab es noch genügend.

Während Amalie das bescheidene Weihnachtsessen vorbereitete, betrat Friederike mit dem Holzkorb in der Hand die Scheune. Sie wollte Holzscheite und Torf für den Herd holen.

Zuerst fiel Friederike der umgestürzte Schemel auf. Hatten sich wieder Soldaten hier selbst bedient, während die Familie in der Kirche war? Ihr Blick ging nach oben. Etwas hing da zwischen den Balken unterm Dach, bewegte sich leicht hin und her. Friede-

rike erkannte Ulrikes Schuhe. Mit einem Aufschrei ließ sie den Korb fallen.
Ulrike lebte noch. Der Vater hatte sie in die Küche getragen, die Mutter den Doktor alarmiert. Er kam sofort.
»Sie hat noch mal Glück gehabt«, meinte er. »Der Strick hat ihr nicht das Genick gebrochen. Nur der Kehlkopf ist eingedrückt. Sie sollten den Oberkörper hoch lagern, damit sie besser atmen kann. Mehr kann ich im Augenblick nicht für sie tun.« Er wandte sich zu Amalie Köster um. »Haben Sie eine Ahnung, warum sie das getan hat?«
Amalie Köster senkte den Blick. »Sie ist schwermütig geworden. Schon einige Zeit ist ihre Stirn bewölkt.«
Der Arzt beugte sich noch einmal über Ulrike, die röchelnd atmete und die Augen geschlossen hielt. Vorsichtig schlug er den Mantel beiseite. Dann hob er die Augenbrauen. »Sie ist schweren Leibes, nicht wahr?«
»Es waren drei Soldaten«, sagte die Mutter hastig. »Sie werden doch darüber schweigen?«
Der Arzt blickte sie durch seinen Kneifer scharf an. »Ich bin Arzt, natürlich halte ich mich an mein Schweigegelübde. Allerdings werden Sie es nicht mehr lange verheimlichen können. Den Rest müssen Sie mit Ihrem Gewissen vereinbaren. Und mit dem Pfarrer.«
Amalie Köster sank auf einen Stuhl nieder und nickte schwach. Friederike stand eingeschüchtert an der Tür. Der Schreck war ihr in die Glieder gefahren, der Schock lähmte sie. Sie wusste nicht, worüber die Erwachsenen sprachen. Sie wusste nur, dass Ulrike lebte. Und das empfand sie als ein Wunder.
Das Festmahl fiel aus, die Familie saß um Ulrikes Krankenbett und betete. Tagelang schwebte Ulrike zwischen Leben und Tod.

»Vielleicht ist es besser, sie stirbt«, flüsterte der Vater mit tränenerstickter Stimme. »Bald können wir es nicht mehr verbergen.«

»Du versündigst dich, Johann«, erwiderte die Mutter entsetzt. »Sie ist unsere Tochter.«

»Es ist auch Sünde, Hand an sich zu legen. Sie weiß, dass sie Schande über uns bringt.«

Die Eltern schwiegen, während die Gedanken in Friederikes Hirn kreisten. Was hatte Ulrike getan, was auch die Eltern nicht verwinden konnten? War es die Gewalttat der Soldaten? Sie waren doch beide betroffen gewesen. Friederike hob den Kopf. »Was meinte der Arzt damit, Ulrike habe einen schweren Leib? Was ist das für eine Krankheit?«

Johann und Amalie Köster starrten Friederike an. »Was ist das für eine Frage?«, schnaubte der Vater.

»Bitte, Johann, das Kind kann doch nichts dafür.«

»Sie war doch auch mit dabei. Vielleicht ist sie auch…«

»Johann!« Amalies Stimme wurde schärfer. »Wir müssen jetzt kühlen Kopf behalten und beten. Ulrike wird wieder gesund, das fühle ich.«

Johann Köster erhob sich und verließ gesenkten Hauptes den Raum. Friederike blickte ihre Mutter aus großen, fragenden Augen an.

»Deine Schwester hat… sie ist… also… die Gewalttat ist nicht ohne Folgen geblieben.«

»Ich weiß, Ulrike benimmt sich schon seit einigen Wochen sehr eigenartig. Ich konnte sie kaum trösten.«

»Dann weißt du es also?«

»Sie leidet immer noch sehr darunter. Aber das tue ich auch.« Friederike räusperte sich, weil ihre Stimme zu versagen drohte.

»Für Ulrike ist es schlimmer«, erwiderte die Mutter. »Bald wird man es sehen.«

»Was wird man sehen?« Friederike verstand nicht, was die Mutter meinte.
»Das Kind in ihrem Bauch.«
Friederike starrte ihre Mutter mit offenem Mund an. »Ulrike bekommt ein Kind? Aber wieso?«
Amalie Köster antwortete nicht.
»Aber… aber… wieso?« Nur ganz langsam begriff Friederike die ganze Wahrheit. »Ist es wirklich so? Werden so Kinder gezeugt?« Ihre Mutter senkte nur den Kopf und schwieg. Friederikes Magen verwandelte sich zu einem Stein, der plötzlich platzen wollte. Sie sprang auf und eilte hinaus, um sich zu übergeben. Sie klammerte sich an einen Holzpfahl. Es gab nichts mehr, was sich aus ihrem Magen entleeren konnte, doch noch immer wand sie sich unter schmerzhaften Krämpfen. Sie wehrte sich gegen die Erkenntnis des eben Gehörten. Was sie bei Tieren ganz natürlich fand zur Zeugung von Jungtieren, konnte unmöglich ebenso für Menschen gelten! Doch die Mutter hatte nicht widersprochen. Ihr schwindelte. Nein, es war unmöglich! Sicher haben die Eltern nur in ihrem Schmerz... Ob Ulrike wusste, dass sie ein Kind erwartete? Also war es nicht die Gewalttat selbst, die ihr die Soldaten angetan hatten, sondern die Folge, die sie zu der Verzweiflungstat trieb? Und sie selbst? Sie tastete nach ihrem Bauch. Er war flach, hart und schmerzte. Sogleich wurde ihr wieder übel.
Friederike schleppte sich in den Stall. Sie wollte unbedingt allein sein und über alles nachdenken. Tausend Fragen wirbelten durch ihren Kopf. Wurden tatsächlich auf diese scheußliche Art und Weise Kinder gezeugt? Waren auch sie, Ulrike und die Zwillinge so entstanden? Und wenn ja, warum bekam dann Ulrike ein Kind, aber sie nicht? Schließlich hatten die Soldaten mit ihr doch das Gleiche getan. Gern hätte sie mit jemandem

darüber gesprochen, aber sie wusste nicht, wie und an wen sie sich wenden sollte. Die Mutter? Die war einer Antwort ausgewichen. Den Pfarrer? Der war ein Mann und eine Respektsperson. Der würde sicher wissen wollen, warum Friederike derartige Fragen stellte. Ob Philipp vielleicht… Der war klug, kannte sich aus mit der Welt und dem Leben. Mit ihm hatte sie sich immer über alles unterhalten können. Aber auch darüber? Seit jenem verhängnisvollen Tag hatten sie sich nicht mehr gesehen. Vielleicht sollte sie wieder mit dem Vater nach Leipzig fahren. Sie würde Philipp gern wiedersehen. Doch über eines war sie sich im Klaren: sie würde sich nie wieder von einem Mann berühren lassen.

Nur langsam wurde Ulrike gesund, wenngleich sie sich von dem Erlebten nie wieder richtig erholen konnte. Sie sprach nicht mehr, nahm nicht mehr am Leben teil, saß nur stumm auf der Bank und starrte vor sich hin. Sie war in Melancholie verfallen, wie der Doktor bemerkte. Noch einmal hatte er Ulrike untersucht und dann seufzend Amalie die Hand gedrückt. Friederike wagte nicht zu fragen.
Sorgfältig packte Amalie Köster den Reisekorb. Etwas Wäsche, Strümpfe, ein wollenes Schultertuch, Laken, Bettzeug, Leinenstoff, Nähzeug. »Daraus kannst du selbst etwas nähen, wenn es soweit ist.« Sorgevoll blickte sie auf Ulrike, die mit gesenktem Kopf auf dem Bettrand saß. Friederike brachte Brot, zwei Würste, Eier, Kartoffeln und eine Schüssel voll schrumpeliger Äpfel aus der Vorratskammer. Auch das verstaute Amalie Köster im Korb, legte eine Decke darüber und schloss ihn. Dann reichte sie ihrer Tochter den wollenen Reisemantel. »Ich habe einen Brief beigelegt, in dem ich die Base grüße und ihr danke, dass sie so großherzig ist.«

Ulrike erhob sich. Ihr gerundeter Bauch unter ihrem Kleid war nicht zu übersehen. Ihre Mutter deckte den Mantel darüber und schloss ihn sorgfältig. Noch im Hof kletterte Ulrike in den Wagen, den der Vater mit dem Maultier bespannt hatte. Erst dann öffnete Friederike das Hoftor. Es war noch früh am Morgen, »Soll ich nicht doch mitfahren?«, fragte sie die Mutter, doch diese schüttelte den Kopf. »Ulrike wird damit schon allein fertig. Zum Glück steht die Base ihr bei.«

Lange hatten die Eltern zusammengesessen und beraten, was sie nun tun sollten. Bald schon wäre die Schwangerschaft nicht mehr zu verheimlichen gewesen und die Schande hätte sich auf die ganze Familie gelegt.

Schließlich einigten sie sich, dass es am besten sei, Ulrike zu einer Schwester von Johann Köster nach Großzschocher zu bringen, die das Mädchen bis zur Niederkunft beherbergen würde. Die Geburt sollte dann im Jacobshospital in Leipzig stattfinden, von dem sie wussten, dass man dort Frauen aufnahm, die unverschuldet in Not geraten waren.

Das schlechte Gewissen plagte Friederike, denn bei ihr waren diese schrecklichen Folgen ausgeblieben. Ihre jugendliche Unbeschwertheit jedoch war auch bei ihr verschwunden – Angst, Scham, Verzweiflung und Schwermut setzten ihr zu. Sie blickte dem Wagen nach, wie er über die Dorfstraße rumpelte. Sie würde ihre Schwester lange nicht sehen, vielleicht nie wieder.

Kartoffeln, Wodka, Pferdepisse

Dieser Winter zum Jahr 1812 hatte allen übel mitgespielt. Er schien nicht enden zu wollen. Es gab kaum Holz zum Feuern, das Mehl war teuer und Brot wurde immer kostbarer. Hempels Hühner legten schon lange keine Eier mehr und Oskar schlug vor, sie in die Pfanne zu hauen. Karl hätte nichts dagegen gehabt, doch da kannten sie Helene Hempel schlecht. Sie protestierte heftig, drohte Oskar sogar mit dem Küchenmesser. Karl hingegen hielt sich aus dem Streit heraus. Er war traurig. Den ganzen Winter über hatte er gehofft, Friederike zu treffen. Doch sie kam nicht mehr. Lag es am Wetter, lag es daran, dass es keine Milch zu verkaufen gab oder hatte Friederike etwa das Interesse an Philipp verloren? Denn auch Philipp kam immer seltener. Seine Studien betrieb er offenbar in den Schankstuben, wie die meisten der Studenten. Da war es warm und es gab, trotz der verordneten Abgaben für das Militär und der Knappheit an Lebensmitteln, Branntwein und Bier, noch genügend zu trinken. Damit konnte man auch einen leeren Magen füllen.

Immer wieder versetzten Bekanntmachungen des Stadtrates die Bürger in Aufregung. Anfang Februar erfolgte eine erneute Rekrutenaushebung. Die Stadt Leipzig hatte vierzig Mann zu stellen, die sich im Ranstädter Schießgraben einzufinden hatten. Für diejenigen, die sich nicht pünktlich oder gar nicht stellen würden, waren Geld- oder sogar Haftstrafen angedroht.

»Mach dir keinen Kopp, Junge«, beruhigte Oskar Hempel seinen Lehrling. »Da steht was von neunzehn bis siebenundzwanzig Jahren. Bist du schon neunzehn?«

Karl schüttelte den Kopf. »Ich bin achtzehn, Meister. Aber das wissen Sie doch.«

»Eben. Und deshalb geht es dich auch nichts an.«
»Es wäre doch gar nicht so verkehrt bei den Soldaten«, überlegte Karl. »Da würde ich Sold bekommen, eine schöne Uniform tragen und die Mädchen würden mir nachschauen.«
Oskar Hempel lachte meckernd, während er ein Paar Schuhe reparierte. »Nur wegen der Mädels?«
Noch ehe Karl antworten konnte, bekam er einen kräftigen Schlag auf den Hinterkopf. »So also sieht deine Dankbarkeit aus, du Lulatsch«, keifte Helene Hempel. »Ich habe alles mit angehört. Da füttert man dich durch und dann willst du dich zu den Soldaten verdrücken. Und wer macht hier inzwischen die Arbeit?«
»Das habe ich doch nicht ernst gemeint«, verteidigte sich Karl. »Außerdem bin ich erst achtzehn Jahre alt.«
»Eben. Und Gott verhüte, dass du neunzehn wirst. Sieh lieber zu, dass wir Brot bekommen. Oder soll ich mich etwa an den Brotgewölben anstellen?«
Karl zog es vor, lieber selbst durch die Stadt zu streifen und nach etwas Essbarem zu suchen, als sich der Ungnade der Frau Meisterin auszusetzen. Er wusste, sie meinte es nicht so, aber immer ließ sie ihre schlechte Laune an ihm aus.
»Siehste, hättste de Klappe gehalten«, meinte Oskar Hempel, nachdem sich seine Frau wieder schimpfend und grollend in die Küche verzogen hatte, nicht ohne Karl einige Groschen in die Hand zu drücken.
»Macht nichts, ich gehe ja schon«, erwiderte Karl. Draußen auf der Gasse atmete er auf. Helene Hempel würde ihm dankbar sein und seine vorlauten Worte verzeihen, wenn er mit einem Arm voll Brot zurückkam. Immerhin, das sechs Stockwerk hohe Kornhaus nahe der Peterskirche war noch gut gefüllt. Der Stadtrat achtete darauf, dass die Reserven trotz ständiger Requirierungen nicht ausgingen und der Stadt keine Hungers-

not drohte. Während in den unteren Stockwerken des Stadtmagazins Kohle, Baumaterial und andere notwendige Dinge bevorratet wurden, gab es in den oberen Stockwerken eine beträchtliche Menge an Getreide. Natürlich war das Gebäude gut bewacht und mit eisernen Läden gesichert.

Auf der anderen Seite der Reichsstraße, neben dem prachtvollen Bülowschen Eckhaus zur Grimmaischen Gasse befanden sich die Fleischbänke. Die waren in einem wuchtigen Gebäude mit breitem Obergiebel und tiefen Kellern und Gewölben untergebracht, in denen sich das Fleisch lange frisch hielt. Wenn kein Wochenmarkt war, hielten die Leipziger Stadtfleischer hier ihre Ware feil. Doch heute war Markttag und Karl musste sich durch ein buntes Gewimmel aus Kutschen und Karren, Passanten und Pferden, Soldaten und Händlern drängen. Schneematsch lag auf der Straße, zertreten, zerfahren, tückisch glatt. In seinen dünnen Schuhen kam Karl mächtig ins Schlittern.

Durch die auf steinernen Säulen ruhenden Gewölbe der Fleischbänke gelangte Karl zum Naschmarkt. Hier schloss sich ein großes Gebäude an, das viele wichtige Einrichtungen beherbergte. Die wohl wichtigste war der Burgkeller, wo unter Aufsicht der Ratsherren verschiedene fremde Biere ausgeschenkt wurden. Er war vor allem für Studenten ein beliebter Treff, allerdings kam es hier immer wieder zu Krawallen, Raufereien, Protesten und Ausschreitungen, weshalb sich häufig Polizei in der Nähe aufhielt. Auch eine Garküche, ein Schuh- und Pelzhaus, Kürschner, Nachtwächter und Sänftenträger sowie die Laternenleute hatten hier ihr Domizil. Unter einem weiteren mächtigen Gewölbe befanden sich die Brotbänke, wo die Leipziger Weißbäcker jeden Tag Semmeln und Brote verkauften. Es kostete Karl große Mühe und ein beträchtliches Durchsetzungsvermögen, um bis zu den Verkäufern zu gelangen.

»Zwei Brote und drei Semmeln«, verlangte er forsch, ohne auf die Proteste der wartenden Kundschaft zu reagieren. Der Bäcker schob ihm das Verlangte über den Tisch. Karl legte fünf Groschen daneben.
»Halt, halt, Bursche. Das langt nicht. Sieben Groschen kostet es.«
»Das ist zu teuer«, empörte sich Karl. »Vor zwei Wochen habe ich dafür fünf Groschen bezahlt.«
»Vor zwei Wochen«, höhnte der Bäcker. »Inzwischen ist das Mehl knapper und teurer geworden. Sieben Groschen.«
»Ich habe aber nur fünf.«
»Dann hast du Pech gehabt.« Der Bäcker nahm das Brot wieder vom Tisch und warf es in den Korb.
»Nein, ich brauche das Brot. Können Sie nicht mal eine Ausnahme machen? Mein Meister ist nur ein armer Flickschuster.«
»Und ich bin ein armer Bäcker. Das Mehl wird mir doch nicht geschenkt, dazu das Feuerholz für den Backofen. Ich muss schließlich auch davon leben.«
»Was wird denn nun?« Langsam wurden die Wartenden unruhig. »Wenn du nichts kaufen willst, dann hau ab, du Fläz!«
Karl schob die Semmeln zurück. »Ich nehme die beiden Brote.«
Missmutig holte der Bäcker die Brote wieder aus dem Korb. »Vier Groschen der Laib.«
»Wieso vier Groschen? Es sind nur kleine Brote und das Mehl ist ganz grau.«
»Jetzt reicht es aber«, zürnte der Bäcker. »Entweder nimmst du jetzt die Brote oder du bekommst gar nichts.«
»Schwarzbrot kostet nur drei Groschen«, beharrte Karl.
»Willst du mit mir feilschen?«, rief der Bäcker aufgebracht. Wütend warf er die Brote wieder in den Korb. Karl wurde beiseite-

gestoßen. Doch ohne Brot durfte und wollte er nicht nach Hause kommen. Er drängte sich zum nächsten Brotstand durch. Dort gab es Schwarzbrot zu zwei Groschen das Pfund. Er überlegte kurz. Drei Brote zu zwei Groschen ergaben mehr zu essen als zwei Brote zu vier Groschen. Zufrieden mit seinem Einkauf begab er sich nun wieder zu den Fleischständen beim Naschmarkt. Während der Messe standen hier Buden, die vor allem gestrickte Wollstrümpfe aus den Oberlausitzer Manufakturen verkauften. Ein solches Paar Strümpfe hatten ihm die Hempels zum letzten Weihnachtsfest geschenkt. Karl hatte sie bitter nötig gehabt, denn der Winter hatte seine frostigen Krallen arg ausgefahren.
Die Leipziger Stadtfleischer hatten alles aufgefahren, was sie derzeit bieten konnten. Fleisch und Knochen gab es, Würste und Schinken, Innereien und Ohren, Schwänze und Schnauzen von Schwein, Rind und Schaf. Ein deftiger Schweinebraten wäre nicht zu verachten. Karl zeigte auf das rote, noch blutige Fleisch. »Was kostet das?«
»Sechs Groschen das Pfund vom Schwein, sieben Groschen vom Rind.«
Ade, du schöner Schweinebraten! Schnell zählte er sein verblie-be-nes Geld durch. »Dann nehme ich eben Fleischknochen.«
»Unser Fleisch ist von bester Qualität«, versicherte der Fleischer. »Sollen damit einquartierte Soldaten verköstigt werden? Sie werden sich damit nicht blamieren.«
»Ich nehme trotzdem nur die Fleischknochen. Möglichst viele. Wir sind eine große Familie.«
Der Fleischer betrachtete Karl abschätzig. »So, so. Viel essen für wenig Geld. Da fressen einem schon die Soldaten die Haare vom Kopf…«
»Versündigt Euch nicht«, zischte ein Mann, der hinter Karl wartete. »Hier schleichen überall Spitzel und Geheime herum.

Unser Stadtrat hat extra darauf hingewiesen, nicht wider die Franzosen zu reden. Es könnte unserer Stadt sonst schlecht ergehen.«
Verdrießlich schwieg der Fleischer und packte Karl einen Berg von Knochen zusammen, von denen das Fleisch schon sorgfältig abgekratzt worden war. Für eine ordentliche Suppe würde es schon reichen, wenn Frau Helene noch Butter und Graupen daran gab.
»Zwei Groschen, der Herr«, sagte der Fleischer nun betont freundlich zu Karl. Seufzend legte der das Geld hin. Nun besaß er nur noch einen Groschen. Er würde dafür nicht viel Butter bekommen. Langsam schlenderte er weiter. Das bunte Gewimmel der Soldaten nahm zu. Der Markt war vollgestopft von ihnen, immer umgeben von einer Traube Menschen, die sie begafften, bewunderten, sich mit ihnen unterhielten oder aber auch bissige Bemerkungen machten. Letztere allerdings möglichst leise und unauffällig. Man wusste ja nie, wer neben einem stand.
Zunächst hörte Karl nur den heiseren Schrei eines Maultiers. Davon gab es viele, vor allem die Soldaten benutzten sie zum Transportieren. Doch dieser stand vor einem hohen, einachsigen Wagen gespannt und warf unwillig den Kopf zurück. Hinter dem Wagen drängten sich ebenso die Menschen. Jeder versuchte, etwas zu Essen zu ergattern. Kein Zweifel, es war der Wagen von Milchmann Köster! Und wenn der Alte hier war, vielleicht war auch… Karl wagte den Gedanken nicht zu Ende zu denken, dafür begann sein Herz heftig zu pochen. Rücksichtslos drängte er sich zwischen die Leute, nahm die Ellenbogen zu Hilfe und bekam nicht nur empörte Worte an den Kopf geworfen. All das war ihm jedoch egal. Er wollte nur eines: Friederike wiedersehen.
Beinahe hätte er sie nicht erkannt. In einen dicken und dunklen Mantel gehüllt, schien sie nur ein Schatten ihrer selbst zu sein.

Erst als sie den Kopf hob, erkannte Karl sie richtig und erschrak. »Guten Tag, Friederike«, sagte er ungewohnt milde. »Hatte dich schon vermisst.«
Sie zuckte kurz zusammen, dann glaubte Karl den Anflug eines Lächelns auf ihrem blassen Gesicht zu erkennen. Sie reichte einem Kunden einen Käse aus dem Wagenverschlag.
»Ach, Karl.« Es klang traurig. Sie warf einen kurzen Blick zu ihrem Vater, der Karl argwöhnisch beäugte. Dann nickte er stumm. Friederike sprang vom Wagen herab und trat beiseite. Karl folgte ihr. Als er vor ihr stand, fiel ihm wieder nichts ein, was er ihr sagen konnte. Dabei quoll ihm das Herz über. Er freute sich, sie zu sehen.
»Verkaufst du wieder Milch?« Blöde Frage, dachte er im gleichen Moment.
»Nein, die Kühe stehen trocken. Wir haben Käse mitgebracht. Möchtest du welchen kaufen?«
Er nickte, während er den Groschen in seiner Hand fühlte. Er würde nicht reichen.
»Schade, dass es noch so kalt ist. Sonst könnten wir uns wieder unten am Fluss treffen.«
Friederike senkte den Kopf und wich seinem Blick aus. »Ich glaube kaum, dass ich da wieder hinkomme.«
»Warum nicht? Magst du uns nicht mehr?«
»Doch…«
»Es wird auch wieder wärmer, dann können wir auf der Promenade lustwandeln.«
»Ich muss arbeiten, habe keine Zeit. Auch werde ich wohl nicht wieder nach Leipzig kommen.«
»Warum nicht? Hat es dir dein Vater nicht erlaubt?« Er bemerkte, wie sie mit den Tränen kämpfte. »Ist etwas geschehen? Du warst so lange nicht hier.«

»Ich war krank«, flüsterte sie, doch dann begann sie zu schluchzen. Hilflos stand Karl daneben und wusste nichts mit seinen Armen anzufangen. »Philipp ist zu den Soldaten gegangen.«
»Was? Aber…«
Plötzlich warf sich Friederike an seine Brust und weinte herzzerreißend. Karl ließ das Paket mit den Knochen und die Brote fallen. Hilflos ruderte er mit den Armen in der Luft. Ihre Reaktion verwirrte ihn. Alles nur wegen Philipp?!
»Das wollte er doch schon immer, so wie er für seinen Kaiser geschwärmt hat.«
»Aber wenn er nun totgeschossen wird?« Friederike konnte sich nicht beruhigen.
»Er passt schon auf sich auf«, versuchte Karl sie zu trösten.
»Woher weißt du überhaupt, dass er zu den Soldaten gegangen ist?«
»Ich… ich war vorhin in seiner Bude… da, wo er wohnt… mit den anderen Studenten.«
Langsam verstand Karl – wegen Philipp war sie nach Leipzig gekommen! Unbeholfen legte er die Arme um sie. Unter dem dicken, schweren Mantelstoff fühlte er ihren mageren Körper.
»Vielleicht kommt er bald wieder.«
Friederike schüttelte heftig den Kopf. »Nein, sie sagen, der Kaiser zieht seine Truppen zusammen, weil er … weil er gegen Russland zieht.«
»Davon reden die Leute schon lange, aber mein Meister sagt, der Napoleon ist klug genug, sich darauf nicht einzulassen. Außerdem ist Russland mit Frankreich verbündet.«
Erneut brach Friederike in heftiges Schluchzen aus. »Russland ist doch so weit weg!«
Eines war Karl in diesem Moment klar: Je weiter weg Philipp war, umso besser für ihn. Er würde Friederike schon zu trösten

wissen und bald hatte sie Philipp vergessen. »Ich kauf dir einen Käse ab.«
Friederike hob den Kopf, wischte sich mit dem Ärmel die Tränen von den Wangen und nickte. »Dann komm mit.« Sie zog ihn hinter den Wagen, wo ihr Vater stand. Viel war es nicht, was Kösters zu verkaufen hatten, Ziegenkäse, Sauermilchkäse, harten Käse, etwas Ziegenmilch, gefrorene Butter und Sauerrahm.
»Welchen möchtest du?«
Karl zuckte mit den Schultern, dann öffnete er die Hand und zeigte ihr den Groschen. Sie griff nach einem Stück Ziegenkäse und einem Fässchen Sauermilchrahm. »Ich hoffe, ihr habt ein paar Kartoffeln, das wird ein gutes Gericht.«
Er konnte den Blick nicht von ihr lassen. »Ja … danke«, stammelte er. Sie gab ihm die Brote und das Paket mit den Knochen und packte den Käse obendrauf. Das Fässchen musste er in den anderen Arm nehmen.
»Friederike, komm her und hilf mir«, forderte sie ihr Vater auf und warf Karl einen grimmigen Blick zu. Die Leute drängelten noch immer und stritten sich, wer als nächstes bedient würde.
»Ich muss.« Friederike hob entschuldigend die Schultern. Karl wurde einfach weggedrängt.
»Friederike«, rief er über die Köpfe der Leute hinweg.
Sie stand schon wieder oben auf dem Wagen. »Ja?«
»Ich warte auf dich. Unten am Fluss!«
Ihre Antwort konnte er schon nicht mehr verstehen. Immer mehr Leute drängten sich zwischen sie. Karl drehte sich schließlich um und entfernte sich langsam.
Nach Russland! Wie mochte es dort aussehen? Einen Augenblick bemächtigte sich seiner ein sündiger Gedanke. Was, wenn Philipp nicht zurückkehrte? Er würde Friederike ganz für sich haben können. Er sah sich schon mit ihr über den Promenaden-

ring flanieren, ihr in der Schänke eine kühle Limonade kaufen, ein Sträußchen Vergissmeinnicht schenken, ihr einen bestickten Lederbeutel nähen, den sie elegant am Handgelenk tragen konnte. Friederike war ein Ziel, für das sich die Mühe lohnte.
Die Reichsstraße herunter marschierte wieder ein Pulk Soldaten. Die ganze Stadt wimmelte von ihnen und ließ sie bunt und lebendig erscheinen. Sie täuschten darüber hinweg, dass das kriegerische Leben stetig zunahm. Es waren vor allem Truppenteile des Neyschen Korps. Auf dem Markt vor dem Salzgässchen wurde gerade die französische Hauptwache aufgebaut. Und selbst an die sächsischen Truppenteile war der Marschbefehl ergangen. Einen Augenblick lang beneidete Karl die Soldaten in ihren schmucken Uniformen, bewundert und bejubelt von den Leipziger Bewohnern, angehimmelt von so manchem Mädchen.
Zum Geburtstag des Königs von Rom, dem Sohn Napoleons, hatte es ein rauschendes Fest gegeben, das ganz Leipzig feierte. Zum Festmahl, das Marschall Ney gab, waren allerdings fast ausschließlich Franzosen und nur wenige Angehörige des Leipziger Rates geladen, aber am anschließenden Ball nahmen viele angesehene Bürger der Stadt teil. Es stand ganz groß in der Zeitung, die Hempels manchmal mit einigen Tagen Verspätung und ziemlich zerlesen von einem benachbarten Schuhmacher erhielten. Oskar Hempel behauptete zwar, es interessiere ihn nicht, was in der Stadt geschah, da seine werte Ehefrau das Tageblatt auf zwei Beinen sei, aber zum Einwickeln der geflickten Schuhe tauge die Zeitung allemal. Karl wusste allerdings, dass Oskar Hempel heimlich die Zeitung las.
Der französische Marschall, der Kronprinz von Württemberg sowie manch andere hochgestellten Persönlichkeiten gaben sich in Leipzig die Klinke in die Hand. Für die Bürger gab es allemal

viel zu sehen: Paraden, Hofgefolge, Theateraufführungen. Langweilig wurde es hier nicht. Karl stellte sich vor, ebenfalls eine passable Figur abzugeben, würde er eine solche Uniform tragen. Sein knurrender Magen holte ihn wieder aus seinen Tagträumen zurück und beschleunigte Karls Schritt. Helene Hempel erwartete ihn schon ungeduldig und begutachtete die Einkäufe, die Karl auf dem Küchentisch ausbreitete.

»Das ist alles? Wo ist das Restgeld?«

»Ich habe alles ausgegeben«, erwiderte Karl. »Das Brot ist teurer geworden, habe mich noch mit dem Bäcker gestritten. Und Fleisch ist gleich gar nicht zu bezahlen.«

»Und was soll das hier? Hast du keine Butter gekauft?« Helene Hempel wies auf den Käse und den Sauerrahm.

Er zuckte mit den Schultern. »Rahm und Kartoffeln geben doch ein gutes Essen.«

»Kartoffeln! Du Schlaumeier, woher sollen wir denn Kartoffeln nehmen?« Sie zeigte auf den leeren Weidenkorb neben dem Hühnerverschlag.

»Knochenbrühe und Käsebrot schmecken auch...«

Er wich der Ohrfeige aus, die Helene Hempel ihm über den Tisch erteilen wollte. »Halt deine Gusche und sieh zu, wo du Kartoffeln herbekommst, wenn du schon den Sauerrahm anschleppst.«

»Lass doch den Jungen in Ruhe«, mischte sich Oskar Hempel ein. »Warum gehst du nicht selbst einkaufen?«

»Wozu haben wir denn einen Lehrjungen?« Helene Hempel blies empört die Backen auf. »Nimm ihn nicht immer in Schutz. Neun Groschen hat er vergeudet. Ich sollte das Geld von ihm zurückfordern.«

»Nun lass mal gut sein, Alte. Sieh zu, dass du daraus etwas Essbares machst, sonst werde ich ungemütlich. Und du, scher dich an deine Arbeit. Die Werkstatt ist zu fegen.«

»Erst besorgt er Kartoffeln«, widersprach Helene Hempel.
»Kommt nicht infrage! Besorg sie selber.«
»Da draußen sind zu viele Soldaten.«
»Was hast du gegen Soldaten da draußen? Sei froh, dass wir keine im Haus haben. Die wurden sogar in die Kirchen einquartiert. Also?«
Helene Hempel setzte sich auf die Küchenbank und verschränkte demonstrativ die Arme vor der Brust. »Erst die Kartoffeln.«
»Und woher soll ich die nehmen ohne Geld? Auf dem Markt prügeln sich die Leute bald um die Lebensmittel.« Auch Karl verschränkte nun die Arme über der Brust.
»Siehste, Alte, so sieht's aus. Hättste mal mehr Kartoffeln im Garten angebaut statt Kohl, der immer meinen Bauch so aufbläht.«
»Nun bin ich wohl daran schuld? Wie kannst du mich bloß vor diesem Rotzlöffel noch beschimpfen? Aber ihr Männer haltet ja immer zusammen, wenn es gegen mich geht.« Helene Hempels Stimme schraubte sich in unangenehme Höhe. Karl wusste, was nun kam, ein handfester Streit zwischen den beiden. Den wollte er nicht mit anhören.
»Ich gehe«, sagte er laut.
»Ja, geh nur und komm erst mit Kartoffeln wieder!«
Karl ging, und es war ihm egal wohin. Erst mal raus aus der Flickschusterei und weg von Helene Hempels Gekeife. Woher er allerdings Kartoffeln nehmen sollte, wusste er nicht. So schlenderte er ziellos durch die Stadt. Vom Brühl her erklang Tumult. Neugierig lenkte Karl seine Schritte die Katharinenstraße hinunter. Zunächst konnte er vor lauter Menschen nichts erkennen. Die Leute schrien Hurra und Vivat und drängten sich vor dem Gasthof »Zum Plauischen Hof«. Mit den Ellenbogen verschaffte sich Karl einen Weg durch die Menge und

blieb mit offenem Mund stehen. Er war ja einiges gewöhnt und hatte schon viel gesehen, aber dieser Anblick war selbst für die Leipziger außergewöhnlich. Wohl knapp zwei Dutzend Kosaken in abenteuerlichen Uniformen drängten sich vor dem Gasthof, in ihrer Mitte ein paar französische Soldaten, die sie offenbar gerade gefangen genommen hatten. Gar wild sahen diese Russen aus, es schienen alles alte Männer zu sein. Sie waren körperlich eher klein, einige reichten Karl nur bis zur Schulter, aber sie waren kräftig, auf kurzen stämmigen Beinen und die meisten mit zotteligen Bärten. Dabei machten sie keinen gebrechlichen Eindruck, wie man vermuten mochte, sondern strotzten vor Kraft und Wildheit. Sie brüllten lautstark in ihrer kehligen Sprache, lachten rau und stießen die unglücklichen gefangenen Franzosen vor sich her. Inmitten des Durcheinanders liefen kleine, zottelige Pferde. Karl fiel auf, dass die meisten keine Sättel trugen, sondern nur Filzdecken, die mit einem Ledergurt um den Bauch befestigt waren. Die kleinen alten Männer schwangen sich ohne sichtliche Anstrengung auf die Pferde und trieben die Gefangenen johlend vor sich her. Sie hieben drohend mit ihren seltsamen krummen Säbeln durch die Luft, einige schwangen lederne Peitschen.

»Die bringen sie bestimmt in ihr Biwak«, sagte ein Mann neben Karl. »Das muss man gesehen haben. Die haben dort sogar zwei Kamele.«

»Kamele? Wie im Heiligen Land?« Kamele hatte Karl bislang nur auf biblischen Bildern gesehen.

»Das sind bestimmt keine Tiere aus dem Heiligen Land«, erwiderte der Mann. »Schau doch selbst, sie lagern im Großboseschen Garten.«

Das wollte sich Karl nicht entgehen lassen. Er ließ sich mit dem Menschenstrom treiben, der den Kosaken folgte. Die Kosaken schienen nichts dagegen zu haben, dass man sie bestaunte und begaffte. Und sie sahen auch nicht aus wie Menschenfresser. Doch man konnte nie wissen und Karl wollte lieber vorsichtig sein.

Der Großbosesche Garten lag hinter dem Rossmarkt und war einer der ältesten und größten Gärten vor den Toren Leipzigs. Eigentlich war er für öffentliche Gesellschaften bestimmt und ein beliebter Ort für sonntägliche Spaziergänge der Städter. In den letzten Jahren war er jedoch arg vernachlässigt worden. Die Lindenallee bot einen beinahe ebenso trostlosen Anblick – wie zwei Reihen bizarrer riesenhafter Soldaten. Überall hatten sich die Kosaken niedergelassen. Das eigentliche Biwak bestand aus einem zertrampelten Platz voller Stroh, Schlamm und Pferdedreck. Überall standen die zottigen, schmutzigen Pferde herum, die wohl noch nie einen Striegel oder eine Bürste gesehen hatten. Dazwischen loderten Feuer, über denen große Kessel hingen. Schaudernd trat Karl näher und erwartete darin wohl die zerstückelten Teile der gefangenen Franzosen. Zunächst sah er nicht viel, es dampfte und Schaum kochte über, der Stroh und Schmutz auswarf. Unmöglich, dass hier Essen gekocht wurde! Er beobachtete einen der Kosaken, der am Boden hockte, aus einem ledernen Sack Zwiebeln und Heringe holte und in den Kessel warf. Später klaubte er Sauerkraut heraus, dessen milchige Brühe durch seine Finger rann. Er wischte sie an seiner Uniform ab und griff nach einer abgeflachten Flasche, die er um den Hals trug. Er nahm einen tiefen Schluck und krächzte danach zufrieden. Über allem waberte ein intensiver Geruch nach Zwiebeln und Rauch, Urin und Pferdeschweiß. Nirgendwo konnte Karl Zelte entdecken, wie sie doch in einem Soldatenbiwak üblich waren. Die Soldaten lagerten einfach da, wo sie saßen oder lagen, im Stroh, im Schlamm, manchmal auf einer Filzdecke, oft auch auf dem blanken Boden. Einer der Kosaken hatte es sich zwischen den Hinterbeinen seines Pferdes bequem gemacht. Er musste sehr viel von seinem Wässerchen aus der Flasche getrunken haben, denn er schnarchte lautstark und abgehackt. Selbst als sein Pferd plötzlich einen heftigen Schwall Urin abließ, der ihm direkt ins Gesicht plätscherte, wachte er nicht auf. Einer der Leipziger Gaffer, der wie Karl das Treiben mit offenem Mund und großen Augen bestaunte, rüttelte den Schläfer an der Schulter. Doch der Kosak dankte es ihm nicht, sondern stieß ihn nur unwillig grunzend mit dem Fuß weg, drehte sich zur Seite und schlief seelenruhig weiter. Kopfschüttelnd und angewidert schlenderte Karl weiter. Am nächsten Feuer konnte er einen Blick in den Kessel werfen, der über dem Feuer kochte. Zwischen Zwiebeln, Kraut und undefinierbaren hellen Klumpen schwammen Stücke von Karpfen und Heringen. Woher hatten die Kosaken Karpfen? Karl wunderte sich immer mehr. Sie fraßen keine Menschen, wie immer behauptet wurde, dafür Unmengen an Zwiebeln und Fisch. Einer der Soldaten hockte neben dem Feuer und biss genüsslich in den Kopf eines Herings. Ein streunender Hund beobachtete ihn schon eine Weile mit gierigen Augen und tropfenden Lefzen. Nach kurzem Zögern schnappte der Hund zu und biss in den Schwanz des Herings. Der Soldat fasste es als Spaß auf, zeigte seine Zähne, ohne den Hering loszulassen und knurrte. Am anderen Ende zerrte der Hund und knurrte ebenfalls. Eine Weile ging es hin und her, bis der Fisch in der Mitte zerriss. Der Hund verschwand sofort mit seiner Beute, während der Kosak nun endlich seine Finger zu Hilfe nahm, den Rest des Herings festhielt und herzhaft lachte. Als er den Heringsrest verspeist hatte, spülte er mit einem großen Schluck aus seiner Flasche nach. Karl bemerkte, dass fast jeder der Kosaken so eine Flasche besaß.

»Kamerad Wodka«, rief der Soldat und schwenkte sie durch die Luft. Er bot Karl an, einen Schluck zu nehmen. Karl wich dankend zurück. Die Kosakenküche war nicht gerade dazu angetan, Karls Appetit anzuregen, auch wenn ihm sein Magen bereits mächtig knurrte. Einige der Kosaken begannen zu singen, mit wohltönenden tiefen Stimmen. Die melancholische Melodie stand so im krassen Gegensatz zu dem wilden und ungepflegten Aussehen dieser Männer, dass es fast unwirklich erschien. Andere begannen zu tanzen, wie es der Platz zuließ, stampfend und unheimlich. Etwas abgesondert von den alten Weißbärten beobachtete Karl andere Männer von dunklerer Hautfarbe, flachen Gesichtern und mit breiten Wangenknochen. Ob das Baschkiren waren? Von ihnen erzählte man unheimliche Geschichten. Sie wären gar keine richtigen Menschen, sondern besäßen nur ein Auge auf der Stirn, einen langen Schnabel und kräftige Hauer statt Zähne. Angeblich würden die Russen sie nur in Ketten marschieren lassen, damit sie nicht beidseits des Weges Kinder wegfangen würden, um sie mit Haut und Haar zu fressen. Derartige Gruselgeschichten erzählte man sich in den Straßen und Gassen von Leipzig und auch Helene Hempel behauptete überzeugt, dass man Tür und Tor verrammeln müsse, sobald sich diese Wesen, die nicht Tier nicht Mensch seien, näherten.

Karl fand jedoch, dass nichts davon stimmte. Im Gegenteil! Er fand die Soldaten sehr friedlich, ihre Minen drückten eine gewisse Sanftheit aus. Sie ähnelten Chinesen, die Karl einmal während einer Messe gesehen hatte, kleine, gelbhäutige Menschen mit kurzen Nasen und schräg stehenden Augen. Auf dem Kopf trugen sie eine hohe Mütze mit dickem Pelzrand. Als Waffen bevorzugten sie offenbar Pfeil und Bogen. Im vorderen Teil des Gartengeländes, auf der Rückseite des Hotels »Zum schwarzen Ross«, gaben sie bereitwillig eine Vorstellung von ihrer Schießkunst. Einer der Baschkiren schoss eine Taube vom First des Daches samt einem Dachziegel. Ein anderer steckte eine Pike in den Boden, stülpte seinen Filzhut darüber und schoss dann aus einer Entfernung von mehr als hundert Schritt darauf. Der Pfeil durchbohrte den

Hut zielsicher. Karl war beeindruckt. Sonst unterschieden sie sich aber kaum von den Kosaken. Zumindest liebten sie ebenso ihren speziellen Branntwein, den sie Wodka nannten, der wie Wasser aussah und den sie auch wie Wasser soffen.
Die vielfältigen, oft recht unangenehmen Gerüche schlugen Karl auf den Magen. Er, der noch nichts gegessen hatte, besann sich plötzlich darauf, wozu er durch die Stadt gestreift war. Er brauchte dringend Kartoffeln und weder hier noch bei den französischen Soldaten waren sie zu bekommen – es sei denn Karl ließe sich rekrutieren. So ganz hatte er den Gedanken nicht aufgegeben. Sollte der große General Napoleon wirklich gegen Russland ins Feld ziehen wollen, wie man allerorten munkelte, dann hätte er ja diese Kosaken und Baschkiren zum Feind. Von einem Pfeil durchbohrt zu werden, war sicher kein erstrebenswerter Tod. Schaudernd wandte Karl sich ab. Er wusste aber jetzt, woher er Kartoffeln bekommen würde, auch wenn er dafür einen zweistündigen Fußmarsch vor sich hatte – von seiner Mutter aus Möckern!

Auf der Straße nach Möckern herrschte ein starker Verkehr. Doch im Gegensatz zur sonstigen Geschäftigkeit erschien es Karl heute hektisch, ja chaotisch. Eine Unzahl von Soldaten strebte sowohl aus der Stadt heraus als auch nach Leipzig hinein. Irgendwo da draußen stand das Korps von Marschall Ney. Karl war froh, den Stadtmauern endlich entflohen zu sein. An die Rückkehr war im Moment noch nicht zu denken, musste er doch zu sehr darauf achten, nicht unter die Pferdehufe oder Karrenräder zu geraten. Fuhrwerke mit beschlagnahmten Lebensmitteln für die Truppen verkeilten sich mit Flüchtlingen aus den umliegenden Dörfern, die der Not der Requirierungen zu entfliehen versuchten. Die meisten Bauern hatten ohnehin nicht mehr viel, um selbst zu

überleben, war doch die Ernte des vergangenen Jahres denkbar schlecht ausgefallen. Aus Verzweiflung gaben arme Leute das Saatgut her, wohl wissend, dass ihnen nun der Hungertod drohte. Die Preise für Stroh und Heu stiegen drastisch, der Zentner Heu kostete schon fast zwei Taler, jedes Schock Schnittstroh wurde gar mit sechzehn Talern gehandelt.
Karl beschleunigte seinen Schritt und kam dabei ordentlich ins Schwitzen, obwohl es doch recht kalt war. Den Hunger hatte er übergangen. Er war sich sicher, bei seiner Mutter etwas zu essen zu bekommen, bevor er sich mit einem Sack Kartoffeln wieder auf den Rückweg machte.
Während er lief, kehrten seine Gedanken zu Friederike zurück. Sie musste krank gewesen sein, so dünn und blass wie sie aussah. Mitleid erfasste ihn, oder was war das für ein warmes Gefühl in seiner Brust? Zugleich bedauerte er, sich nicht länger mit ihr unterhalten zu haben. Was, wenn sie nicht wieder nach Leipzig kam? Ging es ihr wirklich nur um Philipp? Was fanden die Frauen an Soldaten nur so anziehend? War es deren Mut, dem Tod ins Auge zu sehen, waren es die Waffen, die sie trugen, oder gar die schmucken Uniformen? Ein Soldat war ohne Zweifel eine wichtige Person, man zollte ihm Respekt, man betete für ihn, wenn er ins Feld zog, und man spendete ihm Lebensmittel und Geld, damit er versorgt war. Am imposantesten waren wohl die Reiter, die Ulanen, die mit gezogenem Säbel auf ihren Pferden dahinjagten und den Feind in Angst und Schrecken versetzten.
Karl seufzte. Friederike würde ihn wahrscheinlich nie so bewundernd anschauen, auch wenn er es gar nicht unangenehm fand, wie sie sich heute an seine Brust geworfen hatte – leider war er nicht der Grund dafür gewesen.
Unter diesen und ähnlichen Gedanken erreichte er sein Heimatdorf. Etwas irritiert blickte er sich um. Es war verdächtig still. Er vermisste

die übliche Emsigkeit der Bauern. Während auf der Straße von Leipzig nach wie vor ein reger Verkehr herrschte, schien das Dorf wie ausgestorben. Karl fiel an einigen Gehöften auf, dass die Toreinfahrten kaputt waren, die Tore schief in den Angeln hingen oder notdürftig mit Brettern repariert worden waren. Kein Huhn lief in den Gärten herum, kein Blöken der Schafe war zu hören. Vor dem Haus seiner Mutter blieb er stehen. Der kleine Gartenzaun am Eingang fehlte, die Pfosten waren umgetreten. Zögernd ging er zur Haustür und klopfte. Es rührte sich nichts. Er klopfte lauter. Gleichzeitig ballte sich ein Knoten in seinem ohnehin leeren Magen zusammen. Irgendetwas stimmte nicht. Endlich bewegte sich zögernd die Tür und die Mutter lugte durch den Spalt. Als sie Karl erkannte, öffnete sie die Tür.

»Du bist es, Junge, Gott sei Dank!«

»Was ist denn los?«, wollte Karl wissen, während er das Haus betrat. Im Hintergrund bemerkte er eine Bewegung. »Bist du nicht allein?«

»Es ist nur der Gottlieb«, erwiderte Anna Fritzsche.

»Was will der denn hier?«

»Komm doch erst mal rein, Junge. Was treibt dich zu dieser Zeit auf die Straße? Ist etwas geschehen?«

»Nicht mehr als sonst auch«, erwiderte Karl. »Überall Soldaten. Scheint doch was an den Gerüchten dran zu sein.«

»Was für Gerüchte?«

»Dass der Kaiser gegen Russland zieht. In Leipzig wird fleißig rekrutiert.«

»Was weißt denn du davon?« Gottlieb Bratfisch trat aus dem Dunkel der Diele heraus. »Willst du etwa zu den Soldaten gehen?«

Karl drehte sich zu seinem ungeliebten Schwager um. »Gott zum Gruße, liebster Schwager. Ich hatte Sie hier nicht erwartet.«

Anna Fritzsche schob Karl in die Küche. »Denk dir nur, die Soldaten haben hier alles weggeholt. Alle Kühe und Schweine, die nicht geschlachtet worden sind. Hätten wir sie nur mal im Winter zu Wurst gemacht. Jetzt sind die Ställe leer. Woher sollen wir denn nun Ferkel bekommen?«

»Deine Hühner? Die Kuh und die Ziegen?« Karl hielt den Atem an.

»Alles weg«, erwiderte Anna Fritzsche und ließ sich auf den Küchenschemel sinken. »Sie haben uns alles genommen, sogar den Gartenzaun als Brennholz.«

»Und die Gänse?«

»Auch die Gänse.«

Karl schwieg betroffen. Doch dann hob er den Blick zu Gottlieb. »Deshalb ist der Schwager hier. Er hat dir etwas zu essen gebracht.«

Anna Fritzsche antwortete nicht, blickte nur etwas betreten zu Gottlieb Bratfisch.

»Wie kommst du denn auf solchen Unsinn?«, empörte sich der Schwager. »Ich habe selbst nichts.«

»Haben die Soldaten bei euch auch alles geplündert?«

»Die Soldaten?«, höhnte der Pfarrer. »Es braucht keine Soldaten, um einen Landpfarrer ins Elend zu stürzen. Die Kriegssteuer ist's, die wir leisten müssen. Das hat uns unsere Obrigkeit eingebrockt. Einquartierungen, Zwangsabgaben, Plünderungen reichen anscheinend noch nicht.«

»Sie wettern gegen die Obrigkeit, Herr Pfarrer?«, wunderte sich Karl.

»Es ist eine himmelschreiende Ungerechtigkeit«, rief Gottlieb Bratfisch und streckte die Arme himmelwärts. »Die Steuer wird auf unsere Feldpfarre berechnet. Seit wann ist ein Pfarrer Eigentümer seiner Pfarrfelder? Dann dürfte ich ja mein Pfarrgut verkaufen oder es beleihen. Und die armen Witwen und Waisen, die ich nicht darauf lassen könnte…«

»Seit wann ist Ihre Frau Witwe, Herr Pfarrer?« Karl unterdrückte ein Grinsen. »Und Kinder sind auch keine da, die zu Waisen werden könnten.«

»Deshalb soll ich mir das gefallen lassen?«

»Sie predigen nur von Duldung, wenn es die anderen trifft.«

»Das stimmt nicht. Ich habe derweil ein Schreiben an das Konsistorium gesandt mit der Bitte um Entlassung.«

»Und womit wollen Sie dann Ihr Brot verdienen?« Karl wandte sich brüsk ab. »Was will er hier?«

Anna Fritzsche rang die Hände. »Ich will nicht, dass ihr euch streitet. Es ist ohnehin schwer genug, diese Repressalien zu ertragen.«

»Was will er hier?«, wiederholte Karl seine Frage.

Gottlieb Bratfisch schob Karl unwirsch beiseite. »Und was willst du hier? Hast du in deiner Schusterstube nichts zu tun?«

Auch Anna Fritzsche schaute Karl fragend an.

»Hunger«, gab Karl zurück. »In der Stadt gibt es kaum Brot und keine Kartoffeln.«

»Da kommst du ausgerechnet hierher?«, schnaubte Bratfisch.

»Ich brauche nicht viel, nur für ein paar Mahlzeiten. Es wird doch wohl für uns alle reichen.« Karl öffnete die Hintertür zum Garten. Betroffen blickte er auf die aufgewühlte Kartoffelmiete. Mit wenigen Schritten war er draußen, kratzte mit der Hacke durch die strohdurchsetzte Erde. Es fand sich nicht eine Kartoffel! »Sie haben sich alles genommen? Nichts für Mutter gelassen?« Drohend hob er die Kartoffelhacke. Gottlieb Bratfisch, der ihm in den Garten gefolgt war, wich zurück. »Du wirst doch nicht die Hand gegen die geistliche Obrigkeit erheben?«

Karl vergaß das Versprechen, dass er dem Pfarrer einst gegeben hatte. Die Empörung über diese Dreistigkeit überwältigte ihn. »Rücken Sie die Kartoffeln wieder raus!«

»Der greift mich an, dieser Saukerl«, heulte Gottlieb Bratfisch auf. »Das wirst du bereuen.« Mit der Linken schlug der die Kartoffelhacke aus Karls Hand, seine Rechte landete, zur Faust geballt, zielsicher auf Karls Auge. Mit einem dumpfen Laut des Erstaunens fiel Karl rücklings auf die leere Kartoffelmiete.

»Nun ist es aber genug«, schimpfte Anna Fritzsche und warf sich zwischen die Streithähne. »Schluss, ihr beiden!« Sicherheitshalber nahm sie die Kartoffelhacke an sich und hielt sie wie ein Schießgewehr vor sich. »Rein in die Küche, alle beide!«

Karl rappelte sich mühsam auf und hielt sich das Auge, das höllisch schmerzte. Etwas Warmes rann aus seiner Nase. Blut!

»Drecksack«, murmelte er, folgte aber seiner Mutter in die Küche. Dort tauchte sie ein Tuch ins Wasser und presste es auf Karls Auge. »Halt fest!«

Auch Gottlieb Bratfisch kam in die Küche, sein Gesicht war noch immer zornesrot gefärbt.

»Die Soldaten haben alle Kartoffeln mitgenommen. Ich konnte es nicht verhindern«, sagte die Mutter.

»Tut mir leid«, flüsterte Karl. Er vermied es, seinen Schwager anzuschauen. Mochte er denken, diese vage Entschuldigung wäre für ihn gedacht.

»Komm, hilf mir mal«, forderte Anna Fritzsche ihren Schwiegersohn auf und deutete auf die schwere Küchenbank. Gemeinsam rückten sie sie beiseite.

»Natürlich habe ich noch ein paar Kartoffeln für dich, mein Junge.« Anna Fritzsche hob ein Dielenbrett auf. Darunter befand sich eine Grube, aus der ihnen ein erdiger Geruch entgegenschlug. Im dünnen Licht, das hineinfiel, erkannte Karl mehrere Körbe voller Knollen.

»Die Soldaten haben nicht alles gefunden.« Sie lächelte listig. »Sie reichen für uns alle.«

»Die Kartoffeln hast du mir versprochen«, rief Gottlieb Bratfisch. »Durch die Einquartierung hat es uns besonders hart getroffen.«

»Ich sagte doch, sie reichen für alle«, versuchte Anna Fritzsche zu schlichten. »Nun sei doch nicht so kleinlich, Gottlieb.«

»Ich, kleinlich?«, erregte sich der Pfarrer. »Es soll nur gerecht zugehen. Hat er denn Einquartierung? Fressen ihm die Soldaten die Haare vom Kopf? Denk an deine arme Tochter, die jetzt daheim ihre letzten Graupen für die Soldaten kocht.«
Karl war sich sicher, dass der findige Schwager Schinken und Würste in seinem Misthaufen vergraben hatte, damit die Soldaten sie nicht finden – und hier bettelte er seine Schwiegermutter an, die selbst kaum etwas zu beißen hatte. Wut stieg in ihm auf, immer wenn er etwas als ungerecht empfand, vor allem bei seinem Schwager. Am liebsten hätte er ihm ebenfalls ein blaues Auge verpasst. Aus Rücksicht auf seine Mutter ließ er es jedoch sein, hob es sich aber für einen späteren Zeitpunkt auf. Dafür knurrte sein Magen vernehmlich.
»Du liebe Güte, dein Bauch brummt wie ein Bär«, rief seine Mutter. »Iss erst einmal etwas, damit du nachher die Kartoffeln tragen kannst.«
Sie ließ das Bodenloch offen, eilte zum Küchenschrank und holte ein halbes Brot heraus. Sie schnitt mehrere Scheiben ab und bestrich sie dick mit Pflaumenmus.
»Hast du keine Butter?«, wollte Gottlieb Bratfisch wissen und nahm als erstes eine Scheibe.
Karl musste sich beeilen, damit er noch etwas abbekam. Hastig verschlang er zwei Brotscheiben.
»Leider nein«, bedauerte Anna Fritzsche. »Genügt dir das nicht?«
»Ohne Butter schmeckt das nicht.«
»Dann lass es bleiben«, murmelte Karl und griff schnell nach der letzten Brotscheibe. »Vielleicht bekommen Sie daheim noch eine Butterbemme . Offenbar geht es euch doch nicht so schlecht.«
»Wie redest du mit mir, du Rotznase? Lässt keinen Respekt erkennen. Den werde ich dir einprügeln.«

»Hier wird nicht geprügelt.« Anna Fritzsche blickte ihren Sohn besorgt an. »Bist du satt?«

Karl schüttelte den Kopf. Er hätte mindestens die doppelte Menge verdrücken können, aber das Stück Brot war ziemlich klein geworden. Er wusste, Mutter hätte zu seinen Gunsten darauf verzichtet, doch dann hätte der Schwager wieder zugegriffen. Dem gönnte er nicht den letzten Krümel, außerdem benötigte die Mutter auch etwas zu essen. Er würde warten, bis Bratfisch gegangen war, damit er ihr nicht den Kanten Brot abschwatzte.

Gottlieb Bratfisch schien Karls Gedanken zu erraten. Er machte keine Anstalten, nach Hause zu gehen, obwohl sie inzwischen einen Kartoffelkorb nach oben gehoben und die Kartoffeln in zwei Säcke aufgeteilt hatten. Die beiden belauerten sich, keiner wollte als erster gehen.

Anna Fritzsche schien es nicht zu bemerken, kochte eine Kanne Kaffee aus Zichorienwurzel. Richtigen Kaffee gab es schon lange nicht mehr.

Karl genoss das warme Getränk in seinem Bauch, auch sein Hunger war gestillt. Sogleich wurde er friedlicher.

»Nichts für ungut, Schwager«, sagte er und schulterte den Kartoffelsack. »Ich hatte gelobt, ein besserer Mensch zu werden.«

»Und?« Gottlieb Bratfisch schien nicht davon überzeugt.

»Ich bin ein guter Mensch«, erwiderte Karl. »Ich will anderen helfen, ein guter Mensch zu werden. Deshalb sollten wir jetzt beide gleichzeitig gehen. Besten Gruß an meine liebe Schwester!«

Der Pfarrer schnappte nach Luft, doch dann erhob er sich. Anna Fritzsche umarmte beide zum Abschied. »Kommt gut nach Hause«, meinte sie, den Tränen nahe.

Auf der Straße drehte sich Karl noch einmal um und vergewisserte sich, dass Gottlieb Bratfisch auch tatsächlich den Weg nach Lindenthal nahm. Leider wusste der Pfarrer offenbar nicht zu schätzen, dass Karl auch aus ihm nur einen besseren Menschen machen wollte.

Noch bevor das Hallesche Tor geschlossen wurde, erreichte Karl schließlich die Stadt. Niemand beachtete ihn, er wurde nicht kontrolliert. Das verwunderte ihn zwar, aber er war froh darüber. Im schlimmsten Fall hätte man ihm die Kartoffeln abgenommen.

Hempels saßen am Küchentisch, beide hatten schon zu Abend gegessen. Etwas Brühe mit Brotstückchen und Rübenschnitzel stand auf dem Ofen. Das Feuer war erloschen.

Mit einem überlegenen Grinsen ließ Karl den Kartoffelsack auf den Tisch fallen.

»Wo haste den denn geklaut?«, wollte Oskar Hempel wissen.

»Meine Güte, wir haben uns Sorgen um dich gemacht«, schimpfte Helene Hempel. Karl wollte ihr das nicht so recht glauben. »Immerhin bist du immer der Erste zum Essen.« Dann bemerkte sie Karl geschwollenes Auge und die blutige Nase.

»Ich war bei den Kosaken«, platzte Karl heraus und bemerkte voller Schadenfreude, wie Helene Hempel blass wurde. Oskar Hempel beförderte unentwegt seinen kalten Zigarrenstummel von einem Mundwinkel in den anderen, was bedeutete, dass auch er aufgeregt war.

»Haben die dich so zugerichtet?«, wollte er wissen.

Karl kostete die Spannung aus und schwieg geheimnisvoll. »Bekomme ich nun Kartoffeln mit Sauerrahm? Ich habe noch nichts gegessen.«

»Die Kosaken haben dich einfach so gehen lassen? Mit den Kartoffeln?« Helene Hempel ging nicht auf Karls Worte ein. »Wenn die hierher kommen und die Kartoffeln wiederhaben wollen…«

O ja, es befriedigte Karl ungemein, ihre blanke Angst im Gesicht zu sehen. »Ich habe gesehen, was sie in ihren Kesseln kochen«, sagte er düster.

Helene hielt den Atem an. »Nicht wahr, sie fressen Kinder. Gott beschütze uns vor diesen Tieren! Bring sofort die Kartoffeln zurück!«
»Nichts da, ich werde jetzt welche essen. Kosaken essen gar keine Kinder. Die ganzen Geschichten über sie sind samt und sonders gelogen.«
Helene Hempel sprang empört auf. »Willst du behaupten, ich lüge? Hast du es nicht selbst mit eigenen Augen gesehen?«
»Ja, ja, ich habe alles mit eigenen Augen gesehen. Sie biwakieren im Großboseschen Garten hinterm Rossmarkt. Mit ihren Pfeilen treffen sie einen Taler auf hundert Schritt und ihre Pferde laufen einfach so frei herum. Das Schlimmste aber ist ihr Blick. Sie haben Augen wie Katzen, so!« Er zog mit den Fingern die Augenwinkel nach außen. »Aua!« Er hatte glatt sein geschwollenes Auge vergessen.
»Sie haben dir ins Auge geschossen, nicht wahr? Komm her, mein armer Junge, ich kühle dir die Beule.« Sie tauchte einen alten Lappen in den Wassereimer.
»Etwas zu essen wäre mir lieber«, erwiderte Karl.
»Nun komm schon, Alte, feuere den Herd an und koch ein paar Kartoffeln, ich habe auch noch Hunger.«
»Das ist Sünde, so viel zu essen. Es ist doch noch gar nicht Ostern«, wand Helene ein, aber ihr Widerstand schmolz schnell dahin. Bald schon kochte ein Topf mit Kartoffeln auf dem Herd. Während Karl sein blaues Auge kühlte, deckte Helene Hempel den Tisch. Der Kartoffeltopf kam in die Mitte, die Rahmschüssel daneben. Jeder spießte sich eine Kartoffel heraus, pellte sie pustend ab und tunkte sie dann in den Rahm. Karl hatte lange nicht so gut und reichlich gegessen.
Mit vollem Magen und sichtlich müde verkroch er sich auf sein Lager. Oskar Hempel kam noch einmal in die Werkstatt und beugte sich zu ihm herab. »Wo haste denn nu die Kartoffeln her?«

»Sie können beruhigt schlafen, Meister. Beste Grüße von meiner Mutter.«
Oskar Hempel griente. »Wusste ich's doch! Und wie sind die wirklich, diese Kosaken?«
Karl gähnte. »Eigentlich ganz freundlich. Sie saufen unmäßig Branntwein, fressen rohe Zwiebeln und Fisch und waschen sich mit Pferdepisse.«
»Na, da isses ja gut. Dachte schon, die müssen wir fürchten.«
Kurz danach ging bei Hempels das Licht aus.

Ostern 1812

Ostern war für Karl seit jeher ein besonderes Fest. Ostern, das war Frühling, erwachendes Leben. Er erinnerte sich an den Duft nasser Ackererde, an erstes sprossendes Grün, an Eier im Hühnerstall, Lämmer im Verschlag, Anemonen im Auwald. Ostern war Freude, Aufatmen, aufsteigender Lebenssaft.

Die Ostermesse in Leipzig stand bevor. Um den Handel nicht zu stören, gab es während der gesamten Messe keine Einquartierungen und Durchmärsche. Statt Soldatenuniformen dominierten nun wieder Händler, Kaufleute, Karren, Planwagen, Buden und Waren das Straßenbild. Die Gasthäuser, Absteige der Wagenführer, waren bis auf die letzte Kammer belegt. Man spürte förmlich das Aufatmen einer ganzen Stadt.

Flickschuster Hempel hatte gut zu tun. Viele Besucher der Messe hatten kaputtes Schuhwerk. Günstige Handwerksarbeit wurde gern angenommen. Diesmal durfte Karl die Stadt nicht verlassen. Er saß neben Oskar Hempel auf einem zweiten wackeligen Schemel, reparierte Schuhe, Taschen, Koffer, sogar Zaumzeug von Pferden, Spannriemen von Wagen, Planen, Zelten, Markisen. Eigentlich wollte er Ausschau halten nach Friederike. Er war überzeugt, dass sie wieder nach Leipzig kommen würde, auch wenn dieser französische Studiosus nicht mehr da war. Sie hatte es ihm versprochen, so erinnerte er sich jedenfalls. Er musste unbedingt auskundschaften, wohin er Friederike ausführen konnte, ohne dass es zu viel Geld kostete. In einen der angrenzenden großen Gärten vielleicht, wo sie wie die feinen Leute flanieren, eine Limonade trinken und sich an den bunten Blumen erfreuen konnten. Vorbei sollte die Zeit sein, dass sie sich einfach unten am

Pleißeufer trafen und auf der Wiese herumlümmelten. Doch an derartige Erkundungstouren war während der Messetage kaum zu denken. Nicht einmal Helene Hempel schickte ihn zum Einkaufen, das besorgte sie nun selbst. Dabei war es vor allem ihre große Neugier, die sie durch die Stadt trieb. Dementsprechend lange blieb sie fort. Den beiden Männern konnte es nur recht sein. Nachbar Arthur Kübler, der Nagelschnitzer, kam mit einer Tüte Nägel in die Werkstatt geschlurft. Oskar Hempel hatte sie bei ihm bestellt. Eigentlich holte der Schuster sie sonst beim Nachbarn ab, aber dass Kübler selbst kam, hatte seinen Grund. Auch seine Frau Else war einkaufen gegangen und er hatte sturmfreie Bude. Karl holte eine Bank aus der Küche, damit Kübler sich setzen konnte. Er brachte noch etwas mit, Tabak für die Pfeife. Mit Genuss zündete sich Oskar seine Pfeife an. Bald qualmte es mächtig in der kleinen Werkstatt. Karl musste husten. Hempel fingerte etwas Geld aus seiner Hosentasche unter der langen Schürze und drückte es Karl in die Hand. »Lauf mal in die nächste Wirtschaft und hol einen Krug Bier. Aber beeil dich, bevor die Weiber wiederkommen.«

O ja, Karl konnte sich beeilen, wenn er wollte. Er nahm sich den alten Zinnkrug, da passte viel Bier hinein. Und weil er sich so beeilte, konnte er einen kleinen Umweg über den Naschmarkt machen. Er hoffte, dort den Milchwagen und damit Friederike zu sehen. Doch er wurde enttäuscht. Auf dem Naschmarkt herrschte zwar ein reges Treiben, es war laut und eng, aber von Kösters Milchwagen keine Spur. Statt Friederike entdeckte Karl jedoch die Meisterin, die sich durch die Passanten drängte. Wohl oder übel musste er jetzt Bier holen, sonst war Helene Hempel eher daheim als er.

Den Gästen in der Wirtschaft schmeckte das Bier offenbar köstlich und Karl bekam auch einen großen Becher davon ab. Er

nahm sich vor, Friederike diesen Genuss nicht vorzuenthalten und sie in eine Schankwirtschaft einzuladen. Wenn die Messe vorbei war, konnte er sich bestimmt von dem Trinkgeld, das er erspart hatte, diesen kleinen Luxus leisten.
Zurück in der Werkstatt deutete er auf die fertigen Schuhe. »Meister, darf ich die Schuhe ausliefern?«
»Von mir aus«, gab Oskar gutmütig zurück. Der Plausch mit dem Nachbarn war ihm im Augenblick wichtiger.
»Die beiden Paare werden abgeholt, aber die gehen in die Thomasgasse Nr. 187, die in den Sack Nr. 98, die in die Katharinenstraße Nr. 412, die Stiefel ins Gasthaus »Goldene Kugel«, die Tasche in »Wagners Hof« und die Plane ins Kleine Joachimsthal zum Kutscherquartier. Dann musst du diese in die Ranstädter Vorstadt bringen und zwei Paar zum Münztor. Dann liegt dort noch ein Reisemantel, dem ich die ledernen Riegel repariert habe. Die gehört einem Kaufmann, der in der Weißen Taube am Ranstädter Tor abgestiegen ist. Also, lauf los, damit du bis zum Abend wieder zurück bist. Und lass dich nicht von den Preußen fangen.«
Das hätte Karl beinahe vergessen. Die Franzosen hatten sich aus Leipzig zurückgezogen, dafür zogen die Preußen an Leipzig vorbei. Ihm war es gleich, denn zurzeit ging es wirklich ungewohnt friedlich zu.
»Geht in Ordnung, Meister.« Karl packte alles zusammen. Auf seinen Wegen konnte er ja schauen, ob der Milchwagen von Kösters heute irgendwo anders in der Stadt stand.
Karl musste zugeben, dass ihm der Messetrubel wesentlich besser gefiel als der ständige Durchzug der Soldaten. Noch vor einiger Zeit war das ganz anders. Da bestaunte, bewunderte und beneidete er die Soldaten in ihren bunten Uniformen, mit ihren blitzenden Waffen und ihren Paraden. Sie schienen immer Geld zu haben, aßen und tranken nur vom Besten, genossen den Re-

spekt der Städter und die Bewunderung der Knaben und heranwachsenden Mädchen. Aber Soldaten mussten marschieren, den Befehlen gehorchen und dahin gehen, wohin ihr Feldmarschall es befahl. Ihren daheimgebliebenen Mädchen konnten sie nur Briefe schreiben. Das lag Karl gar nicht. Ob Philipp Briefe an Friederike schrieb? Dann wäre es vielleicht doch besser, zu den Soldaten zu gehen und Friederike Briefe zu schreiben. Vielleicht schrieb sie ihm sogar zurück. Doch was sollte er ihr schreiben? Über das Leben bei den Soldaten, wie tapfer er kämpfte und die Feinde besiegte? Oder besser ein Gedicht? Er erinnerte sich an seine missglückten Reimversuche von jener Nacht.

»Pass doch auf, du Träumer!« Ein Mann mit voll gepacktem Karren kam direkt auf Karl zu. Er konnte gerade noch beiseitespringen, während der Karren gefährlich wankte und beinahe umgekippt wäre. Karl hatte selbst schwer zu tragen. Die Schuhe hatte er in einem großen Leinenbeutel untergebracht, die Plane trug er unter dem Arm, Mantel und Tasche über dem anderen Arm. Warum musste er nur immer den anderen aus dem Weg gehen?

Seine langen Beine ermöglichten ihm, dass er trotz des regen Verkehrs schnell vorwärts kam. Katharinenstraße, Joachimsthal und die »Goldene Kugel« in der Halleschen Gasse waren bereits erledigt. Er eilte durch den mit Händlern, Kaufleuten, Neugierigen und Wagen fast völlig verstopften Brühl. In der »Weißen Taube« am Ranstädter Tor lieferte er den Reisemantel ab. Überall hatte er ein kleines Trinkgeld bekommen. In seiner Tasche klimperten die Münzen, es würde ein erfolgreicher Tag werden. In der Nähe des Ranstädter Tors befand sich das Theater. Fein gekleidete Menschen drängten sich davor. Während der Messen gab es täglich Aufführungen des Schauspiels. Trauerspiele, Schauspiele, Lustspiele wurden geboten. Karl überlegte, ob er Friederike vielleicht ins Theater ausführen sollte. Ein Lustspiel wäre ganz nett, um sie zu erheitern. Auf den Anschlagzetteln standen die Preise für ein Billett. Während der Messen waren sie noch um 2 Groschen teurer als sonst. Mit einem Blick darauf eilte Karl schnell weiter. Ein Bier für Friederike war erschwinglicher.

Der Straßenzug des Ranstädter Steinwegs wurde durch den Mühlgraben geteilt. Zu beiden Seiten standen die Häuser der Vorstadt, verbunden durch mehrere Brücken über den Graben. Gleich zu Beginn, an der Angermühle, führte ein Weg zum Lazarett des Jacobshospitals, das inmitten des Rosentals jenseits des Flussbettes der Elster lag. Karl achtete nicht darauf, wer diesen Weg nahm, hätte er nicht den heiseren Schrei eines Maultiers vernommen, der ihm seltsam bekannt vorkam. Über die schmale Brücke an der Angermühle schaukelte ein einachsiger Karren mit Holzverdeck, gezogen von einem dunklen Maultier. Kein Zweifel, das war der Milchwagen der Kösters!

»Hallo, he!« Karl rief, winkte mit den Armen, doch er befand sich zu weit weg. Verdammt! Er musste dringend in die Hahnreygasse. Und mittendrin befand sich das Gasthaus »Schiff«, wo er auch ein Paar geflickte Schuhe abliefern musste. Unschlüssig blieb er stehen. Er könnte Kösters Wagen folgen. Doch wieso fuhr er in Richtung des Jacobshospitals? Karl erinnerte sich, dass Friederike sagte, sie sei krank gewesen. Vielleicht war sie wieder erkrankt und ihr Vater brachte sie ins Hospital. Doch warum gerade ins Jacobshospital? Wären das Georgenhospital oder das Johannishospital nicht näher gewesen?

Er könnte auch einfach hier warten, denn einmal musste der Wagen ja zurückkommen. Er beschloss, bis zur Angermühle zurückzugehen und dort auf Kösters Wagen zu warten, dann sah es nicht so aus, als würde er ihn verfolgen. Die Sorge um Friederike hatte ihn gepackt, vergessen waren seine Botengänge, die Schuhe in seinem Beutel. Er hockte sich an den Wegrand an der Anger-

mühle und wartete. Die Zeit dehnte sich, seine Unruhe wuchs. Als er die Glocke von der Matthäikirche hörte und Kösters Karren noch immer nicht zurück war, beschloss er, zum Lazarett zu gehen.
Gleich hinter der Vorstadt begann das Rosental, eine sumpfige Aue, durchzogen von vielen Wasserläufen mehrerer Flüsse. Doch jetzt im Frühjahr war es hier angenehm, niedrige Blumen blühten in dem Wald, dessen Blätterdach noch zartgrün und nicht geschlossen war. Viele Spaziergänger entflohen der Stadt, um hier neue Kraft zu sammeln. Das Lazarett lag einsam, zum einen, um die Stadt von ansteckenden Krankheiten zu bewahren, zum anderen, weil die modernen Ärzte der Meinung waren, dass die natürliche Umgebung zur besseren Genesung der Patienten beitrug. Karl hatte aber auch ganz andere Geschichten über das Hospital gehört. Drinnen gäbe es zwei Säle, die wie ein Amphitheater angelegt waren und wo chirurgische Operationen, aber auch Zerteilungen von Leichen vor Zuschauern vorgenommen wurden. Selbstmörder, die sich stranguliert hatten, hätte man wiederbelebt, die dann verrückt geworden wären und die man dort gefangen hielt, in einzelnen Kammern, manchmal sogar angekettet. Andere wurden in Wasser gebadet, das über unterirdische Kanäle in die Anstalt geleitet wurde, oder gar die Armen und Irren, die nicht allein leben konnten und die um der Barmherzigkeit willen hier ihr Obdach und Verköstigung fanden. Ihn gruselte es und sein Schritt verlangsamte sich zusehends. Was, wenn Friederike verrückt geworden war? Er konnte es sich nicht vorstellen, doch allein der Gedanke daran verursachte ihm Magenschmerzen und Übelkeit. Er wollte Friederike doch so gern beschützen!
Auf halber Strecke blieb er stehen. Es gab nur diesen einen Weg. Der Wagen musste hier zurückkommen. Wieder wartete er. Nach einer Weile fasste er Mut und ging bis zur Elsterbrücke. Von

dort konnte er hinüber zum Hospital blicken. Doch von Kösters Milchwagen war weit und breit nichts zu sehen. Vielleicht hatte er sich geirrt, ja er hoffte sogar, dass er sich geirrt hatte.
Die Dämmerung kroch zwischen die Bäume und überdeckte das Frühlingsgrün mit einem grauen Schleier. Gleichzeitig stieg feuchter Nebel aus dem Waldboden auf. Eilig begab sich Karl auf den Rückweg. Mehrmals blickte er sich um, während er den Ranstädter Steinweg bis zur Hahnreygasse ging. Dann musste er abbiegen. Auch vom Kaufmann im »Schiff« bekam er ein Trinkgeld. Doch so richtig freuen konnte Karl sich nicht darüber.
Über das Ranstädter Tor betrat er wieder die innere Stadt. Auf seinem ganzen Weg hatte er keinen einzigen Soldaten gesehen, lediglich die Wachposten an den Toren gehörten zu den sächsischen Truppen. An der Ecke der Hainstraße zum Brühl gab es einen Menschenauflauf. Karl hörte einen Mann krakeelen. Ein einzelner Soldat in preußischer Uniform stand dort, umringt von Neugierigen, die allerdings einen respektvollen Abstand hielten.
»Was ist denn hier los?«, fragte Karl einen der Gaffer.
»Der wartet auf den Kaiser«, erwiderte der Mann.
»Der Kaiser? Will der denn nach Leipzig kommen?«
»Aber sicher. Und dieser arme Tropf will ihn hier erschießen.«
Der preußische Soldat war völlig betrunken, er fuchtelte mit seinem Gewehr herum, schrie immer wieder, dass er ein preußischer Jäger sei und unbedingt den Herrn Napoleon erschießen müsse.
»Wenn der nicht aufhört, kann es für die ganze Stadt ein Unglück geben«, sagte ein anderer. »Der Herr Napoleon lässt nicht mit sich spaßen.«
»Das ist kein Spaß, der meint es ernst.«
»Ach, der ist doch bloß besoffen. Nehmt ihm doch einfach das Gewehr weg, er bringt sich doch selbst an den Galgen.«

Sie drängten den offenbar Verwirrten bis zum Gasthof »Zur Goldenen Gans«, dann entriss ihm ein Beherzter das Gewehr. »Du bringst dich um Kopf und Kragen, Junge.«
Ob der preußische Soldat seine aussichtslose Situation einsah oder ob ihm der Alkohol endgültig besiegte, er ließ sich widerstandslos wegführen, wobei er immer wieder vor sich hin brabbelte: »Den Napoleon erschieße ich, ich erschieße den Kerl!«. Den Herrn Napoleon würde er wohl nicht mehr erschießen, vielleicht schaffte er aber den Anschluss an seine bereits abgerückte Armee.
Unvermittelt traf Karl auf Gustav, der wie eine Ratte durch die Gassen huschte. Da und dort blieb er stehen, gaffte, staunte, lauschte. Karl war sich sicher, dass Gustav ein Taschendieb war und die Leute bestahl. Er würde noch mehr auf sein Geld aufpassen müssen. Demonstrativ steckte er die Hand in die Hosentasche und verbarg die Münzen in seiner Faust.
»Na, auch hier?« Gustavs Gesicht verzog sich zu einem Grinsen. »Ist doch ordentlich was los.«
»Ich nehme an, du machst hier dein Geschäft«, erwidert Karl zweideutig.
»Wie kommst du darauf?«
»Brauchst du kein Geld mehr?«
»Doch, doch«, stotterte Gustav. Beinahe hätte er verraten, dass er auf schmutzige Tagelöhnerarbeit nicht mehr angewiesen war. Noch vor etwa einem Jahr hatte er überlegt, ob er seinem Vater nach Torgau folgen sollte, wo er am Bau der Festung beschäftigt war. Zwar war es eine körperlich schwere Arbeit, aber der Verdienst war gut. Er hätte sogar aufpassen können, dass der Vater das verdiente Geld nicht vertrank. Doch nun hoffte Gustav, über seine Spitzeldienste leichter das Geld zu verdienen. Bislang hatte es sich nicht wirklich gelohnt, aber am heutigen Tag hoffte er auf eine gute Ausbeute. Auf den Straßen waren so viele Menschen,

die sich unterhielten, in den Gasthäusern tranken und dann unbedachte Reden schwangen. Natürlich war Gustav die franzosenfeindliche Stimmung der letzten Zeit nicht entgangen, aber der Geheimpolizist verlangte eindeutige Hinweise. Leider kannte Gustav viele Leute nicht, die er belauscht hatte, und musste ihnen bis zu deren Wohnung folgen. Immerhin hatte ihm das bislang zwei ganze Taler eingebracht.

Ohne sich weiter um Gustav zu kümmern, ging Karl weiter. Er legte sogar ein straffes Tempo vor, soweit ihm das die vielen Passanten auf der Straße gestatteten. Doch Gustav ließ sich nicht abschütteln. Sofort begann er Karl wieder mit Fragen zu traktieren. »Hast du Schuhe ausgeliefert? Wie war denn der Verdienst? Triffst du dich immer noch mit den anderen unten an der Pleiße? Ich war schon ein paar Mal dort, habe euch aber nicht gesehen. Wieso kommt ihr nicht mehr? Es war doch ganz nett...«

»Halt endlich deine Gusche«, fuhr Karl ihn an. »Siehst doch, dass ich keine Zeit habe.«

»Wo willst du denn hin? Darf ich mitkommen?«

»Nein«, brüllte Karl aufgebracht. »Verschwinde endlich!«

Vor ihm drehte sich ein junger Mann um. Es war Heinrich!

Karl hätte ihn beinahe nicht erkannt. Heinrich trug keine altmodischen Kniehosen mehr, sondern ein straff sitzendes Beinkleid aus hellem Stoff, darüber einen zweireihig geknöpften Frack aus dunklem Wollstoff, ein schneeweißes Hemd mit Stehkragen, der mit einem voluminösen Seidenschal gebunden war. Auf dem Kopf trug er einen Zylinder mit geschwungenem Rand. Sein Haar hatte er ganz nach der Mode ins Gesicht gekämmt, auf seinen Wangen spross ein kleiner, exakt rasierter Backenbart. Er wirkte wie ein feiner Herr. Offenbar war er es auch. Nur seine rosigen Wangen und der gewölbte Bauch erinnerten noch an jenen Heinrich, den Karl aus dem vergangenen Jahr kannte. Sein Blick ging

hinunter zu Heinrichs Füßen. Die steckten in Stiefeln aus weichem Leder, gewiss sehr teuer.
Karl lag es fern, Heinrich seine Bewunderung zu zeigen. Doch er konnte nicht verhehlen, dass er überrascht war. Heinrich schien die Begegnung eher unangenehm zu sein. Er bedachte Karl nur mit einem hochmütigen Blick. »Kann ja nur Pöbel sein, der hier herumkrakeelt«, stellte er abfällig fest.
Karl fühlte sich provoziert. »Ich kann mich erinnern, dass du vor gar nicht ferner Zeit Mundraub begangen hast, um dich beim Pöbel einzuschleimen.«
»Bedaure, daran kann ich mich überhaupt nicht erinnern.« Heinrich wandte sich demonstrativ ab.
»Offenbar hast du jetzt andere Freunde. Französische oder englische?«
Heinrich schnaufte empört. »Was erlaubst du dir? Die Mode geht nun mal nach englischem Vorbild. Immerhin besser als eine französische Uniform.«
Gustav, der vorsichtshalber hinter Karls Rücken geblieben war, um die Situation zu beobachten, spitzte die Ohren.
»Sieh an, das heißt, dass du nicht Ruhm und Ehre im Krieg suchst?«
»Ich? Wo denkst du hin! Wir sind Kaufleute und leiden schon seit Jahren unter der Tyrannei dieses Franzosen. Die Geschäfte laufen schlecht, es kommen kaum noch Besucher zu den Messen. Ich habe nicht die geringste Lust, diesem Kaiser zu helfen, die Welt zu erobern.«
»Aber wieso bist du nicht rekrutiert worden? Wer sich verweigert, dem drohen hohe Strafen.«
Gleichmütig zuckte Heinrich mit den Schultern. »Na und? Mich werden sie nicht rekrutieren. Tja, man muss sich mit der Obrigkeit nur gut stellen und schon öffnen sich so manche Wege.«

»Du bist doch aber schon neunzehn Jahre alt«, wunderte sich Karl.
»Allerdings. Mein Vater hat mich freigekauft. Glaub mir, mit Geld kann man alles erreichen.«
»So ist das also.«
»Ja, so ist das. Und nun lass mich in Ruhe. Wenn du den Kaiser so verehrst, warum meldest du dich nicht freiwillig? Er sähe es bestimmt gern, wenn du dich für ihn opferst.«
»Nicht für ihn«, widersprach Karl. »Es geht um die Sache, um die Freiheit. Alle Menschen sollen gleich, frei und verbrüdert sein. Ich finde das gut.«
»Ich nicht. Die einen erarbeiten sich ihren Reichtum, die anderen halten nur die Hand auf.« Dabei warf er einen scharfen Blick zu Gustav, der sich noch weiter hinter Karls schmalen Rücken zurückzog.
»Tust du nie etwas uneigennützig?« Karl dachte daran, dass er Heinrich doch im vergangenen Jahr das Leben gerettet hatte. Nun ja, beinahe eben. Einen Lohn hatte er dafür nicht erhalten, nicht einmal einen Dank. Mittlerweile fand Karl, dass diese uneigennützige Tat ihn selbst zu einem besseren Menschen gemacht hatte. Doch im Augenblick wäre es ihm lieber gewesen, Heinrich hätte sich ihm erkenntlich gezeigt. Einen Taler oder zwei, es hätte Heinrich bestimmt nicht wehgetan.
»Wieso sollte ich?«
»Ich habe dich ja auch vor der Prügelei gerettet, ohne etwas dafür bekommen zu haben. Gewissermaßen uneigennützig.«
Heinrich verzog das Gesicht. »Unsinn! Du hattest dich eingemischt. Bist selbst dran schuld. Mit denen wäre ich auch allein fertig geworden. Und nun lass mich in Ruhe.« Mit erhobener Nase stolzierte Heinrich davon.
»Eingebildeter Pfeffersack«, rief Karl ihm nach. Er hoffte, Heinrich hatte es noch gehört.

»Dem haste's aber gegeben«, bekam er ein zweifelhaftes Lob von Gustav. »Das ist doch alles geschmuggelt. Die Jacke ist aus englischem Stoff.«

»Woher weißt du das denn?«, wunderte sich Karl.

Gustav grinste verschlagen. »Ich habe immer mal für einen Tuchhändler gearbeitet und Ballen abgeladen. Ich weiß, wie englisches Tuch aussieht.«

»Englisches Tuch gibt es doch gar nicht, seit der Kaiser keine englischen Waren mehr einführen lässt. Und was es hier gab, wurde alles verbrannt.«

»Eben nicht. Ich kenne viele Kaufleute, die derartige Waren versteckt halten.«

»Was du nicht alles weißt«, erwiderte Karl. »Du solltest dich lieber um eine ehrliche Arbeit kümmern, als anderen Leuten hinterherzuschnüffeln.«

Gustav zuckte zusammen. Er hoffte, sich nicht verraten zu haben und hielt es für besser zu verschwinden. Er hatte genug gehört, um dem Geheimpolizisten gute Informationen liefern zu können. Schließlich wusste er, wo Heinrich Krell wohnte.

Kopfschüttelnd ging Karl weiter. Sein nächster Kunde wohnte in der Thomasgasse 187. Gleich um die Ecke befand sich der Sack Nr. 98. Das Haus kannte er gut. Hier hatte er schon einmal geflickte Schuhe abgeliefert. Diese Männer waren auch für die Freiheit, druckten bunte Flugblätter. Karl hätte sich damals mehr dafür interessieren sollen. Schließlich war auch er für die Freiheit, die Ideale der französischen Revolution. Er nahm sich vor, darüber Näheres zu erfahren. Die letzte Lieferung in die Münzgasse konnte er ja auf Morgen verschieben.

Mittlerweile war es fast dunkel geworden. Laternenanzünder gingen durch die Stadt, um die Straßen zu erleuchten. In der abgewinkelten Sackgasse gab es allerdings keine Laternen, nur eine

winzige Funzel über einer Haustür. Doch Karl wusste auch so, wohin er gehen musste. Er stieg in dem dunklen, muffig riechenden Treppenhaus bis ins oberste Stockwerk und klopfte an die Tür. »Der Schusterjunge ist da und bringt die geflickten Schuhe«, rief er.
Doch hinter der Tür regte sich nichts. Er klopfte ein zweites und ein drittes Mal. Vergebens.
Eine Etage darunter öffnete sich eine Wohnungstür einen Spalt breit. »Ruhe da oben«, zischte Jemand. »Da ist niemand.«
Langsam stieg Karl die Treppe herunter. »Ich wollte Schuhe abgeben. Wissen Sie, wo die Bewohner sind?«
Die Tür schloss sich noch ein Stück weiter, als befürchtete der Mann, erkannt zu werden. »Ja, wissen Sie das nicht? Die Männer sind doch alle verhaftet worden!«

Der Tag neigte sich dem Ende entgegen, doch von der Dämmerung war noch nichts zu erkennen. Gustav schaute sich um. Die Menschen auf der Gasse gingen ihrer Tätigkeit nach. Von dem schwarz gekleideten Mann war nichts zu sehen. Gustav fand es sonderbar, denn der Mann hatte sich noch nie verspätet. Ihn plagten Gewissensbisse. Unruhe erfasste ihn. Er bekam das Gefühl nicht los, dass unsichtbare Augen ihn beobachteten. In eine Hausnische gedrückt wartete er mit klopfendem Herzen. Doch niemand kam. Enttäuschung machte sich breit. Er hatte viel zu berichten und fest mit dem Geld gerechnet. Vorsichtig verließ er sein Versteck, während er sich fortwährend umschaute, und lief hinüber zu dem alten Lagerschuppen, hinter dem er sich immer mit dem Mann getroffen hatte. Eine große Ratte huschte über seine Füße. Erschrocken blieb er stehen. Muffiger Geruch drang zwischen den alten Holzbrettern des Schuppens hervor. Von dem Geheimpolizisten war jedoch nichts zu entdecken.

»Hallo, ist da Jemand?« Seine Stimme klang unsicher und krächzend. Es blieb still. Nur der Lärm von der Gasse drang zu ihm. Mit klatschenden Flügelschlägen flogen Tauben vom Dach auf. Gustav duckte sich. Sein Blick fiel auf die Tür des Schuppens. Sie stand einen Spalt offen. Sein Herz klopfte schneller. Mit zitternder Hand öffnete er die Tür weiter und lugte in den dämmrigen Raum. Überall stapelten sich Waren, Ballen, Säcke, Körbe, Kisten. Wieso war der Schuppen nicht abgeschlossen? Es kam ihm seltsam vor. Wie ein Mäuschen huschte er hinein und presste sich gegen die Wand. Er hielt den Atem an und lauschte. Langsam gewöhnten sich seine Augen an das diffuse Licht, das durch die Bretterspalten hereindrang. Sein Blick schweifte durch das Halbdunkel. Plötzlich stockte sein Atem. Zwischen den Kisten und Säcken entdeckte er zwei Beine, die in den schmalen Gang hineinragten. Da lag Jemand! Vorsichtig tastete sich Gustav näher heran. Er fürchtete sich davor zu sehen, was er bereits ahnte. Da lag ein Mann. Nicht irgendeiner, es war der Geheimagent! Die Finger an eine Kiste gekrallt, beugte sich Gustav über ihn. Der Mann sah ziemlich tot aus. Seine Arme lagen unnatürlich verdreht, der Mantel bedeckte einen Teil seines Körpers. Der steife Hut war ihm vom Kopf gefallen und lag ein Stück daneben. Eine dunkle Pfütze hatte sich unter dem Hinterkopf gebildet, während die weit aufgerissenen Augen irgendwohin zum Dach starrten. Auch sein Mund verharrte in einem stummen, verwunderten Schrei.

Kaltes Entsetzen packte Gustav. Er fürchtete, sich übergeben zu müssen. Es war nicht der erste Tote, den er in seinem Leben sah. Aber alle waren natürlich gestorben oder an einer Krankheit, lagen aufgebahrt mit gefalteten Händen, geschlossenen Augen und mit einem Leichentuch bedeckt. Dieser Mann aber war ermordet worden, das wurde ihm sofort klar. Panik ergriff ihn. Wie sollte er beweisen, dass er diesen Mann nicht getötet hatte? Eine eisige

Hand umkrallte seinen Hals. Etwas zog ihn mit Gewalt zurück. Gustav fuhr herum, rannte zur Tür, stieß sie auf und hastete wie vom Teufel gejagt zur Gasse.
»He, pass doch auf, du Rotzbengel«, brüllte ein Kutscher, dem er beinahe vor den Wagen gerannt war. Gustav schlug einen Haken wie ein Hase, jagte weiter. Er keuchte, rang nach Luft, das Blut hämmerte in seinen Schläfen und die kalte Angst hatte ihn gepackt. Er schaute nicht, wohin er lief, nur fort, fort! Auf die Idee, einfach nach Hause zu flüchten, kam er nicht. Er blickte sich auch nicht um, obwohl er das Gefühl hatte, verfolgt zu werden.
Beinahe hätte er die Soldaten übersehen, die die Gasse versperrten. Als er aufschaute, war es bereits zu spät. »Da kommt noch einer«, riefen sie und lachten über Gustavs gehetzte Miene.
Panik erfasste ihn. Jetzt wurde er verhaftet! Sie hatten ihn erwischt!
»Hier entlang!« Ein Soldat wies ihm den Weg. Gustav stand vor dem Rekrutierungsbüro am Ranstädter Schießgraben.
»Nein, eigentlich wollte ich ... ich will doch gar nicht...«
Ein Offizier trat vor die Tür. »Was ist denn hier los? Gibt es etwa Aufruhr?«
Mit leichten Stößen wurde Gustav vor den Offizier geschubst. »Hier ist ein kleiner Feigling, der im letzten Moment kneifen will.«
Der Offizier blickte auf Gustav herab. »Das ist doch sicher ein Scherz! Doch warum rennt er so, um die Rekrutierung nicht zu verpassen? Er weiß doch, dass ihm schwere Strafe droht, wenn er nicht zur Rekrutierung erscheint, nicht wahr?«
Gustav nickte. Mit weit aufgerissenen Augen starrte er den Offizier an. Heute war Aushebung neuer Rekruten, er hatte davon gehört. Doch er hatte sich nicht darum geschert, er war noch keine neunzehn Jahre alt.

»Pardon, Herr Offizier, ich bin noch nicht so weit.«
»Er ist ja auch etwas schmal in der Brust und dünn auf den Beinen«, stellte der Offizier fest. »Aber die Verluste müssen ja ausgeglichen werden. Also, auch Freiwillige können sich melden.«
Gustav blickte sich um. Die Soldaten kreisten ihn ein, spotteten und lachten. Sie bildeten eine Wand aus Uniformen und sahen dabei alle gleich aus… In einer Uniform würde auch er aussehen wie alle anderen, kam es ihm plötzlich in den Sinn. Niemand würde ihn erkennen. Er würde gleich ins Feld ziehen und wäre weg von dem unheimlichen Ort, von der Gewalttat, von der Angst. Der Geheimagent war tot, Gustavs Geldquelle versiegt. Würde er bleiben, müsste er wieder auf der Straße um Arbeit betteln, hungern und ständig in der Angst leben, für den Mord bestraft zu werden.
Er reckte sich, streckte die Brust heraus und straffte seine Haltung. »Herr Offizier, ich melde mich freiwillig in die glorreiche Armee!«

Napoleonstag

Fast täglich durchstreifte Karl die Stadt, übernahm auffällig oft Botengänge und lieferte ganz freiwillig reparierte Schuhe, Taschen und Gürtel aus. Insgeheim hoffte er, Friederike wiederzusehen. Oskar Hempel wunderte sich über Karls Eifer, verkniff sich aber eine Frage danach. Er dachte, vielleicht wurde dem Jungen die kleine Werkstatt zu eng, vielleicht interessierte ihn auch das Geschehen in der Stadt. Denn seit der Ostermesse prägten wieder Soldaten das Stadtbild, gab es ständig Truppenbewegungen – Heerscharen fast wie zu biblischen Zeiten – und auch die hohen Herrschaften reisten geschäftig durchs Land. Die Königin von Westfalen gab sich auf ihrer Reise nach Dresden die Ehre, der Kaiser von Österreich und der König von Preußen trafen samt Minister von Hardenberg auf Einladung Napoleons in Dresden ein.

»Da braut sich was zusammen«, orakelte Oskar Hempel fast unhörbar, während er seinen kalten Zigarrenstummel von einem Mundwinkel zum anderen beförderte.

»Unsinn«, widersprach seine Frau, die ausnahmsweise einen Botengang übernommen hatte, aber nur, um einen Blick auf die Königin von Westfalen zu erhaschen, die mit ihrem Gefolge eine kurze Rast in Leipzig einlegte. »In Dresden gibt es große Festlichkeiten mit allem Brimborium.« Sie seufzte. »So etwas möchte ich auch einmal sehen. Die Kleider, der Schmuck, die Kutschen und alle haben ihre Lakaien hinten drauf.«

»Lass gut sein, Alte. Da passt du nicht hin. Du hast ja höchstens einen Affen auf dem Buckel. Außerdem verprassen die dort das Geld, das sie uns aus der Tasche ziehen.«

Wütend verzog sich Helene Hempel in die Küche. Insgeheim gab sie Oskar recht, denn das Brot, das sie in den Brotbänken gekauft hatte, war schon wieder teurer geworden. Immerhin gab es noch welches.

Die sächsischen Truppen hatten bereits im März den Marschbefehl erhalten und waren unter Führung von General Reynier zur polnischen Grenze aufgebrochen. Auch wenn es viele nicht glauben wollten, so verdichtete sich immer mehr das Gerücht, dass Kaiser Napoleon gegen Russland ziehen würde. In allen öffentlichen Gebäuden der Stadt waren nun Truppen untergebracht, denen Leipzig offenbar nur als Zwischenstation auf ihrem Weg nach Osten diente.

Karls heimliche Hoffnung, Friederike endlich wiederzusehen, wurde enttäuscht. Manchmal sah er den Wagen des Milchmanns, doch Friederike war nie dabei. Er zählte an seinen Jackenknöpfen ab, ob er Johann Köster nach Friederike fragen sollte, ließ es aber jedes Mal bleiben. Eine unergründliche Scheu hielt ihn zurück. Vielleicht fürchtete er, eine schlechte Nachricht zu erhalten.

Das kalte Frühjahr wurde von einem verregneten Sommer abgelöst. Manchmal, wenn es das Wetter zuließ, ging Karl hinunter zum Pleißeufer an der Promenade, wo sie im Jahr zuvor noch gesessen hatten. Fast wehmütig erinnerte Karl sich daran und sehnte diese besonderen Tage herbei. Ja, er hätte sogar den überheblichen Philipp und den dickbäuchigen Heinrich in Kauf genommen, wenn nur Friederike gekommen wäre. Das alles trug nicht zur Besserung von Karls schlechter Laune bei.

Helene Hempel beschwerte sich nun mehr und mehr über Karls sichtbare Unlust. Die betraf vor allem die Arbeit im Haus. Und wenn er Botengänge erledigte, dann kam er stundenlang nicht wieder. Auf Helenes Fragen, wo er sich herumgetrieben habe, gab er keine Antwort.

Währenddessen lastete auf der ganzen Stadt ein unsichtbarer Druck. Karl vernahm aus den mehr oder weniger gedämpften Gesprächen der Einwohner, dass die Bürde der Versorgung der Truppen immer unerträglicher wurde. Täglich wurden neue Forderungen aufgestellt, wie die einquartierten Truppen zu versorgen seien. Der Stadtrat beschwor seine Bürger, nicht dagegen zu revoltieren. Nicht zum ersten Mal drohte der große General dem Bürgermeister, die Stadt zu strafen, wenn den Forderungen nicht genüge getan wurde. Und die Forderungen waren nicht gering. Dabei war es schwierig genug, aus den umliegenden Dörfern genügend Lebensmittel zu bekommen. Die Bauern versuchten, ihre wenigen Dinge für sich zu behalten oder teuer direkt an die Soldaten zu verkaufen. Nach der Missernte im vergangenen Jahr wurde es immer beschwerlicher, Menschen und Pferde ausreichend zu versorgen. Viele Bauern gaben bereits ihr Hafersaatgut her. Die Preise stiegen fast täglich, ein Schock altes Häckselstroh kostete bald 16 Taler.

Das alles schreckte die französischen Soldaten und Offiziere jedoch nicht ab, diverse Gaumenfreuden einzufordern. Dabei waren die einfachen Soldaten nicht bescheidener als ihre Offiziere. Suppe, Fleisch und Gemüse, Braten und Salat wollten sie bereits zur Mittagszeit haben, Schinken und Hechte mussten in Wein gesotten werden, dazu tranken sie krügeweise fette Sahne mit Zimt. Was manch guter Bürger nicht einmal als Weihnachtsfestmahl hatte, verschlangen die maßlosen Franzosen ohne Skrupel. Wenn kein Nachschub kam, beschimpften sie ihre Gastgeber auf ziemlich unflätige Weise: »Vous êtes tout des coquins!«

Und dann, mitten im verregneten Juni, kam die Kriegserklärung an Russland. Von nun an wurden in den sonntäglichen Kirchengebeten besondere Fürbitten für die im Felde stehende sächsische Armee abgehalten. Die hatten die wackeren Streiter für Napoleons Imperium bitter nötig. Gar zu schlechte Nachrichten drangen alsbald aus dem Osten nach Leipzig. Bei Kobryn gab es eine verlustreiche Schlacht, in der vor allem sächsische Soldaten ihr Leben ließen. In vielen Familien herrschte Trauer und Leid.

»Sei froh, dass du nicht freiwillig zu den Soldaten gegangen bist«, meinte Oskar Hempel lakonisch, während er neben seinem obligatorischen Zigarrenstummel eine Reihe von Schuhnägeln zwischen den Lippen hielt. Karl hielt ihm das Leder über einen Leisten gespannt, während der Meister Nagel für Nagel einschlug. »Hier bringste nur deine Finger in Gefahr, dort wärste schon tot.«

Mit einer Mischung aus Scheu und Ehrfurcht beugte sich Friederike über die Wiege. Sie wusste nicht, was sie wirklich erwarten würde. In ihrer Vorstellung musste es ein kleines Ungeheuer sein, verschrumpelt und hässlich wie ein Wechselbalg. Schließlich war es ein Kind der Schande, ein Lustprodukt übelster Sorte. Ob es französisch, preußisch oder gar russisch aussah? Das kleine Wesen, das sich in den Tüchern bewegte, entsprach allerdings keineswegs ihren Befürchtungen. Der Säugling war rosig, mit winziger Nase und blauen Augen, nuckelnden Lippen und blondem Flaum auf dem Köpfchen. Die winzigen Finger waren zu Fäusten geballt, als wolle er damit seinem Willen Ausdruck verleihen, sich durchs Leben zu boxen.

Es war wohl die richtige Entscheidung der Eltern gewesen, Ulrike zu Tante Eleonore nach Großzschocher zu bringen. Die Schwester von Johann Köster hatte selbst vier Kinder und nahm sich der unglücklichen Ulrike mit viel Verständnis an.

Ulrike konnte nicht mehr sprechen. Der Strick, mit dem sie sich das Leben nehmen wollte, hatte ihren Kehlkopf zerdrückt. Es war Sünde, Hand an sich zu legen, und sie musste nun die Strafe dafür ertragen. Sie ertrug sie hinter einer Nebelwand, die sich um ihren Geist legte.

Johann Köster hatte im Jacobshospital um Hilfe und Beistand für seine Tochter ersucht. Frauen, die unverschuldet außer der Ehe geschwängert worden waren, konnten hier Zuflucht nehmen und die letzten sechs Wochen vor der Geburt bei bester Pflege verbringen. Schwestern und Hebammen standen den Frauen bei der Geburt bei und zwei Ärzte behandelten Krankheiten. Viele in Not geratene Menschen fanden Zuflucht in den Hallen des Jacobshospitals. Kranke, Verletzte, Wöchnerinnen, Alte, Irre wurden in der Anstalt mit Essen Trinken, Wäsche, Reinigung und Krankenpflege versorgt. Die frische Luft des nahen Rosentals tat ihr übriges. Bereits kurz nach der Geburt ihres Sohnes konnte Ulrike nach Großzschocher zu ihrer Tante zurückkehren.

Friederike verspürte keine Berührungsängste bei kleinen Kindern, hatte sie sich doch selbst häufig um die Zwillinge Max und Paul gekümmert. Doch hier lag die Sache anders. Aus den Augenwinkeln beobachtete sie ihre Schwester, die auf einem Stuhl neben der Wiege saß. Sie trug ein hochgeschlossenes Kleid und eine Haube auf dem Haar. Ihre Brüste waren voll und ihre Hüften runder geworden. Sie wirkte wie eine Frau, deren Mann eben ins Feld gezogen war und seine kleine Familie daheim zurücklassen musste. Niemand kannte Ulrike hier, und so gab es keine unangenehmen Fragen. Nur der Pfarrer, der den Kleinen getauft hatte, wusste Bescheid, schwieg aber über die Umstände. Derlei Schicksale waren keine Einzelfälle.

»Wir haben ihn Jakob genannt«, sagte Tante Eleonore. Sie trat neben Friederike an die Wiege heran. »Es ist ein entzückendes Kindchen.«

Ulrike senkte den Blick, noch immer standen Scham und Verzweiflung in ihrem Gesicht. Wenn sie aber ihren Sohn anblickte, stahl sich ein warmes Leuchten in ihre Augen.

Friederike nickte stumm, dann wies sie auf den Korb, der auf dem Küchentisch stand. »Die Mutter lässt grüßen und schickt euch zu essen und etwas Kleidung.«

»Richte deiner Mutter unseren Dank aus.« Tante Eleonore lächelte. Sie klagte nicht, obwohl sie Grund zur Klage hätte. Sie war Witwe. Ihr Mann war Stellmacher gewesen, der eine gut gehende Werkstatt betrieben hatte. Obwohl der älteste Sohn kurz nach dem Tod des Vaters die Werkstatt übernommen hatte, ging es der Familie nun deutlich schlechter. Abhilfe verschafften vor allem der Acker und ein paar Kühe, Schweine und Ziegen im Stall, die zusätzlich etwas für den Tisch lieferten.

»Ich soll dich auch vom Heinzehannes grüßen«, wandte sich Friederike an ihre Schwester.

Ulrike hob den Kopf und errötete. In ihren Augen stand die Frage, die Friederike nur zu leicht erriet.

»Er hat dich nicht vergessen. Keine Bange, er weiß nichts von…« Friederike mochte ihrer Schwester nicht sagen, dass ihre Eltern in Liebertwolkwitz verbreitet hatten, Ulrike befände sich wegen ihrer Schwermut im Hospital. »Es ist unruhig im Dorf. Die vielen Soldaten, du weißt ja.«

Ulrike senkte wieder den Blick. Soldaten waren überall, sie kamen und gingen. Die meisten befanden sich im Feld gegen Russland. Von ihr aus sollten sie alle nach Russland gehen. Sie konnte den Anblick von Uniformen nicht ertragen.

Auch Friederikes Gedanken schweiften ab, nach Russland hin, wo Philipp irgendwo war. Eine Zeit lang hatte sie sich von Philipps Begeisterung für den Kaiser und seine Eroberungszüge anstecken lassen. Doch jetzt bangte sie um ihn. Auch wenn er als Held auf dem Schlachtfeld starb, tot ist tot und sie würde ihn nie wiedersehen.

Verstohlen wischte sie eine Träne von der Wange und verabschiedete sich von Ulrike.

»Du willst schon wieder gehen?«, wunderte sich Tante Eleonore. »Willst du dich nicht noch etwas ausruhen? Wie kommst du nach Hause?«
»Der Vater verkauft Milch in Leipzig. Mit ihm fahre ich wieder zurück. Ich darf ihn nicht verpassen.«
»Dann pass auf dich auf, Mädel.« Die Tante blickte ihr besorgt nach. Friederike winkte kurz. Nach ihrer Schwester schaute sie sich nicht um.

Endlich gab es in Leipzig wieder etwas zu feiern, und wenn es der Geburtstag des Kaisers war. Die Leipziger Bevölkerung nahm es dankbar an nach all den schlimmen Nachrichten, die sie vom Schlachtfeld erreicht hatten. Auch wenn die meisten den Franzosen nicht gerade freundlich gesinnt waren, so bedeutete eine Feierlichkeit eine sehr angenehme Abwechslung in dieser schweren Zeit. Der Stadtrat und angesehene Bürger der Stadt feierten auf einem großen Bankett, das der französische Konsul ausrichtete und dem sich ein glänzender Ball anschloss. Unzählige Schaulustige bevölkerten die Straßen, unter ihnen auch Karl. Dieses Spektakel wollte er sich nicht entgehen lassen.
»Verschwinde«, knurrte Oskar Hempel, als Karl ihm seinen Wunsch vortrug, auszugehen. »Es laufen ja genug Nichtsnutze in der Stadt herum.«
Damit spielte Oskar auf Napoleons Bruder Jérôme an, der König von Westfalen war und sich seit einigen Tagen in der Stadt aufhielt. Den hatte der Kaiser höchstpersönlich wegen Unfähigkeit und Untätigkeit aus der Armee geworfen. Der Spott der Leute war ihm sicher, wenn auch dieser Spott nur hinter vorgehaltener Hand geäußert wurde.
Die franzosenfeindliche Stimmung war wohl auch der Grund, dass der Stadtrat alle Einheimischen wie Gäste warnte, keine

unbedachten politischen Reden und Gespräche in der Öffentlichkeit wie auch an den Tischen der Gasthäuser zu halten. Das Verbreiten von Gerüchten und politischen Nachrichten war strengstens verboten. Zuwiderhandlungen wurden unnachsichtig bestraft.
Oskar Hempel blinzelte seinem Lehrjungen mit einem Auge zu. »Und trink nicht so viel, Branntwein macht die Zunge zu locker.«
Karl griente. »In Ordnung, Meister. Ich werde aufpassen!« Dann eilte er aus der Werkstatt, ehe Helene Hempel es bemerkte.
Dem Anlass angemessen trugen die Leipziger ihre beste Kleidung zum Flanieren. Alle Gasthäuser, Schänken und Lokale waren geöffnet, auch auf den Straßen und Plätzen wurde gefeiert, die großen Gärten luden zu Tanz, Spaziergängen und leiblichen Genüssen ein. Unansehnliche Hinterlassenschaften vorangegangener Biwaks, Armeedurchzüge und Einquartierungen waren schnell beseitigt worden, die Parkanlagen gefegt und Bäume und Sträucher verschnitten. Die Leipziger sehnten sich nach Normalität, wenn sie auch nur einen trügerischen Augenblick lang herrschte.
Karl tastete nach den Münzen in seiner Hosentasche. Es waren seine gesamten Ersparnisse. Natürlich war es ein Wagnis, seinen Schatz in dem Getümmel bei sich zu führen, aber er wollte vorbereitet sein, falls er doch auf Friederike treffen würde. Er hatte sich ganz fest vorgenommen, sie auszuführen. Nie wieder wollte er als stammelnder, sprachloser und linkischer Dummling vor ihr stehen. Jetzt, wo Philipp im fernen Russland weilte, brauchte er keine Konkurrenz zu fürchten. Er verglich die Preise der Gasthäuser, wo es Bier, Wein Limonade und Branntwein gab. Für zwei Theaterbilletts würde sein Geld wohl nicht reichen, aber Friederike sollte sehen, dass er kein Geizhals war.

Nach dem verregneten Sommer war es doch noch angenehm warm geworden, die Sonne schien auf die Stadt herab, als hätte sie einiges nachzuholen.
Karl ließ sich von der Masse treiben, blinzelte in die Sonne und… erstarrte. Plötzlich standen sie sich gegenüber.
»Friederike!« Es war fast ein Wunder, dass sie sich in diesem Menschengewühl trafen, ganz zufällig. Oder war es kein Zufall? War es gar Fügung?
»Ach, du bist es.« Ein verlegenes Lächeln huschte über ihr Gesicht.
»Weißt du, dass ich dich gesucht habe? Fast täglich laufe ich durch die Stadt.«
»Du hast mich gesucht? Warum?«
Ja, warum? Karl kratzte sich am Kopf. »Na ja… weil… weil… ich dich gern wiedersehen wollte.« Er ärgerte sich, dass er schon wieder stotterte.
»Aha!« Sie senkte den Blick. Krampfhaft überlegte Karl, wie er ein Gespräch mit ihr beginnen sollte. »Bist du auch hier, um den Geburtstag des Kaisers zu feiern?«
»Wieso? Nein, ich suche meinen Vater. Er ist mit dem Maultierkarren hier. Ich fahre mit ihm nach Hause.«
»Ich habe ihn gar nicht gesehen. Ganz sicher steht er nicht auf dem Naschmarkt, da feiern die Leute vor dem Burgkeller. Darf ich dich zu einem Bier einladen? Oder möchtest du ein Glas Wein?«
Friederike blickte ihn mit großen Augen an. »Danke, aber das ist nicht nötig.«
»Oder eine Limonade. Ich habe Geld. Hier…« Er zog seine Faust aus der Hosentasche und öffnete sie. Friederike warf nur einen kurzen Blick auf die kümmerlichen Münzen.
»Das ist wirklich reizend von dir, Karl, aber ich habe keinen Durst.«

»Dann kaufe ich dir eine Brezel oder einen Honigbrocken.«
»Weißt du, Karl, du bist ja ein freundlicher Junge und ich mag dich wirklich gern. Aber…«
»Ich weiß, Philipp.«
In Friederikes Augen traten Tränen. »Es kommen so schreckliche Nachrichten aus dem Feld. Ich habe Angst, dass ihm etwas passiert.«
»Das ist nun mal Soldatenlos. Er hätte ja nicht zur Armee gehen müssen.«
»Er ist doch seiner Überzeugung gefolgt. Aus Patriotismus. Das ist die höchste Liebe, die es gibt, sagt unser Pfarrer. Jeder, der Patriotismus im Herzen fühlt, sollte zu den Soldaten gehen.«
»Patriotismus, so, so. Also, ich werde vielleicht auch zu den Soldaten gehen.« Karl wunderte sich selbst über seine Worte. Bislang hatte es ihn nicht unbedingt gedrängt, Soldat zu werden, auch wenn er mehr als einmal mit dem Gedanken gespielt hatte. Doch so viel Patriotismus verspürte er bisher nicht, seinen Gedanken Taten folgen zu lassen. Jetzt war es eher eine spontane Eingebung, da Friederike die Soldaten zu bewundern schien.
»Du auch?« Sie schüttelte unmerklich den Kopf. »Warum?«
»Aus Patriotismus. Wir sind doch Verbündete der Franzosen. Außerdem, so eine Uniform sieht einfach schneidig aus. Man wird bewundert…«
»Wenn es nur deshalb ist«, gab Friederike leise zurück. »Dann solltest du es bleiben lassen. Ich denke, Soldaten sind böse. Schließlich müssen sie töten, rauben, plündern und…« Sie stockte.
»Was redest du da? Natürlich nicht! Soldaten kämpfen für eine gerechte Sache, für Freiheit und Gleichheit und Brüderlichkeit. Das hat Philipp doch erklärt. Ich bin dafür.«

»Wenn du meinst…« Sie schien nicht so recht überzeugt von Karls Worten und wandte sich ab, um zu gehen, aber Karl hielt sie am Handgelenk fest. »Warte, Friederike. Wollen wir nicht ein bisschen flanieren gehen? Heute ist so ein schöner Tag und ich bin froh, dass wir uns getroffen haben. Vielleicht sehen wir uns nie wieder, wenn ich zu den Soldaten gehe.«

Friederike zögerte und überlegte. »Na gut, ich habe noch etwas Zeit. Mein Vater fährt sicher erst zurück, kurz bevor die Tore schließen. Und es ist ja noch lange hell.«

Karl atmete auf. Das Gewimmel in der Stadt war groß, aber es drängte ihn, mit Friederike allein zu sein. Doch wohin? Karl zeigte zum Ranstädter Tor. »Löhrs Garten ist geöffnet. Wir könnten spazieren gehen oder uns auf eine Bank setzen.«

»Eine Bank wäre gut«, erwiderte sie. Ihre Füße schmerzten vom langen Fußmarsch.

Eifrig bahnte Karl ihr den Weg bis zum Stadttor, dann schwenkten sie nach rechts, vorbei am erhabenen Theater auf der Ranstädter Bastei. Das große Eingangsgebäude zu Löhrs Garten befand sich genau gegenüber dem Theater. Der Zutritt befand sich an der Westseite des Gebäudes. Von zwei mit einem Säulengang verbundenen Pavillons führte der Weg in den eigentlichen Garten. Kastanien und Pappeln säumten die Wiese im vorderen Teil, zwei Wege wanden sich in die Tiefe der Anlage, die im hinteren Teil neben seltenen Gehölzen auch Obstbäume und eine lauschige Lindenallee aufwies. Am Anfang der Allee stand ein massives Gartenhaus, in der Mitte das Lindenhaus und am Ende der Obstbaumallee befand sich eine Gartenlaube. Im hinteren Teil des Gartens lagen die Gärtnerwohnung und die Orangerie. Es gab sogar einen vom Parthewasser gespeisten Teich mit einer kleinen Insel darauf. Vor dem Gartenhaus stand eine Bank. Karl und Friederike ließen sich darauf nieder.

Eine Weile schwiegen sie.
»Schön, dass wir uns getroffen haben«, versuchte Karl das Gespräch in Gang zu bringen.
»Das sagtest du schon.«
»Stell dir vor, ich habe Ostern den Heinrich Krell getroffen. Den würdest du nicht wiedererkennen. Der ist ein richtig feiner Herr geworden. Die Krells sind reich, auch wenn der Heinrich sich beklagte, dass die Geschäfte schlecht gingen.«
»Ich mag den Heinrich nicht sehr leiden.«
»Ich auch nicht. Der wollte sich immer die Freundschaft erkaufen.«
»Aufgrund seines Reichtums wird er wohl genug Freunde haben.«
Karl zog seine Mütze vom Kopf und fuhr sich durchs strubbelige Haar.
»Hoffentlich helfen sie ihm so uneigennützig wie ich, wenn er wieder mal verprügelt wird.«
»Hast du ihn vor einer Prügelei gerettet?« Friederike blickte ihn verwundert an.
»Na ja, auch wenn er wirklich nicht mein Freund ist, sollte ich deswegen zuschauen, wenn sieben Männer ihn zusammenschlagen?«
Friederikes Augen weiteten sich. »Sieben Männer? Und du hast ihn gerettet? Hast du sie alle alleine vertrieben?«
»Hm. Und der Heinrich hat geblutet. Ich habe ihn dann gepackt und nach Hause gebracht.«
»Das hätte ich dir gar nicht zugetraut.« Nun war ihm Friederikes Bewunderung vollends gewiss. Karls Brust weitete sich und in seinem Bauch kribbelte es.
»Gedankt hat er es mir nicht, aber das habe ich auch nicht von ihm erwartet. Wenn man etwas uneigennützig tut, dann ist das ja Christenpflicht, nicht wahr?«

Sie nickte eifrig. »Würdest du auch eine Dame beschützen?«
»Aber sicher! Frauen sind ja schwach und schutzbedürftig und da…«
»Unsinn, Frauen sind nicht schwach. Männer glauben nur, dass Frauen schwach sind und sie sich ihrer bedienen können, wie es ihnen passt.«
Etwas in Friederikes Stimme ließ Karl aufhorchen. Ihre Wangen hatten sich gerötet und die Adern an ihrem Hals traten hervor. In ihren Augen blitzte es und ihre ganze Körperhaltung verspannte sich.
»Na ja, es gibt vielleicht Männer, die so denken…«
»Nicht nur denken«, schnaubte Friederike. »Sie tun es auch. Und dabei lachen sie noch…« Tränen des Zorns schossen in ihre Augen.
Betreten blickte Karl sie von der Seite an. »Hat… hat dir… ich meine… hat dir ein Mann etwas angetan?«
Friederike holte tief Luft. »Nein«, stieß sie dann hervor. »Nein, mir nicht.«
Karl wusste nicht mehr weiter. Die Stimmung hatte sich gewandelt, und er wusste nicht warum.
»Ich… ich würde dir nie etwas antun«, beteuerte er. »Dir nicht und auch keiner anderen Frau. Es ist besser, ein guter Mensch zu sein.«
»Vergiss das nicht, Karl, vergiss das niemals.«
Scheu fasste er nach ihrer Hand. »Das verspreche ich dir«, flüsterte er. Ihre Hand begann zu zittern. Kurze Bilder aus der Vergangenheit blitzten auf, doch sie ließ schließlich die Berührung geschehen.
Als Spaziergänger vorbeikamen, zog sie ihre Hand schnell zurück. »Wir sollten zurückgehen. Es wird bald dunkel.«
»Eine kleine Weile noch«, bat Karl. »Es ist hier so schön.« Er beugte sich herab. Neben der Bank wuchsen kleine weiße Blu-

men. Er pflückte einige und band sie zu einem kleinen Sträußchen. Das reichte er Friederike. »Es ist mein Versprechen. Dass ich dich nicht vergessen werde. Und dass ich auf dich warte, bis du wieder nach Leipzig kommst. Und dass ich dir nichts antun werde. Und dass ich dich beschützen will.«
Zögernd nahm Friederike die Blumen. »Das ist wirklich lieb von dir, Karl. Und ich danke dir auch.«
»Dann versprich mir, dass du mich auch nicht vergisst. Und dass du wiederkommst. Und dass wir uns wieder treffen.«
Sie überlegte kurz, dann nickte sie. »Einverstanden!«
»Dann musst du mir auch etwas geben, etwas, das für dein Versprechen steht.«
Sie blickte an sich herab. »Ich habe nichts, was ich dir geben könnte.«
Auch Karl überlegte einen Moment. »Dann gib mir einen Kuss«, schlug er tollkühn vor.
Friederike errötete. »Einen Kuss? Aber wir sind doch nicht verlobt.«
»Ein Kuss ist ein Versprechen. Er steht für dein Versprechen.«
Unschlüssig blickte sie sich um. »Na ja«, sagte sie gedehnt. »Aber hier kommen doch immer Leute vorbei. Das geht nicht.«
Karl wandte sich um. »Dann gehen wir eben in die Gartenlaube, da sieht uns niemand.«
»Das geht auch nicht. Wir können doch nicht einfach hineingehen.«
»Warum nicht? Wir stehlen doch nichts. Nur für einen Kuss, das geht ganz schnell.«
Friederike zögerte, während Karl bereits aufgestanden war und zur Tür ging. Er klinkte, doch die Tür war abgeschlossen.
»Siehst du, es geht nicht«, sagte Friederike. »Komm, lass uns gehen.«

»Warte noch, ich hab's gleich offen.« Er zog aus seiner Hosentasche einen langen Nagel hervor und steckte ihn ins Schlüsselloch. Er drehte und kratzte, bis es ein knirschendes Geräusch gab. Er drückte die Klinke nieder, die Tür war offen. »Komm«, forderte er sie auf und streckte die Hand aus.

Mit klopfendem Herzen folgte sie ihm. Er hatte versprochen, ihr nichts anzutun und sie vertraute ihm – wenn auch zögerlich. Im Halbdunkel der Laube war nicht viel zu erkennen, weil die Fensterläden geschlossen waren. Möbel standen da, Gerätschaften, irgendwelche Fässer und Behälter, alles mit staubigen Tüchern zugedeckt.

»Mir ist unheimlich«, flüsterte Friederike. »Lass uns wieder gehen.«

Karl lachte. »Hier gibt es weder Gespenster noch Wassergeister. Und hier sieht uns niemand.« Er zog Friederike sacht zu sich heran. »Du hast es versprochen und ein Versprechen muss man halten.«

Sie spürte ihr Herz heftiger klopfen und atmete tief durch. Ihre Hände zitterten und ihre Knie wurden weich. Verwirrt über ihre seltsamen Gefühle strich sie sich eine Haarsträhne aus der Stirn. Auch Karl strich ihr übers Haar.

»Weißt du, wie oft ich davon geträumt habe, so ganz allein mit dir zu sein, so nah. Ich flechte dir einen Kranz aus Blumen und dichte Verse.« Bei diesen Worten blickte er verlegen nach unten. »Das mit dem Dichten hat nicht so geklappt.«

Sie musste lachen. »Immerhin hast du mir Blumen geschenkt.« Sie hielt das Sträußchen zwischen sich und Karl. Sie würden es zerdrücken, wenn…

Karl fasste Friederikes Taille und hob sie kurzerhand auf die mit Tüchern bedeckten Fässer. Dann nahm er die Blumen und befestigte sie an ihrem Kleid. »Nun kannst du sie nicht mehr verlieren.« Dann beugte er sich zu ihr hin. Ganz sacht berührten seine Lippen die ihren, die sie fest zusammengepresst hielt. Auch ihre Augen hielt sie fest geschlossen. Ein bisschen war Karl enttäuscht. Irgendwie hatte er sich den ersten Kuss anders vorgestellt, aufregender, geheimnisvoller. Er spürte Friederikes Atem, der etwas heftig ging, und die Wärme ihrer Haut. Dann nahm er ihren Kopf in beide Hände und küsste sie noch einmal, etwas fester, inniger. Sie hielt ganz still, doch dann öffnete sie die Augen, wandte sich von ihm ab und wischte sich mit dem Handrücken über die Lippen. »So, jetzt sind wir quitt«, sagte sie und hüpfte von dem Fassstapel herunter. Dabei rutschte auch das Tuch mit herab, das die Fässer bedeckte. Im diffusen Licht, das durch die Ritzen der Fensterläden fiel, erkannte Karl die schwarze Aufschrift auf den Fässern: Schwarzpulver! Die ganze Gartenlaube war voller Sprengstoff!

Russland

Es war die reine Ungeduld, die nicht nur Philipp antrieb, endlich in die große Schlacht zu ziehen. Die Soldaten wollten sich im Kampf beweisen, die Überlegenheit der Grande Armée demonstrieren. Doch obwohl ein Heer biblischen Ausmaßes gen Osten in feindliches Gebiet marschierte, ging es äußerst friedlich zu. Die Überlegenheit der Armee war augenscheinlich auch ohne Schlacht erdrückend. Kaiser Napoleon, der die Truppen anführte, bewies sich wieder mal als großartiger Feldherr und Stratege. Um seine Armee nicht mit einem umfangreichen Versorgungstross zu behindern, hatte er vorsorgen lassen. In Preußen und Polen waren Lagerhäuser angelegt worden, angefüllt mit allen Vorräten, die zur Versorgung notwendig waren. Zudem begleiteten ganze Rinderherden die Truppen – für Frischfleisch war also gesorgt. Sogar auf den Flüssen sorgten Lastkähne für Nachschub. Für die mehreren tausend Pferde und Zugochsen war es hingegen unmöglich, Futter mitzuführen. Deshalb musste der Feldzug so lange warten, bis ausreichend Grünfutter zur Verfügung stand. In den Weiten Russlands würde es Futter zur Genüge geben: saftige Wiesen, üppige Weiden, Heu aus den Scheunen der russischen Bauern.

Frohgemut marschierten die Korps durch das Königreich Preußen und das Herzogtum Warschau. Es war eine bunte Truppe, was nicht nur an den verschiedenen Uniformen ersichtlich war. Nachdem der französische Kaiser alle Gebiete westlich des Rheins und Norddeutschland erobert hatte, waren sie nun alle Franzosen: Belgier und Bremer, Kölner und Lübecker, Holländer und Hamburger. Dazu kamen Kontingente aus Westfalen und Bayern, Sachsen, Württemberg und Baden. Österreich und

Preußen hatten ebenfalls Hilfskorps für Napoleon gestellt. Italiener und Spanier, Kroaten und Portugiesen, Franzosen und Polen sorgten für ein babylonisches Stimmengewirr. Philipp war stolz, zu dieser großen Familie dazuzugehören. Ja, die Armee war nun seine Familie, für die er Leib und Leben geben würde. Es war großartig und er war dabei!
Es herrschte eine gute Stimmung unter den Soldaten. Da war es nicht schlimm, dass viele überhaupt keine Ausbildung erhalten hatten. Exerzieren konnten die Rekruten auf dem Marsch üben, Schießübungen und der Umgang mit dem Bajonett fanden während der Rast statt. Zudem begleitete ein bunter Zug von Zivilisten die Armee. Darunter waren viele Handwerker, Verwaltungsbeamte, höhere Offiziere hatten Diener und Köche im Tross, ja sogar Ehefrauen und Kinder begleiteten sie. Unter ihnen befanden sich auch Glücksritter und Kriminelle, die sich aus dem Kriegsgeschehen Gewinn oder Beute erhofften. Tausende von Pferden boten ein prächtiges Bild. Ein wenig beneidete Philipp die Kavallerie, die brauchten nicht zu Fuß zu gehen. Doch er war jung und gesund. Für Verwundete und Kranke sorgten die Ärzte mit ihren Lazarettwagen, die den Tross begleiteten.
Die Korporalschaft, zu der Philipp gehörte, bestand aus zwölf jungen deutschen Männern aus allen Schichten der Bevölkerung. Ein Stellmacher war dabei, ein Apotheker, zwei Viehhändler, ein Glasermeister, ein Lehrer und ein Bäcker. Sie alle dienten gemeinsam in einer unbezwingbaren Armee, angeführt von einem militärischen Genie. Einer von ihnen war ein altgedienter Soldat namens Victor, erfahren und bewährt in vielen Schlachten. Er wusste recht anschaulich von Kämpfen und Heldentaten zu erzählen, wenn sie abends nach langem Marsch am Feuer saßen, die Suppe im Kessel brodelte und die Flasche mit dem Branntwein die Runde machte.

Die beiden Viehhändler stammten aus Tirol. Sie wurden immer als die Kameraden Lustig bezeichnet und waren stets zu einem Scherz oder einem Lied aufgelegt. Peter und Kuno Löffler erzählten, dass sie nicht ganz freiwillig in der Grande Armée kämpften. Lieber wären sie auf ihrer Hütte in den Bergen geblieben, doch selbst bis dahin reichte der lange Arm des kleinen Korporals, wie sie den Kaiser nannten.

»Ist der tatsächlich so klein?«, wollte Jakob Grünfink wissen. Er war Jude und der einzige, der eine Brille trug. Von Beruf Buchhändler, fiel ihm das Leben in der Armee am schwersten. Das Schlimmste jedoch war für ihn, dass das Essen nicht koscher war, weswegen er häufig ganz darauf verzichtete. Philipp befürchtete, dass Jakob das nicht lange durchhalten würde. Immer war er auf der Suche nach geeigneten Lebensmitteln, und manchmal hatte er Glück, ein Hühnchen zu bekommen. Seine Kameraden freuten sich mit ihm. Natürlich wurde alles geteilt und so landete das gerupfte Huhn im Kessel, wo bereits die Schweinefüße kochten. Dem armen Jakob standen die Tränen in den Augen. Den angebotenen Käse schlug er auch aus, da selbst Apotheker Bertram Ambrosius nicht sagen konnte, aus welcher Milch der Käse hergestellt war.

Auch Leutnant Louis hatte so seine Sorgen. Er hatte Heimweh und sehnte sich nach seiner verlobten Marie, die er in Köln lassen musste. Er schrieb ihr fast täglich einen Brief, und da er gut zeichnen konnte, verewigte er sich selbst in Uniform auf dem Briefbogen.

Philipp überlegte, ob er Friederike auch einen Brief schreiben sollte. Aber wieso Friederike? Er hatte keine Verlobte, und Friederike war doch nur ein Mädchen im fernen Leipzig, aus irgendeinem Dorf, dessen Namen er vergessen hatte. Wenn er den Seelenkummer von Louis so betrachtete, fand Philipp es besser, ungebunden

und frei zu sein. Schließlich war er hier, um für den großen General zu kämpfen, auch wenn der angeblich körperlich gar nicht so groß war. Wenn man auf einem Pferd saß, war die Körpergröße nicht ausschlaggebend. Philipp war voller Zuversicht und Vertrauen in die Fähigkeiten des großen Generals und seiner Offiziere. Zwar hatte er bemerkt, dass seine deutschen Kameraden nicht sehr gut auf die französischen Offiziere zu sprechen waren, doch er ging davon aus, dass sich das ändern würde. Bald würden sie die Grenze erreichen. Dahinter stand die russische Armee. Dann würde es zur großen Schlacht kommen, und Philipp war sich sicher, diesen wüsten Haufen bärtiger Kosaken und wodkatrunkener Bauernsoldaten in kürzester Zeit vernichtend zu schlagen. Der Erfolg würde ihnen die Brust schwellen lassen.
Die erste Junihälfte war beinahe vorbei und nun begann die Zeit zu drängen, als der Marschbefehl erteilt wurde und sich der ungeheure Lindwurm aus Menschen, Pferden, Wagen, Kanonen und Versorgungstrecks in Bewegung setzte. Endlich hatte die Langeweile ein Ende. Mit frisch geputztem Gewehr, vollgepacktem Tornister und einem fröhlichen Lied auf den Lippen brachen sie auf gen Osten. Die Schlacht und der schnelle Sieg waren nah.

Gustav marschierte. Er lief ohne zu denken, stumpfsinnig und mechanisch. Längst schon war er nicht mehr der Gustav Lehmann, der er in Leipzig gewesen ist. Hier war er einer unter Hunderten, ja Tausenden. Zu Anfang hatte er beständig an den ermordeten schwarzen Geheimagenten denken müssen. Gustav hätte seine Unschuld nicht beweisen können. Nun verschwendete er keinen Gedanken mehr an seine Flucht, an eine mögliche Strafe. Er war nun Teil von etwas Größerem und verschwand darin. Alles geschah außerhalb seines Willens. Nein, er besaß gar keinen Willen mehr. Er gehorchte und marschierte. Wie ein Sandkorn in einem

Fluss trieb er im großen Strom der Grande Armée irgendwohin. Blickte er sich anfangs immer wieder um, befürchtete Verfolger, Polizei, schwarz gekleidete Geheimagenten, sah er nun nur noch Uniformen, unzählige Uniformen… Und er gehörte dazu.

Zum ersten Mal in seinem Leben trug er keine Lumpen. Auch wenn er nur ein Gemeiner unter den Soldaten war und nicht die schöne weiße Uniform der Linieninfanterie trug, gefiel ihm seine ausnehmend gut. Einerseits verschwand er tatsächlich in der unüberschaubaren Masse der Soldaten. Er unterschied sich darin nicht von seinen Kameraden in der Korporalschaft. Andererseits fühlte er sich plötzlich wichtig, an einem großartigen Unternehmen beteiligt zu sein. Unmittelbar nach seiner überstürzten Rekrutierung und der Einkleidung wurde er in seine Truppe beordert. Man befand ihn für wendig und geistesgegenwärtig, wenn auch etwas schmal in der Brust. Bei den Schießübungen bewies Gustav eine große Treffsicherheit, obwohl er noch nie im Leben ein Gewehr in der Hand gehalten hatte.

Die Armee war eine sonderbare Einrichtung. Wenn man nur gehorchte und mit dem Strom schwamm, ging es den Soldaten gar nicht so schlecht. Noch nie hatte Gustav so regelmäßig zu essen bekommen, er hatte plötzlich Geld in der Tasche und in seinem Tornister mehr, als er je im Leben besessen hatte.

Von Tag zu Tag fühlte er sich sicherer. Nur das Marschieren war stupid. Den ganzen Tag sah er die Tornister und aufgepflanzten Bajonette der vor ihm marschierenden Kameraden schwanken, ab und zu überholten sie einen Transportkarren, meist gezogen von Ochsen, die am Ende in den Kesseln landen würden.

Den größten Teil ihres Proviants mussten sie sich aber aus der Umgebung ihres Marschweges besorgen. Fourage nannten sie das. Gustav stellte fest, dass gerade die polnischen Bauern in sehr ärmlichen Verhältnissen lebten. In den winzigen, schmutzigen und rauchgeschwängerten Katen gab es meist nur einen Raum, in dem die Bauern mit ihren Familien und Kleintieren wohnten. Ausgestattet waren sie noch ärmlicher als Gustavs Familie daheim. Selten gab es Betten, die Bauern schliefen auf Strohsäcken oder Lagern aus Fellen und Lumpen. Ein grober Holztisch und Bänke waren oft das einzige Mobiliar, Getreide, Speck, Kartoffeln und Sauerkohl wurden in einer Holzkiste aufbewahrt. In fast jeder Hütte gab es eine Handmühle, in der das Getreide gemahlen wurde. Über den Spinnrocken oder primitiven Webstühlen hing Wolle und Flachs, an den Wänden waren oft Heiligenbilder aus Papier angeklebt, vor denen ein Kerzenstummel brannte.

Den Soldaten verkauften sie ihre letzten Rationen. Oftmals gab es aber nichts zu kaufen. Nicht selten ließen die Soldaten dann ihren Zorn an den unglücklichen Bauern aus. Hatte Gustav zu Beginn noch Mitleid mit ihnen, überwand er diese Skrupel mit zunehmendem Hunger recht schnell.

»Es ist eben Krieg«, sagte Klaus Keilhack, ein Kaminkehrer aus Oschatz, der in Gustavs Korporalschaft diente. Meist gingen sie zu zweit oder zu dritt auf Streifzug, um sich zusätzliche Lebensmittel zu organisieren. Die Versorgung der Truppe klappte schlecht, denn die Versorgungskarren blieben oft wegen schlechter Wege hinter den Truppen zurück. Brot, Gemüse, Kartoffeln und Branntwein fehlten und die Soldaten waren darauf angewiesen, was sie in den umliegenden Dörfern fanden.

Ungerecht fand Gustav, dass die Kavallerie wesentlich beweglicher und damit eher in den Dörfern war als die Fußsoldaten. Diese bekamen dann nur, was die Kavallerie übrig gelassen hatte.

Während einer jener Streifzüge kletterte Kamerad Klaus auf ein Taubenhaus, das auf einem Baumstamm hinter einem Bauernhaus stand. Der Kaminkehrer konnte wie ein Affe klettern und war schwindelfrei.

»Was suchst du denn da oben?«, wunderte sich Gustav. Tauben gab es keine mehr, die waren entweder weggeflogen oder steckten auf den Bajonetten der Soldaten.
»Das hier!« Klaus hielt triumphierend zwei Flaschen Branntwein hoch. »Wusste ich's doch, die verstecken ihn oft hier oben und denken, wir finden ihn nicht.«
Gustav hatte im Gebüsch Hühnereier entdeckt. Von den Hühnern gab es allerdings keine Spur. Entweder waren sie auch schon der Kavallerie zum Opfer gefallen oder die Bauern hatten sie besonders gut versteckt.
Sie begnügten sich mit den Eiern und dem Branntwein und kehrten zur Truppe zurück. Es herrschte Kameradschaft unter ihnen und alles was sie mitbrachten, wurde geteilt. Abends saßen sie ums Feuer, schlürften die fettige Suppe, gekocht aus dem, was man gerade erbeuten konnte. Manchmal gab es Brot dazu und die Branntweinflasche wurde rumgereicht.
Gustav trank gern Branntwein. Nach einigen Schlucken fühlte er sich warm und wohlig, leicht im Kopf und spürte die schmerzenden Füße nicht mehr. Plötzlich konnte er verstehen, warum der Vater so häufig Branntwein getrunken hatte. Er benebelte das Gehirn, die Sorgen verflüchtigten sich wie Rauch und das Leben ließ sich leichter ertragen. Gustav streckte sich und betrachtete wohlgefällig seine Schuhe mit den Gamaschen darüber. Er hatte noch nie Gamaschen getragen. Auch die Schuhe waren besser als er sie jemals besessen hatte, genagelt und aus festem Leder. Schließlich mussten sie einen langen Marsch überstehen. Einen flüchtigen Moment dachte er an Karl, den Lehrjungen des Flickschusters. Wenn der ihn jetzt sehen könnte!

Philipp keuchte. Die Zunge klebte am Gaumen und er konnte kaum noch schlucken. Drei Tage und drei Nächte waren sie ununterbrochen marschiert, hatten kaum eine Pause eingelegt, um essen zu können. Die Hitze war unerträglich, der Durst quälte sie mehr als der Hunger. Nirgends gab es sauberes Wasser. Die Straße, die diese Bezeichnung allerdings nicht verdiente, führte durch dichte Tannenwälder. In den ausgefahrenen Sandwegen blieben die schweren Gefährte immer wieder stecken. Die Ochsenwagen mit Brot und Kartoffeln waren längst zurückgefallen. Kein kühlendes Lüftchen drang zu ihnen vor. Immer wieder brach einer von ihnen zusammen, vor Hitze, Erschöpfung, Durst.

»Vorwärts, vorwärts«, trieben die Offiziere sie an. »Wir marschieren nachts, da ist es nicht so warm.«

Am Wegrand lagen Erschöpfte, Kranke, Sterbende. Philipp ging an ihnen vorbei, unfähig, Mitgefühl zeigen zu können. Sie würden sich selbst zu den Hospitälern durchschlagen müssen, wenn es welche in dieser gottverlassenen Gegend gab. Anfangs war Philipp geneigt, den Kameraden zu helfen. Doch er musste weitermarschieren, immer weiter. Irgendwann verschloss er die Augen vor dem Elend, vor den Krankheiten und dem Tod. Man konnte sich auch an das Schreckliche gewöhnen.

»Feuer! Der Wald brennt!«

Dieser Schreckensruf ließ ihn aus seiner Lethargie aufwachen. Der Wald stand in Flammen! Auf beiden Seiten loderte das Feuer, das knochentrockene Holz hatte sich entzündet. Funkengarben schossen in die Höhe, das harzige Holz der Tannen explodierte regelrecht.

»Schützt die Munitionswagen! Kühlt sie mit Wasser!«

»Mit welchem Wasser denn?« Glasermeister Conrad Fichte, der neben Philipp marschierte, griff sich an den Kopf. »Hoffentlich erwischt's mal so einen. Ich hasse diese französischen Offiziere.«

»Ich bin auch Franzose«, begehrte Philipp auf.

»Aber kein Offizier. Das sind doch Menschenschinder.«

»Die müssen die Strapazen ebenso ertragen. Ich hab gesehen, wie einer die Pisse von seinem Pferd getrunken hat.«
»Soll er doch damit den Waldbrand löschen.« Der ganze Zug war nun zum Stehen gekommen. Es blieb ihnen nichts anderes übrig, als die Munitionswagen einzeln durch das brennende Waldgebiet zu fahren. Die Kutscher peitschten die erschöpften Pferde zum panischen Galopp. Nicht wenige der Tiere brachen danach tot zusammen und blieben am Wegrand liegen. Eilig wurden neue Pferde aus der Kavallerie herangeholt und eingespannt.
Nach wenigen Stunden waren die Kadaver in der Hitze aufgedunsen und verbreiteten einen bestialischen Gestank. Für die nachrückenden Truppenteile war es eine Qual, unmittelbar an den nur nachlässig an den Rand gezerrten Kadavern vorbeizumarschieren. Millionen schwarzer Fliegen stoben wie Wolken auf. Nicht wenige Soldaten lagen dazwischen, gezeichnet von den Strapazen, dem Tod näher als dem Leben. Es war fast ein Wunder, dass Philipps Korporalschaft ohne Verluste den Grenzfluss erreichte.
»Hoffentlich gibt es eine Brücke«, seufzte Jakob Grünfink und wischte sich den Schweiß aus dem Gesicht. »Ich kann nicht schwimmen.«
»Das brauchst du auch nicht«, erwiderte Philipp mit einem überlegenen Lächeln. »Unser großer General hat die Flussquerung so geplant, dass wir in Windeseile drüben sind und den Feind in einem Überraschungsangriff schlagen.«
Conrad schüttelte den Kopf. »Woher willst du das wissen? Das wissen nicht mal die Offiziere, die wie kopflose Hühner herumlaufen und sinnlose Befehle schreien.« Er wies hinüber zu mehreren französischen Offizieren, die die Truppen zum Marsch antrieben, obwohl der Zug weiter vorn stockte. »Das sind doch Idioten.«
»Vielleicht verhilft die Pause uns zu Proviant. Die ganzen Versorgungswagen sind zurückgeblieben.«

»Weil sie so langsam sind.«
Gottfried Müller, ein Bauer mit wettergegerbtem Gesicht, blickte sich um. »Und weit und breit kein Dorf, wo man Fourage betreiben könnte.«
»Wir sind so schnell, dass die Ochsenwagen nicht nachkommen«, berichtigte Philipp. »Sonst könnten wir den Feind doch nicht überraschen.«
»Was nützt uns das, wenn wir nichts zu essen haben«, klagte Lehrer Joachim Drebs. »Warum bin ich eigentlich hier?«
»Hält hier jemand aufrührerische Reden?« Ein französischer Offizier kam herangesprengt. »Reißt euch zusammen. Ich warne euch! Meuterei wird strengstens bestraft, Deserteure werden auf der Stelle erschossen.«
Der Lehrer zog den Kopf ein. Es brachte nichts ein, sich mit den Offizieren anzulegen. Er konnte nur hoffen, dass eine verirrte Gewehrkugel diesem Menschenschinder den Garaus machte. Leutnant Louis hockte sich etwas abseits und zog Briefpapier und Schreibzeug aus seinem Tornister. Er hatte wieder Heimweh und Liebeskummer. Philipp wandte sich ab. Die Unzufriedenheit unter seinen Kameraden breitete sich immer mehr aus. Auch von zahlreichen Desertierungen hatte er gehört. Das konnte niemand gut heißen. Schließlich zogen sie doch in ein großes Abenteuer. Es war wie ein zweiter Ägyptenfeldzug, nur gegen diese unzivilisierten Russen. Der große General wusste, was er tat. Napoleon war der Gott des Krieges und der Gott des Erfolgs. Philipp vertraute ihm trotz aller Strapazen völlig.

Die sächsischen Truppen gehörten nicht zum unmittelbaren Hauptstrom der Grande Armée. Während Napoleon mit dem Großteil seiner Truppen die direkte Konfrontation mit Russland suchte, befanden sich die Sachsen auf dem rechten Flügel

und folgten den Österreichern unter Fürst Schwarzenberg von Süden her.
Bislang gab es keinen Feindkontakt, trotzdem oder vielleicht auch deswegen schwand die gute Stimmung in der Truppe. Der Sommer in dieser Gegend war kühl und verregnet, kaum begleitete Sonnenschein sie auf ihrem Marsch. Straßen und Wege verwandelten sich in tiefen Morast, die Transportkolonnen kamen kaum noch vorwärts, die Versorgung der Truppe war unterbrochen.
Gustav kannte Hunger nur zu gut, er machte ihm nichts aus. Doch er war der letzte, der es auch verstand, seine Kameraden aufzuheitern. Missmutig putzte er am Abend seine Schuhe und die Uniform, es gab kaum einen trockenen Platz zum Schlafen. Die Schuhe, auf die er so stolz war, zeigten nun ihre schlechte Seite. Das Leder war von so miserabler Qualität, dass es durch die Nässe aufquoll, sich die Sohlen nach oben und das Oberleder nach unten drehte. Das Laufen wurde zur Qual.
Die abendlichen Biwaks gestalteten sich schwierig. Aus Zweigen, Laub, Stroh und Holz bauten die Soldaten einfache Unterstände, doch der Regen und die Feuchtigkeit drangen überall durch. Die mitgeführten Decken trockneten überhaupt nicht mehr und Gustav fror nachts jämmerlich. Nur das Feuer bot noch etwas Wärme, weswegen er, eingewickelt in seinen Mantel, dessen Nähe als Schlafplatz suchte. Die Beine steckte er dabei in die Ärmel und knüpfte den Mantel über seinem Leib zu. Den Kopf bettete er auf seinen Tornister, auch um seinen bescheidenen Inhalt vor Dieben zu schützen. Am Morgen erwachte er verfroren, mit steifen Gliedern, hustend und hungrig.
Zudem breiteten sich Krankheiten unter den Soldaten aus. Die meisten litten an Durchfall, was besonders an den Lagerplätzen schnell zu sehr unangenehmen Gerüchen führte. Es gab keine andere Möglichkeit, sich zu erleichtern und ebenso wenig, sich zu reinigen. Seit

Wochen war Gustav nicht aus seiner Uniform herausgekommen. Er hätte nie für möglich gehalten, dass er Wasser einmal so vermissen würde. Das wenige Wasser, das sie vorfanden, reichte nur zum Trinken, Suppe kochen und Rasieren. Rasieren war Pflicht. Den gemeinen Soldaten war es nicht gestattet, Bart zu tragen.
»Was ist mit dir?« Gustav beugte sich über Klaus, der noch in seiner Laubhütte lag und sich in Krämpfen wand.
»Mein Bauch«, stöhnte Klaus. »Mein Bauch schmerzt.«
Gustav deutete grinsend mit dem Kopf hinter die Hütte, wo sich die Kameraden erleichterten. »Wenn die Scheiße raus ist, geht es dir besser.« Doch Klaus konnte sich kaum auf den Beinen halten. Gustav stützte ihn, so gut es ging. Klaus wankte nur wenige Schritte, dann riss er seine Hose herab. Unter Stöhnen krümmte er sich zusammen. Auch Gustav stöhnte auf. Seine mühsam geputzten Schuhe und Gamaschen waren nun bis obenhin mit Klaus' Exkrementen vollgespritzt.
In den folgenden Tagen hörte der Regen schließlich auf und machte einer fast unerträglichen Hitze Platz. Die zuvor aufgeweichten Straßen wurden nun trocken und staubig. Durst quälte Mensch und Tier. Die Truppe wurde nun von Wagen begleitet, auf denen die Kranken lagen. Der Regimentsarzt verteilte Medizin gegen den Durchfall und gegen Fieber. Schwer Erkrankte mussten zurückgelassen werden.
Gustav hustete zwar, aber vom Durchfall war er bislang verschont geblieben. Trotzdem fiel es ihm schwer, das Marschtempo zu halten. Immer wieder blieb er stehen und rang nach Luft. Sein Atem rasselte wie die Kette eines Zugochsen. Um den Staub nicht einzuatmen, der ihn noch mehr zum Husten reizte, band er sich ein Tuch vors Gesicht.
Zu seiner Freude gesundete Kaminkehrer Klaus nach einigen Tagen und konnte wieder marschieren.

»Tut mir leid, dass ich deine Schuhe verunreinigt habe«, entschuldigte er sich bei seiner Rückkehr in die Korporalschaft.
»Ist schon vergessen«, erwiderte Gustav großmütig. »Ich hätte dich die Schuhe putzen lassen, aber ich muss ja damit rechnen, dass du sie gleich wieder beschmutzt. Hauptsache, du bist wieder gesund.«
»Du bist ein echter Freund«, freute sich Klaus und klopfte Gustav auf die Schulter. Der drehte sich etwas unangenehm berührt weg, seine Vergangenheit schien ihn wieder einzuholen.

Es war der 24. Juni, so notierte es Leutnant Louis akribisch in seinen Aufzeichnungen. Der gewaltige Tross der Hauptarmee erreichte langsam die russische Westgrenze. Sie bestand aus einem Fluss namens Njemen. Es war kein gewaltiger Fluss, es gab Untiefen und Furte. Geschrei, das Brüllen der Offiziere, das Wiehern der Pferde und Rumpeln der Geschützwagen schwebte gleichsam mit einer Dunstglocke über dem Zug. In Ägypten konnte es nicht heißer und staubiger gewesen sein. Endlich erreichten sie den Fluss. Philipp hätte nichts dagegen gehabt, durch den Fluss zu schwimmen. Es wäre eine willkommene Erfrischung gewesen. In der Nacht wurden drei Pontonbrücken aufgebaut, über die die Armee das andere Ufer erreichen wollte. Drüben lag das Städtchen Kowno. Im Morgengrauen ging es los.
Es dauerte eine geraume Zeit, bis sich der Strom der Hauptarmee durch diesen Engpass zwängte, was nicht ohne Verluste vor sich ging. Einige Wagen stürzten von der Brücke ins Wasser, Pferde scheuten und warfen ihre Reiter ab, Soldaten, die erhitzt ins Wasser sprangen, tauchten nicht wieder auf. Der Lärm war ohrenbetäubend. Von einem geordneten Übergang konnte keine Rede sein. In dem Durcheinander musste jeder zuse-

hen, wie er auf die andere Seite des Flusses kam. Die schmalen Gassen in Kowno trugen ebenso wenig dazu bei, dass die Flussquerung schneller hätte vonstatten gehen können.
Noch während der gewaltige Tross den Fluss überquerte, entlud sich die drückende Hitze in einem heftigen Gewitter. Es blitzte und donnerte, der Himmel verfinsterte sich und eine unheimliche schwarze Wolkenwand wälzte sich über sie hinweg. Es schüttete wie aus einem Wasserfall. Was vordem an Wasser fehlte, brach nun um ein Vielfaches aus den Himmelsschleusen hervor.
Nicht wenige Soldaten fielen auf die Knie, bekreuzigten sich und murmelten angstvolle Stoßgebete.
»Ein schlechtes Zeichen«, orakelte der Viehhändler Kuno – zumindest für die Unglücklichen, die sich gerade im Wasser befanden, als der Blitz dort einschlug.
Wer glücklich das andere Ufer erreichte, machte sich sofort auf die Suche nach etwas Essbarem. Doch nur die ersten fanden Lebensmittel. Im Nu war die Stadt von den Truppen überfüllt. Viele Bewohner waren schon vorher geflüchtet. Diejenigen, die geblieben waren und die Truppen als Befreier von der russischen Besatzung begrüßten, mussten fassungslos zusehen, wie sie innerhalb kürzester Zeit ausgeplündert wurden. Da ging es nicht nur um Lebensmittel, Wasser und Branntwein, sondern da wanderten auch Silbergeschirr, Teppiche, Ikonen und Schmuck, Uhren und diverser Hausrat in die Tornister der Soldaten. Pelze, Kleidung, sogar Frauenkleider wurden Beute der plündernden Meute.
Die Offiziere schauten achselzuckend zu. Sie waren nicht in der Lage, ihren Einheiten Lebensmittel zu stellen. Die Versorgungswagen befanden sich mehrere Tagesmärsche hinterher. Die letzten Hemmungen fielen, Hunger machte charakterlos. Schon bald war die ganze Umgebung verwüstet und wer zu spät kam, hatte das Nachsehen.

Auch Victor und die ganze Korporalschaft zogen aus, um sich das Abendbrot zu sichern. Doch wohin sie auch kamen, die Häuser waren schon geplündert.
Vor einem Stadthaus gab es Tumult. Ein alter Mann mit schlohweißem Haar verteidigte es mit einem Gewehr und wüstem Gebrüll. »Ich bin ein deutscher Offizier«, rief er. »Niemand vertreibt mich aus meinem Haus. Wir sind doch Verbündete!«
Nach einem kurzen Handgemenge konnte Victor dem Alten das Gewehr entreißen. Mit dem Kolben schlug er die Haustür ein. Unter wüsten Hurrarufen stürzten alle hinein und durchsuchten die Zimmer. Der erste Weg führte in die Küche. Die Speisekammer war noch gefüllt, wenn auch nicht üppig. Jeder griff sich, was er greifen konnte: Mehl, Eier, Kartoffeln, Wurst, Speck, Kraut, ein gerupftes Hühnchen und jede Menge russischen Branntwein. Nur die Zwiebeln ließen sie liegen. Der Alte war inzwischen verschwunden, und so nahmen sie sich Zeit. Buchhändler Jakob Grünfink atmete auf, als er Maismehl fand. Er litt am meisten unter dem Hunger.
»Ich verstehe nicht, was daran schlecht sein soll«, meinte Philipp und hielt Jakob einen geräucherten Schinken unter die Nase. »Wir werden doch auch nicht davon krank, wenn wir es essen. Warum also isst du das nicht?«
Jakob wich angewidert zurück. »Es ist nicht nur die körperliche Schädigung«, erwiderte er. »Man kann seelischen Schaden daran nehmen. Die Speisegebote lehren uns, unsere Lust zu meistern und unsere Begierden einzudämmen. Es ist nicht unser Lebenszweck, zu essen und zu trinken.«
»Aha! Und wenn du nichts isst und trinkst, dann stirbst du. Mach doch, was du willst. Hier gibt es auch Fisch. Allerdings riecht der schon etwas.«
Gierig biss Philipp in ein Brot. Es war schon altbacken, doch es schmeckte trotzdem köstlich. Für religiöse Skrupel hatte er kein

Verständnis, nein, er hatte überhaupt keine Skrupel. Wovon sollten sie sonst leben als von geplünderten Lebensmitteln? Der Krieg ernährt den Krieg.

Als sie mit ihrer Beute das Haus verließen, sahen sie sich von berittenen Offizieren umzingelt. Erschrocken blieben sie stehen. Was hatte das zu bedeuten?

»Halt! Was habt ihr da?« Einer der Offiziere zeigte mit der Säbelspitze auf Philipps Brust.

»Nur etwas zu essen und Branntwein«, antworteten sie.

»Der Besitzer dieses Hauses hat sich bei unserem Kaiser höchstpersönlich beschwert. Er ist ein altgedienter Offizier, der unter dem Schutz unseres Generals steht. General Napoleon hat angeordnet, dass die Plünderer allesamt zu erschießen seien.«

Entsetzt starrten sie den Offizier an. »Wir haben nichts Unrechtes getan«, verteidigte sich Victor. »Mit Erlaubnis unserer Offiziere haben wir die Fourage betrieben, weil sie keine Lebensmittel an uns verteilen können.«

»Befehl des Kaisers ist Befehl«, bellte der Offizier. »Legt eure Waffen ab! Mitkommen!«

Flankiert von den berittenen Offizieren wurde die ganze Korporalschaft ins Offiziersquartier gebracht. Sie schwankten nicht nur vor Hunger und Angst. Erschossen zu werden war eine viel zu harte Strafe für einen Tornister voll Essbarem. Außerdem war es eine Schande und unehrenhaft.

Es folgte eine hochnotpeinliche Befragung. Immer wieder beteuerten sie, dass sie nichts Unrechtes getan hätten. Die Offiziere hätten ihnen die Berechtigung erteilt, zu nehmen, was sie kriegen könnten. Sie mussten ihre Tornister leeren. Der Inhalt wurde von den Offizieren begutachtet. Sie stellten fest, dass es tatsächlich nur Lebensmittel waren. Leise berieten sie sich untereinander.

»Es ist ein Befehl unseres Kaisers. Den können wir nicht einfach außer Kraft setzen.«

Philipp trat vor. »Es lebe der Kaiser«, rief er. »Er ist unser großer Anführer und Kriegsgott. Seine Entscheidungen sind richtig. Ich bin sicher, wenn er erfährt, dass seine treuen Soldaten nichts Unrechtes getan haben, nimmt er auch den Erschießungsbefehl zurück. Der alte Mann hat ganz sicher etwas Falsches ausgesagt.«
»Wir können den Kaiser nicht mehr darüber informieren, er ist schon auf dem Weg nach Zyzmory ins neue Hauptquartier.« Der Offizier blickte die anderen fragend an. Die zuckten mit den Schultern. Ein ungerechtes Urteil könnte Unruhe unter den Soldaten auslösen.
»Im Augenblick wird der Befehl nicht vollstreckt«, sagte er. »Wir werden den Fall dem Kaiser vortragen und er wird entscheiden. Bis dahin kehrt ihr in eure Einheiten zurück. Das Zeug«, er deutete auf die ausgebreiteten Lebensmittel, »bleibt als Beweis hier.«
»Es lebe der Kaiser«, riefen Philipp, Victor und die anderen wie aus einer Kehle.
Sie bekamen ihre Waffen zurück. Draußen regnete es noch immer in Strömen. Mit leerem Magen und leeren Tornistern zogen sie aus der Stadt heraus. Philipp starrte auf den Rücken des vor ihm taumelnden Jakob. Dann fiel sein Blick auf dessen Hosenboden. Dort breitete sich ein nasser brauner Fleck aus.

Für Gustav und Klaus kam der Befehl gerade recht, als Vortrupp eine Kleinstadt mit einigen umgebenden Dörfern zu besetzen.
»Da sind wir endlich mal die ersten und können uns ordentlich mit Essen eindecken«, frohlockte Kaminkehrer Klaus.
Der Vortrupp unter Brigadegeneral Klengel erreichte die kleine Stadt Kobryn und besetzte sie ohne größere Probleme. Von der russischen Armee war nichts zu sehen. General Reynier konnte mit seinen Streitkräften folgen.

»Findest du das nicht seltsam«, wunderte sich Gustav. »Wo ist die russische Armee? Ich meine, wenn jemand in mein Land eindringt, verteidige ich es doch.«
Klaus zuckte mit den Schultern. »Das soll nicht unsere Sorge sein. Vielleicht flüchten sie vor uns. So eine Armee wie unsere ist ja Furcht einflößend.«
Kobryn war nur ein kleines Städtchen und bestand vorwiegend aus Holzhäusern. Selbst die Kirche war ganz aus Holz gebaut. In der Nähe befand sich ein Mönchskloster, dessen Tore fest verschlossen blieben.
In der Umgebung gab es einige Dörfer. Mehrere Korporalschaften erhielten den Befehl, diese Dörfer zu besetzen und Proviant einzutreiben. Offiziere ritten voraus.
»Hoffentlich lassen die uns noch etwas übrig«, grollte Klaus. »Da sind wir nun schon mal die ersten in Feindesland und wieder schauen wir in die Tonne.«
»Wart's doch erst mal ab. Das reicht für uns alle. Eben weil wir die ersten sind. Ich habe einen richtigen Appetit auf Eier mit Speck, Schinken in Weinsoße und gebackene Kartoffeln.«
Klaus lachte. »Seit wann bist du so ein Leckermaul? Bis jetzt warst du ja auch mit Zwiebeln und Brotsuppe zufrieden.«
»Ja, Zwiebeln haben sie hier im Überfluss. Die hat uns die Kavallerie immer übrig gelassen, weil die beim Reiten keine Zwiebeln vertragen, sonst furzen sie lauter als ihre Pferde.«
Es war eine seltsame Gegend um diese Stadt, beinahe unheimlich. Dunkle Wälder umgaben sie, Höhenzüge voller Buschwerk und in den Senken erstreckten sich Sümpfe. Wehe dem Unkundigen, der sich dorthin verirrte!
Von Kobryn aus führten schmale Straßen in die umliegenden Dörfer, die die Bauern sonst benutzten, um ihre Waren in die Stadt auf den Markt zu bringen. Doch weit und breit waren keine Bauern zu sehen.

»Haben die sich alle versteckt oder sind sie geflüchtet?« Verwundert schaute Gustav sich um. Im nächsten Augenblick vernahmen sie Gewehrfeuer aus Richtung des nächsten Dorfes. Klaus und Gustav warfen sich zu Boden.

»Sind das die Russen?«

»Unsinn, wo sollen denn die Russen herkommen«, erwiderte Klaus und erhob sich. Er wollte nicht als Feigling gelten und klopfte sich den Schmutz von seiner Hose. »Komm weiter!«

Auch Gustav erhob sich, doch das Gewehrfeuer hielt an. Sie hielten es für klüger, die Straße zu verlassen und im Schutz des Strauchwerks vorzurücken. Ab und zu ragten hinter den Büschen die Tschakos der sächsischen Soldaten hervor, meist der leichten Infanterie. Doch es war kein Feind zu erkennen.

»Wo ist unser Leutnant? Er war doch eben noch neben uns.«

»Der steckt bestimmt auch hier im Gebüsch. Wir kommen auch ohne ihn zurecht.«

Die Gewehre in der Hand pirschten sie sich weiter vorwärts. Plötzlich hörten sie Hufgetrappel. Die Reiter kamen herangesprengt.

»Zurück, zurück, die Russen haben die Dörfer besetzt. Zurück in die Stadt!«

Einen Moment blieben Klaus und Gustav ratlos stehen, dann liefen auch sie zurück. Durch das Buschwerk war es unendlich mühsamer voranzukommen als auf der Straße. Sie vermuteten jedoch, dass die Russen die Verfolgung über die Straße aufnahmen und blieben lieber in Deckung. Es wurde bereits dunkel, als sie die Stadt endlich erreichten.

»Verdammt, die Tore sind zu! Wir kommen nicht mehr rein.« Ratlos blieb Klaus stehen und blickte sich zu Gustav um. »Und nun?«

»Wir müssen uns irgendwie bemerkbar machen«, schlug Gustav vor.

»Damit sie uns für Russen halten und auf uns feuern?«

»Hast du einen anderen Vorschlag?«
»Wir bleiben über Nacht im Schutz der Brücke und versuchen bei Tagesanbruch in die Stadt zu kommen.«
Das war wohl das Vernünftigste, auch wenn ihnen nun das Abendbrot am Lagerfeuer entgehen würde.
Mit knurrendem Magen versteckten sich beide unter der Brücke am Ufer des kleinen Flusses, der unmittelbar an Kobryn vorbeifloss. Auch wenn es mitten im Sommer war, drang aus dem sumpfigen Boden eine unangenehme Feuchte und die Luft schien von Fieberdämpfen geschwängert. An Schlaf war nicht zu denken.
»Ich hatte gehofft, in der Stadt ein ordentliches Quartier zu finden, mit einem richtigen Bett«, flüsterte Klaus. »Und mit einer vollen Vorratskammer.«
»Haben wir morgen. Der Leutnant sagte, die Stadt bleibt besetzt, bis General Reynier nachrückt.«
»Dann ist es ja gut.« Klaus machte es sich bequem, so gut es ging. »Allerdings wäre mir eine richtige Schlacht lieber, bis jetzt haben wir ja kaum Beute machen können.«
»Wenn die feigen Russen sich nicht verstecken würden, hättest du schon längst deine Schlacht. Ohne die Hauptstreitkräfte des Generals sähe es für uns aber nicht gut aus.«
»Wer sagt denn das?«
»Der Leutnant. Ich habe gehört, wie er sich mit einem Offizier darüber unterhalten hat.«
»Warum haben uns die Russen dann nicht schon längst angegriffen, sondern laufen vor uns davon?«
»Keine Ahnung. Ich bin kein General, nur ein einfacher Soldat. Das Denken überlasse ich ihm.«
Es musste gegen sechs Uhr morgens gewesen sein, der Tag war angebrochen. Gustav und Klaus hatten unter der Brücke ihre Notdurft verrichtet und sich im Fluss ein wenig gewaschen, so gut

es eben in voller Montur ging. Plötzlich krachte es oben auf der Brücke. »Komm, die Tore werden geöffnet.« Gustav drängelte, er wollte endlich in die Stadt hinein. Dem Krachen folgte ein ohrenbetäubender Lärm, der von allen Seiten kam. In Panik retteten sich die beiden wieder unter die Brücke. »Die Russen sind da!« Die Bemerkung von Klaus war überflüssig. Von drei Seiten hatten sie die Stadt umzingelt und nahmen sie ins Feuer.

»Da hast du deine Schlacht«, rief Gustav. »Jetzt wird es heiß.«

Die Tore der Stadt öffneten sich, die sächsischen Truppen versuchten einen Ausfall. Todesmutig verließen Klaus und Gustav ihre Deckung und stürzten sich in das Kampfgeschehen.

Es war ein heilloses Durcheinander. Gewehrkugeln pfiffen ihnen um die Ohren, Kanonenkugeln setzten die Holzhäuser der Stadt in Brand. So verbissen die sächsischen Soldaten auch kämpften, sie konnten nur die Tore und die Brücken in unmittelbarer Stadtnähe verteidigen. Russisches Kanonen- und Gewehrfeuer von drei Seiten, den Häuserbrand im Rücken, sie befanden sich in einer schier aussichtslosen Situation.

Heldenhaft verteidigten Klaus und Gustav gemeinsam mit anderen sächsischen Soldaten immer noch die Brücke vor Kobryn, doch die Russen rückten näher und näher. Ein Großteil der sächsischen Brigade war in den engen Straßen der Stadt gefangen, während um sie herum die Feuer wüteten. Dann prallten die Angreifer und Verteidiger aufeinander. Das Kanonenfeuer ließ nach, jetzt begann ein verzweifelter Kampf Mann gegen Mann. Es war ein Hauen und Stechen, ein Schreien und Stöhnen, dazwischen das angstvolle Wiehern der Pferde der russischen Reiterei. Mit Bajonetten, Säbeln und Gewehrkolben wurde gemetzelt und geschlagen, Schädel gespalten, krachten Knochen, floss viel Blut.

»Klaus!« In dem Durcheinander erkannte Gustav ihn plötzlich, wie er sich verbissen zur Wehr setzte. Schritt für Schritt wich er zurück, das Entsetzen über das Gemetzel im Gesicht. Und dann sackte er plötzlich zusammen.

»Klaus!« Gustav wollte sich über ihn beugen, ihm helfen. Doch für ihn kam jede Hilfe zu spät. Gustav hatte kaum Zeit, sich umzuschauen, doch er wusste, neben ihm fielen seine Kameraden durch russische Gewehrkugeln oder wurden von Bajonetten oder Lanzen durchbohrt. Es roch nach Pulverdampf, Blut und verbranntem Holz. Er stolperte über getötete oder verwundete Soldaten, eine Kugel riss ihm den Tschako vom Kopf. Wie betäubt tastete er nach seinem Kopf, doch der schien unversehrt. Alles verschwamm vor seinen Augen, er sah nur Soldatenleiber im Nebel, alles Russen! Wieso stand er noch hier auf der Brücke? Wo waren seine Kameraden?

Ein gewaltiger Kanonendonner riss ihn von den Füßen. Holz splitterte, Balken flogen umher, es krachte und knirschte. Halt suchend ruderte er mit den Armen, sein Gewehr fiel in bodenlose Tiefe. Ein Balken traf Gustav in den Rücken, dann stürzte auch er. Balken, Bretter und Planken prasselten auf ihn nieder, dann wurde es Nacht um ihn.

Unter Mühsal zogen die Truppen der Hauptarmee aus Kowno heraus, immer weiter ostwärts. Wieder begleitete sie ein dichtes Waldgebiet rechts und links der Straße, die unbefestigt und stark ausgefahren war. Die nächste Ortschaft war meilenweit entfernt und es gab kaum einzelne Gehöfte. Dicht gedrängt und mit hohem Tempo, immer wieder angetrieben durch die berittenen Offiziere, wälzte sich das Heer durch den Wald.

Das Gewitter hatte nur kurz zu einer Abkühlung geführt, wenige Stunden später war es wieder drückend schwül. Vier Tage marschierte Philipp schon durch dieses seltsame Land, das nur aus Sandwegen, dichtem Wald und heißer Luft zu bestehen schien. Wo waren die Einwohner, wo die Dörfer mit den Bauern, wo die russische Armee? Philipp begann, sich Sorgen zu machen. Da es kaum Dörfer oder Gehöfte für eine Fourage gab, so gab es auch nichts, was man den Pferden und Zugochsen hätte füttern können. Gierig stürzten sich die ausgehungerten Tiere auf die wenigen Grasflächen, die sie vorfanden. Immer mehr Tiere verendeten auf Grund von Hunger und Erschöpfung.

Einmal fanden sie einen Bauernhof abseits der Straße. Er war schon von den vorausziehenden Truppenteilen geplündert worden, nur ein paar Kartoffeln fanden sie vor, und immer wieder Zwiebeln.

»Hört ihr das?« Philipps Kamerad Victor blieb stehen und lauschte.

»Was sollen wir denn hören?« Conrad vermied es, zu den Bauersleuten zu schauen, die sich ängstlich in eine Ecke ihrer Hütte drückten.

»Da hat eine Gans geschnattert.«

»Tatsächlich?« Es schien beinahe ausgeschlossen, denn im ganzen Haus war nichts Essbares mehr aufzutreiben, Stall und Hof wie leergefegt. Selbst das halb vertrocknete Grünzeug im Garten war herausgerissen worden.

»Da! Ich höre es deutlich.« Victor zeigte mit der Säbelspitze nach oben. Unter dem Dach war zwischen den Balken altes Heu gelagert. Gedämpft waren Töne zu vernehmen, die von einer Gans, aber auch von einem Kind stammen konnten.

Mit schnellen Schritten war Conrad an der Leiter und kletterte hinauf. Mit dem Bajonett stach er immer wieder ins Heu. Mit einem empörten Aufschrei flatterte die Gans auf und hinunter in die Bauernstube, genau vor Victors Füße.

»Na, was haben wir denn da?«

Die Bauersleute drückten sich noch enger in die Ecke. Victor holte mit dem Säbel aus und schlug der Gans mit einem Hieb den Kopf

ab. Dann packte er den zuckenden Körper und stopfte ihn, so blutig wie er war, in seinen Tornister.
»Den Kopf nehmen wir auch mit!«
Jacob hob ihn auf und betrachtete ihn mit traurigen Augen.
»Seid froh, dass wir euch dafür nicht auch den Kopf abschlagen«, drohte Victor den Bauern.
Philipp atmete auf. Das Abendmahl war gesichert.

Als hätte das Gewitter vom Njemen als böses Omen ihren Marsch durch Russland eingeläutet, schlug plötzlich das Wetter um. Der Himmel hatte sich gegen sie verschworen. Es regnete in Strömen, gleichzeitig wurde es bitterkalt. Die sandigen Wege verwandelten sich in schlammige Schluchten, durch die das Heer nur unter großer Mühsal vorwärts kam. Kanonen, Wagen mit Munition und Ausrüstung zu ziehen, war dagegen fast unmöglich. Es hatte keinen Sinn, auf die erschöpften Zugtiere einzuschlagen, sie brachen zusammen und blieben sterbend liegen. Die Soldaten spannten sich vor die Wagen, schoben und zerrten und mussten doch aufgeben. Die Wagen mussten ebenso zurückbleiben wie deren Ladung, die nicht auf die Träger verteilt werden konnte. Immer langsamer wurde der Marsch, auch wenn die Offiziere immer wieder zur Eile antrieben.
»Wohin ziehen wir eigentlich?«, fragte Bauer Gottfried und stieg über zwei tote Ochsen hinweg. »Wo ist der Feind? Das alles ist doch sinnlos.« Dann blieb er stehen. »Keinen Schritt weiter, ich gehe keinen Schritt weiter.«
»Mach dich nicht unglücklich.« Conrad Fichte packte Gottfried und zog ihn weiter. »Deserteure werden erschossen.«
»Dann soll man mich erschießen. Besser tot als weiter diese Quälerei.« Tränen standen in seinen Augen. »Ich will einfach nur sterben.«

»Wie siehst du überhaupt aus?« Jetzt erst sah Conrad, dass das Gesicht des Bauern voller roter Flecken war. Das ganze Gesicht wirkte aufgedunsen.

»Mir tut der Kopf weh«, stöhnte Gottfried. »Ich glaube, ich habe Fieber.« Sein schleppender Schritt wurde immer langsamer.

Conrad rückte ein Stück von Gottfried ab. Wenn dies das gefürchtete Nervenfieber war, waren sie alle in Gefahr. Der unsichtbare Feind befand sich anscheinend bereits unter ihnen!

Begleitet wurde die Grande Armée auch von anderen unangenehmen Untermietern. Flöhe und Läuse saßen in den Uniformen, Mänteln und Decken und quälten die Träger mit Bissen und Stichen. Übersät mit roten Pusteln, juckte es unerträglich. Man konnte kratzen und scharren, so viel man wollte, die Plagegeister ließen sich nicht vertreiben. Die aufgekratzten Stiche entzündeten sich oftmals und nässten und eiterten.

Die Soldaten nahmen es mit stoischer Geduld hin, irgendwie gehörte dieses Ungemach mit zum Soldatendasein und war wohl eines der kleineren Übel.

Den beiden Tiroler Viehhändlern Kuno und Peter war das Singen und Scherzen schon lange vergangen. Auch ihnen waren die Entbehrungen anzusehen. Ihre Uniformen hatten den Marsch und vor allem den Regen nicht überstanden. Die Schuhe hatten sich schon längst in ihre Bestandteile aufgelöst. Einen Nachschub dafür gab es nicht, und selbst den am Wegrand toten oder sterbenden Kameraden hatten schon die Vorausmarschierenden Schuhe und Kleidung ausgezogen. Manchmal bedeckte den Unglücklichen nicht einmal ein Stofffetzen ihre Blöße.

»Die brauchen es nicht mehr, die haben es hinter sich.« Sterben gehörte zum Krieg. Wenn doch nur endlich die große Schlacht käme! Es war wesentlich ehrenvoller, für den Kaiser in der Schlacht zu sterben, durch die Kugel eines Feindes, als vor diesen ekelhaften Krankheiten zu kapitulieren, die seit Tagen unter den Soldaten wüteten. Sie marschierten und marschierten, als könnten sie dadurch der Seuche entfliehen. Doch sie war überall, tags auf dem Marsch, abends im notdürftig errichteten Biwak, nachts am erloschenen Feuer. Jeden Morgen standen weniger Soldaten auf, als sich am Abend hingelegt hatten. Vielleicht hätte Branntwein die Krankheit mildern können, doch es gab keinen. In den wenigen Ortschaften und Gehöften herrschte Leere und Verwüstung, die Bewohner waren längst geflohen.

»Das waren die Russen, sie haben alles selbst zerstört!« Diese Erkenntnis schlug ein wie eine Kanonenkugel. Die Versorgungswagen kamen nicht hinterher, im Voraus war alles zerstört. Sie waren dem Tod geweiht, ohne eine Schlacht geschlagen zu haben!

Philipp drehte sich nicht mehr um. Nur wer weitergeht, der lebt. Lehrer Joachim Drebs indes war zurückgeblieben. Die Ruhr hatte ihm so zugesetzt, dass er keine Kraft mehr hatte weiterzumarschieren. Philipp war sich sicher, ihn nie wiederzusehen.

Die Biwaks am Abend waren trostlos. Es gab kaum zu essen und das Wasser war ungenießbar, doch der Durst quälte sie und sie tranken die Brühe, die ihnen schier die Därme zu zerreißen drohte.

»Ich hab gesehen, dass einige Kameraden sich an toten Pferden bedient haben«, flüsterte Conrad, der neben Philipp stand und das Lagerfeuer betrachtete. Im Kessel war alles gelandet, was sie finden konnten. Es war wenig genug. Fast immer gab es Fleisch, das schnell aus sterbenden Zugtieren geschnitten wurde.

»Lass das nicht Jakob hören«, erwiderte Philipp. »Der isst ja nicht mal ein Stück vom Ochsen, nur weil er nicht geschächtet worden ist.«

»Es wundert mich überhaupt, wie er das übersteht. Sein Glaube macht ihn wohl so stark.«

Philipp schüttelte den Kopf. »Unsinn! Der macht es nicht mehr lange… Ich ertrage das alles nicht. Schließlich sind wir doch hier,

um für unseren großen General in die Schlacht zu ziehen und nicht, um kampflos an Krankheiten zu sterben.«
Conrad blickte sich um. »Ich finde es unheimlich hier, du nicht auch? So ein großes Land, kaum Dörfer, keine Menschen. Wo ist der Feind? Immer wenn wir dachten, es kommt zum Gefecht, dann sind die Russen wieder verschwunden. Das macht einen Soldaten wirklich fertig.«
»Der Feind ist zu feige, um sich uns in einer ordentlichen Schlacht zu stellen. Wir sind ihnen überlegen, sowohl in der Zahl der Soldaten als auch in der Ausrüstung und mit unseren Herzen. Glaubst du, diese Bauernsoldaten kämpfen mit dem Herzen für ihre Generäle?«
»Nein, sie ziehen sich vor uns zurück. Was ist das für eine Armee? Wie weit wollen wir ihnen denn noch folgen?«
»Weit kommen sie nicht mehr. Wir werden sie umzingeln und vernichtend schlagen«, war sich Philipp sicher.
»Aber wir werden immer weniger«, entgegnete Conrad. »Der Hunger und diese verdammte Krankheit. Und die vielen Pferde, die wir verloren haben…«
»Die Offiziere sagen, die Grande Armée ist trotzdem zahlenmäßig dem Feind überlegen. Und die Pferde erbeuten wir von den Russen, dann sind wir wieder vollzählig.« Philipp grinste. »Wir sollten ordentlich Branntwein trinken, der hilft gegen die Ruhr. Sobald wir wieder requirieren können, besorgen wir uns Wodka.«
Louis setzte sich abseits. Ein Wunder, dass Feder und Papier in seinem Tornister den Regen überstanden hatten. Er schrieb einen Brief an seine Verlobte.
»Es wird keine Post transportiert«, schnaubte ein Offizier, als er Louis bemerkte. »Keine schlechten Nachrichten in die Heimat! Das ist ein Befehl des Kaisers! Was sollen unsre Angehörigen denn von unseren tapferen Soldaten denken? Wir sind hier, um den Feind vernichtend zu schlagen.«

»Welchen Feind? Wo ist er denn?« Louis blickte ihn aus großen Augen an, die bereits tief in den Höhlen lagen.
Das Pferd des Offiziers tänzelte und schwitzte. Grüner Schaum troff ihm aus dem Maul.
»So eine Unvernunft, den Pferden das nasse Grünzeug zu füttern«, murmelte Bertram Ambrosius. Als Apotheker kannte er sich auch damit aus. »Die Pferde kriegen Koliken und verenden.«
»Dann muss die Kavallerie zu Fuß gehen«, grinste Bäcker Friedrich Männel und betrachtete dabei seine desolaten Schuhe, von denen sich das Oberleder ablöste.
»Die meisten der Kavallerie laufen schon zu Fuß«, erwiderte Conrad. »Das nimmt ein böses Ende.«
»Aufrührerische Reden werden nicht geduldet«, schrie der Offizier. »Unser großer Schlachtenkaiser führt uns zu glänzenden Siegen und zur Vernichtung des Feindes. Für die Grande Armée gibt es keine Niederlage. Feiglinge werden erschossen!«
Das Pferd taumelte und strauchelte, dann stürzte es nieder. Der Offizier landete unsanft im Schlamm.
»Steh auf, du elende Mähre!« Er trat dem Pferd mit dem Stiefel in den Bauch. Noch einmal bäumte sich das gequälte Tier auf, um schließlich röchelnd sein Leben auszuhauchen.
»Pferdeschinder, Menschenschinder!« Bertram stürzte sich auf den Offizier und hieb ihm mit der Faust ins Gesicht. Woher er die Kraft nahm, war allen rätselhaft.
Noch am Abend wurde Apotheker Bertram Ambrosius von der leichten Infanterie des III. Armeekorps unter Befehl von Marschall Michel Ney erschossen.

Das erste, was Gustav spürte, war das Wasser an seinen Lippen. Gab ihm jemand zu trinken? Er riss die Augen auf, doch er erkannte nicht viel. Wo war er? Offenbar in einer Hütte. Durch die

Ritzen der Bretter fiel Licht. Er versuchte sich zu bewegen, doch es gelang ihm nicht. Nur mit einer Hand konnte er etwas um sich tasten. Er fühlte Holz, Balken, Wasser. Er lag im Fluss, unter der eingestürzten Brücke. Gustav wusste nicht, wie lange schon. Er war eingeklemmt, konnte sich nicht aus eigener Kraft befreien. Atemlos lauschte er. Der Kanonendonner war verhallt, auch das Gewehrfeuer schwieg. Er vernahm Stimmen, Geräusche, das Prasseln von Feuer. Was war geschehen? Nur dumpf kamen die Erinnerungen zurück. Hatte er wirklich gekämpft? Hatte er Feinde getötet? Er sah verzerrte Gesichter, voller Schmutz und Blut, voller Hass und blinder Angriffslust. Und dann diese Schreie, diese fürchterlichen Schreie. Sie waren unerträglich, voller Schmerz, Todesangst, Qual. Krieg war grausam, Töten und Sterben gehörten zum Alltag. Wieso war er damals überhaupt vor einem Mord geflüchtet, den er gar nicht begangen hatte, um dann tatsächlich zu morden?

Wie oft hatte sich die Nacht über ihn gesenkt, während er bewegungsunfähig hier unten im Fluss lag? Er verspürte keinen Schmerz, sein ganzer Körper war gefühllos. Nicht einmal Hunger verspürte er. Wasser floss an seinem Gesicht vorbei, er brauchte nur den Kopf etwas zu wenden und er konnte trinken. Immer wieder schlief er ein. Irgendwann würde er einfach nicht mehr erwachen.

Es war das Sonnenlicht, das ihn blendete. Er kniff die Augen zusammen, während jemand die Balken und Bretter über ihn wegzog. Russische Worte, aufgeregt und zornig, dann krachte ein Balken wieder auf ihn drauf. Nach einer geraumen Weile wurde der Balken wieder angehoben, diesmal etwas vorsichtiger. Gustav öffnete die Augen und blickte in ein Gesicht. Es war ein junger Mann, ein halbes Kind noch. Nicht in Uniform, sondern in einen leinenfarbenen Kittel gekleidet. Hinter ihm standen mehrere

Frauen in langen bunten Kleidern und gemusterten Kopftüchern. Sie starrten ihn an, dann begannen sie heftig zu diskutieren. Schwach hob Gustav die freie Hand, wollte etwas sagen, doch aus seinem Hals kam nur ein unartikuliertes Krächzen. Wieder diskutierten die Frauen, dann hob eine ihren langen Rock etwas an und trat zwischen die zersplitterten Brückenbohlen ins Wasser. Sie fasste Gustavs Kopf und hielt ihn, während die anderen Frauen nun das Holz wegzerrten und seinen Körper befreiten. Mit vereinten Kräften zogen sie ihn aus dem Wasser. Gustav schrie auf. Ein höllischer Schmerz fuhr durch seine Beine. Mühsam hob er den Kopf. Seine Beine waren noch dran. Die Frauen betteten ihn auf ein Brett und trugen ihn vom Ufer weg. Was hatten sie vor? Ganz sicher würden sie sich an ihm rächen. Wo waren seine Kameraden, wo die Brigade? Kobryn stand vollständig in Flammen, von der Stadt war fast nichts mehr übrig. Und von den russischen Soldaten war auch nichts zu sehen. Abseits der Straße schleppten die Frauen ihn durch das Dickicht. Gustav glaubte, sie brächten ihn in das Dorf, das jenseits der Straße am Rande eines großen Sumpfes lag. Obwohl Gustav gewiss nicht schwer war, keuchten und ächzten die Frauen in dem unwegsamen Gelände. Es dämmerte bereits, doch kurz vor dem Dorf schwenkten die Frauen mit ihrer Last ab und strebten auf einen Wald zu, der sich hinter der nach Kobryn führenden Straße ausbreitet. Sie liefen nur wenige Schritte in den Wald hinein, dann setzten sie das Brett mit Gustav ab und eilten so schnell davon, dass Gustav sie sofort aus den Augen verlor. Wie betäubt blieb er liegen. Er war allein, ganz allein. Warum retteten sie ihn, wenn sie ihn dann im Wald verhungern ließen? Oder würden ihn gar wilde Tiere fressen?
Langsam richtete er sich auf. Dann betastete er seine Beine. Sie schmerzten fürchterlich, wahrscheinlich waren sie gebrochen. Die Nacht senkte sich über den Wald und Gustav blieb nichts

anderes übrig, als still liegen zu bleiben. Er lag eine Nacht, einen Tag, noch eine Nacht, dann versuchte er sich zu erheben. Es war unmöglich. Aus seinem Tornister klaubte er seine Notration an Zwieback. Diese war wirklich nur für die allergrößte Not gedacht, und die empfand Gustav im Augenblick. Der staubtrockene Zwieback wurde in seinem Mund zu einem dicken Brei, an dem er beinahe erstickte. Durst quälte ihn mehr als der Hunger. Mit den Fingern grub er in dem feuchten Boden. Hier am Waldrand war der Boden morastig, bald sickerte Wasser in die kleine Mulde. Das Wasser war braun und wimmelte von winzigen roten Würmchen. Gustav zog sein zerfetztes Halstuch herauf und legte es vor den Mund. Durch den Stoff saugte er das Wasser auf. Endlich konnte er schlucken. Der Zwiebackbrei landete wie ein Stein in seinem Magen und drückte fürchterlich. Übelkeit stieg in ihm auf. Plötzlich vernahm er Stimmen. Sie kamen direkt aus dem Wald!

Er versuchte sich zu bewegen und rutschte auf dem Bauch immer in die Richtung, aus der er die Stimmen vermutete. Ob es Russen oder Franzosen waren, es machte keinen Unterschied. Allein würde er hier sterben.

Zwischen den Baumstämmen erkannte er Uniformen, weiße Uniformen! Das war die Infanterie von General Reynier! Gustav fuchtelte mit den Armen, doch niemand bemerkte ihn. Er kroch weiter. Es war der reine Selbsterhaltungstrieb, der ihn nicht aufgeben ließ.

»Hol mich der Teufel, hier liegt einer!« Ein Soldat beugte sich über Gustav. »Ein Sachse!«

Ächzend hob Gustav den Oberkörper. »Sei gegrüßt, Kamerad«, flüsterte er.

»Wer bist du, wie kommst du hierher? Du befindest dich zwischen den Fronten. Drüben auf den Höhen stehen die Russen.«

Ermattet ließ Gustav sich wieder sinken. »Gustav, Gustav Lehmann. Leichte Infanterie im siebten Korps, Brigade Klengel.«
»Klengel? Unmöglich! Klengel und seine ganze Brigade sind gefangen genommen worden. Zumindest, was von ihnen übrig war.«
»Gefangen?«
»Sie haben sich ergeben, diese Feiglinge. Vielleicht hat es ihnen das Leben gerettet, aber Helden sind sie nicht. Komm, wir bringen dich zum Lazarettwagen.«
Doch von einem Lazarettwagen war weit und breit nichts zu sehen. Die Soldaten ließen ihn einfach auf den Boden fallen und eilten weiter. Niemand kümmerte sich um Gustav, bis ein Offizier ihn hinter die Linien bringen ließ. »So, so, Brigade Klengel«, meinte er nur. »Noch so eine Pfeife.«
Von jenseits des Waldes erklang Kanonendonner. Das nächste Gefecht war in vollem Gange. Verwundete waren da nur hinderlich. Es blieb Gustav nichts anderes übrig, als liegen zu bleiben und dem Gefecht von fern zuzuhören. Langsam und schwerfällig kreisten seine Gedanken. Gefangen? Die ganze Brigade gefangen genommen? Wenn sie den Russen in die Hände gefallen waren, dann war das schrecklich. Dann schon lieber im Gefecht fallen, so wie Klaus. Plötzlich drückte Gustav ein dicker Kloß im Hals. Er hatte in den wenigen Stunden des Kampfes so viele Kameraden sterben sehen. Irgendwie war es bisher nicht in sein Bewusstsein gedrungen. Sterben war seltsam, man fiel um und dann war alles vorbei. Aber es war am besten so. Kein Schmerz, keine Angst, man galt nicht als Feigling. Man hatte gekämpft für einen großartigen Krieg, für einen großartigen General, für die Grande Armée.
Als die Nacht hereinbrach, kamen die Verwundeten aus dem Gefecht. Sie lagen auf Wagen, Karren, die aus den Dörfern stammten, einige wurden von zottigen russischen Pferden gezogen, wahr-scheinlich Beute aus dem Gefecht. Gustav wurde mit aufge-

lesen und lag nun auf einem kaputten Heuwagen ohne Heu, dafür mit etwas fauligem Stroh. Jede Unebenheit des Weges schlug bis in seine kaputten Knochen durch. Der Schmerz raubte ihm die Besinnung, die Fahrt überstand er nur in einem geistigen Dämmerzustand. Sie endete in einem Dorf, in dem es keine Bewohner mehr gab. Die Verwundeten wurden unter ein Schoberdach gelegt. Wer laufen konnte, suchte sich einen Unterschlupf in den Häusern.
Niemand kam, um die Verwundeten zu versorgen. Niemand gab ihnen zu essen, zu trinken oder gar medizinische Hilfe. Verzweifelt starrte Gustav durch das löcherige Dach.
Das Stöhnen und Schreien der Verwundeten war unerträglich. Jede Nacht quälten ihn diese Geräusche zusätzlich zu seinen eigenen Schmerzen. Und wer schwieg, war meist schon tot. Sie starben und niemand kam, sie zu begraben.
Gustav rutschte auf dem Bauch und den Knien über die Toten hinweg auf den Hof, zog sich mit letzter Kraft am Brunnenrand hoch. Im Schöpfeimer befand sich etwas Wasser. Es roch dumpf und modrig. Gierig trank er es, dann sank er auf den Boden nieder. Sein Blick fiel auf die geöffnete Haustür. Vielleicht gab es da drinnen etwas zu essen. Unendlich mühsam robbte er Elle um Elle über den schmutzigen Hof, schob sich über die hölzerne Türschwelle und blieb keuchend liegen. Auf dem Boden der Kate lagen zwei Soldaten. Sie hatten sich selbst erschossen.
Gustav kroch näher an die Toten heran. Unter Mühen drehte er sie um, um an ihre Tornister zu gelangen. Wäsche, eine Decke, etwas Käse, sogar Brot fand er darin. Und ein Paar Schuhe. Die waren zwar nutzlos für ihn, weil er doch gar nicht laufen konnte, doch er nahm sie an sich. Auch Geld fand er, mehrere Taler. Sie waren ebenso nutzlos, denn es gab nichts zu kaufen. Die Taler konnte er nicht essen. Noch vor gar nicht langer Zeit hätte er alles getan, um Taler zu bekommen, sogar unschuldige Menschen verraten.

Halb auf den Leichen liegend, schlang er gierig den Käse und das Brot herunter. Langsam spürte er seine Kräfte zurückkehren und seine Gedanken wurden klarer. Neben jedem Bauernhaus gab es einen Garten. Ganz sicher würde er dort etwas Essbares finden – und überleben.

Endlich hatten sie den Feind eingeholt! Tagelang hatte sich die russische Armee immer tiefer ins Land zurückgezogen. Feige waren sie, die Russen, und kopflos. Nun verschanzten sie sich in der alten Grenzfestung Smolensk.
Vor Ungeduld und wilder Kampfeslust zitternd, erwartete Philipp den Befehl zum Angriff. Am liebsten wäre er sofort losgestürmt, die Festung im Sturm zu nehmen. Doch er war nur ein einfacher Soldat, eine austauschbare Figur in den inzwischen reduzierten Reihen der Grande Armée. Doch daran dachte er jetzt nicht. Er dachte überhaupt nichts. Alles in ihm war gespannt wie die Sehne eines Bogens. Er wollte den tödlichen Pfeil endlich abschicken.
Sie hatten Aufstellung genommen, in mehreren Reihen, exakt und diszipliniert. Jetzt kam es auf sie an, auf jeden Einzelnen. Die Gewehre im Anschlag, den Blick entschlossen nach vorn gerichtet warteten sie auf den Angriffsbefehl.
»Warten! Soldaten, warten!«
Jean-Louis, der Bläser, hielt sein Horn an den Lippen, bereit, sofort zum Sturm zu blasen. Wie ein unheimliches Ungeheuer lag die Festung von Smolensk im fahlen Mondlicht, als schliefe es. Doch der Schein trog. Vereinzelte Feuer glommen, Rauchfahnen stiegen in dünnen Säulen auf und zeugten von feindlichem Leben in seinem Bauch.
»Warten, Soldaten, warten!« Die Offiziere ritten die Linien ab, kontrollierten immer wieder die Einsatzbereitschaft der Truppen. Aus der Ferne drang Schlachtenlärm, zu weit entfernt, als dass

es Philipp und seine Kameraden betreffen könnte. Offenbar war die Umfassung des russischen Heeres durch die Grande Armée geglückt und die feindliche Flanke am südlichen Ufer des Dnjeprs aufgebrochen.
»Warten, Soldaten, warten!« Die Rufe der berittenen Offiziere forderten sie zu großer Achtsamkeit auf, aber auch zur Untätigkeit. Sie hockten in ihren Stellungen, in den flach aufgeworfenen Schützengräben. Sie warteten zwei Tage und zwei Nächte. In den Nächten ruhten die Kampfhandlungen, das Kanonen- und Gewehrfeuer verstummte, um am nächsten Morgen wieder aufzuflammen. Niemand wusste, was dort jenseits des Flusses geschah. Sie warteten auf die Meldereiter, die den Bataillonskommandeuren die lang erwartete Nachricht überbringen würden. Und dann, endlich, war es soweit. Das Angriffssignal zum Sturm auf die Festung kam.
Wie das Meer gegen eine steile Felsenküste brandeten die Reihen der Soldaten gegen die Festung Smolensk. Wie die Wellen des Meeres von den Felsen gebrochen wurden, so brachen die Reihen der Angreifer zusammen, Welle um Welle, niedergemäht von Kugeln, Granaten, Gewehrfeuer. Fiel eine Reihe, so stürmte die nächste Reihe nach vorn, warfen sich die Soldaten todesverachtend ins feindliche Feuer, Blitze, Donner, dass der Boden bebte, Pulverdampf, der die Sicht nahm, Schreie, Gebrüll, angstvolles Wiehern, in kürzester Zeit herrschte ein unbeschreibliches Durcheinander. Schreckliche Szenen spielten sich vor Philipps Augen ab. Kanonenkugeln zerfetzten Pferdeleiber, rissen Soldaten in Stücke, ließen den Boden explodieren und Schmutzfontänen auf die Soldaten herabregnen. Der unerträgliche Donner betäubte die Ohren, es roch nach Pulver, Blut und Schlamm. Philipp stürzte über die Leichen gefallener Soldaten, sah abgerissene Gliedmaßen, Verwundete, die hilfesuchend die Arme nach ihm

ausstreckten. Er blieb nicht stehen, stürmte vorwärts, schoss aus seinem Gewehr irgendwohin, wo er den Feind vermutete. Und der Feind war überall. Er sah sich einer Mauer von russischen Uniformen gegenüber, Kosaken auf kleinen wendigen Pferden, mit langen Speeren, die im Nahkampf viel wirkungsvoller waren als Gewehre. Ehe er sein Gewehr wieder laden konnte, fand er sich von russischen Reitern umzingelt. Verzweifelt stach er mit dem Bajonett um sich, traf Pferde, Beine, schließlich die Erde. Er stürzte über sein Gewehr, spürte etwas Metallisches in seinem Mund, ein Speer bohrte sich in seinen Oberschenkel. Der Schmerz war unerträglich, er schrie und schrie. »Es lebe unser…« Er konnte seinen verzweifelten Jubelruf nicht vollenden, weil er mit dem Gesicht auf die Erde stürzte. Den Mund voller Dreck verlor er die Besinnung.

»Da haben wir ja noch mal Glück gehabt.« Ein Mann in dunkler Kleidung, die notdürftig mit einer Art Fleischerschürze bedeckt war, und mit blutverschmierten Händen beugte sich über Philipp. Irritiert hob er den Kopf. »Liegenbleiben, du Held!«

»Was ist passiert?« Philipp blickte benebelt um sich. Neben ihm lag ein Soldat auf einer hölzernen Liege. Ein Arzt beugte sich über sein Bein. Ihm assistierte ein Sanitätsoffizier. Mit einer Manschette, die am Ende einen Drehknebel besaß, zog er das Fleisch vom Oberschenkel nach oben, sodass der Knochen frei lag. Der untere Teil des Beins war nur noch ein blutiger Klumpen, der Fuß fehlte ganz. Mit einer groben Säge trennte der Arzt den Knochen durch. Es war ein entsetzliches Geräusch, das bei Philipp eine schreckliche Übelkeit erzeugte. Jede Menge Blut rann von der Liege herab auf den Boden. Der Soldat lag bleich und reglos, als wäre er bereits tot. Nur die flachen Bewegungen seines Brustkorbs verrieten, dass noch etwas Leben in ihm steckte. Ein Krankenpfleger nahm das abgetrennte Bein und warf es in einen Korb, während der Sanitäter die Manschette öffnete und das Fleisch des Oberschenkels herunterzog, damit der Arzt es zusammennähen konnte.

Philipp würgte und übergab sich. Etwas Brennendes ergoss sich aus seinem Magen. »Schade um den schönen Branntwein«, meinte der Krankenpfleger. »Und nun raus hier, es warten noch genug andere auf einen Platz.« Er grinste, während zwei Sanitäter Philipp unter den Achseln packten und ihn von der Liege herabzogen. Der Schmerz in seinem Bein trieb Philipp fast zum Wahnsinn, doch seine Beine waren noch dran. Sollte er nun froh darüber sein?

Ein blutdurchtränkter Verband zierte seinen Oberschenkel. »Nur eine Fleischwunde«, sagte einer der Sanitäter. »Mit einem Stock kannst du bald wieder laufen.« Sie schleppten ihn in einen Heuschober und ließen ihn auf einer Decke nieder. Er trug immer noch seinen Tornister auf dem Rücken.

»Branntwein, gebt mir einen Schluck Branntwein«, bettelte Philipp. Vielleicht konnte er damit seine Schmerzen betäuben.

»Tut uns leid, Kamerad, den brauchen wir für die anderen Verletzten. Die armen Teufel sind viel schlimmer dran als du.« Sie eilten wieder zurück in das scheunenähnliche Gebäude, aus dem sie Philipp geholt hatten. Stöhnend und ächzend richtete Philipp sich auf und blickte sich um. Neben ihm lagen unzählige Verletzte, furchtbar zugerichtet. Ihnen fehlten Arme und Beine, da waren nur noch halbe Gesichter übrig und mehrere hatten Einschüsse in den Leib. Die notdürftigen Verbände konnten die grausigen Verstümmelungen nicht verdecken.

Wie viele von ihnen würden den nächsten Tag nicht überleben?

Philipp ließ sich auf die stinkende Decke sinken. So hatte er es sich nicht vorgestellt, für seinen großen General zu kämpfen. Nun lag er hier wie ein Käfer auf dem Rücken, unfähig, sich zu erheben, angewiesen auf die Krankenpfleger, die immer wieder durch die Reihen der Verwundeten gingen und ihnen Wasser oder einen Schluck Branntwein verabreichten.

»Einen Stock«, rief Philipp. »Ich will einen Stock, damit ich hier raus kann.«

Einer der Krankenpfleger trat zu ihm. »Warte erst mal, ob du den morgigen Tag erlebst. Wenn du keinen Wundbrand bekommst, kriegst du deinen Stock.«

Philipp war stolz – stolz auf Kaiser Napoleon, stolz auf die Grande Armée und stolz auf sich selbst. Seine Verwundung trug er wie ein Siegeszeichen. Sie hinderte ihn nicht, wieder in die Schlacht zu ziehen. Die Festung Smolensk hatten sie genommen, die feigen Russen waren geflüchtet. Es gab schrecklich viele Tote und Verletzte auf beiden Seiten. Niemand zählte sie. Was zählte, war der Sieg. Doch es war nur eine Schlacht, die russische Armee war noch nicht endgültig geschlagen. Der General und Kaiser beschloss, die russischen Teufel zu verfolgen. Und so zogen sie weiter hinein in das unbekannte, große, fast menschenleere Land. Es gab nur eine einzige Heerstraße, auf die sich die Armee wie eine gewaltige Ameisenkolonne dahinwälzte, viele Meilen lang und quälend langsam. Immer wieder kam der Zug ins Stocken, wenn eine der übrig gebliebenen Kanonen stecken blieb, Zugtiere zusammenbrachen oder gegen Abend Platz für die Biwaks gesucht wurde. Das stellte sich als sehr schwierig heraus. Das unübersichtliche, bewaldete und mit Gestrüpp bewachsene Gelände wurde von Schluchten und Höhenrücken durchzogen. Ständig den Angriff des Feindes erwartend, gestaltete sich der Marsch als eine Zerreißprobe.

»Unheimlich«, flüsterte Kuno Löffler, der Viehhändler aus Tirol. Seit dem Tod seines Bruders Peter in der Schlacht von Smolensk war er sehr still geworden. Er trug sich mit dem Gedanken zu

desertieren. Er sah überhaupt keinen Sinn darin, was er hier tat. Wie ein Phantom entzog sich der Feind, wurde unsichtbar und war doch irgendwie immer präsent. Die Reihen ihrer Korporalschaft wie auch der gesamten Einheiten hatten sich deutlich gelichtet. Die Schlacht bei Smolensk hatte viele Opfer gefordert, die grassierenden Krankheiten mindestens ebenso viele. Kuno hatte Angst vor den Krankheiten, weil man die nicht sehen konnte. Sie waren einfach da, befielen sie und streckten sie nieder mit Fieber, Durchfall, Schwäche und letztlich Tod. Das war kein richtiger Feind, wie sie ihn sich vorgestellt hatten.
Lehrer Joachim Drebs gab es nicht mehr, auch nicht Friedrich Männel, den Bäcker. Gottfried Müller war dem Fieber ebenso erlegen und den Stellmacher Michael hatte eine Kanonenkugel im Unterleib erwischt. Er war nicht sofort tot. Conrad fand ihn unweit ihrer Stellung.
»Gib mir ein Taschentuch für meine Wunde«, bat Michael ihn mit brechender Stimme. Kurz darauf starb er und Conrad legte ihm das Tuch übers Gesicht.
Unweit von Moskau, nahe des Dörfchens Borodino, hatten sie end-lich den fliehenden Feind eingeholt. Er hatte sich wieder verschanzt, nutzte das unübersichtliche Gelände aus. Die große Heerstraße von Smolensk nach Moskau führte mitten durch das Dorf. Gleich neben der Straße hatten die russischen Truppen Stellung bezogen, geschützt durch eine steile Verteidigungsanlage.
Es war wohl der richtige Moment, die Truppen auf den Kampf und den Sieg einzuschwören. Am Abend verlasen die Offiziere die Pro-klamation, die der General am Vorabend verfasst hatte: »Soldaten, das ist die Schlacht, die ihr so sehr gewünscht habt! Von euch hängt nun der Sieg ab. Wir brauchen ihn. Er wird uns reichlich Nahrung und gute Winterquartiere verschaffen und eine rasche Heimkehr ins Vaterland ermöglichen. Kämpft wie bei

Austerlitz, Friedland, Witebsk und Smolensk. Möge die fernste Zukunft euer Verhalten an diesem Tag rühmen. Möge man von jedem von euch sagen: Er war bei der großen Schlacht vor den Toren Moskaus dabei.«

»Man sagt, der Feind ist uns zahlenmäßig ebenbürtig«, flüsterte Jakob Grünfink.

»Hör nicht auf solches Gerede«, erwiderte Philipp. »Das sind Feiglinge, sie wollen uns verunsichern. Unser General würde sich niemals darauf einlassen, wenn er sich des Sieges nicht sicher wäre.«

»Und was war bei Smolensk? Wir haben die Schlacht nicht gewonnen.«

»Haben wir doch«, widersprach Philipp. »Der Feind ist geflohen. Es muss eine finale Schlacht geben, damit er endgültig vernichtet ist.«

»Warum bist du nicht schon längst Offizier«, wunderte sich Kuno.

Philipp nickte nachdenklich. »Das frage ich mich auch.«

Es war die letzte ruhige Nacht. Gegen Morgen eröffnete General Napoleon das Feuer. Die Infanterie beschoss ununterbrochen die Schanzen des Feindes, von dort wurde das Feuer mit Kartätschen erwidert.

Unter lautem Schlachtenlärm rückte die französische Armee vor, nahm das Dorf Borodino ein, näherte sich der Schanze. Doch die russischen Feinde wehrten sich hartnäckig und verbissen. Der französische Angriff wurde zurückgeschlagen, die Angriffswellen wogten vor und zurück. Dann endlich griff die sächsische Reiterdivision ein. Der Boden war schmierig, die Hänge steil, die umliegenden Felder waren in Flammen aufgegangen. Die Pferde rutschten, schlitterten, stürzten, scheuten. Granaten explodierten, der Boden bebte vom Geschützdonner. Die Angriffslinien brachen auf, alle stürmten einfach vorwärts. Der anfangs geordnete Angriff löste sich in ein wüstes Durcheinander auf.

Der russische Feind stand an den Berghängen schachbrettartig in Karrees formiert. Bald war es nur noch möglich, die Schlacht mit Artillerieduellen und Frontalangriffen im Kampf Mann gegen Mann fortzuführen. Die Russen wurden von den angreifenden Franzosen umgerannt, die Kavallerie griff mit donnernden Hufen und Säbelhieben an und rieb die Karrees der Russen auf.
Philipp hätte nie geglaubt, wie einfach es war zu töten. Wenn er nicht seinen Feind tötete, würde er selbst getötet werden. So hieb, stach und schoss er, bohrte sein Bajonett in gegnerische Leiber, schlug mit verzerrtem Gesicht und voller Hass auf den Feind ein. Er besaß keine Gefühle mehr, nur den unbändigen Drang, den Feind zu besiegen. Und je mehr er gegnerische Soldaten tötete oder verwundete, umso rabiater stürmte er vorwärts. Er geriet in einen regelrechten Blutrausch. Nichts schien ihn aufhalten zu können.
Im Zentrum der Schlacht türmten sich die Toten und Verwundeten, dazwischen unzählige verwundete und verendete Pferde. Sie verdeckten schließlich sogar die Schusslinien der Russen.
In einem letzten verzweifelten Angriff eroberten die französischen Truppen die Grande Redoute, wie sie die Schanze nannten. Durch eine Bresche, die sie mit Kanonen geschossen hatten, drangen sie in das Verteidigungsbollwerk ein.
Rings um die Schanze tobte der erbitterte Kampf weiter. Die Waage der Siegesgöttin schlug mal zur einen, mal zur anderen Seite aus. Erst als ein weiteres französisches Infanterieregiment zu Hilfe kam, sahen die Russen den Kampf als verloren an. Diesmal verzichtete der große General darauf, den fliehenden Feind zu verfolgen.
Nachdem sich die Wolken aus Pulverdampf und Rauch verzogen hatten, wurde das ganze Ausmaß der Schlacht deutlich. Was Philipp an Verwundeten, Verstümmelten und Toten hier sah, übertraf

alles bisher Gesehene. Bluttriefend schleppten sich Soldaten vom Schlachtfeld, vielen fehlten Körperteile. Die Nacht war angefüllt mit Schreien, Stöhnen, Wimmern und Röcheln der Verwundeten. Ununterbrochen amputierten die Ärzte und Helfer Arme und Beine. Wer nicht gleich ohnmächtig wurde, dem wurde ein Stück Holz zwischen die Zähne geschoben. Branntwein war schon lange ausgegangen, es hätte auch zu lange gedauert, die schwer Verwundeten in einen Rausch zu versetzen.

Die Toten waren übel zugerichtet, oft lagen abgerissene Köpfe weit vom Körper entfernt, gespaltene Schädel, zerschossene Gesichter, aufgeschlitzte Leiber mit hervorquellenden Därmen, Pferde über Pferde, viele wälzten sich im Todeskampf, zerquetschten ihre Reiter unter sich.

Philipp half mit, die Verwundeten zu bergen. Oft musste er sie unter gefallenen Kameraden hervorziehen.

»Erschieß mich«, wimmerte einer, dem ein Bein abgerissen worden war. »Mach diesem Gräuel ein Ende.«

»Nur Mut, Kamerad«, erwiderte Philipp und packte ihn auf eine primitive, aus zwei Holzstangen gefertigte Trage. »Wir haben gesiegt! Nur das zählt.«

Philipp konnte sich noch so sehr einreden, dass die französische Armee die Schlacht gewonnen hatte. Das Entsetzen saß ihm in den Knochen. Es kam am nächsten Morgen über ihn, als er über das Schlachtfeld blickte. Es war unmöglich, die Toten zu bergen und zu begraben. Es waren so viele, so unendlich viele. Im Tod waren Freund und Feind vereint, sie lagen nebeneinander, übereinander, hatten die gleichen schrecklichen Verwundungen. Es gab keinen Unterschied zwischen ihnen.

»Na los, oder willst du nichts abbekommen?« Kuno stieß Philipp unsanft an. »Wenn du dich nicht beeilst, sind die besten Beutestücke weg.«

»Du willst plündern?«
»Was dachtest du denn? In den Tornistern ist bestimmt Geld, und neue Schuhe könnte ich auch gebrauchen. Außerdem bekommen wir für erbeutete Waffen eine Belohnung.«
Kuno hatte recht. Wenn er es nicht tat, dann taten es die anderen.
»Was machst du da? Warum schüttest du deine Mehlration aus?«
Kuno grinste. »Ich brauche Platz für meine Beute. Wozu brauche ich jetzt Mehl? Wir werden reichlich Nahrung bekommen, hat unser General versprochen. Wozu soll ich mich mit dem unnützen Mehl abplagen? Schau, der hier hat edle Wäsche im Tornister. War bestimmt ein feiner Herr im zivilen Leben. Und ganz bestimmt hat er auch viel Geld. Jetzt braucht er's ja nicht mehr.«
Das fand Philipp auch. Von überall kamen jetzt Soldaten auf das Schlachtfeld und nahmen, was sie brauchen oder zumindest noch verkaufen konnten.
»Halt mal den Kopf fest«, forderte Victor Philipp auf.
»Was hast du vor?«
»Siehst du nicht, was für gesunde Zähne der hat? Die kann man verkaufen. So mancher reiche Herr lässt sich daraus ein Gebiss machen, wenn er die eigenen Zähne verloren hat.« Mit einem Messer bohrte Victor im Kiefer eines gefallenen Soldaten herum, um die Zähne herauszubrechen, während Philipp dessen Kopf festhielt.
»Die Hälfte bekomme ich aber«, sagte er zu Victor. »In einer Korporalschaft wird immer alles kameradschaftlich geteilt.«

Gustav lebte – gerade noch so. Anfangs hatte er gehofft, die Bewohner des Bauernhofes würden zurückkehren und ihn finden. Doch es kam niemand. Quälend langsam vergingen die Tage, in denen Gustav versuchte, sich irgendwie am Leben zu erhalten.
Es gab Wasser aus dem Brunnen, das er sich mühsam heraufzog.

Seine zerschmetterten Beine hatte er mit dünnen Ästen und Stofffetzen notdürftig geschient, dennoch konnte er sich nur kriechend fortbewegen. Die verwesenden Leichen der Offiziere hatte er zumindest bis vor die Tür zerren können. Das Haus gab ihm Schutz gegen Wind und Regen. Nach und nach verbrannte er alles, was er an Holz fand. Aus Wasser und Tannenzapfen kochte er eine Suppe, mit den bloßen Händen grub er im Garten Wurzeln aus, um sie zu zerquetschen und Brei daraus herzustellen. Den toten Offizieren hatte er die Tornister geplündert. Doch was sollte er mit einer Taschenuhr anfangen, mit Münzen und mit Briefpapier? Einzig die Gewehre und die Säbel hätten für ihn noch einen Wert, allerdings nur, um sich ebenfalls das Leben zu nehmen.
Bald war nichts mehr da, was er verbrennen konnte. Die Hütte bestand nur noch aus den vier Wänden und dem Dach aus Reet. Der Winter würde schon bald kommen. Die Leichen vor der Tür verwesten und verbreiteten einen ekelerregenden Gestank. Noch grausiger war deren Anblick. Gustav opferte einige Lumpen, um sie zuzudecken. Dabei benötigte er jetzt selbst jedes Stück Stoff. Es wurde sehr kalt. Er fand auch kaum noch etwas Essbares.
Schwarze Krähen machten sich an den Leichen zu schaffen, zerrten sogar die Lumpen herunter, um an ihr Mahl zu gelangen.
Gustav legte sich auf die Lauer. Mit einem alten Weidenkorb, den er umdrehte, versuchte er eine Krähe zu fangen. Die Vögel bemerkten seine Absicht und wichen geschickt aus.
»Kommt schon, ihr verdammten Galgenvögel«, ächzte er. »Ein paar weniger von euch schadet doch nichts.« Auf dem Bauch liegend wartete er, bis sich die Krähen wieder auf den Leichen niedergelassen hatten. Er benötigte viele Versuche, die ihn verzweifeln ließen. Doch dann wurde den Vögeln ihre Gier zum Verhängnis. Als Gustav den Korb herabfallen ließ, waren sogar zwei Krähen darunter gefangen.

Er heulte vor Freude auf. Vorsichtig schob er eine Hand unter den Korb. Die Vögel flatterten wild, hackten nach seinen Fingern. Er konnte eine Krähe packen, sie hervorziehen. Er presste sie unter seinen Körper und drehte ihr den Kopf um. Das knirschende Geräusch nahm er mit Genugtuung zur Kenntnis. Gierig trank er das Blut, das aus dem Vogelhals tropfte. Dann rupfte er die schwarzen Federn heraus. Das Blut schmeckte süßlich und klebte seine Zunge fest. Gierig schlug er seine Zähne in den warmen Vogelkörper. Das rohe Fleisch war zäh und widerstand seinen Zähnen. Er schluckte und würgte die Brocken herunter, die wie Steine in seinen Magen rutschten. Kurz darauf erbrach er sich.
»Ruhig, Gustav, ruhig«, versuchte er sich die Hast und Gier zu nehmen. Er musste seinen Hunger, seine Gier beherrschen. Die zweite Krähe tötete und rupfte er, dann spießte er sie auf einen Stock. Mit den letzten Resten von Holz entzündete er ein Feuer und briet den Vogel samt Innereien.
Es war das letzte Feuer, die letzte Wärme. Am Morgen fielen die ersten Flocken. Der Misthaufen auf dem Hof dampfte. Wie ein Lebewesen produzierte er seine eigene Wärme. Gustav wurde magisch davon angezogen. Wärme, trotz des eisigen Windes, der über die verwüsteten Felder wehte!
Stück für Stück zog sich Gustav über den Hof hin zur rettenden Wärme. Den Berg hinauf zog er sich auf dem Bauch liegend, bis er die obere Ebene erreichte. Von dort aus grub er sich mit den Händen so tief wie möglich in den Mist hinein.
Er hatte keine Ahnung, wie lange er schon auf diesem Bauernhof war, wie lange er sich in den Misthaufen eingegraben hatte. Er verfiel in einen Dämmerzustand, befand sich irgendwo zwischen Leben und Tod. Wahrscheinlich war er dem Tod weitaus näher als dem Leben, doch er spürte es nicht. Er hatte die Temperatur und die Konsistenz seiner Umgebung angenommen.

Ein Glöckchen klingelte. Das Geräusch ließ Gustav aus seinem Dämmerzustand aufhorchen. Wie Blitze zuckten die letzten Lebensenergien durch seinen Körper. Er hob mühsam den Kopf aus dem Misthaufen. Er konnte nichts sehen, doch er war sich sicher, sich nicht getäuscht zu haben. Da waren Stimmen. Sie sprachen deutsch!

»Brrrr! Halt, du Klepper!« Ein zottiges Russenpferdchen mit samt dem Wagen blieb stehen. Die beiden Männer wickelten den langen Zügel um einen Zaunspfosten. »Schauen wir mal nach, ob hier Jemand ist.« Sie betraten das Haus und schauten sich um. »Alle tot«, sagte der eine. »Nichts zu machen.«

»Und auch nichts zu essen. Hätte mich auch gewundert, wenn es anders gewesen wäre.« Der andere seufzte. »Lass uns weiterziehen. Wir hätten auch keinen Platz mehr auf dem Wagen gehabt.«

»Hier ist ein Brunnen. Lass uns die Flaschen auffüllen und das Pferd tränken.«

Sie machten sich am Brunnen zu schaffen. Gustav hörte deutlich das Quietschen der Rolle. Er versuchte sich zu bewegen, doch er hatte sich zu tief in den Mist eingegraben. Was ihn vor dem Kältetod bewahrt hatte, schien ihm nun zum Verhängnis zu werden.

»Hier, hier«, krächzte er. Doch er befand sich zu weit weg, als dass die beiden Männer ihn hätten hören können. Sie unterhielten sich, während sie das Wasser aus dem Brunnen schöpften. Die Rolle quietschte ununterbrochen.

Einer von ihnen ging zum Wagen. Hinter den hohen Seitenwänden regte sich etwas. Mehrere Verwundete reckten die Hände nach den Wasserflaschen. Unter ihnen gab es auch welche, die keine Hände mehr hatten. Der Mann hielt ihnen die Flasche an die Lippen.

Verzweifelt versuchte Gustav sich aus der festen Umklammerung des Misthaufens zu befreien. Die Männer hatten ihre Wasserflaschen gefüllt, das Pferd getränkt.

»Ho, ho, weiter geht's«, trieben sie das Pferd an.
In diesem Moment gelang es Gustav, sich aus dem Mist zu wühlen. Auf dem Bauch rutschte er vom Haufen herunter. »Halt, halt«, rief er dem Wagen hinterher. Doch sie waren schon zu weit entfernt. Gustav gelang es nicht, sich aufzurichten. Er rief, schrie, winkte mit den Armen. Durch die Schmutzkruste in seinem Gesicht sah er den Wagen in der Ferne immer kleiner werden.
Seine Stimme erstarb, er wollte weinen, doch er hatte keine Tränen mehr. Leise wimmernd ließ er den Kopf in den kalten Schlamm sinken. Er sah nicht mehr, dass sich einer der Männer noch einmal umdrehte.

Geschlagen, gedemütigt und auf ein Häuflein Unglücklicher reduziert, zogen die Überlebenden des russischen Abenteuers zurück gen Westen. Sie marschierten nicht, sie gingen nicht, sie krochen, schleppten sich, taumelten, stürzten, rappelten sich wieder auf. Schnee fiel, wehte ihnen ins Gesicht, drang durch die jämmerliche Kleidung, traf die ausgemergelten Körper und taute auch nicht bei der Berührung mit der bläulich verfrorenen Haut.
Was war nur aus der Grande Armée geworden? Es gab sie nicht mehr. Sie befand sich in Auflösung. Jeder musste zusehen, wie er zurechtkam.
In Philipps Kehle stieg ein irres Lachen auf. Die Grande Armée hatte alle Schlachten gewonnen und doch den Krieg verloren! Dabei lag es nicht an der Tapferkeit der französischen Soldaten. Nein, Philipp wäre lieber als Held in einer der Schlachten gestorben, als sich jetzt in diesem elenden Zustand zu befinden. Die Schlachten hatten so viele Tote und Verwundete gekostet, dass man die Grande Armée durchaus als angeschlagen bezeichnen konnte. Und doch wäre der Krieg noch zu gewinnen gewesen, wenn…
Philipp war kein General, kein Offizier, kein Stratege, der sich da-

rüber ein Urteil erlauben konnte. Er wusste nur, was geschehen war.

Der Entschluss von General Napoleon, nach der Schlacht von Borodino weiter in Richtung Moskau zu marschieren, um dort auf ein Friedensangebot des russischen Zaren zu warten, stellte sich als verhängnisvoll heraus. Die russische Armee war zwar geschlagen worden und hatte sich in Richtung Moskau zurückgezogen, doch offenbar hatten sie sich auf ein derartig feiges Manöver vorbereitet. Entlang ihrer Rückzugslinien gab es zahlreiche Depots und Magazine und Verluste wurden an vorausgeplanten Sammelpunkten durch neue Mannschaften ersetzt. Der französischen Armee blieb nichts weiter übrig, als sich mit dem zu begnügen, was der Feind übrig ließ. Und das war fast nichts. Abgebrannte Dörfer, geplünderte Vorräte, menschenleere Weite. Nicht einmal Futter für die Ochsen und Pferde gab es. Es wurde immer schwieriger, die Kanonen und Munitionswagen zu transportieren.

Besonders schlimm war, dass die gefallenen Wundärzte, Feldscher und Sanitätssoldaten nicht ersetzt werden konnten. Krankheiten grassierten immer heftiger, vor allem das Nervenfieber schlug unerbittlich zu. Vorher völlig gesunde, unversehrte und halbwegs kräftige Männer erlitten plötzlich eine unerklärliche Schwäche, bekamen unerträgliche Kopfschmerzen verbunden mit heftigem Fieber. Ihr Geist verwirrte sich, die Haare fielen aus, die Füße schwollen an und viele litten an heftigen Darmschmerzen. Und dann starben sie. Dieser unsichtbare Feind forderte so viele Opfer, mehr als die verdammten Russen. Unheimlich, lautlos und gnadenlos schlug die Krankheit zu. Der Sensenmann mähte eine Schneise des Todes durch die Reihen der noch verbliebenen tapferen Männer, die Gewehrfeuer, Kartätschen und Kanonenkugeln getrotzt hatten.

Als die Grande Armée Moskau erreichte, war die Stadt fast völlig entvölkert. Die Bewohner hatten sich der abziehenden russischen Armee angeschlossen. Lediglich verwundete russische Soldaten fanden sie vor. Sollten dies die versprochenen Winterquartiere sein? Wo waren die Vorräte, die Quartiere?
Doch die französischen Soldaten waren zu erschöpft, um sich noch zu wundern. Sie sehnten sich nach Ruhe, nach etwas zu essen, nach einem trockenen und warmen Quartier und normalen Verhältnissen. Endlich sollte Zeit sein, ihre geschundenen Körper zu pflegen, die Wäsche zu waschen und auszubessern, auszuschlafen.
Noch während sie nach Quartieren und Vorräten suchten, brachen plötzlich Feuer in der Stadt aus. Keiner wusste, wie das geschehen konnte. War es Nachlässigkeit, gar Brandstiftung? Würden die fliehenden Russen so weit gehen, diese Stadt anzuzünden?
Die Feuersbrunst breitete sich rasant aus, die Löschversuche blieben erfolglos. Die vielen Holzhäuser der Stadt brannten wie Zunder. Hunderte verwundete russische Soldaten kamen in den Flammen ums Leben. Tagelang fraßen sich die Flammen durch die Stadt, erleuchteten die Nacht mit glutrotem Schein, verdunkelten die Rauchwolken bei Tag den Himmel, verpestete Brandgeruch die Luft zum Atmen, übertönten die Schreie der bei lebendigem Leib verbrennenden Verwundeten das Knistern und Prasseln der Flammen.
Ging der Feind tatsächlich so weit?
Die Ratlosigkeit der Franzosen wich schon bald einem reinen Überlebenswillen. Sie durchstreiften die brennende Stadt und suchten nach allem, was man plündern konnte. Ihre Maßlosigkeit kannte dabei keine Grenzen. Wo sie Lebensmittel fanden, wurden sie verschwendet und vergeudet, wurde Branntwein gefunden, fanden Saufgelage statt. Schmuck, Geschirr, Bilder,

Besteck, Wein, Ikonen, Vorhänge, Pelze und Möbel zerrten sie aus den Häusern, bevor sie den Flammen zum Opfer fielen. Es gab keine Disziplin mehr, keine Skrupel und kein Halten. Die Offiziere sahen sich außerstande, der wilden Unordnung Einhalt zu gebieten. Sie beteiligten sich kurzerhand an den wüsten Plünderungen. Und irgendwo da draußen stand das russische Heer. Undenkbar, es noch zu erreichen und vernichtend zu schlagen. Die große Hoffnung lag auf einem Friedensangebot des Zaren. Die Einnahme Moskaus durch Napoleon musste doch auf Alexander großen Eindruck gemacht haben und ihn zum Einlenken zwingen.

Die Zeit verging, in der die Soldaten in Moskau Not litten. Zur Untätigkeit verdammt, durchstreiften sie wieder und wieder die zerstörte Stadt. Doch außer verbrannten Leichen, eingestürzten Häusern und leeren Kammern fanden sie nichts vor. Beutestücke wurden auf einem basarähnlichen Platz verkauft oder getauscht.

Frust, Zuchtlosigkeit und Aggression breiteten sich unter den Soldaten aus. Und noch immer wüteten die Krankheiten. Schlimme Nachrichten drangen aus den Einheiten, die in Smolensk und Moschaisk zurückgeblieben waren, zu ihnen. Kosaken und bewaffnete Bauern verübten immer wieder Überfälle, machten Gefangene und ermordeten sie aufs Grausamste. Die russische Rache war fürchterlich.

Mitte Oktober fiel der erste Schnee. Den Soldaten mangelte es an warmer Kleidung, an Lebensmitteln, Branntwein und Pferden. Sie kleideten sich mit dem, was sie vorfanden: russischen Uniformen, Kitteln, Vorhängen, Decken, sogar mit Frauenkleidern und Mönchskutten. Doch es reichte längst nicht für alle. Viele Soldaten und auch Offiziere, mussten wählen zwischen erbeuteter Kleidung oder erbeuteten Schätzen wie Silbergeschirr, Möbeln, Gemälden, Schmuck. Sofern Wagen vorhanden waren, wurden

diese mit den Beutestücken und allen möglichen Trophäen bis hin zu Kruzifixen aus den geplünderten Kirchen beladen.
Es war bereits bitterkalt, als Kaiser Napoleon endlich den Rückzug aus Moskau befahl. Er hatte bislang umsonst im von Bränden und Plünderungen verschont gebliebenen Kreml auf ein Friedensangebot des Zaren gewartet.
Nur langsam, behindert durch die Beutewagen, die die Offiziere für sich beanspruchten, ergoss sich ein acht Meilen langer Tross in Richtung Westen. Kranke und Verletzte mussten zu Fuß gehen. Munition gab es nur noch für eine Schlacht, Proviant war überhaupt nicht vorhanden. Der Rest der Grande Armée glich einem Lumpenhaufen abgemagerter, desillusionierter und kampfesmüder Gestalten. Es gab kaum noch Pferde im Tross, die Soldaten mussten die Wagen selbst ziehen oder sie einfach stehen lassen. Wehe, wenn sie Kosaken oder Bauern in die Hände fallen würden. Die Rache für die Gräueltaten der Napoleonischen Armee an Tausenden russischer Gefangenen würde entsetzlich sein.
Sie zogen die gleiche Straße zurück, auf der sie gegen Moskau marschiert waren. Bei Borodino querten sie das Schlachtfeld. Der Schnee hatte die Leichen nur unzureichend bedeckt, über der gesamten Gegend lag ein entsetzlicher Verwesungsgestank. Der Anblick der verstümmelten, im Zerfall begriffenen Körper entsetzte auch die härtesten Soldaten. Viele versuchten die Gegend zu umgehen, doch jede Meile mehr raubte ihnen auch die letzte Kraft. Die Füße mit Decken oder Lumpen umwickelt, weil es weder Stiefel noch Schuhe gab, das Gesicht mit Stofffetzen gegen den schneidenden Wind geschützt zogen sie schweigend dahin. Sie wagten nicht, die Straße zu verlassen, aus Angst, den Russen in die Hände zu fallen. Ihre Nahrung bestand aus Fleisch der letzten Pferde oder verwilderten Hunden, die sie fingen oder schossen. Es gab kein Feuerholz für die abendlichen Biwaks. Es war keine

Zeit, um das Fleisch zu garen. Sie verzehrten es fast roh, und viele erbrachen es wieder, weil ihre Mägen nicht in der Lage waren, es zu verdauen.
In Philipps Tornister befand sich ein Brief, den Louis ihm übergeben hatte.
»Sende ihn an meine Braut, wenn du wieder in die Heimat kommst«, bat Louis.
Philipp blickte ihn verständnislos an. »Warum tust du es nicht selbst?«
»Weil ich die Heimat nicht mehr wiedersehen werde.«
»Woher willst du das wissen? Wieso glaubst du, dass ich wieder zurückkehre?«
»Du schaffst das«, erwiderte Louis mit einem bitteren Lächeln. »Du glaubst an ihn, den großen General. Ich nicht.«
Philipp nahm kopfschüttelnd den Brief an sich. In dieser Nacht erschoss sich Louis mit seinem Gewehr.
Außer Jakob hatte keiner aus Philipps Korporalschaft überlebt. Ausgerechnet Jakob, der zum Skelett abgemagerte Jude mit dem eisernen Glauben an Gottes Strenge überstand all die schrecklichen Strapazen, Leid und Tod, Schmerz und Entsetzen. Als führe ihn eine fremde Macht, widerstand er Hunger und Kälte, Verzweiflung und Angst.
Die Grande Armée war durch zahlreiche Entbehrungen und große Kälte auf einen jämmerlichen Haufen ausgemergelter Gestalten zusammengeschmolzen. Als sie den Fluss Dnjepr erreichten, mussten sie zwangsläufig halten. Mit letzter Kraft fällten sie Bäume und bauten zwei Brücken. Eine war nur geeignet, sie zu Fuß zu überqueren, die andere war gerade breit genug für ein Fuhrwerk oder Geschütz. Sie bog sich unter der Last bis unter die Wasserlinie. Der Fluss führte große Eisschollen, die gegen die Stützböcke der Brücken stießen. In der Nacht brach die Brücke

gleich zweimal ein. In Eile wurde sie wieder aufgebaut. Die Soldaten standen bis an die Schultern im eisigen Wasser, nicht wenige wurden von Eis und Strömung weggerissen oder wurden vor Kälte ohnmächtig. Auch der darauffolgende Übergang forderte zahlreiche Opfer. Bei dem großen Gedränge stürzten Unzählige ins Wasser, wurden totgetrampelt oder überfahren.

Selbst wer trocken das andere Ufer erreicht hatte, war nicht gerettet. Nun schlug der Winter unbarmherzig zu. Kälte, Wind und Schnee wurden zu ihren ärgsten Feinden. Wie wandelnde Leichen zogen sie eine dunkle Spur durch die eisige Landschaft, verteidigten wider jeder Vernunft die Raubbeute auf den stecken gebliebenen Wagen gegen marodierende Russen und klammerten sich an das Unmögliche, es würde Hilfe aus Wilna kommen, wo noch zwanzigtausend Mann der französischen Truppen die Stellung hielten.

»Hast du gehört, Kaiser Napoleon hat die Truppe verlassen und kehrt nach Paris zurück!« Jakob lugte unter seiner Pferdedecke hervor wie ein archaischer Pilger in der Wüste. Nur dass diese Wüste weiß und kalt war.

»Niemals!« Philipp bedeckte die Augen gegen den peitschenden Schneesturm mit der blau gefrorenen Hand. »Unser großer General würde seine Soldaten niemals allein lassen. Du lügst! Dein Geist ist verwirrt.«

Jakobs schwarze Augen blickten ihn seltsam traurig an. Ohne Brille wirkten sie noch kleiner und fremder.

»Schade, dass du blind vor der Wahrheit bist«, erwiderte Jakob mit ruhiger Stimme. »Siehst du nicht selbst, was aus seiner großen Armee geworden ist? Wie viele Tausende er in den Tod geschickt hat?«

»Es ist Krieg, Jakob, Krieg! Es geht nicht darum, wie viele Soldaten der General verliert, sondern dass er siegt. Dass wir siegen.«

»Wir?« Jakob schüttelte langsam den Kopf. Sein Gesicht mit den hervorstehenden Wangenknochen und tiefen dunklen Augenhöhlen wirkte wie ein Totenschädel. »Das ist nicht unser Krieg. Was haben wir hier in Russland verloren?«
»Russland ist unser Feind, der Feind Frankreichs. Es paktiert mit den Engländern. Hast du nicht die Patronenhülsen der Russen gesehen? Die waren aus englischem Papier hergestellt, das Pulver viel feinkörniger als unseres. Alles englisches Material. Die Engländer stecken dahinter, schicken die Russen vor.«
»Engländer, Franzosen, Russen!« Jakob blies durch seine Zahnlücken. »Was ist der Unterschied. Als Leichen sind alle Menschen gleich.« Er taumelte. Philipp versuchte ihn zu stützen. »Der Kriegsgott hat uns verlassen. Schon lange…«
Sie schleppten sich hinter einem Schlitten her, auf dem Verwundete lagen. Es war der einzige Vorteil des Schnees, die selbst gebauten Schlitten erleichterten den Transport derjenigen Soldaten, die nicht mehr laufen konnten. Jakob weigerte sich, sich auf einen der Schlitten zu legen. Da lagen nicht nur Verwundete, sondern auch an Nervenfieber Erkrankte. Die meisten überstanden den Transport nicht. Am Abend wurden die Toten abgeladen, übereinander geschichtet und mit Stroh zugedeckt. Sie konnten nicht begraben werden, der Boden war steinhart gefroren.
Jakob blieb neben einem gestürzten Pferd stehen.
»Das ist schon tot«, sagte Philipp. »Es wird dich nicht mehr tragen können.« Er krümmte sich über dem Stock zusammen, der ihm beim Laufen eine Stütze in dem unwegsamen Gelände war. Unter mancher Schneewehe lagen die Leichen toter Kameraden seit dem Sommer. Es lag nicht genug Schnee, um sie vollständig zu bedecken. Fast alle waren geplündert worden. Als Beute musste alles herhalten, was man später zu Geld machen konnte.

Auch in Philipps Tornister befanden sich mehrere erbeutete silberne Schalen und Becher, eine goldene Uhr, eine Halskette, die er Friederike schenken wollte. Er würde aus silbernen Bechern trinken, daheim. Dafür hatte er alles Unwichtige weggeworfen, Wäsche, Seife, Kamm, Kochgeschirr, auch den Mantel, der sich ohnehin in seine Einzelteile aufgelöst hatte. Die Füße hatte er mit den Resten seines Mantels umwickelt und mit Pferdezügeln festgebunden. Die letzten Schuhe waren schon in Moskau endgültig kaputt gegangen.
Er wollte Jakob von dem Pferd wegziehen, doch Jakob wehrte schwach ab. Mit einem Messer schlitzte er dem Pferd den Bauch auf.
Sieh an, nun hat er es begriffen, dachte Philipp. Auch ein Jude isst Pferdefleisch, wenn er gar nichts anderes hat.
Er suchte sich einen Platz für die Nacht. In dem Gelände gab es keine Unterschlupfmöglichkeiten. Der Wind blies noch eisiger, Schneeflocken stachen wie Nadeln ins Gesicht. Ein Stück weiter gelang es einem Soldaten, ein Feuer zu entzünden. Philipp schleppte sich näher und ließ sich auf den Boden fallen. Vertrocknetes Gras unter dem Schnee gab nach. Philipp bemerkte es nicht. Er fiel augenblicklich in einen tiefen, todesähnlichen Schlaf.
Als er am Morgen erwachte, war das Feuer erloschen. Es war entsetzlich kalt geworden. Mit unbarmherzigen Klauen hielt der russische Winter sie umfangen. Sie konnten dem Kältetod nur entrinnen, indem sie sich bewegten. Sie mussten gehen, laufen, zurück, zurück…
Philipp blickte sich suchend nach Jakob um. Der hatte am Abend zuvor dem Pferd den Bauch aufgeschlitzt und war in die noch warmen Gedärme des Tieres gekrochen. Jetzt war er ebenso kalt und steif wie das Pferd.

Hinter einer Artillerie, die sich in einem miserablen Zustand befand, und einer noch miserableren Kavallerie fast ohne Pferde, zog sich eine ungeordnete Menschenmenge entlang, die ein bizarres Bild abgab: Ein großer Tross von Kutschen, Wagen, Karren und Schlitten mit Beute beladen, dazwischen bärtige, ungewaschene Männer in abenteuerlichen Anzügen, schwer atmend unter dem Gewicht des gesammelten Raubgutes. Da und dort trieben Soldaten Gefangene zusammen, wurden abgemagerte Kühe und Schafe an Stricken hinterhergezerrt, folgten Tausende von Frauen, verletzte Soldaten, Offiziersburschen, Diener und allerlei Gesindel. Nachzüglern, die den Anschluss an den Rückzug verloren, drohte ein schreckliches Massaker von den sie verfolgenden Kosaken und rachsüchtigen bewaffneten und marodierenden Bauern. Wer in Gefangenschaft geriet, dem drohte die Hölle in Form von Folter, Gewalt, Hunger und Kälte.
Kaiser Napoleon befand sich längst wieder in Paris, um sich um den Erhalt seines Kaiserthrones und die Aufstellung einer neuen Armee zu kümmern, während sich in den kalten Dezembertagen des Jahres 1812 der geschlagene Rest seiner Grande Armée, der nicht von Hunger, Kälte, Krankheit oder Kosaken getötet worden war, über die Grenze nach Preußen rettete.

Ein halbes Jahr später bemerkte Kaiser Napoleon in einer Unterredung mit dem österreichischen Kanzler Metternich: »Die Franzosen können sich nicht über mich beklagen. Um sie zu schonen, habe ich die Polen und die Deutschen geopfert. Ich habe in dem Feldzug nach Moskau dreihunderttausend Mann verloren, es waren nicht einmal dreißigtausend Franzosen darunter…«

Ein trauriges Weihnachtsfest

Seit Wochen ahnten die Leipziger Einwohner, dass die spärlich aus Russland dringenden Erfolgsmeldungen nicht so recht stimmen konnten.
Noch im September war in den großen Kirchen der Stadt zur Feier der Erfolge der glorreichen großen Armee das Te Deum gesungen worden. Doch schon damals gab es Gerüchte, dass es verlustreiche Schlachten gegeben habe. Im November rückten fortwährend französische Truppen durch die Stadt, die sie nach kaum eintägiger Rast in Richtung Berlin wieder verließen. Waren sie der Ersatz für die dezimierten Truppen in Russland? Die Nachrichten aus dem Feld kamen so zögerlich und spärlich, dass viele Familien um ihre Söhne und Männer bangten.
Nun war der Winter da und hatte die Stadt fest im Griff. Das Weihnachtsfest stand bevor, aber niemandem war feierlich zumute. Karl hatte einige geflickte Schuhe und Stiefel ausgeliefert. Viel zu tun hatte Oskar Hempel derzeit nicht, es gab wenig Kunden und noch weniger Material. Ein Auflauf vor dem Rathaus machte Karl neugierig, und so versuchte er, sich durch die Menschenmenge nach vorn zu drängeln. Was er nicht selbst lesen konnte, erfuhr er aus den Gesprächen der Umstehenden. In Russland gebe es Glatteis und deshalb seien viele Pferde zugrunde gegangen. Infolgedessen müsse die Kavallerie zum größten Teil zu Fuß marschieren. Ein erheblicher Teil der Geschütze, aber auch Kriegs- und Mundvorrat müssten zurückgelassen werden. Die Offiziere, die noch ein Pferd besäßen, seien zu vier Kompanien zusammengeschlossen worden, um als Leibwache des Kaisers zu dienen. Die Bekanntmachung

schloss mit den Worten: »Das Befinden Seiner Majestät ist niemals besser gewesen!«
»Na, da hat wenigstens einer überlebt«, stellte Oskar Hempel lakonisch fest, als Karl ihm den Wortlaut der Bekanntmachung wiedergab. »Der Arthur sagte, es seien fünfzigtausend Pferde verlustig gegangen.«
»Die sind alle auf dem Eis ausgerutscht?« Helene Hempel schüttelte den Kopf. »Wo gibt es denn so was?«
»In Russland«, erwiderte Oskar. »Da ist alles möglich.«
Karl schwieg nachdenklich. Nein, er wollte jetzt nicht denken, dass auch Philipp etwas zugestoßen sei, jetzt, wo er große Hoffnung auf Friederike hegte. Nach dem denkwürdigen Kuss in Löhrs Garten hatten sie sich noch mehrmals getroffen. Karl hatte es geschafft, sie zu einem Bier einzuladen und Friederike hatte seine Einladung angenommen. Sie hatten angeregt geplaudert, diesmal hatte Karl sogar ein paar geistreiche Sätze sagen können, auf die er sehr stolz war.
Er hatte auch ein Weihnachtsgeschenk für Friederike vorbereitet: eine aus Lederresten gefertigte kleine Tasche, die sogar das Lob von Oskar Hempel fand. Doch seit einigen Wochen kam Friederike nicht mehr. Auch den Wagen ihres Vaters konnte Karl nirgendwo mehr entdecken. Gab es keine Milch mehr, oder gar keine Kühe, wie Helene Hempel behauptete? Das war durchaus möglich, denn die durchziehenden Truppen mussten versorgt werden. Mehl, Eier, Fleisch, Kartoffeln und Branntwein waren teuer und rar geworden. Helene Hempel hamsterte bereits Lebensmittel, wie Butter, Kaffee, Mehl und Rosinen für die Weihnachtsbäckerei. Nur Nüsse fehlten noch. Karl erinnerte sich an einen Nussbaum im Garten seiner Schwester, besser gesagt: im Pfarrhof ihres Mannes. Doch den wollte Karl auch nicht für einen Sack voll Nüsse besuchen. Vielleicht brachte Karoline ein paar mit nach Möckern.

Das Weihnachtsfest wollte Karl gern daheim mit seiner Mutter verbringen. Er musste immer öfter an sie denken. Ob sie auch genug Holz zum Heizen hatte?
Bei Hempels gab es davon, wie von allen anderen lebensnotwendigen Dingen zu wenig. Seitdem es in den Nächten so bitterkalt wurde, suchte Karl immer öfter die Nähe des Küchenofens, der einzigen Heizmöglichkeit. Oskar Hempel hatte ihm sogar gestattet, dort zu schlafen.
Diesmal saß Arthur Kübler mit am Küchentisch. Bier gab es jedoch nicht. Dafür paffte Oskar Hempel irgendwelches Kraut in seiner Pfeife und vernebelte die ganze Küche. Helene Hempel hustete und wedelte mit der Hand den Qualm durcheinander.
»Fünfzigtausend Pferde!« Der Nachbar schüttelte fassungslos den Kopf. »Die sind alle ausgerutscht?«
»Unsinn!« Oskar Hempel paffte angestrengt, um seinen Tabak zum Glimmen zu bringen. »Das wollen die uns weismachen. Die sind alle abgeschossen worden in den Schlachten.«
»Ja, aber wenn die Pferde gefallen sind, was ist dann mit den Soldaten?«
Der Schuster schaute ihn verständnislos an. »Da fragst du noch?«
»Du meinst…«
Oskar nickte bedeutungsschwer. »Die hat's auch erwischt. Die sagen nicht die ganze Wahrheit. Was glaubst du wohl, wozu immer wieder Soldaten in Richtung Berlin ziehen? Letzte Woche waren es Rheinländer. Wer weiß, was wirklich von der großen Armee des großen Kaisers übrig geblieben ist.«
»Still! Halt deinen Mund«, flüsterte Helene Hempel. »Der Stadtrat hat wieder gewarnt, nichts gegen die Franzmänner zu sagen. Das Verbreiten von Gerüchten und politischer Nachrichten wird gnadenlos bestraft.«
»Dann halte dich nur dran.« Er griente verschmitzt.

»Ich schweige wie ein Grab. Aber du redest dich um Kopf und Kragen.«

»Nur wenn ich's in der Öffentlichkeit täte«, erwiderte Oskar und kaute auf seinem Pfeifenstiel. »Hier sind wir ganz privat.«

Karl rückte näher. Wenn Oskar Hempel schon mal sprach, dann traf er immer den Nagel auf den Kopf.

»Ich sage euch, die Wahrheit kommt tröpfchenweise. Das große Heulen kommt noch. Welche Familie hat denn keinen Angehörigen in der Armee?«

Karl presste die Lippen zusammen. War es vielleicht doch nicht so erstrebenswert, für den Kaiser zu kämpfen? Auch wenn man eine kleidsame Uniform bekommt.

»Wo sind denn die Verletzten? Da müssten doch zumindest die Überlebenden irgendwann zurückkommen.« Arthur Kübler nahm dankbar einen Becher mit heißem Tee, den Helene Hempel ihm über den Tisch schob. Karls Augen blickten verlangend, während die Schusterfrau seinen Blick konsequent ignorierte.

»Die werden schon noch kommen«, erwiderte Oskar. »Und hinter ihnen her die Russen.«

»Du meinst…«

Oskar nickte wieder bedeutungsvoll. »Der Krieg kommt hierher. Die Russen werden sich rächen.«

Helene Hempel sank blass auf den Hocker. »Bewahre uns Gott davor«, flüsterte sie. »Wir leiden schon genug unter den Franzmännern. Wer soll bloß die ganzen Soldaten noch ernähren? Wir haben doch selbst nichts.«

»Gott bewahrt uns nicht davor, das müsste unser König tun, aber der klebt an diesem Napoleon wie ein Popel. Er hat nicht den Mumm, sich gegen ihn zu stellen.«

»Wie sollte er auch? Er hätte keine Chance. Dazu ist Sachsen zu klein.«

»Aber um unsere Soldaten als Kanonenfutter zu verheizen, ist es groß genug.« Oskar hatte endlich seine Pfeife wieder zum Glimmen gebracht und paffte dicke Wolken über den Tisch. »Hoffentlich rekrutieren sie nicht wieder.« Sein Blick traf auf Karl, der den Kopf einzog. Doch dann grinste er. »Mich wollen sie doch nicht. Ich passe nicht in die Uniform.«

»Mal ein bisschen Drill könnte dir nicht schaden«, erwiderte Oskar. »Aber um für diesen Tyrannen zu sterben, bist du mir zu schade.«

»Der Heinrich hat sich freigekauft«, platzte Karl heraus. »Das ist offenbar möglich.«

»Davon habe ich auch schon gehört«, pflichtete Arthur Kübler bei.

»Haste Geld?«, fragte Oskar. »Nee? Dann vergiss es.«

»Wann wird er denn neunzehn?«, wollte der Nachbar wissen.

Karl kratzte sich am Kopf. Er hatte noch vier Monate bis zu seinem nächsten Geburtstag! Vier Monate Galgenfrist.

Es herrschte eine gedrückte Stimmung, als die Familie um Anna Fritzsches Küchentisch saß. Nur Gottlieb Bratfisch schien großen Appetit zu verspüren, denn er verdrückte mehrere Stück Butterstollen und trank drei Tassen Kaffee. Den Kaffee hatte die Mutter gegen ihre einzige Halskette mit dem kleinen Medaillon eingetauscht. Aber das sollte Karl erst viel später erfahren.

Mutter Anna erzählte, dass es im Dorf einige Todesnachrichten vom Schlachtfeld gegeben habe. Es herrschte große Trauer.

»Der Tod macht vor keiner Familie halt, nicht vor den Reichen und nicht vor den Armen.«

»Ganz recht, vor Gott sind alle Menschen gleich«, pflichtete der Pfarrer bei.

»Aber die Reichen können sich von der Rekrutierung freikaufen«, erwiderte Karl. »Also sind die Reichen vor Gott gleicher.«

Gottlieb Bratfisch ließ die Kaffeetasse sinken und seine Stirn rötete sich. »Führst du immer noch aufrührerische Reden? Deine Gottesfurcht lässt sehr zu wünschen übrig.«
»Ist das wahr?«, fragte Karls Schwester Karoline.
»Natürlich. Ich kenne selbst einen, der das so gemacht hat. Ist das etwa gerecht?«
»Das sind bestechliche Offiziere, die sich auf so einen Handel einlassen. Daran solltest du dir kein Beispiel nehmen. Man muss der Obrigkeit gehorchen, wo kämen wir sonst hin? Sachsen ist ein Verbündeter der Franzosen, also haben wir die verdammte Pflicht und Schuldigkeit, für unser Land in den Krieg zu ziehen.«
»Was hat denn Sachsen davon, wenn dieser Kaiser größenwahnsinnig ist und ganz Europa unterwerfen will?«
Karoline blickte Karl erstaunt an und wunderte sich über dessen offensichtlichen Sinneswandel. Anna Fritzsche indes sorgte sich vor allem um den Hausfrieden:
»Kinder, es ist Weihnachten. Und Weihnachten ist das Fest der Vergebung und des Friedens.«
»In Leipzig geht das Gerücht um, dass es bald Krieg in Sachsen gibt, wenn die Russen kommen.«
Gottlieb Bratfisch war der Appetit vergangen. Verärgert schob er seinen Teller zurück. »Dieser Junge ist wirklich eine Zumutung, und das zu Weihnachten! Gerüchte, Krieg in Sachsen – was soll denn dieser Unsinn? Wer soll denn die große Armee schlagen? Schließlich hat der Kaiser doch genügend Verbündete, Preußen, Rheinland, Württemberg, Österreich, und Sachsen natürlich.«
»Und wenn die Verbündeten abfallen, weil sie keine Lust mehr haben, ihre Männer für den Kaiser zu opfern?«
»Äääh…« Gottlieb Bratfisch blieb der Bissen im Hals stecken. Auch Anna Fritzsche und Karoline starrten Karl an.
»Weißt du etwas, was wir nicht wissen?«

Karl senkte den Kopf. »Nein, aber ich habe mir vorgestellt, was passieren würde, wenn…«
»Bist du nicht ausgelastet bei deinem Schuster, dass du solche unsinnigen Gedanken hegst?«, platzte der Pfarrer heraus. »Du solltest überhaupt nicht denken, das bekommt dir nicht.«
»Nun lass doch den Jungen«, verteidigte ihn Karoline. »In solchen unsicheren Zeiten schwirren immer Gerüchte herum. Aber der Gedanke ist wirklich erschreckend.«
»In der Tat! Man kann die Obrigkeit nicht auf den Kopf stellen. Oben ist oben und unten ist unten. Unser König wird schon wissen, was gut für Sachsen ist. Und das ist nun mal der Schutz des Stärkeren.«
Karl senkte den Kopf und presste die Lippen zusammen. Eigentlich wollte er aufbegehren und seinen Schwager daran erinnern, wie er lamentiert hatte, als auf die Pfarrgüter Kriegssteuer zu zahlen waren. Es war eben ein Unterschied, auf welcher Seite man stand, um Gerechtigkeit zu fordern.
»Wollen wir an unsere tapferen Soldaten denken und für sie beten, dass sie heil wieder nach Hause kommen«, sagte Karoline.
»Und dass sie ein friedliches Weihnachtsfest verleben«, ergänzte die Mutter.
»Ganz sicher wird Kaiser Napoleon seine tapferen Männer auch ordentlich mit Butterstollen und Kaffee versorgen.« Gottlieb Bratfisch blickte in die Kanne, ob noch Kaffee drin war. »Aber das sind Äußerlichkeiten. Wichtig ist ihr Glaube an den Sieg. Wir beten doch alle für den Sieg.«
»Ich glaube, dafür ist es zu spät«, murmelte Karl. Aber der Schwager hatte es zum Glück nicht gehört.
Anna Fritzsche räumte den Tisch ab. Während sich der Pfarrer in die winzige Stube zur Verdauung zurückzog, half Karoline ihrer Mutter. »Was, wenn es wirklich Krieg hier gibt?«, flüsterte sie.

»Wollen wir hoffen, dass es nicht so weit kommt«, erwiderte Anna.
Karl ging zum Brunnen, um den Eimer neu zu füllen. Obwohl es empfindlich kalt war, blieb er einen Augenblick stehen und ließ seinen Blick über die Aue schweifen. Er hatte hier schon wesentlich glücklichere und bessere Tage erlebt. Aber seit die Franzosen Sachsen besetzt hatten, hatte sich vieles geändert. Immerfort war Krieg, tobte irgendwo eine Schlacht und Kaiser Napoleon war besessen davon, die Völker Europas in sein Reich einzuverleiben. Lange fand Karl die Gedanken von Freiheit, Gleichheit und Brüderlichkeit verlockend. Ja, er hatte diese Worte zu seiner Überzeugung gemacht. Was für eine schöne Welt würde das sein, wenn alle Menschen gleich und frei wären. Mehr und mehr kam er aber zu dem Schluss, dass es nur um die Vormacht des Kaisers ging. Wer sich ihm nicht freiwillig fügte, der wurde mit Gewalt dazu gezwungen. Die Worte wurden zur Farce, der große französische Bruder zu einer unerträglichen Last, die ständigen Kriegszüge zu einer erdrückenden Belastung. Die Versorgung der Truppen saugte ein ganzes Land aus, bescherte der Bevölkerung Armut, Hunger und Leid. Fünfzigtausend Pferde… Es war eine unglaublich große Zahl, die Karls Vorstellungsvermögen überstieg. Und wie viele tapfere Männer hatten ihr Leben gelassen? Davon sprach niemand.
Er füllte den Eimer mit Wasser und trug ihn wieder in die Küche. Die Mutter hatte für alle kleine Geschenkpäckchen vorbereitet. Für Karl gab es ein Paar Socken aus Schafwolle, ebenso für Gottlieb. Karoline bekam einen Schal aus der gleichen Wolle, nur etwas feiner versponnen.
Für seine Mutter hatte Karl einen kleinen Geldbeutel gefertigt. Er war nicht so hübsch wie der für Friederike, aber die Mutter freute sich sehr darüber. Karl musste an Friederike denken. Sie war nicht

wieder nach Leipzig gekommen, ihr Geschenk lag noch immer unter seinem Strohsack in Hempels Küche.
Für Karoline hatte Karl aus einer dünnen Lederschnur eine Kette geknüpft. Nur ein passender Anhänger fehlte.
»Was soll denn das sein?«, fragte Gottlieb, der etwas verschlafen aus der Stube kam und Karls Geschenk beäugte.
»Ich finde es sehr lieb von Karl«, sagte Karoline. »Ich besitze so einen kleinen Hühnergott, einen Feuerstein mit einem Loch; den kann ich mir als Talisman dran befestigen.«
»Heidnischer Kram«, knurrte der Pfarrer. »Du wirst ja wohl mal die Kette deiner Mutter erben. So etwas trägt eine anständige Pfarrersfrau.«
Anna Fritzsche errötete und senkte den Kopf. »Daraus wird wohl nichts mehr«, murmelte sie.
»Warum nicht?«, fragten Karoline, Gottlieb und Karl wie aus einem Munde.
»Ich… ich musste sie verkaufen.«
»Mutter, wie konntest du nur!« Karoline war ehrlich entsetzt, während Karl schluckte.
Anna Fritzsche hob die Schultern. »Ich dachte, ich könnte sie am ehesten entbehren. Ein ordentliches Weihnachtsmahl ist doch viel wichtiger.« Sie lächelte gequält.
»Na, für das klägliche Mahl hätten Sie die Kette nicht verkaufen müssen.« Bratfisch deutete mit einem abschätzigen Blick auf den fast leeren Tisch.
Die Mutter senkte den Blick. »Ich wollte nur das Beste für euch und Kaffee ist nun mal sehr teuer geworden.«
Mit den gespreizten Fingern fuhr Karl sich durch die Haare. Es war Weihnachten und zum wiederholten Male hatte er sich vorgenommen, ein besserer Mensch zu werden. Doch der Zorn auf seinen Schwager, der in ihm hochkochte, ließ sich nicht einfach unterdrücken.

»Für Sie, Herr Pfarrer, habe ich leider kein Geschenk«, sagte er mit erzwungener Ruhe in der Stimme. »Aber wenn die Kosaken kommen, kaufe ich denen ein Kantschu ab. Das ist das richtige Geschenk für Sie.«
»Ein was?«
»Eine geflochtene Peitsche. Die Kosaken sagen, Pike gut für Franzus, Kantschu gut für Wirt. Aber ich denke, bei einem Pfarrer wirkt sie auch.«

Vorsichtig hob Friederike die Bretter an, die das Versteck bedeckten. So hoch oben unter dem Scheunendach würde wohl niemand vermuten, was hier für Schätze gelagert waren. Die vier Dauerwürste, die geräucherten Schinken und die Kartoffeln, mehrere Säcke Mehl und getrocknete Erbsen und Bohnen, alles passte in den Verschlag hinter altem Heu. Sie musste über eine wackelige Leiter, einen Querbalken und eine Luke klettern, um an die Schatzkammer zu gelangen. Sorgsam packte sie Mehl, Graupen, Bohnen, Zucker und Würste in einen Korb, bedeckte ihn mit einem Tuch und schloss das Versteck sorgfältig. Bevor sie wieder herabkletterte, lauschte sie. Auf der Straße schien alles ruhig. Dann brachte sie den Korb in die Küche. Die Mutter erwartete sie schon. Im Herd brannte knisternd das Feuer und verbreitete angenehme Wärme. Friederike rieb sich ihre von Kälte roten Hände.
»Man wagt sich gar nicht, Brot zu backen«, sagte die Mutter. »Die Soldaten riechen es bis auf die Straße. Wir backen nur einen kleinen Kuchen, das reicht für die Feiertage. Wenn wir ihn mit Beerenmus füllen, ergibt das auch eine Festspeise. Wir kochen die Würste mit den Kartoffeln zu einer kräftigen Suppe. Das bringt die Kleinen bestimmt weder auf die Beine.«
Friederike ahnte, dass sich die Mutter damit Mut zusprach. Seit einigen Tagen waren die Zwillinge erkrankt. Zwar kränkelten sie

schon oft, aber diesmal war es schlimmer. Heftiges Fieber hatte sie erfasst und sie nahmen keine Nahrung mehr zu sich.
Die Mutter konnte ihnen auch kaum etwas Nahrhaftes anbieten, zogen doch tagtäglich Soldaten durch das Dorf, die einen gesund, unverbraucht, gutgelaunt, aber hungrig, die anderen verletzt, krank, am Ende ihrer Kräfte und mit dem leeren Blick von Todgeweihten. Die einen in Richtung Berlin zur nächsten Schlacht, die anderen in Richtung Leipzig und der umliegenden Dörfer auf der Suche nach einem Lazarett.
Die Soldaten mussten verköstigt werden. Zahlten sie anfangs noch für Brot, Kartoffeln, Hühner und Bier, woraus sie am Abend am Feuer ihre Suppe kochten, gab es bald schon immer mehr Übergriffe, Diebstahl, Raub, sogar Mord. Die Verzweiflung wohnte auf beiden Seiten. Die Dorfbewohner wussten nicht, wo sie ihren Wintervorrat noch verstecken konnten. Plündernde Soldaten fanden alles, und die Familien mussten hungern.
Und dann die Verwundeten, elende Gestalten, gezeichnet von den schrecklichen Waffen, die gegen sie gerichtet worden waren. Längst schon besaß Amalie Köster kein Leinen mehr, das sie den Unglücklichen als Verbandszeug hätte geben können. Jedes Mal hielt sie den Atem an, wenn wieder Soldaten durchs Dorf zogen, und jedes Mal atmete sie erleichtert auf, wenn sie vorübergingen, ohne gegen das Hoftor zu hämmern oder es gar einzutreten.
Besorgt blickte Friederike zum Fenster hinaus. Es war schneidend kalt, der Wind fegte Schneeflocken waagerecht am Fenster vorbei, ohne dass sie irgendwo liegen blieben und den kahlen Boden verdeckten. Nur die Ackerfurchen zeichneten sie mit einem schmutzigen Weiß nach. Der Vater war nach Leipzig gefahren, jedoch nicht um Milch zu verkaufen – es gab schon lange keine Kühe mehr – sondern wegen der dringend benötigten Medizin für die Zwillinge. Johann Köster schwor auf die Apotheke in Leipzig,

die die beste Medizin hätte. So nahm er den Weg durch das ungemütliche Winterwetter auf sich.
Wie der Flockenwirbel vor dem Fenster strudelten auch Friederikes Gedanken. Sie teilte die Sorge der Mutter um die Zwillinge, deren Fieber sich trotz kalter Wickel, Weidenrindensaft und Essigbad nicht senken ließ. Sie dachte an Philipp, der sich irgendwo in Russland befand und vielleicht schon nicht mehr am Leben war. Und sie dachte an ihre unglückliche Schwester Ulrike, an den kleinen Jakob und deren Leben in Großzschocher, verstoßen, in Schande, einsam. Der Krieg hatte nichts als Schmerz, Trauer, Unglück und leere Speisekammern gebracht. Ja, sogar die Ställe waren leer. Es gab kaum noch ein Huhn, keine Gänse, Schweine oder Kühe, Pferde und Maulesel waren beschlagnahmt worden. Dass Kösters noch ihren Maulesel behalten durften, war nur der Fürsprache des Bürgermeisters zu verdanken, da ohne Maultier Johann Köster seinen Lebensunterhalt nicht verdienen konnte. Wie die Bauern allerdings im Frühjahr ihre Felder bestellen sollten, wusste niemand. Alle hofften auf Ausgleichszahlungen durch das kurfürstlich-sächsische Amt.
Friederike betrachtete ihr Gesicht im Fensterglas. Es war durchscheinend wie bei einem Gespenst. Sie schauderte.
Da gewahrte sie den Wagen ihres Vaters auf der Straße.
»Der Vater kommt zurück«, rief sie und eilte hinaus, um ihm das Tor zu öffnen. Das blieb sonst stets geschlossen wegen der Soldaten.
Mit blau gefrorenem Gesicht und steifen Händen kletterte der Vater herab und schirrte den Maulesel ab. Beide waren froh, wieder daheim zu sein. Gierig stürzte das Tier sich auf das Heu und ein paar Rübenschnitzel, während Johann Köster sein Bündel nahm und die Küche betrat. Friederike folgte ihm. »Hast du die Medizin?«, fragte sie ungeduldig.

Schweigend setzte er sich an den Küchentisch und packte mit klammen Fingern das Bündel aus. »Der Apotheker hat eine Medizin zusammengestellt. Allerdings kann er nicht viel helfen, er musste fast alles an die Lazarette liefern.« Er schwieg und schluckte, während Amalie Köster die braune Flasche nahm und damit zu den Zwillingen eilte. Mit einem Löffel flößte sie ihnen den klebrigen Saft ein.

»Es ist furchtbar«, flüsterte Johann Köster. »Die Stadt rüstet sich, ein einziges Lazarett zu werden. Überall räumen sie öffentliche Gebäude, sogar Kirchen sollen umfunktioniert werden.«

Friederike blickte ihn fragend an. »Gibt es denn nicht genügend Hospitale in Leipzig?«

»Sie genügen nicht. So recht sagt keiner die Wahrheit, aber die Gerüchte verbreiten sich wie dunkler Nebel in den Gassen und Straßen. Die Grande Armée gibt es nicht mehr. Kaiser Napoleon ist vernichtend geschlagen worden. Kaum ein Soldat kehrt unversehrt zurück. Es gibt gar nicht so viel Lazarette, wie es verwundete und kranke Soldaten gibt. Bevor sie ankommen, sterben sie. Ich habe so viele Leichen gesehen.« Er fuhr sich mit der Hand über die Augen. »In der Stadt geht das Nervenfieber um. Die Menschen haben Angst wie vor der Pest.«

»Lieber Gott, dann lasst uns beten, dass wir davon verschont bleiben«, rief Amalie Köster und wischte sich die Hände an der Schürze ab. Die Zwillinge waren erschöpft eingeschlafen.

Friederike ging wieder zum Fenster und starrte hinaus in die Dunkelheit. Die große Armee gab es nicht mehr. Nein, das war unmöglich! Wie konnte so eine gewaltige Armee geschlagen werden? Bestimmt war es nur ein Gerücht, um die Menschen zu verunsichern. Wieder musste sie an Philipp denken. Ob sie ihn jemals wiedersehen würde? Sie wünschte es sich so sehr. Je länger er ihr fern war, umso mehr sehnte sie sich nach ihm. Er

versprach Freude, Lachen, Unterhaltung und Geist. Das alles gab es schon lange nicht mehr in ihrem Leben, in dem kleinen Dorf und selbst in Leipzig nicht. Ohne Philipp war ihr Leben leer und freudlos. Vorbei die Nachmittage am Ufer der Pleiße, auf der Promenade, die Treffen unter den schattigen Bäumen. Sie fühlte sich so schrecklich allein. In jeder französischen Uniform, die sie erblickte, hoffte sie, Philipp zu erkennen. Doch er war nicht dabei. Und bald mochte sie nicht mehr suchen, nicht mehr hinschauen, vor allem als die ersten elenden Gestalten aus dem Krieg zurückkehrten. Sie freute sich nicht auf das Weihnachtsfest, nicht auf den Kuchen und die Lichter in der Kirche. Es würde ein trauriges Weihnachtsfest werden.
In dieser Nacht starb Paul. Zwei Tage später folgte ihm Max. Auf dem Friedhof von Liebertwolkwitz gab es zwei kleine Gräber mehr.

Krieg vor dem Tor

Wilhelm Krell genoss seine wiedergewonnene Freiheit, auch wenn sie ihm ein beträchtliches Sümmchen gekostet hatte. Der Vorwurf des Schmuggels war danach fallengelassen worden. Zufrieden kehrte er nach Hause zurück.

Als er die Wohnungstür öffnete, prallte er zurück. Beißender Nebel waberte ihm entgegen, dazu roch es intensiv nach Essig, dass es ihm die Luft nahm. »Was ist denn hier los?« keuchte er und hustete heftig. Seine Frau Auguste, Tochter Sophie und die Dienstmagd Hermine hüpften wie toll gewordene Irrwische mit kupfernen Schüsseln, aus denen der beißende Rauch aufstieg, durch die Wohnung.

»Vorbeugung, alles Vorbeugung«, rief Auguste Krell über die Schulter. »Schön, dass du wieder da bist.« Sie schien über seine Freilassung nicht überrascht zu sein.

Mit schnellen Schritten eilte Wilhelm Krell zum Fenster und öffnete es. »Hört auf mit diesem Unsinn!«

»Es dient der Vorbeugung des Nervenfiebers. Der Stadtrat hat es so erlassen und der Apotheker hat es mir bestätigt. Die vielen Kranken haben die Luft mit Ansteckungsstoffen verunreinigt. Mineralsaure Räucherungen machen diese Stoffe unschädlich. In der Küche stehen Kannen mit Essig. Vom Apotheker habe ich Braunstein, Vitriol und Kochsalz gekauft. Wir räuchern mehrmals am Tag, dann werden wir nicht krank.«

»Stimmt, weil wir vorher schon daran erstickt sind.« Wilhelm Krell wedelte mit der Hand den Rauch beiseite. »Wo steckt Heinrich?«

»Er bringt einen Kessel mit Suppe ins Lazarett. Wir müssen mildtätig mit den Verwundeten und Kranken sein. Sie sind in einem bejammernswerten Zustand. Ich habe schon die alte Bettwäsche gespendet und auch die Leinentücher zu Verbandsstreifen zerschnitten.«

»Was hast du?« Wilhelm Krell schnappte nach Luft. »Bist du von Sinnen, Frau? Woher sollen wir neue Bettwäsche bekommen?«

»Du machst das schon«, erwiderte Auguste Krell. »Es ist unsere Christenpflicht, den armen Teufeln zu helfen.«

»Heinrich wird sich anstecken. Wie kannst du ihn ins Lazarett schicken? Das ist verantwortungslos!«

»Keine Sorge, er wäscht sich hinterher mit Essig und spült sich damit den Mund aus. Außerdem geht er ja nicht direkt zu den Kranken sondern nur in die Küche. Ich habe eine Kartoffelsuppe mit Speck gekocht.«

»Und was bekomme ich zu essen?« Fassungslos starrte Wilhelm Krell auf die Behälter in der Küche. Es sah aus wie in einem Laboratorium eines Hexenmeisters.

»Bier, Wachholderbranntwein und Fruchtsaft«, erwiderte Auguste. »Wir müssen strenge Diät halten.«

Kopfschüttelnd verließ Wilhelm Krell die Küche. »Ich gehe ins Kontor. Hier hält man es nicht aus.«

»Aber sei auf der Hut! Bleib nicht an Orten mit stehendem Wasser. Die Ausdünstungen verderben die Luft. Und berühre nicht altes Stroh, das auf der Straße liegt. Es könnten Kranke darauf gelegen haben.«

»Warum sollte ich«, murmelte Wilhelm Krell. »Bin doch kein Ochse. Ich gehe in eine Gastwirtschaft, vielleicht bekomme ich dort etwas Ordentliches zu essen. Strenge Diät, so ein Unsinn!« Er warf sich den Mantel über. Hermine blinzelte ihm aus tränenden Augen zu.

»Es ist nun mal Vorschrift«, sagte sie entschuldigend. »Wenigstens tötet es auch das Ungeziefer ab, das die französischen Offiziere uns hinterlassen haben.«

Karl blickte sich um. Eine eigenartige Stimmung beherrschte die Stadt. Viele Menschen wagten sich nur noch im Notfall hinaus auf die Straßen und Gassen. Die Angst vor dem grassierenden Nervenfieber ging um, das vor allem die ankommenden Kriegsversehrten eingeschleppt hatten. Überall in der Stadt wurden Notlazarette eröffnet und die Bevölkerung zu Spenden aufgerufen. Auf dem Tuchboden des Gewandhauses, am Place de Repos, im Ranstädter Schießgraben und vielen anderen öffentlichen Orten lagen nun Kranke und Verletzte, die versorgt und gepflegt werden mussten. Diejenigen, die transportfähig waren, wurden nach Weißenfels weitergeleitet, aber ebenso viele blieben in der Stadt und verstarben hier. Ununterbrochen sah man Karren mit zugedeckten Leichen auf die Friedhöfe fahren. Die Totengräber arbeiteten ununterbrochen und kamen doch nicht nach, alle Verstorbenen rechtzeitig zu beerdigen.
Die grausame Niederlage der Grande Armée war nicht mehr zu verheimlichen. Die geschlagenen Rückkehrer aus dem Russlandfeldzug boten ein erschreckendes Bild. Fast verhungert, verletzt und entstellt, mit erfrorenen Gliedern und von Krankheit gezeichnet schleppten sie sich in die Stadt oder lagen auf Karren und Wagen. Gleichzeitig mit dem Entsetzen über den Ausgang des Krieges breitete sich die Angst vor möglichen Repressalien der Franzosen in der Stadt aus. Immer wieder warnten die Stadtoberen davor, unbedachte Äußerungen in der Öffentlichkeit zu tätigen oder sich zu mehr als drei Personen zusammenzurotten. Es könnte zu Gewaltexzessen kommen, denn die franzosenfeindliche Haltung der Leipziger war bekannt.
Neben den unzähligen Kranken und Verletzten, die die Stadt beherbergen musste, kam auch noch eine gewaltige Anzahl an Einquartierungen von Soldaten, die die Zahl der Einwohner um das Doppelte überstieg. Die Stadt ächzte unter der Last der auf-

erlegten Bürde. Die Leipziger litten nicht nur an Hunger, sondern auch an unterdrücktem Zorn.
Ein aufrüttelndes Gerücht machte unterdessen die Runde, das aus Angst vor hohen Strafen nur leise, aber stetig von Mund zu Mund ging: der Preußische König Friedrich Wilhelm III. hatte sein Volk aufgerufen, sich gegen den korsischen Eroberer zu stellen! Eine Anzahl westfälischer, bayrischer und herzoglicher Offiziere hätte sich diesem Aufruf angeschlossen und ihren Übertritt zur deutschen Legion bekannt gegeben – doch niemand wusste etwas Genaues.
Mittlerweile jährte sich der Geburtstag des Königs von Rom, Napoleons einzigem Sohn, zum dritten Mal und die französischen Besatzer feierten ihn mit einer großen Parade auf dem Leipziger Marktplatz.
Karl ließ es sich nicht nehmen, sich das Spektakel anzuschauen. Am Rande des Gedränges traf er auf Heinrich Krell, der mit gesenktem Kopf einen großen, mit einem Deckel verschlossenen Kessel schleppte. Diesmal war er nicht so herrschaftlich gekleidet, wie Karl ihn beim letzten Mal gesehen hatte. Eigentlich wollte Karl sich abwenden, doch dann erinnerte er sich an eine alte Schuld, die Heinrich bei ihm hatte.
»Oh bringst du mir das Essen, das du mir noch schuldest?«
Heinrich hob ruckartig den Kopf und errötete. »Was faselst du da, Schusterjunge?«
»Das Essen.« Karl deutete auf den Kessel. »Du hast mich hungrig gehen lassen und dich nicht einmal bedankt, als ich dir das Leben rettete.«
»Das könnte dir so passen, du Hungerleider«, erwiderte Heinrich. »Das ist für die Kranken im Lazarett.«
»So eine christliche Mildtätigkeit im Hause Krell?«, wunderte sich Karl. »Zeig mal, ob du mich auch nicht belügst.«

»Verschwinde«, zischte Heinrich, doch Karl hatte schon den Bügel des Kessels gepackt und zog daran. Heinrich hielt fest, die beiden Kampfhähne standen nun Nase an Nase. Plötzlich ließ Heinrich los. Karl prallte zurück, stolperte und stürzte. Der Deckel flog vom Kessel und die heiße Suppe ergoss sich über Karls Oberkörper.

Karl war zu verblüfft, um zu reagieren. Doch schnell war sein dünnes Hemd durchtränkt. Erst allmählich spürte er den brennenden Schmerz. Die umstehenden Menschen wichen zunächst erschrocken zurück, doch dann lachten sie über dieses vermeintliche Ungeschick.

»Die schöne Suppe«, rief eine Frau. »Wie schade!«

Wutentbrannt blickte Karl abwechselnd zu Heinrich und auf sein Hemd. »Verdammt, Krell, das sollst du mir büßen!«

»Was denn? Hier hast du dein Essen. Ersticken sollst du daran. Dann brauche ich es wenigstens nicht ins Lazarett zu schleppen.« Er kehrte auf dem Absatz um und verschwand in der Menge.

Karl rappelte sich auf. Er sah aus wie ein Schwein, das sich im Straßengraben gesuhlt hatte. Doch der Kessel war noch halb voll mit Suppe. Sie duftete nach Speck und Kümmel. Es war tatsächlich Kartoffelsuppe, und nicht zu dünn!

Ohne sich weiter um die Gaffer und Spötter zu scheren, packte Karl den Kessel und setzte den Deckel wieder drauf. Das würde ein reichliches Abendmahl geben. Mit großen Schritten eilte er in die Schustergasse.

Helene Hempel starrte ihn an. »Was hast du schon wieder angerichtet?«, keifte sie, nachdem sie sich vom ersten Schreck erholt hatte. »Wer soll denn diese schmierigen Sachen waschen?«

Grinsend stellte Karl den Kessel auf den Herd und nahm den Deckel ab. »Feinste Kartoffelsuppe mit Speck und Kümmel. Mit den besten Empfehlungen aus dem Hause Krell.«

»Wie das?«

»Eine alte Schuld, die der dicke Heinrich noch bei mir hatte. In dem Gedränge habe ich allerdings ein wenig davon verschüttet.«

»So, so.« Helene Hempel blickte unschlüssig in den Kessel. Auch sie nahm der Duft gefangen und sie leckte sich die Lippen. »Also gut, aber die Suppe gibt es erst, wenn der Meister heimkommt. Zieh dich um.«

Sie warteten an diesem Abend lange auf Oskar Hempel, der in der Stadt Leder aufkaufen wollte. Wahrscheinlich aber hatte er sich von dem Getümmel auf dem Marktplatz aufhalten lassen.

»Nun gut«, seufzte Helene Hempel. »Beginnen wir schon mal.«

Das ließ sich Karl nicht zweimal sagen, schließlich hatte er die Suppe schmerzensreich erkämpft. Für Oskar würde noch genügend übrig bleiben.

»Die Russen sind da!« Dieser Schreckensruf hallte durch Leipzigs Straßen, kurz bevor die erste Kosakenpatrouille tatsächlich durch das Grimmaische Tor hereingesprengt kam. Die Franzosen mussten es geahnt haben und waren bereits aus der Stadt geflüchtet. Nur wenige Nachzügler wurden von den Russen im Handstreich gefangen genommen. Der anfängliche Schrecken der Leipziger Bevölkerung wich schnell der Begeisterung und sie jubelten den einrückenden Russen zu wie willkommenen Befreiern. Es war wohl das schönste Husarenregiment, das die Leipziger je zu sehen bekamen. Die eintausend Reiter trugen weite, faltenreiche Beinkleider mit breiten Ledergürteln, die Tschakos aus schwarzen Fellen mit weißen Schnüren verziert. Das knapp anliegende blaue Kamisol war mit Orden geschmückt, die Riemen der Patronentaschen mit Silber beschlagen. An der Seite hing ein Sack aus rotem Tuch. Sie trugen Säbel, Pistolen und Piken als Waffen. Dem Zug voran ritten fünf Fahnenträger. Das Beeindruckendste

jedoch war der Gesang der Kosaken, aus tiefen Kehlen und voller Inbrunst wie eine reitende Kirche. So manchem Zuschauer lief eine Gänsehaut über den Rücken.
Am Markt saßen die Kosaken ab, um, geschützt von der Bürgergarde, vor einem Feldaltar einen Gottesdienst nach russischem Ritus zu feiern. Danach verließen die meisten die Stadt wieder, um sich in den umliegenden Dörfern einzuquartieren. Der russische General nahm jedoch in der Stadt Quartier. Sogleich erließ er über den Stadtrat Anordnungen. Alle Bürger mussten zur Verpflegung der russischen Soldaten beitragen. Für einen einfachen Soldaten waren das 1½ Pfund Brot, acht Lot Reis und Graupen, 16 Lot Erbsen und Linsen, ½ Pfund Fleisch und ½ Kanne Branntwein.
Wilhelm Krell eilte ins Kontor, wo sein Sohn Heinrich lustlos über den Büchern brütete. »Los, los, pack alles zusammen. Vielleicht können wir noch etwas retten.«
Heinrich blickte verständnislos auf. »Was ist los?«
»Alles ist auf den Kopf gestellt«, ächzte Wilhelm Krell. »Alle französischen Kommissionsartikel werden beschlagnahmt. Wenn wir nicht alles binnen 24 Stunden anzeigen, was wir auf Lager haben, werden wir nach dem Kriegsgesetz abgeurteilt.«
Heinrich pfiff durch die Zähne. »Erst wirst du von den Franzosen verhaftet, weil du englische Waren hast, dann wirst du von den Russen verhaftet, weil du französische Waren hast. Wie soll man denn da handeln?«
»Wir, wir werden verhaftet. Vergiss nicht, dass du mein Teilhaber bist.« Hektisch packte Wilhelm Krell die Bücher zusammen. »Bis morgen früh fälschen wir die Listen, dann könnten wir die Hälfte des Bestandes noch retten.«
Heinrich stand langsam auf und zog sich seine Weste über den Bauch. »Weißt du was? Ich pfeife auf den ganzen Handel. Ich

gehe zu den Soldaten, werde Offizier und bekomme meinen Sold vom König. Das hier bringt doch alles nichts. Jeder Besatzer macht seine eigenen Gesetze und Anordnungen, presst aus uns heraus, was sie bekommen können und wir müssen nach deren Pfeife tanzen. Nein, nein, ich wechsele die Seiten und werde auch Auspresser.«
Wilhelm Krell starrte seinen Sohn an. »Und von welchem König willst du deinen Sold beziehen? Unser König macht, was der große Kaiser von ihm verlangt. Du siehst doch, wo das hingeführt hat.«
»Wer redet denn von Napoleon und dem Sachsen?« Heinrich blies die Backen auf und dann grinste er. »Die beiden haben keine Zukunft. Ich gehe zu den Preußen. Die werben schon in der Stadt Freiwillige an.«
»Du willst zu den Preußen gehen?«
Heinrich nickte. »Das Lützowsche Korps hat großen Zulauf. Ich habe ihnen zugesehen, wie sie das Schießen auf die Scheibe üben. Die Stadtsoldaten haben ihnen sogar ihre Gewehre übergeben.«
»Aber … aber … da bekommst du keinen Sold. Die sind Selbstversorger.«
»Na und? Als dein Teilhaber besitze ich genug, um mich auszurüsten.« Er vollführte eine ausholende Armbewegung.
Wilhelm Krell blieb mit offenem Mund stehen und starrte Heinrich hinterher. »Heinrich«, rief er. »Du bist ein Vaterlandsverräter!«
»Nein«, rief Heinrich über die Schulter zurück. »Unser König hat Sachsen verraten. Ich will, dass wir wieder frei werden und du deine Handelsgeschäfte betreiben kannst.«
Damit ließ er seinen Vater schweigend und verwirrt zurück.

Ulrike Köster blickte verängstigt durch das kleine Fenster. Vor dem Haus standen Soldaten, Pferde, Offiziere. Sie wedelten mit Quartierscheinen vor Tante Eleonores Nase.

»Ich habe aber gar keinen Platz«, versuchte sie sich zu wehren. Doch der Offizier wurde böse. »Sie sollten sich fügen, werte Frau, sonst müssen wir ungemütlich werden. Es ist Krieg und die Soldaten müssen untergebracht werden. Ihr Bauern seid doch Gesindel, die jammern und barmen noch, wenn die Schinken von den Balken hängen.«

Dabei fuchtelte er mit seinem Säbel vor Eleonores Gesicht herum. Doch sie ließ sich nicht beeindrucken. »Wenn es nicht geht, geht es nicht. Nicht einmal in der Kinderwiege ist Platz. Sie müssen weiterziehen, vielleicht finden Sie woanders Quartier.«

Der Offizier schob sie unsanft beiseite. »Weg da, Frau, wir bleiben hier!«

Hilfesuchend blickte Eleonore sich um. Ihr Blick fiel auf das Pfarrhaus, aus dem gerade der Pfarrer trat. Er hatte den Tumult vor Eleonores Haus bemerkt. Doch in diesem Fall konnte er nicht helfen.

»Tut mir sehr leid, gute Frau, aber dagegen können wir nichts machen. Vielleicht finden die Soldaten und Schanzgräber in der Scheune ein Quartier. Ich biete dem Herrn Offizier gern mein Haus an. Zwar habe ich bereits eine Einquartierung eines Italieners, aber eine kleine Kammer kann ich noch zur Verfügung stellen.«

Tante Eleonore nickte zustimmend und öffnete die Scheunentür. Die Soldaten führten ihre Pferde hinein und suchten sich auf der anderen Seite im Heu einen Schlafplatz.

»Ich werde gleich etwas zu Essen bereiten«, beeilte sie sich zu versichern. Sie musste die Soldaten bei Laune halten. »Machen Sie es sich nur recht bequem.« Sie eilte ins Haus.

»Gott sei Dank, der Pfarrer hat uns einen der Offiziere abgenommen. Ich hätte gar nicht gewusst, wo ich ihn einquartieren sollte. Ich habe ja selbst nur eine winzige Kammer.«

Sie warf einen Blick aus dem Fester. Draußen stand noch der Pfarrer und sprach mit dem Offizier. »Der Pfarrer hat wirklich ein großes Herz«, sagte sie. »Dabei hat er genug Ärger mit diesem Italiener. Ständig sind diese zweifelhaften Damen um ihn herum. Eine verlässt nicht mal bei Tag sein Bett.« Sie seufzte. Ulrike setzte den kleinen Jakob auf den Boden, dann half sie der Tante, Kartoffeln zu waschen und den großen Topf zu füllen. Nur mit Quark und Sauermilch würden sich die Soldaten nicht zufrieden geben. Sie würde den letzten Schinken anschneiden müssen und Kochwurst wärmen. Dazu gab es warme Apfelstücke mit Zimt. Sowohl die Kartoffeln als auch die Äpfel waren schrumpelig, doch mit viel Wasser würde das niemand bemerken.

Als es an der Tür klopfte, dachten sie zunächst, es wären Soldaten. Doch zu ihrer Freude stand Friederike davor.

»Mädel, wo kommst du denn her?«, rief die Tante erschrocken.

»Von daheim«, erwiderte Friederike.

»Bist du den ganzen weiten Weg gelaufen? Du armes Kind, setz dich und ruh dich erst mal aus.«

Friederike lächelte. »Nein, ich bin mit einem Fuhrwerk mitgefahren. Mutter schickt euch zu essen und etwas Kleidung, bevor die Soldaten uns alles wegnehmen.«

»Bei euch sind sie auch?« Die Tante schüttelte den Kopf. »Wir haben auch Einquartierung. Zum Glück sind sie friedlich und zufrieden mit dem, was wir ihnen geben. Viel ist es nicht, denn der Winter hat auch unsere Speisekammer geleert.«

Friederike hielt ein aus Schafwolle gefertigtes Mäntelchen für Jakob hoch. »Das wird wohl kein Soldat beanspruchen.«

Auf Ulrikes Gesicht stahl sich ein Lächeln.

»Darf ich ein paar Tage bei euch bleiben? Für den Rückweg wird es zu spät. Außerdem…« Sie stockte.

Die Tante legte tröstend den Arm um ihre Schulter. »Die armen Buben«, sagte sie leise. »Ihr leidet sehr darunter, dass die kleinen Würmchen gestorben sind, nicht wahr?«
Friederike nickte und wischte sich die Tränen ab. »Der Doktor sagt, es sei das Nervenfieber gewesen. Es geht um, seit die Verletzten und Kranken durchgezogen sind und die Luft verpestet haben. Die Lazarette sind ja voll von ihnen.«
Die Tante schob Friederike etwas von sich. »Hoffentlich bringst du das Fieber nicht mit.« Sie schaute ihre Nichte prüfend an. Ihr Gesicht war zwar blass, die Wangen aber rosig und ihre Augen klar. Vorsichtshalber strich sie ihr über die Stirn, aber auch die war kühl und trocken. Sie atmete auf.
»Du kannst natürlich hier bleiben, wenn du mit einem Platz in Ulrikes Bett zufrieden bist.«
»Aber natürlich! Danke!«
Die Frühlingssonne erwärmte die Luft. Die nasse und schwere Erde strömte einen intensiven Geruch aus. Ulrike wäre gern mit Jakob etwas spazieren gegangen. Doch sie fürchtete sich vor den Soldaten. Friederike bot sich an, Ulrike zu begleiten. Allerdings hielt sie gebührenden Abstand zu ihrer Schwester. Alle im Dorf hielten sie für eine Irre, vor der man sich fürchten müsse, da sie niemals sprach und nur krächzende Laute von sich gab.
Der Pfarrer kam ihnen entgegen und grüßte freundlich. »Es ist ein rechter Tag für einen Spaziergang«, stellte er fest. »Auch ich habe einen Gang unternommen und die Umgebung inspiziert. Es sind eine Menge Russen unterwegs. Mit einem Offizier habe ich mich unterhalten, der etwas deutsch sprach. Er fragte mich verschiedene Dinge zur Umgebung. Leider konnte ich ihm nur ungenügend Auskunft geben, aber ich habe ihm eine Karte geschenkt, die ihm nützlich sein kann. Zum Dank dafür hat er mir gesagt, dass es in einigen Tagen zu einer Schlacht kommen werde.«

»Eine Schlacht? Hier?« Friederike riss erschrocken die Augen auf.
»Ja, ja«, bestätigte der Pfarrer. »Überall biwakieren die Russen. Und Schuld wäre unser König, weil er noch immer zu den Franzosen hält.«
Friederike packte Ulrikes Handgelenk. »Komm, wir gehen zurück. Hier draußen ist es zu gefährlich.«
Kaum hatte sie es ausgesprochen, stürmten wohl an die fünfzig Kosaken unter lautem Geschrei auf ihren kleinen, wendigen Pferden vorbei.
Ulrike packte den kleinen Jakob und drücke ihn fest an sich. Sie liefen um ihr Leben, der Pfarrer hinterdrein. Doch die russischen Reiter scherten sich nicht um sie. Im Dorf tränkten sie eilig ihre Rösser, nahmen selbst nur ein Schluck Wasser, um dann in Richtung Zwenkau weiterzureiten. Tante Eleonore verrammelte Türen und Fenster.
Schweigend saßen sie um den Küchentisch herum. Der Tag war zur Neige gegangen, ohne dass sie ihrer gewohnten Arbeit nachgehen konnten. Mit angehaltenem Atem lauschten sie in die Nacht hinein. Alte Ängste brachen wieder auf, sowohl bei Friederike als auch bei Ulrike. Tante Eleonore ahnte, wie es um die beiden stand. Sie zündete nur eine kleine Kerze an und stellte sie auf den Küchentisch. »Es wird nichts passieren«, sagte sie leise. »Wir müssen darauf vertrauen.«
Am nächsten Morgen spürten sie ein leichtes Zittern des Bodens. »Um Himmels Willen, was ist das?« Tante Eleonore spähte durch die Ritzen der geschlossenen Fensterläden. Von fern drang Kanonendonner zu ihnen, unheimlich und furchteinflößend. Dann stiegen feurige Raketen in den Himmel.
»Bleibt im Haus, bleibt alle im Haus«, rief der Pfarrer, während er mit wehender Soutane durchs Dorf eilte. »Ich verhandle mit den Russen.«

Tante Eleonore presste die Hände zusammen. »Hoffentlich tun sie ihm nichts an«, flüsterte sie ängstlich. »Er ist so ein großherziger Mensch.«
Ulrike versuchte, Jakob zu beruhigen, der ununterbrochen schrie. Wahrscheinlich litt er wieder unter Darmkrämpfen.
Draußen eilte der Pfarrer mit erhobenen Händen auf einen russischen Offizier zu, der mit einer Handvoll Soldaten begann, die Brücken über die Elster niederzubrennen.
»Meine Herren, meine Herren, halten Sie ein«, rief der Pfarrer. »Die Brücken kosten viel Geld. Dürfen wir die Brücken abtragen, um wenigstens das Material zu erhalten, für später, wenn alles vorbei ist?«
Verblüfft schaute der Offizier ihn an. »Na ja, wenn Sie Zimmerleute haben, die die Arbeit verrichten…«
»Die haben wir ausreichend, und die sind alle daheim!« Aufatmend lief der Pfarrer zurück ins Dorf, klopfte an die Haustüren und rief die Männer zusammen, damit sie die Brücken abtragen helfen.
»Wenn die Russen die Brücken zerstören wollen, sollen sie es doch tun. Wozu wollen wir ihnen dabei helfen?« Achselzuckend wandten die Männer sich wieder ab.
Der verzweifelte Pfarrer lief von einem zum anderen, flehte um Einsicht und ihre Hilfe. Umsonst!
»So versteht doch, liebe Männer, so eine Brücke kostet viertausend bis fünftausend Taler. Und wenn das Feuer auf die Ölmühle übergreift, dann brennt sie nieder.«
»Die Ölmühle gehört dem Herrn und die Feuerspritze der Gemeinde. Wenn der Herr seine Mühle gerettet haben will, soll er seine eigene Spritze nehmen.«
Fassungslos starrte der Pfarrer die Männer an. »Der Herr hat keine eigene Spritze«, erwiderte er. »Dann fahrt wenigstens die

Spritze bis zur Ölmühle, damit das Feuer nicht aufs Dorf übergreift.«

»Herr Pfarrer, Sie sind nicht ganz bei Verstand«, erwiderten die Männer. »Ihnen geschieht doch nichts, selbst wenn die Ölmühle abbrennt. Wozu die ganze Aufregung?« Sie wandten sich ab und gingen wieder zu ihren Gehöften. Zurück blieb der sprachlose Pfarrer.

Der russische Offizier grinste. »Ich sehe, es geht Ihnen wie mir«, meinte er. »Sie haben auch mit einem dummen, trotzigen, gefühllosen Volke zu tun.«

Er zügelte sein tänzelndes Pferd und ritt wieder zur Brücke. Die Soldaten hatte sie mit Stroh umwickelt und mit Pech beschmiert. Langsam ging der Pfarrer zurück ins Dorf. Er würdigte niemanden eines Blickes. Zitternd beobachteten Friederike, Ulrike und Eleonore vom Fenster aus, wie die Brücken angezündet wurden, doch die Konstruktionen wollte nicht recht brennen – sei es aus Unvermögen der Soldaten oder auf Grund inniger Gebete des Pfarrers. Als die Soldaten längst abgezogen waren, standen die Brücken noch immer.

Friederike schaute zu Tante Eleonore. »Ich sollte versuchen, wieder nach Hause zu kommen.«

»Das ist viel zu gefährlich. Du kannst gern noch hier bleiben.«

»Die Eltern werden sich sorgen«, entgegnete sie. »Ich laufe durch den Auwald, dort werden sicher keine Soldaten sein. Sagte der Pfarrer nicht, sie lagern in Zwenkau?«

Die Tante schaute sie besorgt an. »Es soll eine große Schlacht bevorstehen.«

»Aber ganz sicher nicht hier. Mein Weg führt quer durch den sumpfigen Wald über Dölitz und Wachau nach Liebertwolkwitz. Vielleicht findet sich wieder ein Bauer, der mich auf seinem Wagen mitnimmt.«

Sie umarmte erst ihre Tante, dann die Schwester und warf einen Blick auf den schlafenden Jakob. Wie unschuldig das Kind dalag in seiner grob behauenen Wiege, die ihm sicherlich noch einige Zeit nutzen konnte. Einmal würden sich die Eltern entscheiden müssen, ob sie Ulrike und das Kind wieder bei sich in Liebertwolkwitz aufnehmen würden.
Friederike machte sich an diesem ersten Maitag auf den Weg, der sie vom Dorf Großzschocher hinein in den nach Bärlauch und sumpfigem Wasser riechenden Wald führte. Zahlreiche kleine Flussarme durchzogen die Aue. Es war unheimlich und sicher nicht ungefährlich. Die Gefahr kam aus dem Wasser, aus dem sumpfigen Boden und den knorrigen alten Eichen. Unzählige Geschichten und Sagen kannte Friederike über diesen Wald. Doch noch mehr fürchtete sie die Soldaten, deshalb zog sie das ihrer Meinung nach kleinere Übel vor.
Sie war noch nicht weit in den Wald vorgedrungen, als sie einen dumpfen, grollenden Donner vernahm. Kein Zweifel, das waren Kanonen! Die beunruhigenden Geräusche waren noch weit weg, jenseits von Großzschocher, und doch war die Gefahr da. Die Kanonenschüsse im Rücken und den sumpfigen Wald vor sich hastete Friederike vorwärts, achtete nicht darauf, dass sie ihre Kleidung und Schuhe beschmutze. Die Sorge um die Tante und ihre Schwester mischte sich mit der Furcht vor dem Krieg, der plötzlich so nah war. Ihre Gedanken flogen wie aufgeschreckte Vögel durcheinander. Sie dachte an Philipp. Wo mochte er sein? Ob er auch Angst hatte? Ganz bestimmt nicht, denn sonst wäre er nicht freiwillig zur französi-schen Armee gegangen. Soldaten waren mutig, viel mutiger als sie, die Tochter eines Milchmannes, ein Mädchen von neunzehn Jahren.

»Wisst ihr schon das Neueste? Die kloppen sich!« Arthur Kübler kam in die Hempelsche Werkstatt gestürmt, als sei der Teufel hinter ihm her.
»Die kloppen sich doch ständig«, erwiderte Oskar Hempel, ohne von seiner Arbeit aufzublicken. Nur sein kalter Zigarrenstummel wanderte von einem Mundwinkel in den anderen. Karl, der Lederflicken sortierte, hielt inne. »Wo?«
»Ganz in der Nähe, bei Lützen, wo schon einstmals der alte Schwedenkönig sein dunkles Grab fand.«
Oskar Hempel nickte nachdenklich. »Lützen? Das ist ziemlich nahe.«
»Das finde ich auch«, erwiderte der Nachbar. »Der Schmiedegeselle, der mir die Nägel brachte, berichtete von Kanonendonner hinter Schönau.«
»Bis hierher werden sie wohl nicht kommen.« Oskar schaute dabei zu seiner Frau, die mit besorgtem Blick in der Küchentür stand. »Außerdem sind die Preußen wieder abgezogen. Sollen sie sich da draußen die Birne einhauen.«
»Dieses Freiwilligenkorps hat großen Zulauf bekommen.« Arthur Kübler strich sich übers Kinn. »Vor allem Studenten konnten es gar nicht erwarten. Der Rektor der Universität hat in einem Anschlag am Schwarzen Brett zur Vorsicht gemahnt. Die Franzosen könnten hier Vergeltung üben.«
Oskar Hempel grinste. »Ich denke, es sind genug, die sich gegen die Franzosen verbündet haben, um ihnen einen Denkzettel zu verpassen. Besser noch, sie in die Flucht zu schlagen.«
»Wollen wir es hoffen«, murmelte Arthur Kübler. »Ich habe die Nase voll von denen.« Er blickte sich vorsichtig um, doch in Oskar Hempels Werkstatt waren seine Worte sicher.

Preußen hatte Napoleon den Krieg erklärt und sich mit den Russen verbündet. Der große General, der seine Schlappe in Russland

abgeschüttelt hatte wie ein nasser Hund das Wasser, hatte in aller Eile eine neue Armee aus dem Boden gestampft. Von Mainz aus zogen sechs Armeekorps über Erfurt in Richtung Leipzig. Seine Strategie sah vor, die preußisch-russischen Streitkräfte hinter die Elbe zurückzudrängen, um genügend Handlungsfreiheit zu erlangen. Er benötigte das strategisch wichtige Straßenkreuz von Leipzig zum Agieren in alle Himmelsrichtungen. Die Stadt diente ihm als wichtiges Basislager, das er fest in den Händen halten musste. Sein Plan sah vor, auf diese Weise die Versorgungs- und Rückzugslinien des Feindes zu unterbrechen, die Heere voneinander zu trennen und vernichtend zu schlagen.
Am 1. Mai erreichte er Lützen. An diesem geschichtsträchtigemnOrt ließ er lagern. Die Nacht verbrachte der Kaiser am Denkmal für den 1632 gefallenen Schwedenkönig Gustav II. Adolf. Er war sich sicher, dass er hier nicht den Heldentod finden würde. Irgendwo am östlichen Ufer der Pleiße standen sie, diese verräterischen Preußen, die sich mit den Russen verbündet hatten. Napoleon brauchte sie nicht zu fürchten. Seine Kavallerie war der des Feindes dreifach überlegen, auch wenn jene mehr Geschütze auffuhren. Wo genau die preußisch-russische Armee stand, war den Franzosen zwar nicht bekannt, doch unter dem Flankenschutz des Armeekorps von General Michel Ney marschierten die Franzosen unter einer straffen Befehlsführung auf der Straße in Richtung Leipzig.
Es war tollkühn, als die preußisch-russischen Verbündeten am 2. Mai zum Angriff auf die Franzosen bliesen. Während der französische Kaiser vermutete, die Hauptmacht des Feindes befände sich bei Leipzig, griff diese das Neysche Korps an. Vier kleine Dörfer gerieten in die Schusslinien der verbissen kämpfenden Armeen. Marschall Ney musste sich zurückziehen, die Verbündeten besetzten die Ortschaften.

Als diese Nachricht den Kaiser erreichte, befahl er sofort seinen Truppen umzukehren, um Marschall Ney zu Hilfe zu eilen. Die Preußen leisteten erbitterten Widerstand. Unter dem todesmutig stürmenden preußischen Generalfeldmarschall Blücher gelang es ihnen, drei der vier Dörfer zu halten. Doch die immer zahlreicher zurückflutenden französischen Truppen gewannen die Oberhand. Am späten Abend dieses Tages befand sich das Schlachtfeld endgültig in französischer Hand. Als der nächste Morgen seine grauen Schleier von den Feldern hob, kam das ganze Desaster zum Vorschein. Tote, Verletzte, Verstümmelte, Verstörte, ein wirres Durcheinander von Leibern, Uniformen, toten oder verletzten Pferden, Waffen, Stofffetzen, Fahnen und Standarten, Kanonen und Haubitzen boten ein chaotisches Bild. Viele Schreie waren in der Nacht verstummt, nur vereinzeltes Stöhnen, Ächzen und Wimmern durchbrach die gespenstische Stille.
Beinahe lautlos näherten sich die Befehlshaber beider Seiten dem Schlachtfeld und betrachteten das Ergebnis dieses Irrsinns. Wer hatte gewonnen, wer verloren? Es waren Tausende Tote und Verletzte auf beiden Seiten. Auch ohne sie genau zu zählen, war offensichtlich, dass es eigentlich nur Verlierer gab. Angesichts des hohen Blutzolls ließen sich der russische Zar Alexander I. und Preußenkönig Friedrich Wilhelm III. von General Wittgenstein überzeugen, die Schlacht nicht fortzusetzen. Napoleon fühlte sich als Sieger.
Für den Kaiser war es vor allem ein politisch wichtiger Sieg. Die 22 000 Toten und Verletzten seiner Truppen nahm er dafür ungerührt in Kauf. Vier Dörfer wurden zerstört, die Einwohner ihres Hab und Gutes, ihres Besitzes und ihrer Existenz beraubt. Doch das kümmerte weder den Kaiser noch die Befehlshaber der Verbündeten.
Es war eben Krieg.

Der Mai begann mit lauer Luft. Die Tür der Werkstatt stand offen, während Oskar Hempel an seiner Werkbank saß und Lederflicken zuschnitt. Der Frühlingswind vertrieb die unangenehmen Gerüche des nassen Leders und aus Helene Hempels Küche.

»Sie sind wieder da!« Arthur Kübler steckte nur kurz den Kopf zur Tür herein. »Die Franzmänner sind wieder da!« Dann lief er eiligst in sein Haus. Oskar hörte die Haustür zuschlagen. Er ließ das Messer fallen und schlug ebenfalls die Tür zu. Dann schloss er den hölzernen Fensterladen.

»Wo sind die Hühner?«

Helene Hempel hatte noch gar nichts mitbekommen. Sie werkelte am Herd und bereitete das Abendessen vor. »Wo sollen sie schon sein? Im Garten, sich ihr Futter suchen. Es gibt schon Würmer im Boden.«

»Hol sie rein und verstecke sie oben unterm Bett.« So schnell hatte Oskar Hempel sich lange nicht bewegt. »Mein Gott, der Junge ist noch unterwegs!« Verzweifelt fasste er sich an den Kopf.

»Was ist denn los?« Sie hielt den Kochlöffel wie eine Standarte hoch.

»Die Franzmänner sind wieder da! Und ich hatte so gehofft, dass sie nun endgültig ihre Abreibung bekommen hätten und verschwinden würden.«

»Bist du dir sicher? Eben noch haben sie gekämpft. Den Kanonendonner habe ich bis in die Küche gehört.«

»Und offenbar haben sie die Oberhand gewonnen. Oder was wollen sie wieder hier in der Stadt? Der Arthur hat es gerade gemeldet.«

»Himmel, hier sind doch so viele junge Leute zu den Preußen übergelaufen oder haben gar welche versteckt gehalten. Jetzt werden sich die Franzosen rächen und Leipzig endgültig plündern.«

Helene Hempel packte einen Korb und lief in den Garten, um die Hühner einzufangen.

Oskar Hempel sorgte sich etwas um Karl, der in der Stadt unterwegs war. »Der Junge hilft sich schon selber. Er hat doch lange Beine, um davonzulaufen«, versuchte er sich zu beruhigen. Er schlich zur Tür und spähte durch die Ritzen. Von der Reichsstraße her hörte er Rufe. »Vive l'Empereur! Vive l'Empereur!« Französische Voltigeure liefen durch die Gassen, schlugen mit den Gewehrkolben gegen die geschlossenen Türen. Sollten die Leipziger nun in diese Jubelrufe für ihren Sieg einstimmen? Sehr vielen hätte es gefallen, wenn es anders ausgegangen wäre. Es blieb still, die Türen und Fensterläden geschlossen, die Menschen versteckten sich in ihren Häusern und Wohnungen. Das schürte den Zorn der Franzosen. »Pourqoui vous ne répondez pas?«

Karl hatte es nicht mehr in der Werkstatt gehalten. Vor den Toren Leipzigs tobte eine Schlacht und er sortierte Lederflicken! Alle Welt sprach vom Krieg, vom Kampf, von Mut, Patriotismus, Tapferkeit. Noch nie war der Krieg so nahe. Es erregte ihn tausendmal mehr, als es ihn ängstigte, auch wenn Schüsse und Kanonendonner bis in die Stadt hinein zu hören waren. Die Schlacht fand einige Meilen von Leipzig entfernt statt, aber auf der Straße von Lindenau bis vors Ranstädter Tor war ebenfalls gekämpft worden. Nun war es vorbei und die Franzosen kehrten in die Stadt zurück. Doch außer ihren Jubelrufen ließen sie die Bewohner in Ruhe, und wer sich nicht vor ihnen verstecken musste, eilte, von Neugier getrieben, in Richtung Lindenau, um sich das Schlachtfeld anzuschauen. Auch Karl lief zum Fleischerplatz. Am Ranstädter Tor hatten sich die Preußen verschanzt. Die Planken waren von den Franzosen zerschossen worden. Karl sah einen preußischen Soldaten an der Wand lehnen. Einige Leute standen um ihn herum. Erst als Karl näher kam, bemerkte er, dass sein Gesicht blutüberströmt war. Er hatte eine Kugel in den Kopf bekommen.

Sein Gesicht war jung, zu jung, um schon zu sterben. Einige Leute versuchten ihm zu helfen, doch er hauchte sein junges Leben aus, bevor noch Jemand etwas tun konnte. Einige französische Offiziere beschimpften die Helfer als cochons. Eine Weile betrachtete Karl den Leichnam, dann entfernte er sich langsam. Drei weitere preußische Soldaten, ein Franzose und drei tote Pferde lagen auf der Straße. Die Leute gingen mit entsetzten Blicken an den Opfern vorbei, getrieben von der ungesunden Neugier, noch mehr Schrecknis zu sehen. Einige hundert Schritte weiter lag ein Freiwilliger der preußischen Jäger, dem eine Kanonenkugel die Brust durchschlagen hatte. Er musste auf der Stelle tot gewesen sein, denn sein Gesicht, umrahmt von unschuldig wirkenden blonden Locken, wirkte wie im Schlaf. Nur dieses grässliche Loch mitten in seiner Brust verriet sein jähes Ende. Nicht diese Wunde entsetzte Karl, sondern die Tatsache, dass der Unglückliche bis auf die nackte Haut ausgeplündert worden war.

Aus Lindenau kamen ihm Flüchtlinge entgegen. »Sind Franzosen in der Stadt?«, wollten sie von Karl wissen.

»Schon, aber sie sind friedlich«, erwiderte er. »Sie feiern ihren Sieg.«

»Diese elenden Hunde, sie haben uns geplündert, wie kein Russe und kein Preuße. Niemand ist verschont geblieben. Keine Tür war zu fest, kein Fenster zu hoch, um nicht zerbrochen zu werden. Und was sie nicht rauben konnten, haben sie zerschlagen. Selbst die Ärmsten wurden nicht verschont. Was sind das für Unmenschen!« Sie eilten weiter, um irgendwo Schutz zu finden. Karl blickte ihnen stumm hinterher. Hinter Lindenau stiegen schwarze Rauchsäulen in den Maihimmel.

Noch immer stand Karl neben dem Leichnam des preußischen Jägers, unschlüssig, wie er seine derzeitigen Gefühle einordnen sollte. Einige Umstehende bedauerten den Toten, andere bewunderten seine jugendliche Schönheit, die noch im Tod sichtbar war. Mehrere französische Offiziere kamen herangeritten und zügelten ihre schäumenden Pferde. »Ihr elenden Hunde«, beschimpften sie die Gaffer. »Ihr bedauert ihn noch? Ihr verdient sämtlich, dass man euch vor die Kanonen stellt und neben ihn hinstreckt.« In Anbetracht der noch auf der Pleißebrücke stehenden französischen Kanone zog Karl es vor, schleunigst den Rückweg anzutreten.

Eine ganze Stadt als Lazarett

Es herrschte Waffenruhe. Doch die Ruhe war trügerisch. Leipzig musste die ungeliebten Franzosen wieder ertragen. Diese forderten täglich 30 000 Pfund Brot zur Versorgung. Es war der Preis dafür, dass die Stadt und ihre Promenaden nicht zerstört worden waren. Der Stadtkommandant General Bertrand hatte Gnade vor Rache walten lassen. Aber vielleicht waren ihm einfach die Versorgungsleistungen der Stadt wichtiger als deren sinnlose Zerstörung.
In Hempels Küche herrschte Tristesse. In der ganzen Stadt gab es kaum noch Nahrung. Aus den umliegenden Dörfern kamen nur noch wenige Bauern in die Stadt, um ihre Produkte zu verkaufen. Die Dörfer waren geplündert worden, einige gänzlich zerstört und die Bauern litten selbst große Not. Zudem war es die denkbar schlimmste Ostermesse gewesen, die Leipzig je erlebt hatte. Es kamen keine Messfremden, keine Händler und Gäste. Der Handel lag brach, es waren kaum Buden aufgebaut worden, die Gewölbe blieben gänzlich geschlossen. Auch in Hempels Kasse herrschte

Ebbe. Niemand ließ sich seine kaputten Schuhe reparieren. Es gab Wichtigeres zu tun, nämlich täglich etwas zu essen zu organisieren.

Hempels Hühner hatten die Maischlacht vor Leipzigs Toren und den anschließenden Einzug der Franzosen überstanden. Ab und zu legten sie sogar ein Ei. Doch es fehlte an Brot, Mehl, Öl, Fleisch und Branntwein. Und selbst wenn es etwas zu kaufen gab, konnten Hempels es nicht bezahlen. Die Lebensmittelpreise waren in maßlose Höhen geklettert.

Karl hatte von einer neuen Einnahmequelle erfahren. Findige Leipziger pilgerten auf das Schlachtfeld und suchten nach Überresten, die sich verkaufen ließen. Was noch nicht geplündert worden war, wollte man zu Geld machen. Meist waren es Kanonenkugeln, Tornister, Knöpfe, mal ein Messerblatt, mal eine Gürtelschnalle. Dass die Gefallenen der Schlacht nur unzureichend beerdigt worden waren, beförderte nur noch derartige Geschäfte. Oftmals ragten Leichenteile aus der Erde heraus, so mancher Grabhügel war abgetragen worden, weil man verwertbare Dinge darunter vermutete. Tote waren allgegenwärtig. Karl wunderte sich gar nicht mehr darüber, wie schnell er sich an derartige grausige Anblicke gewöhnt hatte. Denn auch in Leipzig gab es schreckliche Bilder. Unzählige Verletzte wurden in die Stadt gebracht, um sie in den kaum noch ausreichenden Lazaretten zu versorgen. Weitere Lazarette mussten eingerichtet werden. Jedes größere Gebäude musste dafür herhalten. Die Hospitalkirche, Thomaskirche, Paulinerkirche, die Pleißenburg, das Reithaus, die Funkenburg, das Armenhaus wurden kurzerhand umfunktioniert. In der Nähe von Pfaffendorf wurde ein neues Lazarett errichtet. Die Kosten belasteten die Stadt noch zusätzlich.

Nach einem von Karls Streifzügen in die umliegenden Schlachtfelder, bei denen er meist nur magere Beute machte, kehrte er in

die Stadt zurück, um in der Nähe des Marktes seine Schätze zu verkaufen.
Der Markt war belebt, auch wenn es so gut wie keine Handelstätigkeit gab. Überwiegend junge Leute, vor allem Studenten, bevölkerten den Platz. Sie standen in Gruppen zusammen und diskutierten. Nicht zu übersehen waren sowohl die französischen Aufpasser als auch beauftragte Männer des Stadtrates, die für Ruhe und Ordnung zu sorgen hatten. Die studierende Jugend zeigte offen Begeisterung für eine Befreiung Deutschlands von der französischen Fremdherrschaft. Auch wenn der Rektor mittels Anschlag am schwarzen Brett zu Vorsicht mahnte und der Stadtrat alle Zusammenkünfte untersagte, ließ sich die Sympathie für die Gegner der Franzosen nicht unterdrücken. Karl spitzte die Ohren, um möglichst viel von den Diskussionen der Studenten mitzubekommen, ohne sich selbst dabei in Gefahr zu begeben. Es braute sich etwas zusammen in der Stadt, das schon lange unter der Oberfläche schwelte. Nur zähneknirschend ertrug die Bevölkerung noch die Drangsal der Besatzer. Karl spürte fast körperlich die Vibrationen, als würde es bald zu einer Explosion kommen. Eine Revolution? Eine finale Schlacht? Für einen Moment sah er vor seinem inneren Auge schreckliche Bilder aus der Apokalypse, die ein offenbar geistig kranker Maler in sein Katechismusbuch gezeichnet hatte. Als Kind hatte er sich vor diesen Bildern gefürchtet und es abgelehnt, länger in die Bibelstunde zu gehen. Dass ausgerechnet seine Schwester einen Pfarrer heiraten musste, fand er deshalb ein Unding. Zum Glück wohnten sie zwei Dörfer entfernt, Karl wollte auch ohne Drohung von Hölle und Weltuntergang ein besserer Mensch werden. Doch jetzt wurde er wieder daran erinnert. Konnte die Welt wirklich so aus den Angeln geraten?
Unachtsam rempelte er eine junge Frau an, die mit einem großen Korb, den sie unter dem Arm trug, in die Grimmaische Gasse eilte.

Sie strauchelte, der Korb fiel herunter und der Inhalt auf die Straße. Es waren aufgerollte Stoffstreifen, Verbandsmaterial, offenbar frisch gewaschen und gewickelt.
»Tut mir leid, ich habe Sie nicht…« Er stutzte, als sie sich zu ihm umdrehte und ihr großes weißes Kopftuch etwas aus dem Gesicht schob. »Friederike!« Gleich verschlug es ihm wieder den Atem. Zu unerwartet war ihre Begegnung, aber er freute sich, sie zu sehen. Ja, es war wie eine Fügung. Er hockte sich zu ihr herunter und half ihr, die Stoffwickel in den Korb zu legen. »Verkaufst du keine Milch mehr?« Da war sie wieder, seine dumme Unsicherheit und die Leere im Kopf. Fiel ihm nichts Klügeres ein? Er fühlte, wie er errötete.
»Nein«, murmelte sie. »Es gibt keine Milch mehr zu verkaufen.«
»Das tut mir leid.«
»Das sagtest du schon.«
Erst jetzt fiel ihm ihre seltsame Kleidung auf. Er deutete auf die Stoffrollen. »Verkaufst du jetzt so etwas?«
Sie erhob sich und packte den Korb. »Nein, ich bringe sie ins Hospital. Ich arbeite als Krankenpflegerin.«
»Aha!« Er starrte sie mit offenem Mund an. Krankenpflegerinnen waren nicht gerade angesehene Personen. Warum ließ sich die sonst so adrette Friederike dazu herab?
»Fühlst du denn gar nichts, wenn du diese elenden Gestalten siehst?« Sie deute auf mehrere Soldaten, die sich gegenseitig stützend, krank und verletzt die Straße entlangschleppten. Einer stürzte immer wieder zu Boden. Nur mit Mühe zogen die anderen ihn wieder hoch. Sie waren offenbar auf dem Weg zu einem der Lazarette. Täglich fuhren Wagen mit Kranken und Verletzten durch die Stadt auf der Suche nach einem Platz in den überfüllten Lazaretten. Und ebenso viele Wagen fuhren die Toten hinaus auf die Gottesacker. Begräbnisse fanden beinahe ununterbrochen

statt. Die Thomaner Chorknaben eilten von Grab zu Grab und schafften es doch nicht, all den unglücklich Verblichenen ein letztes Lied mit auf den letzten Weg zu geben. Nicht wenige Soldaten blieben einfach auf der Straße liegen und starben, ehe sie Hilfe bekamen.

»Ich schaue einfach nicht hin«, erwiderte Karl. »Außerdem verbreiten sie Krankheiten. Meine Meisterin hat immer Angst, weil das Nervenfieber umgeht.«

Friederikes Blick traf ihn ins Mark. »Ich hatte dich anders eingeschätzt«, sagte sie. Es klang traurig und wütend zugleich. »Was tust du überhaupt hier? Du hast wohl keine Angst, dich anzustecken?«

»D-d-doch, schon«, stammelte er. »Aber ich verkaufe – das hier.« Er zeigte seine »Schätze«, die Fundstücke vom Schlachtfeld.

»Du bist also auch einer, der die Leichen ausplündert«, stellte sie fest.

»Nein, nein«, widersprach er heftig. »Nur, was ich so auf der Erde finde. Wir müssen schließlich auch von irgendetwas leben.« Seine Rechtfertigung klang nicht sehr überzeugend. Das spürte er sofort. Friederike wandte sich ab. »Warte!« Er hielt sie am Ärmel fest.

Sie hielt inne. »Warum?«

»Ich möchte dich so gern wiedersehen.«

»Ich weiß nicht, ob ich es möchte.« Sie sprach leise und senkte den Kopf. »Und jetzt muss ich gehen. Im Lazarett wartet man auf die Verbände. Zum Glück gibt es hier noch mitfühlende Menschen, die Stoffe spenden oder die Binden waschen und wickeln.«

»Tust du es auch aus Mitgefühl?«, wollte er wissen.

»Natürlich, was dachtest du denn? Wer sollte sich sonst um die armen Teufel kümmern?«

»Aber es sind doch auch Feinde darunter«, wand er ein.

Wieder traf ihn dieser Blick, der im Bauch stach. »Alle Menschen sind gleich«, erwiderte Friederike nun mit fester Stimme. »Das habe ich von Philipp gelernt. Und es stimmt.«
»Na ja, eigentlich fand ich das auch richtig. Aber irgendwie funktioniert das nicht. Es gibt Verbündete und Feinde. Man kann doch seinen Feinden nicht einfach helfen. Das ist Verrat.«
»An wem? Wer heute dein Freund ist, kann morgen dein Feind sein. Und umgekehrt.« Sie deutete auf seine Fundstücke. »Du solltest auch etwas Vernünftiges tun.«
Sie ließ ihn stehen und ging weiter.
»Friederike! Wo finde ich dich?«, rief er ihr hinterher.
Noch einmal drehte sie sich um. »Im Johannishospital.«
Beschämt blieb Karl zurück.

Mit gesenktem Blick eilte Friederike die Grimmaische Gasse entlang zum Stadttor. Dahinter lag, nur wenige Schritte außerhalb des Stadtkerns, das Johannishospital. Zusammen mit der Johanniskirche und dem Friedhof bildete es ein großes Areal, geschaffen, um Menschen in Krankheit und Alter aufzunehmen und in ihren letzten Tagen zu begleiten. Am Ende ihres Leidensweges wurden sie auf dem Friedhof begraben. Ehemals hatten gut betuchte Bürger sich hier eingekauft, um ihren Lebensabend zu verbringen. Kost und Logis, Krankenpflege und Seelsorge wurden ihnen zugetan. Selbst wer nicht begütert war, konnte hier ein Obdach finden.
Über den weiten Platz vor dem Grimmaischen Tor blickte Friederike hinüber zur Johanniskirche, deren Turm wie ein warnender steinerner Finger in den Himmel ragte. Das Hospitalgebäude besaß auch einen Turm, der nur wenig das Dach des Hauses überragte. Diesen Turm empfand Friederike als angenehmeren Anblick, war doch die Turmhaube geschwungen und von einer

zwiebelförmigen Spitze gekrönt. Sie konnte sich selbst nicht erklären, warum sie der strenge Kirchturm so ängstigte.
Noch vor wenigen Tagen war Friederikes Weg, den sie nun eingeschlagen hatte, längst nicht so klar. Lange hatte sie mit sich gerungen, doch so wie bisher konnte und wollte sie nicht weiterleben. Der Vater hatte keine Arbeit mehr. Die Not auf den Dörfern war groß, es gab kaum noch Vieh und außer etwas Ziegenmilch nichts zu verkaufen. Der Weg in die Stadt lohnte sich nicht mehr. Zudem war es immer schwieriger geworden, dem Gewerbe nachzugehen. Mal hielten die Franzosen die Stadt besetzt, forderten täglich neue Papiere, um in der Stadt verkaufen zu dürfen. Dann waren die Franzosen fort, dafür hatten die Russen das Sagen. Sie forderten wieder andere Papiere, vor allem aber forderten alle dafür Geld – Geld, das die Familie nicht besaß. Mühsam bestellten sie ihre kleinen Äcker, doch die Abgaben zur Versorgung durchziehender Soldaten machte die ganze Arbeit zunichte.
Amalie Köster konnte den Tod ihrer Zwillinge nicht verwinden, sie war nur noch ein Schatten ihrer selbst. Johann Köster konnte Ulrikes Schicksal nicht verwinden, doch er sprach nie drüber. Nur an seinen zusammengepressten Lippen konnte Friederike sehen, wie es um ihren Vater stand. Ulrikes Schicksal ging ihr selbst sehr nahe. Angetrieben vom schlechten Gewissen, da sie an dem damaligen Geschehen weit weniger zu tragen hatte als ihre Schwester, nahm sie häufig den weiten Weg nach Großzschocher auf sich, um Ulrike und den kleinen Jakob zu besuchen. Dabei geriet sie jedes Mal in Panik, wenn sie nur einen Soldaten sah. Und Soldaten waren überall und allgegenwärtig. In manch schlaflosen Nächten grübelte sie darüber nach, wie sie Ulrike und sich rächen konnte. Es wäre oftmals ein Leichtes gewesen, den Soldaten ihr Gewehr zu entreißen, wenn sie unter einem schattigen Baum lagerten und das Gewehr sorglos an den Stamm lehn-

ten. Wenn sich der Pulverdampf dann verzogen hätte, würden sie daliegen, so wie einst Ulrike und sie gelegen hatten: verwundet, hilflos, tot. Und wenn sie nicht traf? Schließlich hatte sie noch nie ein Gewehr in der Hand gehalten und wusste gar nicht, wie man schießt. Aber Gewehre besaßen Bajonette an der Spitze, mit denen man die Soldaten erstechen konnte. Sie würde sie aufspießen wie die Hühner auf dem Herd, wie die Wachteln in der Räucherkammer des Nachbarn.

Immer wieder stieg Ekel in ihr auf, wenn sie derartige Gedanken wälzte. Sie wollte Rache, doch es war klar, dass es ihr nicht gelingen würde. Sie würde niemals einen Menschen verletzen oder gar töten können. Eingesperrt gehörten diese Scheusale, die anderen etwas antaten. Doch genau diese drei Soldaten würden wohl niemals gefunden werden. Vielleicht lebten sie schon gar nicht mehr, waren in einer der Schlachten gefallen. Sie fühlte keine Genugtuung bei dem Gedanken. Tot ist eben tot und wirkte in ihren Augen beinahe wie eine Flucht vor der gerechten Strafe. Sofort wanderten ihre Gedanken in eine ganz andere Richtung. Sie dachte an Philipp. Auch er war ja ein Soldat, kämpfte für den französischen Kaiser. Er tat es mit ganzem Herzen und voller Überzeugung. Er würde sicher keinem Mädchen etwas antun. Aber er war Soldat, besaß ein Gewehr und würde damit töten. Er würde Feinde erschießen, mit dem Bajonett durchbohren oder sie mit dem Säbel töten.

Sie versuchte, sich vorzustellen, wie es wäre, auf einen anderen Menschen zu zielen und abzudrücken. Ein Knall, weißer Rauch, und der andere fiel um. Das war vielleicht die einfachste Art zu töten. Man musste den anderen gar nicht berühren. Ob es schwer war, jemanden mit dem Bajonett zu erstechen? Schwerer als wenn Mutters großes Messer durch einen Schinken schnitt? Solche qualvollen Gedanken suchten sie Nacht für Nacht heim,

doch sie fand nie eine Antwort darauf. Mit dem Morgen verschwammen diese grauen Nebel in ihrem Kopf, um in der nächsten Nacht zurückzukehren.
Sie versuchte, sich Philipps Gesicht vorzustellen. Es gelang ihr nicht so recht. Es war auch schon lange her, dass sie ihn das letzte Mal gesehen hatte. Er war fort. Dabei sehnte sie sich so nach dem, was in ihrer Erinnerung geblieben war: nach ihren Gesprächen, seinem Lachen, seinem fröhlichen, klugen Wesen. Sie war nicht so klug wie er, doch das war auch nicht notwendig. Sie verstand ihn auf ihre Weise.
Sie hatte nie eine Nachricht von ihm erhalten. Kein Wunder, er wusste ja gar nicht genau, wo sie wohnte. So klammerte sie sich an die Hoffnung, dass er noch am Leben war. Der Russlandfeldzug war vorbei, die überlebenden Soldaten zurückgekehrt. Er würde vielleicht sogar wieder an der Universität studieren, in Leipzig wohnen. Und sie saß auf dem Dorf, zum Nichtstun verdammt.
»Die Witwe Schulze und die beiden Krüger-Schwestern sind nach Leipzig gegangen«, erzählte der Vater, als er abends auf der Bank neben dem Ofen saß und seine Pfeife mit dem letzten Tabakverschnitt stopfte, der ihm geblieben war. Die Tabakpflanzen, die im Garten wuchsen und deren Blätter in der Scheune zum Trocknen hingen, hatten sich durchziehende Soldaten unter großem Jubel in den Tornister gepackt.
»Was wollen die dort? Man sagt, es grassiere das Nervenfieber so stark, das sich niemand auf die Straße wage.« Amalie Köster rührte bedächtig in dem Eintopf aus Graupen, Steckrüben und Trockenbohnen, der auf dem Herd köchelte. Es war eine schmale Kost, doch keiner beklagte sich. Es gab Familien, denen es noch schlechter ging.
»Das mag so sein«, erwiderte der Vater. »Sie arbeiten in einem Lazarett. Dort wird jede Hand gebraucht, bei den vielen Verwun-

deten, die es schon wieder gab. Der Herr Napoleon sorgt dafür, dass Ärzte und Pfleger nicht arbeitslos werden. Unterkunft und Verpflegung bekommen sie dort, so haben sie wohl das bessere Los als hier. Wer bestellt noch seine Äcker, wenn doch alles gleich wieder geplündert wird?«

»Tatsächlich, es werden Pflegekräfte für die Lazarette gesucht?« Friederikes Interesse war geweckt.

Der Vater nickte. »Man erzählt, dass die Hospitäler nicht ausreichen, all die Kranken und Verstümmelten aufzunehmen und man sie überall hinlegt, ins Rathaus, in die Kirchen, in Hotels und in öffentliche Einrichtungen.« Er sog heftig an seiner Pfeife, bis sie aufglimmte. »Sogar auf den Straßen sollen sie liegen und verrecken wie tollwütige Hunde.«

»Geschieht ihnen recht«, erwiderte die Mutter verbittert. »Sie bringen Leid und Unheil über alle. So erhalten sie ihre gerechte Strafe.«

Der Vater nickte schweigend und starrte ins Herdfeuer.

Friederike wurde unruhig. Wenn nun Philipp unter den Verletzten war? Vielleicht lag er hilflos irgendwo und niemand kümmerte sich um ihn. Sollte sie hier sitzen und die Hände in den Schoß legen?

Es dauerte noch einige schlaflose Nächte, bis ihr Entschluss feststand. Den Eltern sagte sie es erst, als sie eines Morgens mit ihrem geschnürten Bündel vor sie trat.

»Ich gehe auch nach Leipzig. Es ist unsere Christenpflicht, diesen armen Menschen zu helfen. Sorgt euch nicht um mich, ich komme euch besuchen, sobald es mir möglich ist. Es ist ja nicht weit.«

Sie umarmte ihre sprachlosen Eltern und verließ den Hof mit festem Schritt, der ihre Angst, Unruhe und Sorge überspielte. Sie hatte gelogen, ihre Eltern angelogen und vielleicht sogar sich selbst. Ihre Beweggründe waren ganz andere, doch das wollte sie nicht einmal sich selbst eingestehen.

Sie bekam sofort eine Arbeit im Johannishospital. Sie war nicht die einzige, die von Krankenpflege keine Ahnung hatte. Doch in dieser Situation gab es gar keine andere Möglichkeit. Es blieb ihr keine Zeit, ihr Entsetzen zu zeigen. Dicht an dicht lagen die Verwundeten und Kranken, gezeichnet von furchtbaren Verletzungen, von stinkendem Wundbrand und entsetzlichen Entstellungen. Fast allen fehlte ein Arm oder Bein, manchen hatte es gar beide Arme oder Beine abgerissen, Schusswunden, Stichverletzungen, Fieber, Durchfall, Schmerz und Wahnsinn, gellende Schreie oder leises Wimmern, Flehen vor Durst oder um Erlösung ihres Leidens, alles brach über Friederike wie eine Sturzflut herein. Wenn ein Soldat keine Uniform mehr trug, dann war er einfach nur ein Mensch aus verletzlichem Fleisch und Blut. Es war gleich, ob er Franzose, Deutscher, Pole, Russe oder Italiener war – Gott hatte die Menschen gleich gemacht, mit einem Herzen, rotem Blut, Hunger und Durst, der Sehnsucht nach Heimat und dem Elternhaus. Philipp hatte recht gehabt. Alle Menschen waren gleich, fühlten Freude, Schmerz, Dankbarkeit für ein aufmunterndes Wort oder Verzweiflung angesichts des nahen Todes. Und alle waren doch noch so jung!
Sie half beim Wechseln der Verbände, reichte den Kranken Wasser, tröstete, kühlte fiebernde Stirne, teilte Essen aus oder verrichtete Botengänge in die Stadt. Die erledigte sie am liebsten, sammelte Spenden mildtätiger Bürger ein, Essen, Geld, Stoffe für Verbände, Kleidung und Laken. Immer hielt sie Ausschau nach Philipp, ging hinunter an die Pleiße, wo sie sich einstmals getroffen hatten, ja, sie fragte sogar die Studenten, ob sie etwas von Philipp erfahren hatten. Doch niemand kannte Philipp, keiner konnte Auskunft geben. So konnte sie nur darauf hoffen, ihn zufällig zu finden in dem Gewimmel der

Straßen und Gassen, unter den Bürgern, die eiligst ihre Arbeit und Wege verrichteten, den Soldaten, die kamen und gingen, den Verwundeten, die gebracht wurden – und den Toten, die man auf die Gottesacker vor den Toren der Stadt fuhr. Schon bald erschien ihr das ganze Ansinnen aussichtslos und sinnlos. Doch dann traf sie Karl. Er war ein lieber Kerl, wenn auch etwas schlaksig und unbeholfen. Sie mochte ihn und ihr Wiedersehen gab ihr Kraft und Hoffnung. Vielleicht konnte sie Philipp ebenso unverhofft treffen? Oder vielleicht konnte sie Karl bitten, die Augen nach Philipp offen zu halten? Es war ein Strohhalm, an den sie sich mit aller Macht klammerte. Aus diesem Grund würde sie versuchen, Karl wiederzusehen und ihn um Hilfe bitten. Er würde es bestimmt tun, er war doch ihr Freund. Sie hatten diese Freundschaft sogar mit einem Kuss besiegelt.

Wutentbrannt warf Wilhelm Krell ein dickes Warenbuch gegen die Wand. »Wie soll unsereins unter diesen Umständen noch handeln?«, schäumte er. Grund für diesen Zornesausbruch war der neueste Erlass des Herzogs von Padua mit dem italienischen Namen, den der Kaiser höchstpersönlich als Gouverneur für Leipzig eingesetzt hatte. Dieser Arrighi war gefürchtet wegen seiner Härte. Unter den Studenten, auf die er ein besonders wachsames Auge warf wegen ihrer franzosenfeindlichen Bestrebungen, war er besonders verhasst. Und nun zog er sich noch den ganz persönlichen Zorn von Wilhelm Krell zu. Binnen 24 Stunden hatten alle Kaufleute, die Kolonialwaren besäßen, diese aufzulisten und in den nächsten Wochen nicht zu transportieren. Bei Zuwiderhandlung würden diese Waren sofort konfisziert. Auch Wein, Reis und Branntwein wurden unter Siegel gelegt. Alle Geschäftsbücher wurden von den Kommissaren kontrolliert. Der Gipfel war jedoch, dass Denunzianten, die Verstöße gegen den Erlass meldeten, ein Drittel des konfiszierten Warenwertes erhalten sollten. Krells Zorn war noch nicht verraucht. Er packte das Tintenfass und warf es hinterher. Das kleine Porzellangefäß zerschellte an der Wand, aus dem dicken Tintenfleck zogen sich Tränenspuren zum Boden hin.

»Was tust du denn da?« Auguste Krell stand plötzlich in der Tür des Kontors. Sie ließ sich hier nur selten blicken. Es war Wilhelm Krells Reich und bis vor kurzem auch Heinrichs.

»Ich habe den Teufel gesehen«, schnaufte Wilhelm Krell. »Den will ich wieder in die Hölle jagen.«

Auguste Krell schüttelte missbilligend den Kopf, doch dann besann sie sich gleich. »Dieser Arrighi…«

»Genau der ist der Teufel. Der will mich ruinieren.«

»Was? Dich? Nein, es geht um Heinrich.«

»Wieso? Der hat doch jetzt seinen Willen und treibt sich bei diesen wilden Soldaten rum.« Er schnaufte wie ein wilder Stier und rollte mit den Augen. »Verraten hat mich mein Sohn. Verraten, verraten, ver…«

Seine Frau fiel ihm in den Arm, als er ein weiteres Geschäftsbuch an die Wand werfen wollte.

»Heinrich ist in Gefahr! Dieser Arrighi hat in Kitzen die Lützower überfallen und viele von ihnen gefangen genommen.« Wilhelm Krell starrte sie sprachlos an. »Es ist doch Waffenstillstand.«

Sie rang die Hände. »Er hat es trotzdem getan, dieser Teufel.« Ihre Aufregung schlug in Jammern um. »Unser Heinrich ist vielleicht unter den Gefangenen.«

»Er wollte doch unbedingt zu diesem Haufen. Soll er zusehen, wie er klar kommt«, entgegnete Wilhelm.

»Die Leipziger sind empört über diese Schandtat. Das können wir doch nicht gut heißen. Wenn Heinrich für die Freiheit kämpft, dann ist er doch ein Held, nicht wahr?«

»Was ist er für ein Freiheitskämpfer, wenn er doch gefangen ist? Anstatt hier im Handelshaus zu arbeiten, zieht er so eine hässliche Uniform an und sieht aus wie ein Kaminkehrer. Das nennt er Freiheit.«

»Eben schimpfst du noch, dass du nicht handeln kannst. Was soll Heinrich hier?«

»Was soll er im Gefängnis? Wo könnte er nur stecken?«

»In der Pleißenburg. Alle Gefangenen sind in der Pleißenburg arrestiert.«

»Dann werde ich ihn freikaufen.«

»Unsinn, das geht nicht. Ich habe einen Plan.«

Wilhelm Krell schaute seine Frau misstrauisch an. »Da kommt bestimmt nichts Gescheites raus.«

»Warte es ab. Es ist gestattet, die Gefangenen zu besuchen und sie zu verpflegen.«

»Heinrich ist dick genug. Er passt dann nicht mehr in seine furchtbare Uniform.« Wilhelm Krell ließ sich seufzend auf einen Stuhl sinken und strich sich über die Stirn. »Was sind das für Zeiten.«

Auguste Krell hatte keine Lust, weiter mit ihrem Mann zu diskutieren. Sie packte in der Küche alles Essbare zusammen, was sie finden konnte, zudem Rasiermesser und frische Unterwäsche. Dann begab sie sich auf den Weg zur trutzigen Pleißenburg. Es war nicht weit und die württembergischen Wachposten drückten mehr als beide Augen zu, um die Besucher zu den Gefangenen durchzulassen. So manche Wurst oder Krug Branntwein fiel dabei auch für sie ab. Nach einigem Suchen fand sie ihren Sohn. Einen Augenblick betrachtete sie ihn voller Rührung und Bewunderung. Er schien nicht verletzt, wenn auch etwas schmal geworden. Seine Uniform war verschmutzt, aber das schien ihn nicht zu stören. Er war überrascht und etwas unangenehm berührt, als er seine Mutter bemerkte. »Was machst du hier?«

Auguste Krell unterdrückte eine Träne und schloss ihren widerstrebenden Sohn in die Arme.
»Wie geht es dir, mein Sohn? Hast du Hunger? Bist du verletzt? Mein Gott, bist du dünn geworden.«
»Mutter, mir geht es gut. Nur dass wir gefangen sind, macht mich rasend. Es war ein feiger Überfall. Major von Lützow hat den Vertrag zur Waffenruhe doch unterschrieben…«
Sie betrachtete ihn wieder voller Stolz. »Du bist ein richtiger Mann geworden, Heinrich. Das gefällt mir. Trotzdem musst du jetzt vernünftig sein. Ich weiß, wie du wieder hier rauskommst.«
Heinrich wich etwas zurück. »Ich will Vaters Geld nicht. Ich kann mir selbst helfen.«
»Nein, das kannst du nicht«, widersprach seine Mutter. »Ich werde dir helfen, aber nicht mit Vaters Geld.« Sie winkte ihn mit dem Zeigefinger heran und senkte ihre Stimme zum Flüstern. »Ich habe vorhin mit einigen anderen Frauen gesprochen, deren Söhne und Männer auch gefangen wurden. Die Wachen passen nicht sehr genau auf, sodass wir es wagen können.«
»Was wagen?«
»Euch zu befreien. Hier hast du Rasierzeug, Kamm und Schere. Morgen bringe ich dir zivile Sachen und dann spazierst du einfach hier raus.«
Heinrich blickte sie zweifelnd an. »Wie soll das gehen? Das ist gefährlich.«
»Hat dich der Mut verlassen, mein Junge?«
Heinrich seufzte. »Hauptsache, wir kommen hier wieder raus.«
Auguste Krell hielt Wort. Am nächsten Tag stand sie wieder mit einem großen Handkorb vor der Pleißenburg. Die Wärter bestach sie mit ausreichend Branntwein. In den Gefangenenräumen herrschte ein großes Durcheinander. Da waren so viele Angehörige, die die Gefangenen besuchten und ihnen etwas Gutes ange-

deihen ließen. So mancher Lützower verwandelte sich einfach in einen Bäckerburschen, einen braven Bürger oder Buchhalter mit Kneifer und abgeschabter Jacke.
»Hier, zieh das an.« Auguste Krell schob Heinrich einen Packen Kleidung zu. Der starrte entsetzt darauf. »Frauenkleider?«
Sie nickte. »Nun beeil dich. So erkennt dich keiner.«
»Das ziehe ich nicht an!« Entschieden drückte er ihr das Bündel wieder in die Hände und wandte sich demonstrativ ab.
»Heinrich! Hauptsache du bist frei!«
Es dauerte eine Weile bis sich Heinrich besann. Auguste Krell stellte sich so, dass ihn niemand beim Umziehen beobachten konnte. Zufrieden lächelnd zupfte sie ihm schließlich die Kleider zurecht. Den Hut schob sie ihm tief ins Gesicht, ein kleiner Schleier verdeckte die Augen. Es war Heinrich zutiefst peinlich, doch zu seiner Überraschung nahm niemand von ihm Kenntnis, am wenigsten die Wachen. Auguste nahm seine Hand und zog ihn hinter sich her. Es war nicht weit bis zur Krellschen Wohnung in der Sporergasse. Noch vor der Tür riss sich Heinrich die Kleider vom Leib.
»Hat doch geklappt«, frohlockte Auguste Krell. »Jetzt kannst du dir ja deine zivilen Sachen anziehen.«
»Ich werde nicht bleiben«, erwiderte Heinrich. »Ich muss zurück zu meinen Leuten.«
Insgeheim ahnte sie bereits, dass er nicht mitkommen würde. Sie nickte und kämpfte wieder mit den Tränen. »Ich bin stolz auf dich, mein Junge. Vergiss das nicht.«
Heinrich schloss seine Mutter in die Arme. Er wäre froh gewesen, wenn das sein Vater zu ihm gesagt hätte.
Die tollkühnen Befreiungsaktionen blieben nicht lange unbemerkt. Gouverneur Arrighi zürnte. Als auch noch ein Parlamentär der Lützower zu Verhandlungen nach Leipzig kam und von

der Bevölkerung mit Hurrarufen begrüßt wurde, war es endgültig mit seiner Nachsicht vorbei. Er erklärte kurzerhand über Leipzig den Belagerungszustand und verhängte eine Kontribution von 80.000 Talern.

Helene Hempel war sauer. »Warum hast du dich nicht ein paar Jährchen älter geschummelt?«, keifte sie. »Wie soll es denn hier weitergehen? Wer soll die ganze Arbeit machen?«
»Ist doch gar keine Arbeit da«, murmelte Oskar Hempel verdrießlich. »Außerdem ist der Junge ja noch da. Der kann das genauso gut.«
Der Grund für ihren Ärger war eine Anordnung des ungeliebten Herzogs von Padua und Gouverneurs von Leipzig, dass alle männlichen Bürger bis zum 55. Lebensjahr und »Schutzverwandte« bis zum 56. Lebensjahr in die bereits bestehende Bürgergarde einzutreten hatten. Sie müssten sich auf dem Rathaus melden, um weitere Anordnungen abzuwarten. Wer dies nicht tat, dem drohte eine empfindliche Geldstrafe.
»Was wollen die mit solchen alten Knochen wie dir?« Helene Hempel konnte sich nicht beruhigen.
»Da muss ich eben hingehen«, meinte Oskar Hempel. »Schließlich kann ich ja nicht meinen Taufschein fälschen. Bin eben erst vierundfünfzig.«
»Ja, leider. Das wird ein schönes Durcheinander geben, wenn Karl hier das Zepter schwingt.«
»Das lässt du dir doch nicht aus der Hand nehmen«, erwiderte Oskar. »Also bleib friedlich und hoffe, dass es auch in der Stadt friedlich bleibt. Ich gehe mal ins Rathaus und halte die Ohren auf, was eigentlich Sache ist.«
Karl blickte seinem Meister hinterher, als dieser die Schürze abgebunden hatte und die Werkstatt verließ. Eine Weile noch hörte er

dessen schlurfende Schritte auf dem holprigen Pflaster der Gasse. So weit war es also schon gekommen. Jetzt hatte es seinen Meister erwischt. Eigentlich gehörten der Bürgergarde meist gut situierte Bürger der Stadt an. Dass jetzt sogar auf alle älteren männlichen Einwohner zurückgegriffen wurde, ließ tief blicken.

Von Neugier getrieben, machte sich Oskar Hempel auf den Weg zum nahegelegenen Rathaus. Dort herrschte ein großes Durcheinander. Anordnung auf Anordnung wurde bekannt gegeben. Man wusste gar nicht genau, was galt, was schon veraltet war und wogegen man gerade verstieß. In der ganzen Stadt waren Kommissare unterwegs, die Kaufmannsgut kontrollierten. Kolonialwaren und Spirituosen waren genauestens aufzulisten, Pferde zu registrieren, Futtermittel anzumelden. Der Zorn der Leipziger Kaufleute war ihnen gewiss. Ein Befehl betraf die in Besitz befindlichen Waffen. Diese mussten unter Androhung der Todesstrafe innerhalb von zwei Tagen in dem Konzertsaal des Gewandhauses abgegeben werden. Dies betraf nicht nur die Waffen, die Hersteller und Händler besaßen, sondern sogar Theaterwaffen und Armbrüste. Studenten wurde bei strengster Strafe verboten, untereinander politische Gespräche zu führen und – Oskar Hempel stockte der Atem – alle jungen Männer von 18 bis zum 32. Lebensjahr hatten sich zur Ergänzung der Armee zu stellen! Da war es gar nicht mehr so wichtig, dass ein weiterer Erlass die Bürger zur Spende von Verbandsstoffen aufrief, dass man an den öffentlichen Promenaden nicht außerhalb der Wege zu gehen hatte, dort auch keine Wäsche waschen oder gar baden durfte. Laut grummelnd bahnte er sich seinen Weg und eilte, indem er seine Holzpantoffeln in die Hand nahm, zurück in die Werkstatt.

»Junge, nun bist du auch dran«, rief er atemlos. »Los, mach dich auf den Weg, ich will keinen Ärger mit den Franzmännern haben. Unserem König hat es gefallen, sich wieder den Franzosen anzubiedern.« Er winkte ungeduldig mit der Hand. »Alte, pack ihm noch ordentlich was zu essen ein, er wird's gebrauchen können.«

»Was soll ich ihm denn einpacken?«, ereiferte sich Helene Hempel. »Wir haben doch nichts mehr.«

»Dann schlachte ein Huhn und brate es. Ein paar Tage hält sich das.« Er legte Karl seine Hand auf die Schulter. »Pass gut auf dich auf, mein Junge, und lass dich nicht von den Kugeln umhauen. Die Franzmänner sind es nicht wert, dass man denen das eigene Leben opfert. Aber du machst das schon.«

Karl glaubte, eine Träne der Rührung in Hempels wasserblauen Augen zu sehen, aber vielleicht hatte er sich auch geirrt. Im Augenblick wusste er selbst nicht, ob er sich über diese Neuigkeit freuen oder erschrecken sollte. War es nicht schon immer sein Wunsch, in einer schönen Uniform ein ordentliches Mannsbild abzugeben? Wenn er jedoch an den Anblick des toten Soldaten vor dem Ranstädter Tor dachte, gefiel ihm dieser Wunsch nicht mehr so sehr. Es blieb ihm nichts anderes übrig, als der Aufforderung Folge zu leisten und sich am Schießgraben zur Musterung einzufinden.

Die Hempelsche Werkstatt war nun verwaist. Tür und Fensterladen blieben geschlossen. Helene Hempel hockte mit düsterer Miene in der Küche und warf immer wieder ein wachsames Auge auf ihre verbliebenen drei Hühner, die im Garten nach Würmern pickten. Im Fall einer Gefahr durch plündernde Soldaten würde sie blitzschnell alle drei in einen Korb packen und im Bett verstecken. Sie waren ihr einziger wertvoller Besitz.

Oskar Hempel tat seinen Dienst als Wache in der Bürgerwehr. Er nahm es mit der ihm eigenen Gelassenheit. Zwar trug er während des Dienstes ein Seitengewehr, aber er konnte damit nicht umgehen und würde es im Zweifelsfall auch nicht benutzen. Nach Dienstende musste er es ohnehin abgeben. Immerhin war er um die 20 Groschen Strafe gekommen, die jeder zahlen musste, der sich nicht bei der Bürgerwehr meldete, so wie sein Nachbar Arthur Kübler. Es hatte ihm nichts genutzt, einfach die Tür nicht zu öffnen. Sie wurde eingetreten und Arthur zur Geldstrafe verdonnert. Seine Frau jammert und lamentierte, dass sie nun endgültig verhungern müssten, weil jetzt ihr letzter Spargroschen konfisziert würde. Nur aus lauter Not, so versicherte sie es ihrem Mann, läge sie auf der Lauer, ob sich eines der Hühner von Nachbar Hempel in ihren Hof verirren würde.

»Lass den Unsinn, ich will es mir nicht mit dem Oskar verderben«, schimpfte der Nagelschnitzer. »Wir sind Geschäftspartner.«

»Pah, was denn für Geschäfte? Der Hempel steht jeden Tag Wache und seine Werkstatt ist geschlossen. Also braucht er auch keine Nägel. Aber wir brauchen etwas zu essen.«

»Sicher«, erwiderte er. »Es gibt ja noch einen nutzlosen Fresser in diesem Hause.« Er schob mit dem Fuß den Spitz unterm Tisch hervor.

»Lass den Hund in Ruhe«, schnaubte Else Kübler. »Eher frisst der Teufel Fliegen.«

Arthur Kübler zog seine Jacke über. »Dann gehe ich lieber zur Bürgerwehr, den Teufel habe ich ja schon im Haus.«

Eine wichtige Aufgabe bekam die Bürgerwehr gleich, als der Kaiser höchstpersönlich in Leipzig eintraf, um die Musterung der Arrighischen Truppen vorzunehmen. Die Bürgergarde musste Spalier stehen. Es herrschte großes Gedränge auf dem Marktplatz, da für die Mittagszeit die Ankunft des Kaisers geplant war. Doch Napoleon kam nicht. Mit knirschenden Zähnen standen sie, bis der Kaiser endlich gegen Mitternacht in der Stadt eintraf. Oskar Hempel verwünschte den Franzosenzwerg im Stillen, während er stramm stand und seine schmerzenden Füße spürte. Nein, das hatte er auf sein Alter nicht verdient! Er hoffte nur, dass es seinem Lehrjungen Karl etwas besser erging.

Diesmal sogar vorfristig erließ der Gouverneur den Befehl, den Geburtstag des Kaisers Napoleon zu feiern, indem die ganze Stadt mit Kirchengeläut geweckt, das Te Deum gesungen, im Gohliser Schloss getafelt und abends die ganze Stadt beleuchtet wurde. Die ganze Zeit musste auch die Bürgergarde Spalier stehen.

Friederike nutzte einen Botengang dazu, sich in dem Gewimmel nach Karl umzuschauen. Vor einem Jahr zum Napoleonstag hatten sie sich in Löhrs Garten getroffen, jetzt wollte sie den Tag zum An-ass nehmen, Karl um einen großen Gefallen zu bitten. Sie war sich sicher, er würde ihr helfen, denn Karl war ein guter Junge, wenn auch etwas unbeholfen und nicht so klug wie Philipp. Sie wartete und suchte vergebens. Dabei war sie sich sicher, dass er sich diesen Tag nicht entgehen lassen würde. Karl war immer dort, wo Trubel herrschte und es etwas zu sehen gab.

Während der Gouverneur mit seinem Gefolge und betuchten Gästen ins Gohliser Schlösschen zog, entschloss sich Friederike, die Werkstatt von Schuster Hempel aufzusuchen und nach Karl zu fragen. Es war nicht schwer, die kleine Werkstatt in der Schustergasse zu finden. Doch zu ihrer Enttäuschung waren Tür und Fenster verriegelt und verrammelt. Sie klopfte, erst zaghaft, denn kräftiger. Nach einer geraumen Weile öffnete sich die Tür einen Spalt und eine grauhaarige Frau mit Kopftuch lugte hindurch.

»Was willst du, Mädel? Wir geben nichts, haben selber nichts. Verschwinde!«

»Verzeihung, aber ich suche Karl, den Schusterjungen Karl. Wohnt er nicht hier?«

Die Tür öffnete sich ein Stück weiter und Helene Hempel betrachtete Friederike misstrauisch von oben bis unten. »Kann sein. Was willst du denn von ihm?«

»Ich muss mit ihm reden. Bitte, gute Frau, sagen Sie mir, wo er ist.«
Die Anrede schmeichelte Helene Hempel und ihre Neugier war geweckt. »Was willst du denn mit ihm reden?«
»Das kann ich ihm nur selbst sagen.«
»So, so, ihr habt also Geheimnisse miteinander. Woher kennst du Karl überhaupt?«
»Wir kennen uns schon lange. Aber jetzt treibt mich die Not zu ihm, weil ich seine Hilfe brauche.«
»Ach was!« Die Tür öffnete sich noch ein Stück weiter und Helene Hempel starrte auf Friederikes Bauch. »Ich wusste ja gar nicht, dass Karl ein Liebchen hat. Davon hat er nie etwas erzählt. Sieh an, dieser Schlingel! Es ist natürlich sehr unanständig, ein Mädchen in Not zu bringen. Tut mir leid, aber ich kann dir nicht helfen. Außerdem ist Karl nicht da.«
»Ich habe ihn überall in der Stadt gesucht. Wo ist er denn?«
»Da kannst du lange suchen. Er ist zu den Soldaten gegangen. Du wirst ihn wohl so schnell nicht wiedersehen.« Daraufhin schloss Helene Hempel die Tür.
Einen Augenblick stand Friederike wie betäubt vor der schäbigen Holztür der Werkstatt. Karl war bei den Soldaten! Er also auch! Enttäuscht ging sie zurück ins Hospital. Ihr war nicht nach Feiern zumute, dabei wäre sie mit Karl sogar noch einmal in das verwunschene Häuschen in Löhrs Garten gegangen. Sogar einen Kuss hätte sie Karl gegeben, wenn er für sie nach Philipp gesucht hätte. Doch nun rückte ihr Ziel so weit weg wie der Mond.

Auch den letzten Leipzigern verging das Jubeln, als nur zwei Tage später ein langer Transport von französischen Verwundeten in die Stadt kam. Sie legten nur einen kurzen Aufenthalt ein, um später weiterzuziehen, doch die Wagen mit den entsetzlich zugerichteten jungen Männern erregten bei vielen Bewohnern tiefes Mitgefühl. Der Kaiser hatte seine Jugend wie Vieh zur Schlachtbank getrieben. Nun kümmerte sich kaum jemand um die Unglücklichen. Die meisten Wagen waren nur notdürftig mit altem Stroh ausgepolstert, das Ruckeln der Karren über das holprige Pflaster bereitete den Verletzten zusätzliche Pein. In der ganzen Stadt war ein Jammern und Wehklagen, Stöhnen und Wimmern zu hören, das den hilfreichen Bürgern das Herz zerriss.

Friederike war unterwegs zur Alten Börse, wo Spenden für Verbandsstoffe und Charpie entgegengenommen wurden. Sie vergaß ihren Auftrag und eilte von Wagen zu Wagen, um zu schauen, ob sich Philipp unter den Verletzten befand. Aus dem Brunnen schöpfte sie Wasser, um es den Verwundeten zu geben, die um einen Schluck bettelten und flehten. Diese armen Teufel waren so von Krankheiten und Verletzungen, von Hunger und Durst geschwächt, dass sie allesamt dem Tod näher waren als dem Leben. Niemand kümmerte sich um sie. Nur ein paar mitleidige Bürger wechselten hier und da ihre Verbände oder gaben ihnen etwas zu essen und zu trinken. Friederike konnte den Anblick kaum ertragen, und doch ließ sie nicht davon ab, in jeden Wagen zu blicken und zu fragen, ob ein Philipp LaMotte unter ihnen war. Friederike wusste um die Aussichtslosigkeit ihrer Bemühungen, doch fürchtete sie, wenn sie nur einen Wagen nicht kontrollierte, dass ausgerechnet da Philipp sein könnte.

Erst am Abend kehrte sie zurück ins Hospital, zitternd vor Schwäche und Erschöpfung. Als sie allein auf ihrem dürftigen Bett aus Stroh und einer Decke lag, brach sie in Tränen aus. Sie fühlte sich hilflos und verzweifelt. »Reiß dich zusammen, Mädchen«, fuhr sie ein Krankenwärter an, der ihr Schluchzen gehört hatte. »Wenn du es nicht ertragen kannst, dann bist du hier fehl am Platz. Es ist unsere Christenpflicht, uns um die Verletzten zu kümmern. Im

Krieg fließt nun einmal Blut und der Totengräber verdient sich eine goldene Nase. Wer soll sich denn um diese Jammergestalten kümmern, wenn nicht wir? Glaubst du, mir macht das Spaß? Man gewöhnt sich an alles, auch an das Elend.«

Friederike antwortete nicht. Was wussten denn andere Menschen, wie es in ihr aussah? Es ging ihr ja nicht um die Tausenden Kranken und Verletzten, es ging ihr um einen ganz bestimmten. Es war unmöglich, darüber zu reden.

Doch es sollte noch schlimmer kommen. Einige Tage später machte unter den Krankenpflegern das Gerücht die Runde, dass die Lazarette aus Altenburg nach Leipzig überführt werden sollten, weil eine große Zahl Österreicher auf Chemnitz zurückte.

Es mangelte an allem, an Stroh, an Decken, an Verbandsstoffen, an Medizin, an Essen und sogar an Wasser. Da mochte der Stadtrat noch so zu Spenden aufrufen und die Stadtkasse leeren, um die ungeheuren Ansprüche begleichen zu können, es war wie ein Fass ohne Boden. Immer mehr Verletzte trafen in der Stadt ein, immer mehr Soldaten drängten sich in den Straßen und Gassen, es wurden Tore und Pforten geschlossen, nur wenige offengehalten und die Bewohner fühlten sich bald schon wie in einem Gefängnis. Die Enge wurde zu einer Zerreißprobe. Allerorts gab es Prügeleien um ein Stück Brot, plünderten verzweifelte Soldaten und wehrten sich verzweifelte Bürger.

Währenddessen rückten von allen Seiten alliierte Truppen gegen die Franzosen vor. Österreicher und Russen marschierten in Richtung Dresden, wo es zu einem heftigen Gefecht kam.

In Leipzig stieg die Aufregung und Angst der Bevölkerung, denn die französischen Besatzer reagierten immer gereizter und aggressiver. Überall wurde Mundraub betrieben, den Fleischern ihre letzte Ware genommen, während die Bürgergarden die immer heftiger aufkommende Unruhe der Bevölkerung in Schach halten mussten. Oskar Hempel sah sich außerstande, gegen den berechtigten Zorn seiner Mitbürger vorzugehen. »Ich mache diese Scheiße nicht mehr mit«, schwor er und meldete sich einfach nicht mehr. Helene Hempel rang die Hände. »Du bekommst eine saftige Strafe wie der Arthur. Mach uns nicht unglücklich!«

»Ich bin schon unglücklich, weil ich etwas tun muss, was ich zutiefst verabscheue.« Zwar hatte der Rat die Aufforderung erlassen, dass nicht mehr als drei Personen in der Öffentlichkeit zusammenstehen sollten, doch es gab ja barmherzige Menschen, die die vielen Verwundeten auf den Straßen versorgten. Sollte er sie etwa verjagen?

»Das alles hat uns dieser Franzosenzwerg eingebrockt. Zum Teufel mit ihm und seinen Generälen!« Zwei Polizisten standen plötzlich hinter Oskar in der Tür. »Wir haben es gehört, Bürger Hempel. Sie sind verhaftet!«

Die große Schlacht

Für Karl gab es nichts Schöneres als seine Uniform. Wie oft hatte er sich gewünscht, auch zu den stolzen und gut gekleideten Soldaten zu gehören, wie oft hatte er geträumt, so vor Friederike zu erscheinen. Dann würde sie vielleicht aufhören, an Philipp zu denken. Er wollte ein guter Soldat sein.

Zwischenzeitlich hatte sich der sächsische König darauf besonnen, die Fronten zu wechseln, so erteilte die Landesregierung den Befehl, dass sich die sächsischen Truppen wieder mit den französischen zu vereinigen hätten. Für Karl spielte dieser Befehl jedoch keine Rolle. Er wurde gleich bei den französischen Truppen eingeteilt und sollte für den Kaiser kämpfen. Doch bislang war er noch gar nicht zum Kämpfen gekommen. Im Schnelldurchgang wurde er im Exerzieren und im Umgang mit der Waffe geschult und marschierte zunächst nach Weißenfels, dann nach Wurzen. Der Marschbefehl nach Dresden wurde wieder zurückgenommen, der Kaiser hatte dort inzwischen gesiegt. Ströme von Gefangenen der alliierten Truppen und Verwundeten kamen aus Richtung Dresden nach Leipzig. Die Gefangenen wurden in der Pleißenburg und auf den Friedhöfen untergebracht und die Tore verschlossen. Und wenn dies nicht reichte, wurden die Kirchen zu Gefängnissen und Lazaretten umfunktioniert. Gottesdienste gab es nicht mehr, Gott hatte Leipzig verlassen.

Für Karl waren alle Bedenken, die er einmal gegenüber der Armee hatte, wie verflogen. Im Gegensatz zur Tristesse, die ihm Hempels Schusterwerkstatt bot, wehte ihm in der Grande Armée der Wind des Abenteuers um die Nase. Die etwa gleichaltrigen Kameraden, manche von ihnen waren so jung, dass sie gerade

mal dem Kindesalter entwachsen waren und kaum ihr Gewehr tragen konnten, strotzten vor Begeisterung und Kampfeswille. Ihre Unerfahrenheit machte sie blind für die Gefahren. Wenn sie abends das Biwak aufschlugen, ums Feuer saßen und ihre warme Mahlzeit einnahmen, verbreitete sich ein Gefühl der Zusammengehörigkeit, der Kameradschaft und des Siegeswillens. Karl ließ sich von dieser Begeisterung anstecken. Ungeduldig hofften sie darauf, bald dem Feind zu begegnen und in ihre erste Schlacht zu ziehen, um sich zu beweisen. Immer wieder kam es im engeren und weiteren Umkreis von Leipzig zu kleinen Gefechten und Scharmützeln. Mal waren es die Kosaken, mal die Österreicher, mal Polen und Preußen, die die Franzosen angriffen und in Plänkeleien verstrickten. Doch es war nichts Ernsthaftes und Karl hatte noch keinen einzigen Schuss abgegeben.
In den Reihen der französischen und sächsischen Truppen gab es nur wenige Soldaten, die unversehrt aus dem Russlandfeldzug zurückgekehrt waren. Die meisten Überlebenden waren krank und bis an ihr Lebensende von Wunden, Erfrierungen und den Strapazen gezeichnet. Man sprach nicht darüber, und die altgedienten Offiziere, die schon viele Jahre ihr blutiges Kriegshandwerk ausübten, wussten die blutjungen Rekruten mit Gelassenheit, Selbstdisziplin und patriotischen Reden von Tapferkeit, Heldenmut und Kaisertreue zu begeistern. Ein Soldat gehorchte bedingungslos den Befehlen seiner Offiziere und für ihn gab es nur eine Richtung: nach vorn.
Zum ersten Mal in seinem Leben schrieb Karl einen Brief. Er war für seine Mutter bestimmt. Auch die anderen Soldaten schrieben Briefe an ihre Mütter daheim, an ihre Liebsten, an Verwandte und Freunde. Ihnen war der Stolz anzumerken, dass sie nun auch bei den Soldaten waren. Es gab kaum einen unter ihnen, der sich nicht von der Euphorie hatte anstecken lassen.

Karl gefiel es unter den Gleichaltrigen. Das war etwas ganz anderes als die Gängelei in der Schusterwerkstatt, das Gekeife von der Meisterin und die Geringschätzung für den Lehrjungen. Hier war er etwas, er war Soldat! Die Unbeschwertheit seiner Jugend mischte sich mit Abenteuerlust und dem unbedingten Willen, seinen Mut unter Beweis zu stellen. Karl hoffte, er würde schon bald die Gelegenheit dafür bekommen. Doch im Augenblick mussten sich alle in Geduld üben. Die Zeit vertrieben sie sich mit der Besorgung von Proviant, der Pflege ihrer Ausrüstung und Erzählungen am abendlichen Biwakfeuer.

Karl wusste einiges zu erzählen, vor allem von seiner Beobachtung der Kosaken, als sie in Leipzig lagerten. Manche der Kameraden wollten es kaum glauben, gingen doch so schreckliche Gerüchte über diese seltsamen Krieger aus der Steppe weit im Osten um. Doch Karl wusste es besser. Er erinnerte sich noch gut an ihr unsauberes Leben, ihre traumwandlerische Treffsicherheit mit Pfeil und Bogen, die halbwilden und doch gehorsamen kleinen Pferde und an die andächtigen Gesänge, bei denen der Zuhörer Gänsehaut bekam.

Es bereitete ihm auch großes Vergnügen, seine Uniform und Ausrüstung zu pflegen. Auch wenn er keine teuren Stiefel wie die Offiziere trug, er putzte mit Hingabe seine Schuhe und Gamaschen, bürstete die Uniform aus, polierte sein Tschako, reinigte sein Gewehr und legte seinen Tornister nicht einmal zum Schlafen ab. Darin hatte er all die nützlichen Dinge verstaut, die man im Feld benötigte: eine Trinkflasche, eine Essschüssel, Löffel und Messer, Rasiermesser und Kamm, einen kleinen Spiegel und frische Wäsche, sogar zwei Schnupf- und zwei Halstücher. Obenauf waren eine eingerollte Decke und der Mantel festgezurrt. Nur dass sie bislang noch gar keine scharfe Munition ausgehändigt bekommen hatten, grämte nicht nur Karl. Auch beneidete er den Trommler namens Peterhans Wolke. Er war ein lustiger Kerl, verbreitete gute Laune und hatte stets ein Liedchen auf den Lippen. Karl bewunderte, mit welcher Leichtigkeit Peterhans trommeln konnte. Er wirbelte die Trommelstöcke, dass das Auge kaum folgen konnte. An der Trommel hingen farbige Quasten, die beim Trommeln hin- und herschwangen. Am liebsten hätte Karl es auch einmal probiert, aber Peterhans ließ die Trommel nicht aus den Augen und ließ niemanden in ihre Nähe. Fast immer trug er sie bei sich, an einem breiten Lederband quer über der Brust. Nur zum Schlafen legte er sie ab. Er schlief, indem er eine Hand auf das Trommelfell legte, den Gurt hatte er dabei um das andere Handgelenk geschlungen. Nicht einmal eine Maus hätte sich der Trommel nähern können, ohne dass es Peterhans bemerkt hätte.

Peterhans kannte viele Lieder, die sie abends am Feuer sangen, pfiffen – oder wie Karl brummten. Seine Stimme eignete sich überhaupt nicht zum Singen, aber das machte ihm nicht viel aus.

Sich täglich zu rasieren, machte Karl auch nichts mehr aus. Daheim in der Werkstatt hatte er sich höchstens einmal pro Woche dazu hinreißen lassen. Doch in der Truppe war es Pflicht, sich täglich zu rasieren. Das gehörte zum ansehnlichen Bild eines Soldaten.

Überhaupt gab die ganze Truppe ein recht buntes Bild ab. Noch hatte Karl nicht ganz die Bedeutung der vielen unterschiedlichen Uniformen und Uniformteile begriffen. Manchmal konnte er sich des Eindrucks nicht erwehren, dass man gerade den Stoff genommen hatte, der verfügbar war, obwohl Sergeant Michel mehrmals erklärte, dass es durchaus genaue Vorschriften für die Uniformierung gab.

Die sächsischen Truppen hatten zunächst den Befehl erhalten, sich mit den französischen Truppen zu vereinigen. Anfang Oktober gelangten sie in die Nähe von Wurzen. Der französische

Oberbefehlshaber General Reynier nahm dort Quartier und erwartete weitere Verstärkung durch Italiener, Franzosen, Badenser und Württemberger. Je mehr Truppen sich zusammenzogen, umso größer wurde die Aufregung. Beunruhigende Nachrichten sickerten durch.

»Hast du gehört, bei Eilenburg gab es ein Gefecht. Die Polen kommen vom Süden her. Und die Kosaken haben sich auch wieder in der Nähe von Leipzig sehen lassen. Ich glaube, es geht bald los.«

Peterhans Wolke wirbelte seine Trommelstöcke in den Händen umher. Seine kindlichen Wangen hatten sich gerötet und seine Augen glänzten. Auch Karl wurde von der allgemeinen Erregung erfasst, wollte sie sich aber nicht so deutlich anmerken lassen. Ihm imponierte, mit welcher Gelassenheit Sergeant Michel die Nachrichten aufnahm.

»Nun, dann geht es eben los«, kommentierte Karl die allgemeine Aufbruchsstimmung und versuchte dabei möglichst ebenso gelassen zu wirken. »Wird auch Zeit, diese Herumsitzerei ist doch langweilig. Schlimmer als daheim in der Schusterwerkstatt.«

Michel lachte. »Da hattest du wohl auch nicht viel zu tun? Und ich dachte, Schuhe brauchen alle, Soldaten wie Bürger.«

Karl winkte ab. »Ist nur eine kleine Werkstatt und außerdem…«

Den Rest des Satzes verschluckte er. Er wollte nicht unbedingt zugeben, dass es nur eine Flickschusterei war.

»Der Kaiser kommt, der Kaiser kommt!« Peterhans Wolke wieselte durch die Gruppen der Soldaten. »Ich habe gehört, der Kaiser kommt nach Wurzen. Vielleicht sehen wir ihn sogar!« Der kleine Trommler war völlig außer sich vor Freude. Auch Karl sprang auf. Ja, er hatte den Kaiser schon in Leipzig gesehen. Aber jetzt war er nicht nur ein Leipziger Schusterjunge, jetzt war er Soldat und diente ihm im Kampf gegen all seine Feinde.

»Der König soll auch kommen. Ich sage euch, hier geschieht etwas ganz Großes! All die hohen Herren versammeln sich zur endgültigen Schlacht.« Bei diesen Worten fiel Karl wieder die Apokalypse ein. Kamen wirklich die Kriegsgötter, um die endgültige Schlacht auszutragen? Und er war dabei! In seinem Bauch begann es zu kribbeln.

Zunächst wurden die sächsischen Truppen nach Düben verlagert. In der Nähe des Dörfchens Pristäblich lagerte Karl mit seinen Kameraden. Zum ersten Mal sah Karl die Welt. Er war noch nie weit aus seinem Heimatdorf Möckern herausgekommen, abgesehen von seinen erzwungenen Besuchen bei seinem Schwager in Lindenthal. Leipzig gefiel ihm am besten, auch wenn er sich in den Stadtmauern manchmal recht eingesperrt vorkam. Hier draußen aber gab es Dörfer, einsam über das Land verteilt, und doch nicht so weit auseinander, dass man sie nicht erreichen könnte. Die Mulde schlängelte sich zwischen den Dörfern nach Norden. Karl hatte keine Ahnung, was hinter dem Horizont lag. Er erwartete jederzeit die Feinde, die wilden Kosaken oder die komischen Preußen, von denen man sagte, sie seien so ernst, dass sie niemals lachten.

Ein Trompetensignal ließ Karl aufspringen und zur Waffe greifen.

»Was ist los?«

Sergeant Michel winkte ab. »Bleib ruhig, Junge. Es sind Russen bei Düben gesichtet worden. Wir werden sie vertreiben.« Er wies auf eine Gruppe der Kavallerie, die in einiger Entfernung vorbeisprengte.

»Und denk daran, wenn der Feind in die Reichweite deines Gewehrs kommt, dann bist du auch in seiner.«

Karl nickte und umklammerte das Gewehr mit beiden Händen. In Reihe stürmten sie in die Richtung, in der sie die feindlichen Russen vermuteten. Die französischen Reiter waren längst aus ihrem Blickfeld verschwunden. Karl verfluchte nun seine Uniform, vor allem die unbequemen Schuhe und die Gamaschen, die sich plötz-

lich um seine Beine wickelten und ihn beim Laufen behinderten. Von fern hörten sie Schüsse. Dann stiegen aus einem Dorf Rauchsäulen in den Himmel.
Karl fiel ein Soldat auf, der vor ihm lief. Sein eigenartiger Gang ließ ihn immer langsamer werden. Karl rempelte ihn von hinten an. »Nun lauf schon, du bringst ja die ganze Armee ins Stocken.«
Der Angesprochene blieb stehen und drehte sich zu Karl um. »Lauf doch schneller, wenn du kannst«, erwiderte er unwirsch. Karl blickte in zwei wasserblaue, weit aufgerissene Augen. Das kleine Gesicht des Soldaten verschwand fast völlig unter dem Tschako, die Uniform schlotterte an seinem mageren kleinen Körper. Karl hatte das Gefühl, diesen Soldaten zu kennen. Doch er hatte keine Zeit, darüber nachzudenken. Mit langen Schritten stürmte er an ihm vorbei. Schließlich wollte er dabei sein, wenn die Russen in die Flucht geschlagen wurden. Er musste nicht weit laufen, bis das Signal zum Halten ertönte. Keuchend blieb er stehen. Die Reiter kamen zurück. »Die Russen sind weg!«
Sergeant Michel stand plötzlich neben Karl. »Das ist bedauerlich«, meinte er. »Nur ein toter Feind kommt nicht wieder.«
Auch Karl fand es bedauerlich. Er hatte nicht einen einzigen Schuss abgeben können.
Während sich die Truppenteile sammelten, überholte Karl wieder den Soldaten mit dem eigenartigen Gang. Er blickte auf ihn herab. Wieso wurden solche Zwerge überhaupt zu den Truppen eingezogen? Mit einem geringschätzigen Lächeln auf den Lippen schüttelte er den Kopf. Plötzlich blieb er stehen und wartete, bis der andere herangekommen war.
»Sag mal, kenne ich dich nicht? Habe ich dich nicht schon einmal gesehen?«
Der kleine Soldat drehte den Kopf weg. »Das muss ein Irrtum sein«, murmelte er.

Karl dachte kurz nach, dann zuckte er mit den Schultern. »Möglich«, erwiderte er. »Schließlich kann ich mir nicht jedes Gesicht merken.«
Ihm dürstete nun nach einem Branntweintrunk. So einfach war es also zu siegen. Zwar war es keine Schlacht, nicht einmal ein richtiges Gefecht, aber Karl fühlte sich als Held.

Helene Hempel hörte das Klopfen an der Tür der Werkstatt, doch sie öffnete nicht. Zu gefährlich war es. Seit Tagen zogen starke Truppen durch die Stadt. Sie marschierten nicht, sie eilten zum Grimmaischen Tor herein und zum Halleschen Tor wieder hinaus. In allen Bürgerhäusern gab es Einquartierungen, vor allem von Franzosen, aber auch von Rheinbündlern. Die auf Leipzig zumarschierenden Franzosen wurden von den Feinden verfolgt, in erbitterte Gefechte verwickelt, manchmal versprengt, auf jeden Fall aber gab es stets Tote und Verwundete. Soldaten bettelten um Einlass, um etwas zu essen, Wasser oder Verbandsmaterial. Die Lazarette waren längst überfüllt. Der Stadtrat hatte eine Warnung erlassen, dass alle nicht unmittelbar an den Kampfhandlungen Beteiligten daheimbleiben sollten. Die Leipziger Tore wurden in den Verteidigungszustand versetzt, Schanzen aufgeworfen und durch Palisaden und Spanische Reiter gesichert. Immer wieder drangen beunruhigende Nachrichten in die Stadt. Rund um Leipzig gab es immer neue Gefechte und der Ring der verbündeten Truppen gegen die Franzosen zog sich enger zusammen. General Napoleon hatte Leipzig als Basis und Drehkreuz für seine Truppenbewegungen erwählt, die Straßen in alle Himmelsrichtungen waren strategisch zu wichtig.
Doch für die Leipziger Einwohner war es eine Katastrophe. Noch immer gelangten kaum Lebensmittel aus den umliegenden Dörfern in die Stadt. Fouragierwagen waren für die Armee bestimmt und wurden streng bewacht, eigene Fuhrwerke gab es in Leipzig

nicht mehr, die waren von den Franzosen konfisziert worden. Die Lebensmittelpreise waren ins Unermessliche gestiegen. Helene Hempel hatte versucht, Butter und Kartoffeln zu kaufen, doch Kartoffeln gab es nicht und für Butter hätte sie für eine Kanne zwei Taler zahlen müssen. So begnügte sie sich mit einem Fläschchen Öl und zwei Broten aus schlechtem dunklen Mehl. Unter diesen Umständen wusste sie nicht, ob sie froh oder unglücklich darüber sein sollte, dass Oskar im Gefängnis saß. Eine unbedachte Äußerung war ihm zum Verhängnis geworden. Zweimal hatte sie versucht, ihn dort zu besuchen. Etwas Tabak, einen Krug Bier und ein halbes Brot konnte sie ihm zustecken. Oskar Hempel war sich sicher, bald wieder freigelassen zu werden. »Wo sollen denn die Kriegsgefangenen hin, wenn man die Gefängnisse mit solchen kleinen Fischen wie mich verstopft«, meinte er. Insgeheim war er jedoch auch froh, dem Keifen seiner meist missgestimmten Frau entronnen zu sein.
Und Helene Hempel war froh, dass sie die beiden Brote und das Öl für sich allein haben konnte. Aus Zwiebel, Kraut und Speckschwarte würde sie eine Brotsuppe kochen. Da blieb sogar noch was für Oskar übrig, das sie ihm ins Gefängnis bringen konnte. Sorgfältig hielt sie die Fenster geschlossen, damit der Geruch aus der Küche keinen Hungerleider von der Straße anziehen würde. Sollten sie sich doch an die reichen Leute in Leipzig wenden, deren Speisekammern bestimmt noch gut gefüllt waren.
Das Klopfen wurde stärker. Sie vernahm eine Frauenstimme. Doch nicht etwa wieder dieses Mädchen, Karls Geliebte! Helene Hempel war nicht gewillt, noch einen unnützen Fresser ins Haus zu lassen. Sollte Karl sich darum kümmern. Schließlich hatte sie ihn nicht zu solchen Unsittlichkeiten ermuntert.
»Hallo, hört mich denn niemand?« Die Rufe der Frau klangen verzweifelt. Helene Hempels Neugier siegte über die Angst und sie öffnete die Tür einen Spaltbreit. Draußen stand eine kleine,

rundliche Frau in Bauerntracht, ziemlich zerlumpt und frierend.
»Wir haben nichts, wir geben nichts, gehen Sie weiter!« Helene Hempel schlug die Tür zu.
»Gute Frau, öffnen Sie bitte! Ich suche meinen Sohn Karl.«
Verwundert hielt Helene Hempel inne, dann öffnete sie die Tür ein Stück weiter und betrachtete die Frau aus zusammengekniffenen Augen. »Ist das auch wahr?«
Die Bauersfrau nickte. »Ich bin Anna Fritzsche, die Mutter von Karl. Ich bin doch richtig hier in der Schusterwerkstatt Hempel?«
Die Schusterfrau antwortete nicht gleich. »Wie kommen Sie denn hierher? Es ist nicht gestattet, auf die Straße zu gehen.«
»Ich hatte großes Glück. Durch so ein kleines Pförtchen kam ich in die Stadt. Eigentlich wollte ich zu meiner Tochter nach Lindenthal, aber die Straße war von Soldaten besetzt. Sie haben mich nicht durchgelassen. So habe ich versucht, mich nach Leipzig durchzuschlagen. Unser ganzes Dorf ist von den Franzosen zur Festung ausgebaut worden. Die Bewohner mussten ihre Häuser verlassen oder sind bereits geflohen.«
»Was wollen Sie hier? Sie können nicht hier bleiben.«
Anna Fritzsches Blick wurde flehend. »Bitte, Frau Meisterin. Der Karl hat immer gut von Ihnen gesprochen. Ich brauche nicht viel Platz, nur eine Ecke, wohin ich mich verkriechen kann. Karl wird für mich sorgen. Ich falle Ihnen nicht zur Last.«
Helene Hempel lachte hart auf. »Das ist ein frommer Wunsch! Der Karl ist bei den Soldaten und mein Mann sitzt im Gefängnis. Sie sehen, mir geht es nicht besser als Ihnen.«
»Sie haben ein Dach über dem Kopf. Meines ist wahrscheinlich schon abgebrannt.«
»Herrje, ich kann doch nicht alles Elend dieser Stadt auf mich nehmen. Tut mir leid, aber ich kann Ihnen nichts zu essen geben. Die Preise sind unbezahlbar.«

Schon wollte sie wieder die Tür zuwerfen, doch Anna Fritzsche trat einfach in die Werkstatt ein und schloss selbst die Tür hinter sich. Dann lüpfte sie das fest um den Körper gewickelte Wolltuch und den Gürtel. Kartoffeln polterten auf den Boden und kullerten um Helene Hempels Füße. »Ich habe mitgebracht, was ich mitbringen konnte.« Unter dem Mantel zog Anna Fritzsche zwei Kohlköpfe heraus, Zwiebelbündel trug sie um die Hüften, im Gürtel des Kleides steckten Flaschen mit Öl, Likör, Branntwein und Rahm. Selbst zwei Würste und zwei Seiten Schinkenspeck zauberte sie hervor. Helene Hempel blieb der Mund offen stehen. »Da habe ich ja Glück gehabt, dass Sie nicht kontrolliert worden sind.«

»Wer schaut schon eine dicke alte Frau an«, erwiderte sie und lächelte. Dick war sie nicht mehr, im Gegenteil! Helene Hempel schien versöhnt.

»Na gut«, sagte sie mit Blick auf die umherliegenden Kartoffeln. Dann deutete sie auf Karls Bretterverschlag. »Dort können Sie einstweilen schlafen und ich koche die Kartoffeln. Mit Leinöl ergeben sie schon eine ausreichende Mahlzeit.«

Anna Fritzsche atmete auf, doch dann wurde ihr Blick besorgt. »Karl ist bei den Soldaten? Hat er sich etwa freiwillig gemeldet?«

»Hat er nicht. Sie haben hier alles Jungvolk eingezogen, wessen sie habhaft werden konnten. Man will sich's ja nicht mit der Obrigkeit verderben.«

Am Abend saßen die beiden Frauen am Tisch und schälten die dampfenden Kartoffeln. Zwischen ihnen brannte ein auf die Tischplatte geklebter Kerzenstumpen. Es war ein seltsam friedliches Bild in diesen unfriedlichen Tagen.

Das Reiten war nicht gerade Heinrichs Stärke. Kaufleute reisten im Wagen oder in der Kutsche. So hielten es auch die Krells. Für

Heinrich aber hatte sich das Leben geändert. Er war stolz darauf, endlich seinen Weg gefunden zu haben.
Es war keine farbenprächtige Uniform, die er trug, es war eigentlich gar keine Uniform. Sie bestand aus ziviler Kleidung, schwarz eingefärbt, lediglich rote Vorstöße und goldfarbene Messingknöpfe gaben ihnen etwas Einheitliches. Heinrich hatte sich selbst ausgerüstet und eingekleidet. Auch bekam er keinen Sold. Und doch war er stolz und mit ganzem Herzen dabei. Hinter den Linien der Franzosen erschienen sie unerwartet, schlugen blitzschnell zu und entzogen sich wieder in die Tiefen des Waldes, den sie als Deckung und Versteck nutzten. Sie legten Hinterhalte, überfielen Transporte, raubten sogar Kriegskassen. Und doch waren sie keine Räuber, keine Verbrecher oder gar Vogelfreie. Die tollkühne Truppe unter der Führung des Majors von Lützow war mit offizieller Billigung als reguläres Korps des preußischen Heeres gegründet worden.
Jetzt hatte Heinrich endlich die Gelegenheit, sich an den verhassten französischen Besatzern zu rächen, ihre Großmachtpläne zu durchkreuzen und ihre Truppen zu schwächen, wo er nur konnte. Seine Kameraden waren Handwerker, Studenten, Arbeiter und Adlige, vereint im Kampf gegen die französische Besatzung und für eine Befreiung der deutschen Länder.
Während ihrer Streifzüge durch Sachsen und Thüringen war Heinrich zu ihnen gestoßen. Die darauffolgenden Kämpfe, die Verhaftung und die spektakuläre Flucht mit Hilfe seiner Mutter hatte er bereits als ein großes Abenteuer empfunden und nun fühlte er sich wie ein völlig neuer Mensch. Sein Vater hatte es nicht begriffen, seine Mutter hingegen schon. Er nahm es gelassen. Die schwarzen Gesellen waren jetzt sein Leben, seine Familie. Auch wenn ihnen die Verfolgung drohte, sie nicht einmal unters Kriegsrecht fielen und vielleicht sogar auf eine Galeere verbannt wurden, es schreckte Heinrich nicht.

Abends am Feuer sprachen sie davon, die Franzosen endgültig zu verjagen, ja, man sprach vom Vaterland, von einem befreiten Deutschland. Es würde die Grundlage sein, dass es endlich aufwärts gehen würde mit Arbeit, Handel und Lehre.
Heinrich war gewiss kein guter Schüler gewesen und an seine Zeit in der Bürgerschule dachte er nur mit Grausen zurück, doch den Gesprächen mit den vielen Studenten unter seinen Kameraden lauschte er begierig. Vielleicht irgendwann, wenn die Franzosen verjagt sein würden, würde er zurückkehren zu seiner Familie, das Handelsgeschäft seines Vaters übernehmen und wieder per Wagen und Kutsche reisen.
Er hatte sein ganzes Geld mitgenommen. Jetzt besaß er ein eigenes Pferd. Zufrieden strich er ihm über das warme Fell, ordnete das Zaumzeug und zog den Sattelgurt fest.
Wenn er auf dem Pferd saß, fühlte er sich groß. Er stand über den Dingen, diese kleinlichen, dummen und demütigenden Dinge, die sein Leben bislang bestimmt hatten. Er besaß ein wundervolles Pferd, schnell, wendig, gehorsam und ausdauernd. Es hatte viel Geld gekostet, doch der Kauf hatte sich gelohnt. Fast war es ein Wunder, denn gute Pferde waren kaum noch zu bekommen. Zu viele von ihnen waren in den Schlachten verwundet oder getötet worden.
Er musste lächeln, wenn er an Leipzig dachte. Irgendwann würden all diese Strohköpfe erfahren, dass er, der dicke Heinrich, den man so gern verprügelt hat, bei den Lützowern kämpft. Er würde seine Uniform zur Schau stellen, er würde ein Held sein, der mithalf, die Menschen in den deutschen Ländern von den französischen Unterdrückern zu befreien.
Heinrich schwang sich in den Sattel. Sie befanden sich auf dem Weg zur Elbe, wo sie Einheiten der Franzosen vermuteten. Ein großer Feldzug war geplant. Dass es gefährlich war, war Hein-

rich bewusst. Major von Lützow und sein Adjutant Körner waren bei dem Überfall im Juni schwer verletzt worden, Körner später gefallen. Doch die schwarzen Jäger hatten einen großen Zulauf. Beinahe täglich stießen patriotisch gesinnte Bürger dazu, um mit ihnen zu kämpfen.

Die Franzosen hatten sich währenddessen um Leipzig konzentriert. Fast sah es so aus, als wären sie in die Enge getrieben. Mit gezielten Attacken würden die Lützower ihnen die Versorgung abschneiden, ihnen in den Rücken fallen. Heinrich trieb sein Pferd an. Neben ihm galoppierten seine Kameraden. Das Dämmerlicht des Waldes machte sie beinahe unsichtbar. Der weiche Waldboden verschluckte das Trommeln der Hufe. Nur das rhythmische Schnaufen der Pferde war zu vernehmen. Während er mit einer Hand die Zügel hielt, griff er mit der anderen zur Pistole. Es war die Pistole seines Vaters, die er immer auf seinen Handelsreisen mit sich führte. Die Wege waren überall unsicher. Zwischen den Baumstämmen konnte er bereits den sandigen Weg durch die Heide erkennen, auf dem sich der Versorgungstross befand, eine Schlange von Wagen, mehrere Kanonen und dazwischen immer wieder Soldaten. Zahlenmäßig waren die Franzosen ihnen bei Weitem überlegen, aber Heinrich wusste, dass so ein Überraschungsangriff auch eine wesentlich größere Truppe bezwingen konnte. In seinen Adern kribbelte das Blut, die Erregung verlieh ihm Flügel. Er stellte sich in den Steigbügeln auf und beugte sich über den Hals seines Pferdes, während er die Zügel etwas lockerte. Das Gefühl berauschte ihn, so dahinzufliegen. Erst unmittelbar vor dem Wegrand zügelte er sein Ross. Gleichzeitig drangen die schwarz Uniformierten aus dem Wald heraus und eröffneten sofort das Feuer auf die Franzosen. Die Zugpferde scheuten, die Wagenführer hatten alle Hände voll zu tun, die aufgeschreckten Tiere zu bändigen, damit sie nicht durchgingen. Aber sie mussten auch zur Waffe greifen, um sich zu verteidigen. Es gab ein kurzes, heftiges Feuergefecht, ein wüstes Durcheinander. Die Enge des Weges verschärfte die Situation, ein Wagen kippte um. Einige Franzosen verschanzten sich dahinter und feuerten auf die Angreifer. Heinrich sah zwei seiner Kameraden aus dem Sattel stürzen, ein verletztes Pferd sprang in Todesangst über den umgestürzten Wagen, trampelte auf die dahinter liegenden Soldaten. Geschrei, Wiehern, Schüsse, der Geruch von Pulverdampf und Pferdeschweiß. Heinrich zielte auf einen der Soldaten und drückte ab. Er traf, sah den Franzosen zu Boden fallen. Ein anderer drehte sich zu Heinrich um und legte sein Gewehr an. Im gleichen Moment, als Heinrich die Zügel hochriss, um zurück in den Wald zu stürmen, schoss der Franzose. Heinrich sah die weiße Rauchwolke aus dem Gewehrlauf, spürte einen harten Schlag gegen seine Brust und einen seltsamen Druck. Sein Pferd warf sich zur Seite und sprang mit einem gewaltigen Satz zwischen die Bäume. Heinrich konnte sich nicht mehr im Sattel halten. Sand spritzte auf, als er auf den Boden schlug. Sein Blick wanderte hinauf in die Baumwipfel, in den grau verhangenen Himmel. Plötzlich wurde alles ganz leicht, als schwebe er. Der Himmel wurde heller und heller, als bräche die Sonne durch die Wolken. Dann machte Heinrich seinen letzten Atemzug.

Das Wetter war gegen sie. Seit mehreren Tagen regnete es immer wieder heftig, wodurch der Boden stark aufweichte. Straßen und Wege waren kaum passierbar und jeden Morgen stiegen feuchte Nebel auf, die die Sicht stark behinderten. Erst ein nasskalter Wind fegte den Dunst weg und gab den Blick auf die Felder zwischen den Ortschaften rund um Liebertwolkwitz frei. Hier konzentrierte sich die Armee der Franzosen einschließlich auf die ihnen unterstellten sächsischen Truppen. Ein buntes Gemisch von Uniformen, Pferden, Kanonen und Biwakfeuern bestimmte das Bild. Die Felder waren schon abgeerntet oder geplündert worden, Dörfer größtenteils verwaist. Die meisten Bewohner waren vor der Masse der Soldaten geflohen. Sie, die selbst nichts mehr zu essen hatten, konnten die befohlenen Lieferungen zur Versorgung der Soldaten nicht mehr aufbringen. Sie verließen Haus und Hof und überließen sie den Soldaten, die noch die letzten Zaunslatten für das Biwakfeuer holten.

Karl kämpfte gegen seinen knurrenden Magen an. Die Verpflegung war immer schlechter geworden, je mehr sich die Truppen konzentrierten. In den Dörfern war nichts mehr zu holen, die Verpflegungswagen kamen nur langsam durch. Man munkelte, rund um Leipzig rücke eine Allianz aus Russen, Österreichern, Preußen und Schweden vor.

Der niedrige Kirchturm von Liebertwolkwitz ragte über die geduckten Dächer der Gehöfte. Karl dachte an Friederike. Ob sie noch hier war? Aber nein, sie arbeitete ja jetzt in Leipzig im Hospital. Ein wenig war Karl enttäuscht darüber. Hier hätte er die Gelegenheit gehabt, sich Friederike in seiner Uniform zu zeigen. Im Augenblick gab er allerdings kein besonders stolzes Bild ab. Unter seinem Mantel trotzte er dem Wetter, doch Feuchte und Kälte krochen langsam durch den Stoff. Missmutig beobachtete er, wie sich immer mehr Reiter der Kavallerie in Richtung Wachau sammelten. Karl wusste nicht, wie viele Soldaten zwischen den Dörfern Holzhausen, Liebertwolkwitz, Güldengossa und Wachau standen. Er wusste nur, dass sie hier unbedingt Stellung halten mussten. Der Galgenberg, der kleine Hügel zwischen Liebertwolkwitz und Wachau, der sich in der flachen Landschaft wie ein Berg ausnahm und sich deshalb als Beobachtungspunkt eignete, war ausgebaut und mit Artillerie bestückt worden. Dahinter sammelte sich die Kavallerie.

Das Biwak war in der Nähe der Liebertwolkwitzer Mühle aufgeschlagen worden. Es war noch früh am Morgen. Karl kramte in seinem Tornister. Er fand darin nur etwas Zwieback und einen Rest Branntwein in der Flasche. Doch der Branntwein wärmte und beschäftigte seinen knurrenden Magen. Der Regen hatte mittlerweile das kümmerliche Biwakfeuer gelöscht, es rauchte nur noch. Er hätte im Dorf nach etwas Brennbarem suchen sollen, doch er verharrte unter seinem Mantelzelt. Vom Schirm seines Tschakos tropfte es fortwährend und unsinnergerweise begann er die Tropfen zu zählen. Jemand trampelte an ihm vorüber und störte ihn in seinem Stumpfsinn. Es war dieser kleine Soldat, der ihm schon in Düben aufgefallen war. Er schleppte einen zerlöcherten Reisigkorb hinter sich her, drinnen geplünderte Beute aus dem Dorf. Von einer seltsamen Unruhe getrieben, erhob sich Karl

»Jetzt weiß ich, woher ich dich kenne«, rief er und fasste ihn an der Schulter. Mit Schwung drehte er ihn zu sich herum. »Du bist doch der Gustav, der lästige Gassenjunge. Was treibst du hier?« Einen Augenblick vermutete Karl, Gustav wäre nur bei den Soldaten, um wieder an ihm wie eine Klette zu hängen. Doch Gustav riss sich unwillig los.

»Lass mich in Ruhe, Schusterjunge. Ich kann genau so hier sein wie du.«

Karl grinste. »Du kannst ja kaum laufen. Dass sie dich genommen haben…«

Gustav presste die Lippen zusammen. »Du hast wahrscheinlich deine Zehen noch«, erwiderte er.

»Sicher, warum sollte ich sie nicht haben?«

»Meine sind in Russland abgefroren, in dem verdammten letzten Winter.«

»Du warst in Russland?«

Gustavs Mäusegesicht verzog sich zu einem schiefen Grinsen.

»Da staunst du, Schusterjunge? Ja, ich war in Russland und habe gekämpft für Kaiser und Vaterland.«
Karls Blick wanderte hinunter zu Gustavs Füßen. »Das war sicher ein hartes Los. Ich habe die vielen Verwundeten gesehen, die in die Stadt kamen.«
»Mich haben sie nach Torgau gebracht. Meine Beine waren gebrochen, meine Zehen konnten sie nicht retten und einige Finger auch nicht.« Erst jetzt bemerkte Karl, dass Gustavs Beine etwas krumm waren und ihm auch ein paar Finger an beiden Händen fehlten.
»Trotzdem haben sie dich wieder in die Truppe genommen?«, wunderte er sich.
»Bin bei den Invaliden in den hinteren Reihen. Wo soll ich denn sonst hin?«
Karl wurde nachdenklich. »Weißt du, wo wir Fourage machen können? Die Marketenderinnen haben sich schon zwei Tage nicht sehen lassen.«
Gustav schüttelte den Kopf. »Die Straßen rund um den Ort sind verschanzt, da kommst du nicht durch. Aber du bist ja noch gesund, du wirst was finden.«
Karl wollte ihm etwas Gemeines hinterherrufen, er mochte diesen Tagelöhner immer noch nicht leiden, aber Gustav drehte sich noch einmal um. »Pass lieber auf, die Österreicher sind in der Nähe.«
»Woher willst du das wissen?«
Doch Gustav ging einfach weg und verschwand im Gemenge der Uniformen. Im gleichen Augenblick donnerten drei Kanonenschüsse. Karl zuckte zusammen. Sofort wurde es unruhig. Offiziere verließen ihre Quartiere und schwangen sich auf ihre Pferde, die Packpferde wurden aus den Ställen gezerrt und die letzten Einwohner flüchteten verschreckt in die Kirche.

Auf das Kanonensignal antwortete die Artillerie der anderen Seite, sie war erschreckend nahe. Augenblicklich hatten die Soldaten zu Fuß ihre Mäntel abgeworfen, die Gewehre gepackt und Stellung bezogen. Auf dem Feld zwischen Liebertwolkwitz und Wachau geriet die Kavallerie in Bewegung. Allen voran ritt Murat, der König von Neapel und schillernder Anführer der Truppen. Mit seiner exotischen Ausstattung – er trug einen purpurfarbenen Hut mit reichlich Gold- und Federschmuck, einen reich bestickten grünen Pelzrock, weißgelbe Beinkleider und bestickte ungarische Stiefel – fiel er auf wie ein bunter Pfau im Hühnerhof. Natürlich zog er sofort die Aufmerksamkeit der Angreifer auf sich. Die Preußen jagten ihn wie einen Fasan. Nur mit knapper Müh und Not entkam er jedes Mal den Angreifern.
Karl konnte nicht weiter beobachten, was drüben auf dem Feld geschah. Er stand in der Verteidigungsreihe neben seinen Kameraden und kämpfte verbissen gegen die ersten Wogen anrennender Österreicher. Urplötzlich war es bitterer Ernst geworden. Die Zeit reichte nicht einmal, um Angst zu empfinden. Karl lud das Gewehr, schoss, ging in Deckung, lud das Gewehr, schoss wieder. Er vernahm die tobende Schlacht, die Schreie, Hurrarufe, das angstvolle Wiehern der Pferde, dann den Lärm der Kanonen, die pausenlosen Gewehrschüsse, alles vermengt mit Qualm und Pulverdampf, Brandgeruch und Nässe. Die Tausende von Pferdehufen verwandelten die Äcker in grundlosen Morast, wurden müde und der Kampf erlahmte, während die Artillerie jetzt die Kampfführung übernahm.
Karl kämpfte wie im Rausch, ohne an sich zu denken, ohne auf die Kameraden neben sich zu achten. Töten oder getötet werden war hier die Devise. Alle schossen, denn sie wurden angegriffen. Und er musste die Stellung halten und die anstür-

menden Österreicher zurückschlagen. Es gelang den Franzosen, die Woge der Angreifer schwappte zurück. Doch es gab keine Atempause. Die nächste Welle griff an und wieder mussten die Verteidiger des Ortes in Deckung gehen. Hin und her wogten Kampf, Angriff, Verteidigung, Zurückweichen, erneuter Angriff.

Karl wusste nicht, wie viel Zeit vergangen war. Er verspürte weder Hunger noch Kälte, weder Furcht noch Skrupel. Alles ging von allein. Fast taub von dem ohrenbetäubenden Lärm, blieb er aufs Äußerste angespannt. Im Schlachtgetümmel verschanzte er sich schließlich hinter einem Gartenzaun. Mit dem Bajonett hatte er schmale Scharten geschlagen, durch die er schoss. Doch seine Sicht war eingeschränkt. Plötzlich explodierten Granaten auf der Straße. Das Strohdach der Scheune hinter ihm fing Feuer. Brennende Bündel fielen herab. Er musste seine Deckung verlassen.

»Avant – avancer!« Der Befehl galt ihm und seinen Kameraden.

Er stürmte vorwärts, in den Kugelhagel hinein. Ein besonders hefti-ger Kampf entbrannte um den Friedhof herum, der von den Österreichern besetzt war. Hinter dem Friedhofstor hatten sie sich verschanzt, die Mauern schützten sie wie eine Burg. Gasse für Gasse, Haus für Haus, Hof für Hof kämpften sich die Franzosen vor. Karl hatte für einen Moment die Orientierung verloren. Er hockte hinter einem Holzstapel neben einem Gartentor. Holz, dachte er, Holz für das Biwakfeuer. Im nächsten Moment pfiffen ihm die Kugeln um die Ohren.

Die französische Infanterie hatte den Friedhof gestürmt. Schreie, Schüsse, Ächzen und Stöhnen zeugten von einem verbissenen Kampf Mann gegen Mann. Karl duckte sich und blieb hinter dem Haufen hocken. Es war feige, aber er hatte einfach

keine Kraft mehr. Zudem wäre es tödlicher Leichtsinn gewesen, zwischen die kämpfenden Truppen zu geraten.
Das Reitergefecht auf den Feldern zwischen Güldengossa und Auenhain, Liebertwolkwitz und Wachau schien noch im Gange zu sein. Vereinzelt schleppten sich verwundete Reiter, teils ohne Pferde, zurück in den Ort. Doch sie konnten hier nicht versorgt werden, noch kämpften die Franzosen gegen die sich heldenhaft wehrenden Österreicher. Es dämmerte bereits, und das heftige Gefecht dauerte an. Karl wagte sich dennoch hinter seinem Holzhaufen hervor und betrat vorsichtig die Hauptstraße. Er befand sich in einem Dilemma. Hinter ihm brannte die Scheune, weiter vorn waren die Franzosen, irgendwo dazwischen die Österreicher. Er packte sein Gewehr und lief in die Richtung, in der er seine eigenen Leute vermutete. Im Laufen spürte er, wie zwei Kugeln in seinen Tornister einschlugen. Wozu dieses manchmal so lästige Ding doch gut war! Überall lagen Tote und Verwundete auf der Straße und dem Marktplatz. Dazwischen irrten reiterlose Pferde umher. Karl wollte vor Einbruch der Dunkelheit wieder bei seiner Korporalschaft sein, doch der Weg zur Mühle war versperrt und die gesamte Mühlgasse stand in Flammen. Er musste sich einen anderen Weg suchen.
Im Schutze der Friedhofsmauer wagte er sich Schritt für Schritt vor, immer gewärtig, von einem Österreicher angegriffen zu werden. Er musste immer wieder über Tote steigen. Entsetzt starrte Karl zum Friedhofstor. Dort waren österreichische Soldaten mit französischen Bajonetten ans Tor gespießt worden.

»Du hättest nicht herkommen dürfen!« Amalie Köster rang die Hände. Angstvoll lauschte Friederike auf die Geräusche, die von der Straße kamen. Gleich darauf krachte es. Die Soldaten

hatten das Hoftor eingetreten. Wie eine Flut kamen sie in den Hof, durchstöberten Stall, Scheune, Schuppen und den Garten. Einige drangen ins Haus ein. Sie stießen Amalie Köster grob zur Seite. Der Küchenschrank fiel krachend um, das Geschirr polterte auf den Boden. Fast alles ging zu Bruch. Die Pfannen, der Kessel, Töpfe und Schüsseln wurden von den Soldaten herausgerissen, Salz, Kräuter, Messer, Fleischklopfer, Axt und Feuerstein, alles konnten sie gebrauchen. Zu allem Unglück fanden sie auch das kleine Fässchen mit Bohnen und Graupen, ihre letzte Reserve. »Bitte nicht, wir haben selbst nichts mehr zu essen«, flehte Amalie. Umsonst!
Andere Soldaten hatten die Schlafkammer verwüstet, Bettzeug, Wäsche, sogar Amalies Kleid und den Mantel herausgezerrt. Dann zerschlugen sie die Betten und den Schrank und schleppten das Holz weg.
Friederike stand wie erstarrt. Es war ein Wunder, dass die Soldaten sie offenbar überhaupt nicht wahrnahmen.
Ein Offizier zeigte mit der Säbelspitze auf Johann Köster. »Mann, du kommst mit. Hol deine Schaufel, du hebst Gräben aus.« Er stieß den Milchmann vor sich her, der sich nicht zu wehren wagte. Eine Schaufel fand er nicht, die hatten wohl die Plünderer schon mitgenommen. Die Straße nach Grimma war mit umgestürzten Wagen, Baumstämmen und Ackergeräten verschanzt, in der Nähe der Mühle standen Kanonen. Überall loderten Biwakfeuer.
Amalie Köster fand als erste zu sich und packte Friederikes Hand. »Komm mit!«
»Wo willst du hin?«
»In die Kirche. Hier sind wir nicht sicher.«
Hektisch blickte sie sich um. Auf der Straße befanden sich viele Soldaten, doch die waren mit Plünderungen beschäftigt. Von al-

len Seiten liefen die übrig gebliebenen verängstigten Bewohner des Ortes zur Kirche, teils mit ihrem Hab und Gut, das sie in Sicherheit bringen wollten, teils nur mit dem, was sie auf dem Leib trugen. Drei heftige Kanonenschüsse vom Oberholz her ließen sie noch schneller laufen. Kinder schrien, Frauen wehklagten. Die einquartierten Offiziere liefen aus den Häusern, riefen nach ihrer Ordonnanz, bestiegen die Pferde und galoppierten rücksichtslos durch die flüchtenden Dorfbewohner.

In der Kirche herrschte eine unerträgliche Enge. Die Männer verriegelten die Kirchentür und die Sakristei, schoben Schränke vor den Eingang, während von draußen Gefechtslärm zu ihnen hereindrang. Dann donnerten Kanonen. Friederike presste sich die Hände auf die Ohren, hockte sich in das Kirchengestühl auf den Boden und hoffte, dass die dicken Kirchenmauern die Kanonenkugeln abhalten würden. Seit fünfhundert Jahren stand die steinerne Kirche schon und trotzte allen Unbilden der kriegerischen Vergangenheit. Das laute Wehklagen, die Gebete der Menschen und das Schreien und Weinen der Kinder mischten sich mit dem Geschützlärm zu einem fast unerträglichen Geräusch. Plötzlich durchschlugen Gewehrkugeln das Glas der Kirchenfenster. Tischlermeister Hennicker, der vor dem Altar kniete und inbrünstig betete, wurde durch einen Querschläger im Gesicht verletzt. Stark blutend brach er auf den Altarstufen zusammen. Friederike eilte zu ihm. Sie riss kurzerhand einen Streifen Stoff aus ihrem Unterrock und presste ihn dem Alten auf die Wunde. In der Kirche herrschte Panik, alles schrie und lief durcheinander. Die Frau des Maurermeisters Jahn suchte ihre Kinder, die aus Angst zur Kirchentür gelaufen waren. Da traf sie ebenfalls eine Kugel. Mit einem lauten Klagelaut stürzte sie zu Boden und presste ihre Hände auf die Hüfte. Friederike konnte ihr nicht helfen.

»Meine Frau«, ächzte Tischler Hennicker, »sie hat Nervenfieber.« Mit zitternder Hand wies er zum anderen Ende der Kirche.

»Ich werde mich gleich um sie kümmern«, versprach Friederike.

»Es ist hier nicht sicher«, flüsterte Hennicker. Sein provisorischer Verband war schon durchgeblutet.

Plötzlich flog krachend das Kirchentor auf. Soldaten in österreichischer Uniform standen drohend davor.

»Sind hier französische Soldaten versteckt?«

Entsetzt hoben die Leute die Hände, das Wehgeschrei schwoll an. Einzig Pfarrer Voigt blieb besonnen, trat auf die Österreicher zu. »Hier sind nur unschuldige und wehrlose Menschen, Frauen, Kinder, Kranke. Verschont sie, sie haben schon genug erlitten.«

Die Österreicher schienen zufrieden und zogen wortlos ab. Schnell verschlossen die Männer wieder die Kirchentür.

»Sind die Franzosen vertrieben? Wer hat denn gesiegt?« Keiner wusste, wie es draußen aussah. Einige Wagemutige trauten sich auf den Kirchturm. Was sich ihren Augen bot, übertraf die schlimmsten Erwartungen. Dicke Rauchsäulen stiegen in den wolkenverhangenen Himmel. Fast die gesamte Windmühlengasse stand in Flammen. Viele Gehöfte waren zerstört, in den Gassen und auf dem Markt lagen tote und verwundete Soldaten, reiterlose Pferde irrten umher. Sie brauchten nichts zu sagen, als sie vom Kirchturm wieder herunterkamen. Ihre Gesichter sagten alles.

»Meine Mutter, meine Mutter!« Dorothea Bothe stürzte zur Tür und wollte sie öffnen. Einige besonnene Männer hinderten sie daran. Friederike kannte Dorothea gut. Sie zwängte sich zu ihr durch und nahm sie in die Arme. »Sei vernünftig, du kannst jetzt nicht hinaus. Sie hat sich bestimmt im Keller versteckt.«

»Sie wollte doch nur unser Geld holen, damit es nicht auch geplündert wird.« Sie schluchzte auf und warf sich an Friederikes Schulter. Sie hielt die Freundin schweigend fest. Beide sanken auf den kalten Fußboden und blieben eng umschlungen hocken.

Es dunkelte, Schatten legten sich auf die Unglücklichen, die dicht zusammengepfercht schon seit Stunden hier ausharrten und voller Angst auf die Geräusche von draußen lauschten. Es war kalt, Hunger und Durst quälten sie. Kleine Kinder weinten, wimmerten oder waren vor Erschöpfung eingeschlafen.

Friederike dachte an Ulrike und den kleinen Jakob. Wie würde es ihr ergangen sein? Ob es in Großzschocher auch Gefechte gab?

Sie schaute sich nach ihrer Mutter um. Die hockte apathisch neben dem Altar.

Der Pfarrer spendete da und dort Trost, versuchte die Verzweifelten zu beruhigen und den Ängstlichen Mut zuzusprechen.

Es war bereits dunkel, als die Kirchentür sich öffnete. Ein französischer Offizier trat ein. Sogleich erhob sich wieder ein lautes Jammern und Wehklagen.

»Wieso hockt ihr alle hier?«, rief er. »Geht raus, die Kirche befindet sich in der Schusslinie. Geht in die große Stadt, da seid ihr sicherer.«

Doch keiner wagte sich aus der Kirche.

»Die Kranken und Verwundeten zuerst«, bestimmte der Pfarrer. Beherzt packten die Männer die fieberkranke Frau des Tischlers in ein Altartuch und trugen sie hinaus. Ihr verletzter Mann folgte, gestützt von zwei Nachbarn. Auch die Frau Jahn wurde hinausgetragen.

Draußen bot sich ihnen das ganze schreckliche Ausmaß der Kämpfe. Soldaten im Todeskampf lagen auf dem Markt, Ver-

letzte schleppten sich zu Häusern, die noch nicht Feuer gefangen hatten. Tote versperrten ihnen den Weg. Überall rauchende Ruinen.
Friederike suchte ihre Mutter. »Komm, wir gehen auch nach Leipzig. Im Johannishospital kannst du bleiben, mein Strohsack ist groß genug für uns beide.«
»Nein, ich muss Johann suchen. Ich kann ihn doch nicht allein lassen.«
Friederike hielt die Hand ihrer Mutter fest. »Tu es nicht, er wird sich in Sicherheit gebracht haben. Hier können wir nicht bleiben.«
Sie vernahmen den Aufschrei von Dorothea. »Mutter, Mutter!« Ihre Mutter lag im Garten von Fischers, nur wenige Schritte von der Kirche entfernt. Die Geldkassette hielt sie noch in der Hand. Eine Kugel hatte sie tödlich getroffen. Friederike zog ihre Mutter, die leise vor sich hin weinte, mit sich, nur weg von diesem schrecklichen Ort.
Am Ausgang des Dorfes stieß sie beinahe mit Heinzehannes zusammen, dem Gesellen des Schmiedes.
»Wo kommst du denn her?« Sie bemerkte Hannes' verrußtes Gesicht. »Ist dir etwas geschehen?«
Hannes blickte gehetzt um sich. »Furchtbar, furchtbar! Der ganze Stall des Meisters ist abgebrannt, mit all dem Vieh, das noch drinnen war. Die Franzosen haben mich aus der Schmiede entführt.«
»Oh Gott!« Friederike stöhnte entsetzt auf. »Und wie bist du ihnen entkommen?«
Ein Grinsen flog über sein schmutziges Gesicht. »Ich sollte ihren Wagen fahren. Sie haben mich mit ins Biwak genommen. Dort sollte ich mit anderen Männern Gräben zuschütten. Da habe ich übrigens deinen Vater gesehen.«

»Lebt er? Geht es ihm gut?«

Er nickte flüchtig. »Ich bin einfach abgehauen und habe mich auf Günthers Gut in der Scheune versteckt. Da kamen die Franzosen mit ihren österreichischen Gefangenen und haben sie in die Scheune gesperrt. Mich haben sie ebenfalls für einen Gefangenen Österreicher gehalten und mitgenommen. Ich habe gefleht und gebettelt, aber sie hatten kein Erbarmen. Erst ein Offizier hat später den Irrtum bemerkt und mich freigelassen. Also, ich hau ab.«

»Wo willst du hin?«

»Nach Zuckelhausen. Da wohnen Verwandte von mir. Ich hoffe, sie können mich verstecken. Wo wollt ihr hin?«

»Nach Leipzig. Pass auf dich auf!«

Hannes nickte, doch dann blieb er stehen. »Wo ist Ulrike?«

»In Großzschocher.«

Er blickte in die Nacht, die von unzähligen Biwakfeuern und brennenden Häusern gespenstisch erleuchtet wurde. Es war genau die entgegengesetzte Richtung! Er seufzte kurz, dann verschwand er in der Dunkelheit.

Friederike und Amalie Köster stolperten durch die Nacht, den langen Weg nach Leipzig, den Friederike so gut kannte. Doch es war mehr als beschwerlich. Überall wimmelte es von Soldaten, Flüchtlingen, Verwundeten. Ab und zu versperrte ein Fuhrwerk den Weg. Etwas abseits der Straße verschnauften die Männer, die die schwerkranke Frau von Tischlermeister Hennicker schleppten. Plötzlich tauchten aus der Dunkelheit ungarische Soldaten auf. Mit dem Säbel vertrieben sie die Männer, dann vergewaltigten sie die hilflose Frau.

Krachende Schläge gegen die Tür ließen Ulrike erstarren. Jakob fing sofort an zu weinen. Verzweifelt blickte sie sich um. Die Kommode! Sie war schwer, doch mit großer Anstrengung gelang es ihr, sie vor die Tür zu rücken. Tante Eleonore befand sich auf dem Feld und suchte Kartoffeln in den Furchen. Wahrscheinlich aber waren sie längst von den Soldaten ausgegraben worden. Der Rest der Felder war durch die Kämpfe zerstört, von Pferdehufen zerstampft, von Wagen und Geschützen zerfurcht. Ulrike hatte Angst, furchtbare Angst. Uniformen, Soldaten, Geschützdonner waren zu ihrem Trauma geworden. Sie begriff nicht, wer gegen wen und warum kämpfte. Soldaten waren böse, gewalttätig, gierig. Egal welche Uniform sie trugen, sie drangsalierten die Bevölkerung und plünderten sie aus. Vorbei war die Zeit, als durchziehende Soldaten noch Geld für Lebensmittel, Wein oder Kleidung gaben. Je länger der Krieg dauerte, umso schlimmer wurden die Übergriffe. Die Franzosen hatten sich anscheinend zurückgezogen, doch nun kamen die wilden Kosaken auf ihren kleinen, ebenso wilden Pferden. Ulrike fürchtete sich vor den bärtigen und mit Fellen behangenen Männern. Sie war überzeugt, dass sie eine Mischung aus Mensch und Tier waren. Mit ihren langen Piken wirkten sie eher wie vorzeitliche Jäger denn wie Soldaten. Oft meinten sie, man gebe ihnen nichts, weil sie keine Franzosen seien. Und so nahmen sie sich, was sie greifen konnten. Und wenn sie nichts fanden, ließen sie ihren Zorn an den Leuten aus, die doch selbst nichts zu beißen hatten und unter unsäglicher Not litten.

Nicht genug, dass die Schlachtfelder um Leipzig übersät waren mit Toten und Verletzten, streiften die beutegierigen Kosaken durch die Gegend und verbreiteten zusätzlich Angst und Schrecken.

Die Schläge gegen die Tür wurden heftiger, dann splitterte das Holz. Ulrike sah die scharfe Schneide einer Axt hindurchblinken. Entsetzt wich sie zur Wand zurück. Die Kommode bewegte sich, erst ein Stück, dann rutschte sie beiseite und die

Tür flog krachend aus den Angeln. Es mochten zehn oder fünfzehn der wilden Krieger sein, die durch die Türöffnung hereindrängten. Einige von ihnen hatten sich geraubte Kleidung über ihre eigenen Uniformen gezogen, sogar Frauenkleider. Draußen standen Pferde wie Packesel mit Beutegut beladen.

Mit wilden Blicken liefen die Kosaken durchs Haus. Es krachte und polterte, als sie Schränke und Schubladen aufrissen und zu Boden warfen. Der Inhalt verteilte sich im ganzen Haus, sie zerrten alles auseinander, stritten sich um die Beute, zerrissen dabei Tücher und Kleidung. Zu essen hingegen fanden sie nichts, nur etwas Milchbrei, den Ulrike für Jakob bereitet hatte, schütteten sie auf den Boden. »Wo Essen? Wo Branntwein?« Drohend näherten sie sich ihr und fuchtelten mit den Äxten und krummen Säbeln vor ihrem Gesicht herum. Einer der Kosaken trat an die große Wiege, in der Jakob aus Leibeskräften schrie.

Verzweifelt warf sich Ulrike ihm in den Arm, um ihn daran zu hindern. Sie wollte schreien, doch nur ein krächzendes Gurgeln drang aus ihrem Hals. Unwillig stieß der Soldat sie zur Seite. Mit einer heftigen Handbewegung warf er die Wiege um, Jakob fiel auf den Fußboden. Der Kosak riss die Laken und Windeln heraus, ohne sich um das schreiende Kind auf dem Boden zu kümmern.

In verzweifelter Panik und Todesangst um Jakob hieb Ulrike mit den Fäusten auf den Soldaten ein. Da nahm ein anderer sein Gewehr und schlug mit dem Kolben mehrmals in ihren Unterleib. Mit einem röchelnden Laut sank sie zu Boden.

»Nichts«, schrie einer. »Nichts, nichts! Sie haben alles vor uns versteckt.«

Zornesrot im Gesicht begannen sie, die Möbel zu zertrümmern. Tisch, Stühle, Schränke und Kommoden zersplitterten, nicht einmal vor den Fensterscheiben machten sie Halt. Der kalte Wind fegte durch die Stube. Einer zog seine Hose herab und verteilte seine Exkremente im Zimmer. Auch die anderen urinierten auf den Boden, direkt neben der ohnmächtigen Ulrike und dem schreienden Jakob.

Mehrere Reiter galoppierten in den Pfarrhof von Lindenthal und sprangen von ihren Pferden. Ihr Anführer war ein Mann mittleren Alters. Mit schlotternden Knien trat Gottlieb Bratfisch vor das Haus.
»Ich bin Marschall Marmont. Öffnen Sie sofort die Kirche«, forderte der Mann ihn auf.
Fahrig fuhr der Pfarrer mit der Hand unter seinen Mantel. »Der Schlüssel, ich finde den Schlüssel nicht.«
Einer der Adjutanten fackelte nicht lange und trat die Kirchentür ein. Es krachte, Holz splitterte, die Kirchentür sprang auf. Gottlieb Bratfisch blutete das Herz.
»Meine Herren, haben Sie doch Demut vor dem Hause Gottes«, rief er verzweifelt. Die Männer erhörten ihn nicht, sondern stürmten die Treppen hinauf in den Kirchturm, um von dort oben die Lage zu sondieren. Von Breitenfeld über Lindenthal bis Wahren stand die französische Front gegen die von Nordwesten heranrückenden Truppen der Preußen.
Nach einer Weile kamen die Männer wieder herunter. Sie schienen nicht sonderlich erregt.
»Bitte, meine Herren, besteht Gefahr für unseren Ort?«
Marschall Marmont wandte sich zu Pfarrer Bratfisch um und blickte ihn unter seinen buschigen Augenbrauen scharf an.
»Da sind nur einige Wachtfeuer in der Umgebung. Es ist nichts, was man befürchten müsse. Dieser Blücher ist sicher noch nicht bis Merseburg gekommen. Also keine Sorge, wir werden die Preußen zurückschlagen, noch bevor sie die Grenze überschreiten.«

»Da bin ich ja beruhigt«, erwiderte der Pfarrer, doch sein Herz jagte. Seine sonst geäußerte Überheblichkeit war wie fortgeblasen. Er spürte die unsichtbare Bedrohung da draußen, irgendwo hinter der preußischen Grenze.

Als Gottlieb seiner Frau von dem unliebsamen Besuch in der Kirche erzählte, fasste sie einen Entschluss: »Wir müssen Mutter holen«, sagte Karoline. »Sie wird sich ängstigen, so allein in Möckern. Komm, bevor es zu spät ist.«

»Du willst nach Möckern? Es wimmelt von Soldaten!«

»Französischen Soldaten. Es kann uns nichts geschehen.«

»Uns?«

»Du kommst natürlich mit. Eine Frau kann nicht allein auf die Straße gehen, wo es von Soldaten wimmelt. Sagte dieser Herr Marschall nicht, dass die Preußen noch weit weg sind?«

»Allerdings.« Gottlieb Bratfisch überlegte. »Es widerstrebt mir, unser Haus einfach so ungeschützt zu verlassen. Du hast ja gesehen, die Soldaten nehmen keine Rücksicht.«

»Dann nehmen wir eben die wichtigsten Sachen mit uns.«

»Karoline, das ist unvernünftig und gefährlich. Unser Haus…«

»Es geht um meine Mutter. Es ist unsere Christenpflicht, ihr zu helfen. Unserem Haus wird nichts geschehen. Wir sind doch in zwei Stunden wieder zurück.«

Zweifelnd ging der Pfarrer durchs Haus und raffte einige Sachen zusammen, von denen er meinte, sie in Sicherheit bringen zu müssen. Es war die Geldkassette, die Bibel, Hemden aus feinem Stoff und die Winterschuhe. »Pack dein gutes Kleid ein«, rief er seiner Frau zu, die in der Schlafkammer im Schrank wühlte. Karoline wusste nicht, was sie zuerst einpacken sollte, während ihr Mann einen Silberleuchter, die Hostienschale und den Abendmahlkelch unter seinen Mantel steckte. Nein, er wollte sich nicht bereichern, nur die sakralen Kirchenschätze

retten. Sein Vertrauen in die Ehrfurcht der Soldaten vor kirchlichem Eigentum hielt sich arg in Grenzen.
Karoline stopfte ihren wenigen Schmuck, den sie besaß, unter ihr Kleid und warf den warmen Wollmantel über. Draußen war es kalt, regnerisch und windig. Es war, als hätten sich die Elemente auch noch gegen sie verschworen.
»Nun komm schon, wenn du deine Mutter noch retten willst«, drängte der Pfarrer.
Karoline warf einen traurigen Blick auf die glänzenden Kupferpfannen und Töpfe in ihrer Küche. Es war kein herrschaftlicher Haushalt, aber immerhin konnte man hier einen gewissen Wohlstand sehen, das hatte sie sich immer gewünscht. Doch die Sorge um die Mutter trieb sie schließlich aus dem Haus. Sie raffte ihre Röcke und lief neben Gottlieb über die schlammige Straße, die von Fuhrwerken und Kanonen ganz zerfahren war. Tiefe Pfützen reihten sich aneinander. Der Schlamm spritzte Karoline bis unter die Röcke, bald klebte er in Klumpen an ihren Schuhen. Sie sind ruiniert, dachte sie, aber Karl würde sie vielleicht noch retten können.
Es klang wie das Donnergrollen eines Gewitters, doch es war viel schrecklicher.
»Kanonen, das sind Kanonen«, ächzte Gottlieb. Am Tannenwald hatten die Franzosen Schanzen aufgeworfen und mit Artillerie bestückt. »Ich denke, der Feind ist noch gar nicht da?«
Belastet mit dem schweren sakralen Silber aus der Kirche konnte er seiner Frau kaum folgen. Keuchend blieb er stehen. »Karoline, es geht nicht. Wir schaffen es nicht.«
Wütend blieb sie stehen und drehte sich um. »Du schaffst es nicht. Dann geh zurück und bewache das Haus. Ich hole Mutter.«
Ohne auf eine Antwort ihres Mannes zu warten, rannte sie weiter.

Soldaten wollten sie aufhalten. »Hier können Sie nicht durch! Sie befinden sich in vorderster Feuerlinie.«

»Lassen Sie mich gehen, ich muss meine alte kranke Mutter aus Möckern holen.«

»Möckern ist befestigt, da kommt niemand hin.«

»Ich schon.«

Sie eilte weiter, ungeachtet der Warnungen. Es gelang ihr, sich hinter der vorderster Linie zu halten, indem sie einen Feldweg nutzte, der nach dem Dorfe Gohlis führte. Dann lief sie querfeldein nach Möckern. Entsetzt blieb sie stehen. Auf dem Gelände vor dem Ort waren Feldschanzen aufgeworfen worden. Eine Anzahl Batterien standen zwischen ihnen. Nach Gohlis zu befand sich die Reserve in Reih und Glied. Etwas irritiert gewahrten sie die aufgelöste, von oben bis unten mit Schlamm bespritzte junge Frau. In welcher Gefahr sich Karoline befand, nahm sie anscheinend überhaupt nicht zur Kenntnis. Sie musste die Hallesche Chaussee überqueren, um in die Ortslage zu gelangen. Sie rannte am Pulverturm vorbei, warf nur einen kurzen Blick zum Rittergut, das wie eine Festung ausgebaut worden war. Zwischen der Gutsmauer, der Brauerei und der Ziegelei hatte sich die Artillerie verschanzt. Karoline wandte sich zur anderen Seite, um zum Haus ihrer Mutter zu laufen. Plötzlich peitschten Schüsse, tauchten zwischen den Häusern französische Soldaten auf.

»Weg da, Frau«, rief einer ihr zu. »Die Preußen sind da!«

»Aber wieso?« Karoline drehte sich verwundert um. So schnell konn-ten sie doch gar nicht hier sein.

Ein französischer Soldat packte sie und warf sie zu Boden. Nur aus den Augenwinkeln gewahrte sie, dass Soldaten zwischen den Häusern, aus Gärten, Scheunen, den kleinen Gassen und Hecken feuerten. Da waren Franzosen, Preußen und Russen,

die sich auf der Dorfstraße bis aufs Blut bekämpften. Ununterbrochenes Feuer der Artillerie, Gewehrschüsse, Schreie, Feuer, Qualm und Schlachtenlärm verwandelten das kleine Dörfchen in einen Ort der Hölle. Überall lagen tote Soldaten und Pferde. Fast alle Häuser brannten. Es gab unzählige Opfer auf allen Seiten. Bar jeder Rücksicht stürmten die Preußen gegen die sich verbissen wehrenden Franzosen an, Pferdehufe trampelten auf den Toten und Verletzten herum, während die Franzosen ihre Verluste durch die aus Gohlis nachrückende Reserve auszugleichen versuchten. Karoline blieb liegen und rührte sich nicht mehr, in der Hoffnung, es würde schnell vorübergehen.
Es dunkelte bereits, aber der Kampf tobte noch immer. Vorsichtig hob Karoline den Kopf. Der junge Franzose, der ihr das Leben gerettet hatte, lag neben dem Haus. Ihn hatte eine Kugel in den Kopf getroffen. Hastig sprach sie ein Gebet für ihn, dann presste sie sich wieder auf den Boden und schloss die Augen. Der ohrenbetäubende Lärm wollte schier ihren Schädel sprengen. Plötzlich gab es einen gewaltigen Knall, der den Boden erzittern ließ und Karoline bis ins Mark erschütterte. Oben auf der Straße waren mehrere Munitionswagen explodiert. Die Trümmerteile flogen in weitem Umkreis, rissen viele Soldaten von den Beinen, sorgten für eine heillose Verwirrung. Alle liefen durcheinander, Pferde gingen durch, das gesamte Gelände war in dichtem Pulverdampf eingehüllt.
Wie Geister durch den Nebel sprengten brandenburgische Husaren vorwärts und ritten alles nieder, was sich ihnen in den Weg stellte. Es gelang den Franzosen nicht, wieder Schlachtordnung herzustellen. Doch davon bekam Karoline nichts mehr mit. Sie hatte eine tiefe Ohnmacht umfangen.
Pfarrer Bratfisch unterdessen war zurückgeeilt, in den lauter werdenden Kanonendonner hinein. Seine Sorge galt dem

Pfarrhaus und der Kirche. An seine Frau dachte er im Moment nicht. Sie musste verrückt gewesen sein, an der Frontlinie entlang nach Möckern zu laufen! Und das wegen einer alten Frau! Er stolperte, stürzte, der silberne Leuchter fiel ihm aus dem Mantel. Er rappelte sich auf, ließ den Leuchter liegen, lief weiter. Schon von weitem sah er die offene Tür des Pfarrhauses. Gedrungene Kosakenpferde standen davor. Drinnen krachte und polterte es.

»Um Gottes Willen, meine Herren, meine Herren, so haben Sie doch Respekt vor einem Diener Gottes!«

Die Kosaken sahen wild aus und sie benahmen sich auch so. Sie hatten alle Möbel aufgerissen, den Inhalt herausgezerrt, stritten sich um Tischtücher, Wäsche, Besteck und Teppiche. Im Streit zerrissen sie die Soutane des Pfarrers, dann zerschlugen sie die Möbel. In der Küche klaubten sie alles Essbare, rissen Tiegel, Pfannen und Töpfe von den Borden, Teller und Schüsseln aus dem Schrank, sogar den Schürhaken vom Herd nahmen sie. Mehrere Kosaken prügelten sich regelrecht um den Messwein, tranken ihn, indem sie die Flaschen über ihren Köpfen umdrehten und den Strahl in ihre offenen Rachen laufen ließen. Andere zogen einfach ihre Hosen herunter und verrichteten mitten in der Küche ihre Notdurft. Dabei lachten und grölten sie laut, schrien in ihrer rauen Sprache und fuchtelten bedrohlich mit ihren langen Piken und kurzen Säbeln herum.

Gottlieb Bratfisch stand fassungslos in all diesem Chaos, entsetzt über diese Ausgeburt an Rohheit. Doch dann bemerkten die Kosaken ihn. Mit den Piken stießen sie ihn durch das Haus, rissen ihm erst den Mantel vom Leib, stritten sich um die silbernen Kelche, dann zerrten sie ihm die Schuhe von den Füßen, nahmen ihm die Winterschuhe weg, die er an den Hosenträgern befestigt hatte.

Über die Hosenträger machten sie sich lustig, schnitten sie dann mit dem Säbel durch und beraubten ihn der Hose. Sein Geschrei, Jammern und Flehen beantworteten sie mit Hohnlachen. Sogar das Bruchband, das er seit einiger Zeit tragen musste, hatten sie ihm abgenommen. Als sie endlich verschwanden, stand Gottlieb Bratfisch da, wie Gott ihn geschaffen hatte. Nur die Socken, mit denen die Kosaken nichts anzufangen wussten, hatten sie ihm gelassen. Von Schmerz, Scham und Demütigung überwältigt kroch er auf allen Vieren hinaus auf die Dorfstraße, wo ihn ein mitleidiger Nachbar auflas.

Das große Sterben

Sie gaben ein beeindruckendes Bild ab, als sie exakt in Reih und Glied, mit Gewehr und aufgepflanztem Bajonett dastanden und der General die Parade abnahm. Die halbe Nacht hatte Karl damit verbracht, seine Uniform herzurichten, sie zu säubern, sich zu waschen, zu rasieren und seine Waffen zu putzen. Er hätte ohnehin nicht schlafen können, zu sehr geisterten die schrecklichen Bilder durch seinen Kopf. Er hatte schon viele Soldaten in der Stadt gesehen, Gesunde, Kranke, Verwundete, auch Tote. Aber so dicht und intensiv war er noch nie an Kampf und Sterben beteiligt gewesen wie am Tag zuvor. Dabei hätte er im Nachhinein nicht einmal sagen können, was er wo im Einzelnen getan hatte. Er hatte geschossen, gekämpft, teils blind vor Pulverdampf und Enge. So ein Kampf Haus um Haus, Gasse um Gasse, Mann gegen Mann war unwirklich, unerträglich laut und voller entsetzlicher Geräusche. Vor allem die Schreie der verwundeten und sterbenden Soldaten sowie das angstvolle Wiehern der Pferde gellten noch in seinen Ohren. Er fürchtete die Nacht, die Stille, die Ruhe, die diese Geräusche und die damit verbundenen Bilder wieder zurückbringen würden. So saß er am Feuer, konzentrierte sich auf seine verschmutzte Uniform, pfiff ein Lied dabei und wärmte sich an den knisternden Flammen. Am zeitigen Morgen wurde zum Appell geblasen. Die zeitweise aufkommende Müdigkeit war weg, auch wenn der Morgen kalt, trübe, neblig-feucht und ohne Frühstück war. In der Nacht waren weitere Truppen unter General Reynier eingetroffen. Die gesamte französische Armee hatte sich um Leipzig konzentriert. General Napoleon höchstpersönlich stand bei Wachau, um sein gewaltiges Heer zu befehligen.

So weit das Auge reichte, standen die französischen Soldaten, unter ihnen die sächsische Armee, in exakten Reihen und Karrees, in vollendeter Gefechtsaufstellung zwischen Liebertwolkwitz, Wachau, Markkleeberg, Großzschocher, Lindenau bis nach Lützen hin, aber auch im Norden der Stadt zwischen Plaußig, Wiederitzsch, Lindenthal, Möckern und Gohlis. Vom Feind war kaum etwas zu sehen. Die Österreicher waren zurückgeschlagen worden, da und dort tauchten versprengte russische Reitertruppen auf, die jedoch nichts gegen die massive Existenz des französischen Heeres ausrichten konnten.
Der Kaiser fand es genehm, seine neuen und noch nicht feuererprobten und kampferfahrenen jungen Soldaten zu motivieren, indem er eine großartige Feier veranstaltete. Drei neue, vom Rhein eingetroffene Regimenter erhielten ihre Fahnen aus der Hand des Kaisers. Er hielt eine kurze, aber packende Rede und forderte die jungen Soldaten auf zu schwören, dass sie bis auf den Tod ihren Fahnen die Treue halten würden. Geehrt und voller Freude leisteten die jungen Rekruten den Eid. Dieser Schwur pflanzte sich durch die Regimenter fort, ergriff die Soldaten und schwor sie auf den Kampf ein. Noch während sie aus vollem Hals »Vive l'Empereur!« brüllten, verschwand der Kaiser mit seinem Gefolge in der Dämmerung des angebrochenen Abends.

Es glich fast einem Wunder, dass Friederike und ihre Mutter das Grimmaische Tor von Leipzig in dieser Nacht unbeschadet erreichten. Die überstandenen Ängste, die Gräuel in ihrem Dorf, der hastige Lauf auf der vollgestopften Straße, die Sorge um den Vater, den Hof und die Nachbarn, die Angst ums eigene Leben trieben sie vorwärts. Doch noch vor der Stadt geriet die Flucht ins Stocken. Immer mehr Flüchtlinge aus den umliegenden Dörfern versuchten, die Stadt zu erreichen. Wagen, Pferde,

Menschen, Soldaten bildeten ein einziges Chaos. Dramatische Szenen spielten sich ab: Kinder schrien nach ihren Müttern, Familien wurden entzweit, Verletzte flehten um Hilfe und überforderte Soldaten ließen einfach ihre Waffen sprechen, um sich durchzusetzen. Da sprachen Gewehrkolben und Peitschen, wo es an guten Worten fehlte. Jeder war sich selbst der Nächste, kämpfte um einen winzigen Vorteil vor dem Anderen. Über das Hallische Tor drängten ununterbrochen neue Truppen in die Stadt herein, um sie am Grimmaischen Tor wieder zu verlassen. Doch das war kaum noch möglich, die Menschenmassen, Wagen und Ausrüstungen hatten sich ineinander verkeilt. Rings um Leipzig stiegen Rauchsäulen in den Himmel, kündeten von brennenden Dörfern, Kämpfen und Leid.

Vor allem die aus Liebertwolkwitz dem Kampf entkommenen Verwundeten bevölkerten die innere Grimmaische Vorstadt, lagerten vor den Lazaretten und notgedrungen auf den Straßen und Gassen. Die Stadt selbst war verbarrikadiert, die äußeren Tore blieben geschlossen und wurden streng kontrolliert, in die Lehmwände waren Schießscharten geschlagen worden. In die hölzernen Stadttore wurden Löcher zum Schießen gesägt und in den Vorstädten hockten Tirailleure hinter fast jedem Haus oder Gartenzaun.

Der Platz vor dem Grimmaischen Tor war hoffnungslos verstopft. Friederike zog ihre Mutter zum Johannishospital hin. Der Turm der Johanniskirche ragte in den dunklen Himmel, aber überall loderten Feuer, brannten Fackeln und Laternen, so dass sie sich gut orientieren konnten. Frauen und Kinder, Wöchnerinnen und Kranke, Verletzte und Sterbende ballten sich um den Eingang des Hospitals, weinten, wehklagten, stöhnten und schrien. Friederike kannte eine kleine Tür zum Friedhof hin. »Da drüben bewohne ich eine kleine Kammer zusammen mit

anderen Pflegerinnen. Aber ich denke, du kannst da erst einmal unterkommen.« Friederike schob die Mutter vor sich her, während sie sich umschaute. Der Totengräber kam ihnen entgegen, mit schmutzigen Händen und verschwitztem Gesicht.
»Mädel, wie kommst du hier her? Da draußen ist der Teufel los. Ich komme kaum nach, all die Verstorbenen in die Erde zu bringen. Die Thomaner Chorknaben nächtigen schon hier in meinem Hause, weil sie nicht mehr in die Stadt zurückkönnen. Man sagt, der König sei gerade eingetroffen.«
»Unser Dorf ist abgebrannt, es gab den ganzen Tag heftige Kämpfe. Ich habe meine Mutter retten können, aber…« Sie brach plötzlich in Tränen aus.
»Hier seid ihr sicher. Der König ist in der Stadt, also wird der Stadt nichts passieren.«
»Ich gehe gleich an meine Arbeit. Vor dem Tor warten so viele Hilfsbedürftige, da kann ich mich nicht ausruhen.«
Der Totengräber nickte schweigend. Auch er würde noch genug zu tun bekommen.
Es fehlte an allem, an Bettzeug und Verbandsmaterial, an Medizin und Essen, sogar an Geschirr und Nachttöpfen. Wiederholt forderte der Stadtrat die Bürger auf, alle notwendigen Dinge zu spenden und nicht als Gaffer oder Neugierige vor den Toren zu wandeln oder auf die Kirchtürme zu steigen. Wer es dennoch wagte, dem bot sich ein schreckliches Bild. Ganz Leipzig glich einer belagerten Stadt. Ringsum loderten Wachfeuer. In der Dunkelheit konnte man nicht erkennen, ob es Freund oder Feind war. Immer wieder grollte Gewehrfeuer und Geschützdonner, mal weiter weg, mal näher.
Friederike lief in den Krankensaal, wo die Verletzten und Kranken dicht an dicht lagen. »Es gibt kein Stroh mehr«, stöhnte ein Pfleger, der eigentlich Strohsäcke stopfen sollte. »Wir müssen

altes Stroh wieder verwenden. Ich glaube aber, davon werden die nächsten krank.«
»Tu es trotzdem. Draußen liegen die meisten Verwundeten auf der blanken Erde. Die wenigen, die auf einem Wagen oder einem Karren liegen, können sich glücklich schätzen.«
Sie packte die Wasserkanne, um den Unglücklichen zu Trinken zu geben. Ihr selbst klebte die Zunge am Gaumen, doch sie mochte nichts trinken. Das Wasser roch dumpf und die schlechte Luft von den Ausdünstungen der Verwundeten verursachte ihr Schwindel. Vielleicht wäre es besser zu beten, dass der Tod diese armen Wesen bald erlöse.

Es mochte gegen neun Uhr am Morgen gewesen sein, als drei Kanonenschüsse aus der feindlichen Front das Signal zum massiven Angriff verkündeten. Doch da stand Karl schon seit Stunden in Gefechtsbereitschaft. Noch in der Nacht wurden sie immer wieder von Alarmschüssen aufgeschreckt. Aber erst mit der Morgendämmerung konnte der Kampf beginnen. Als sich der trübe Herbstnebel lichtete, bot sich jeglichem Betrachter ein beeindruckendes wie erschreckendes Bild. Die sanft gewellte Felderlandschaft im Süden von Leipzig war übersät von Soldaten, Pferden, in den Himmel weisenden Bajonetten. Um den Kolmberg hatte sich die Infanterie formiert, unzählige Kanonen richteten ihre Rohrmündungen auf den zu erwartenden feindlichen Angriff. In einer Mischung aus Erwarten und Angst, Ungeduld und unterdrückter Panik starrte Karl nach vorn. Noch stand die Infanterie zur Reserve, noch befand sich der Feind nicht in ihrer Reichweite.
Die aufrüttelnde Rede des großen Kaisers und Generals an seine Soldaten hatte nicht ihre Wirkung verfehlt. Die große Entscheidungsschlacht stand bevor und ihr Ausgang würde über das wei-

tere Schicksal ganz Europas entscheiden. Karl selbst war sich dieser Tragweite nicht bewusst. Europa, das war ein zu großer Begriff, als dass er ihn verinnerlichen konnte. Er sah in der Ferne die schemenhaften Umrisse von Leipzig, hinter sich das verbrannte Liebertwolkwitz und würde sich schon bald einer feindlichen Armee gegenüber sehen, von der er noch nicht wusste, aus wie vielen sie bestand. Russen, Österreicher, Schweden, Preußen, sie unterschieden sich nur durch ihre Uniformen. Was hatte Friederike gesagt? Unter der Uniform waren sie alle nur Menschen, und alle Menschen waren gleich, oder? Er verdrängte diese lästigen Gedanken, die ihn nur am Kämpfen und damit am Überleben hinderten.

Karl sah in Markkleeberg Rauch aufsteigen. Der Geschützdonner, Kleingewehrfeuer und Schlachtenlärm drang bis zu ihnen. Dort war der Kampf schon voll im Gange. Er empfand es fast als unerträglich, dass seine Einheit noch nicht ins Kampfgeschehen eingreifen durfte. Vor dem Dorf Wachau standen einhundertsiebzig Geschütze, die nun zu einem wahren Trommelfeuer ansetzten. Es war ein ohrenbetäubender Lärm, das Feuer schmetterte die Reihen der angreifenden Alliierten Truppen nieder, den Rest erledigte die massiv anstürmende Kavallerie unter dem exzentrischen Vizekönig von Neapel – Murat.

In Karls Nähe kämpften sächsische Reiterverbände gegen österreichische Kavallerie. Terrain wurde erobert und wieder verloren, der Kampf wogte hin und her. Mehrmals riefen die Österreicher den Sachsen zu, die Fronten zu wechseln. Was für ein infames Angebot! Vor sich gewahrte Karl auf einem Feld völlig ungedeckt russische Kolonnen.

»Feuer!« Die Befehle kamen wie die Schüsse aus den Gewehren und Geschützen. Die Russen standen wie eine Mauer, wichen nicht zurück und ließen sich einfach Reihe um Reihe zusammenschießen! Karl fand es beinahe zu einfach, den Feind derart zu dezimieren. Er war wild entschlossen, den Kampf bis zum letzten Russen zu fechten. Doch es wurden immer mehr Angreifer. Fiel ein Soldat, rückten zwei an seine Stelle! Wie eine entfesselte Naturgewalt wälzten die Armeen aufeinander zu. Die exakte Aufstellungsordnung geriet durcheinander, im Pulverdampf der Geschosse waren Freund und Feind nicht mehr zu unterscheiden. Kanonendonner, Gewehrschüsse, angstvolles Pferdewiehern, entsetzliche Schreie der Soldaten mischten sich zu einem grauenvollen Schlachtenlärm, der Karls Kopf zu zerreißen schien. Die Soldaten fielen nicht einfach um wie Heinrichs Holzfiguren. Wie gelähmt starrte er auf das Gemetzel, als sich Bajonette durch Körper bohrten, Bäuche aufgeschlitzt wurden, Gedärm heraustrat, der Boden sich vom Blut schwarzrot färbte. Abgetrennte Körperteile lagen zwischen Leichen und mit dem Tod ringenden Soldaten. Pferde stürzten darüber, begruben ihre Reiter unter sich. Eine Kanonenkugel riss dem Soldaten neben Karl den Kopf ab. Der enthauptete Körper schleuderte in die nachrückende Reihe der Soldaten, während der Kopf weiter entfernt im Schlamm liegen blieb. Überdeutlich konnte Karl Luft- und Speiseröhre erkennen, die hell aus dem roten Fleisch hingen. Karl verspürte einen Stoß, ein Soldat taumelte gegen ihn und krallte sich an ihm fest. Sein Gesicht wirkte seltsam unproportional, weil ein tiefer Riss seinen Schädel gespalten hatte. Die Augen starrten in verschiedene Richtungen und unter dem hohen Tschako sickerte eine blutdurchtränkte weißlich-graue Masse heraus.

‚Aufhören, aufhören', wollte er schreien, aber kein Laut drang aus Karls Kehle. Das Entsetzen lähmte ihn derart, dass er seinen eigenen Körper nicht mehr spürte. Sein Geist weigerte sich zu begreifen, was seine Augen sahen, seine Ohren hörten. Plötzlich wurde ihm entsetzlich übel, sein Magen krampfte sich zusammen und er erbrach sich.

»Nein«, wimmerte er. »Nein, nein, nein!«
Ein reiterloses Pferd stürmte auf ihn zu. Blut sickerte aus einer Schusswunde am Hals, die angstvoll aufgerissenen Augen traten fast aus den Höhlen. Ein gewaltiger Knall riss Karl von den Füßen. Er stürzte mit dem Gesicht in den Schlamm. Er spürte dessen Kälte nicht, auch hörte er nichts mehr. Seine Finger krallten sich in den Boden, etwas Schweres fiel auf ihn. Er fühlte, dass er sterben würde. Seltsamerweise beunruhigte ihn das nicht.
»Aufstehen, du Feigling!« Eine Stiefelspitze bohrte sich schmerzhaft in seine Seite. Er wollte schreien, doch sein Mund war voller Schlamm. Schmerz zuckte durch seinen Körper, der Lärm drang von weither in sein Bewusstsein. ‚Wo bin ich?' Seine Gedanken flossen träge wie dicker Brei, und es war immer noch dunkel um ihn. Mühsam wischte er sich den Schlamm aus den Augen und blickte um sich. Er war umzingelt von kämpfenden Soldaten zu Fuß, zu Pferd, ein Durcheinander, das er nicht ordnen konnte. Ein Offizier der Kavallerie versuchte verzweifelt, sein in Panik geratenes Pferd zu bändigen. Mit einer Hand riss er an den Zügeln, mit der anderen hieb er mit dem Säbel um sich und versuchte, die Angreifer abzuwehren. Aus dem aufgerissenen Maul des Pferdes sickerte Blut. »Vive l'Empereur! Vive l'Empereur«, rief der Offizier immer wieder. Eine Kanonenkugel schlug unmittelbar neben ihm ein. Aus dem aufgerissenen Bauch des Pferdes quollen die Därme heraus. Mit einem verblüfften Ausdruck schaute der Offizier auf den linken abgerissen Unterschenkel. »Merde«, fluchte er, bevor er samt dem Pferd zu Boden stürzte.
Als sich der Pulverdampf etwas lichtete, war das Schlachtfeld übersät mit toten und verwundeten Soldaten. Die glücklicheren unter ihnen rührten sich nicht mehr, allmählich aber erhob

sich ein Stöhnen und Wehklagen der schrecklich Verletzten. Den meisten waren Arme oder Beine teilweise oder gänzlich abgerissen worden, sie lagen zuhauf übereinander, andere versuchten sich kriechend zu retten. Tote, gefallene Pferde, tiefer Schlamm und umgestürzte Geschütze machten es unmöglich. Rundherum brannten die Dörfer, wichen die Angreifer zurück, überließen Geschütze den Franzosen. Ihre Verletzten und Toten konnten sie nicht bergen. Sie blieben ihrem schrecklichen Schicksal überlassen.

Karl registrierte das Elend auf dem Schlachtfeld, ohne einen klaren Gedanken fassen zu können. Jubel brandete auf, Jubel über die Zurückschlagung der Alliierten. Immer neue französische Truppen stießen über Leipzig zu ihnen und verstärkten ihre Kampfkraft. Der große Kaiser ließ am Nachmittag bereits in der Stadt die Kirchenglocken läuten, um den Erfolg zu verkünden.

Mit der Abenddämmerung erlahmten die Kampfhandlungen. Über Nacht herrschte Waffenruhe und es bot sich die Gelegenheit, die Verwundeten und Toten vom Schlachtfeld zu bergen und feindliche Gefallene zu plündern. Schließlich war diese Kriegsbeute der Lohn für die überstandenen Gefahren. Mehrere Militärärzte gingen mit Fackeln als Beleuchtung über das Schlachtfeld. Den meisten Verwundeten konnten sie nicht helfen. Einige wurden durch Sanitäter abtransportiert. In einem der evakuierten Dörfer war in einer Scheune ein Lazarett eingerichtet worden. Im Akkord wurden die Verwundeten versorgt, Gliedmaßen amputiert und Schusswunden behandelt. Die furchtbaren Schreie der Verwundeten ließen die Soldaten am Wachfeuer erschauern. Den Patienten wurde mit Lappen der Mund gestopft.

Karl war auf der Stelle eingeschlafen. Die Erschöpfung hatte ihn übermannt, sodass es ihn weder nach Essen noch nach Trinken verlangte. Nur einen tiefen Schluck Branntwein nahm er, der ihn von innen wärmte. Auch den Regen, den nasskalten Wind und den grau verhangenen Himmel bemerkte er nicht.

Helene Hempel spähte vorsichtig durch den Türspalt, dann betrat sie die Schuhmachergasse. Anna Fritzsche folgte ihr mit besorgtem Gesicht. Es war Sonntag, die Kirchenglocken hatten zum Morgengottesdienst geläutet. Durch den anhaltenden Regen standen große Pfützen auf der Gasse, es war kühl und feucht. Anna Fritzsche zurrte ihr Wolltuch enger um die Schultern. Die beiden Frauen hatten sich vorgenommen, in die Kirche zu gehen und für die Soldaten im Feld zu beten. Vor allem Anna Fritzsche machte sich große Sorgen um Karl. Die Kämpfe vor den Toren Leipzigs waren bis in die Stadt zu hören, die Rauchsäulen der verbrannten Dörfer zu sehen und einige Granaten flogen sogar bis in das Stadtgebiet hinein. Rundherum hatte es Kampfhandlung gegeben, noch in der Nacht fluteten neue Verletzte in die Stadt. Dabei waren die Lazarette jetzt schon total überfüllt, Kranke und Verwundete aus den Kämpfen bei Lützen im Mai lagen noch hier. Von einer ärztlichen oder pflegerischen Versorgung konnte kaum eine Rede sein. Es fehlte nicht nur an Pflegekräften, sondern auch am Allernotwendigsten bis hin zu Stroh und Decken. Da kamen Verwundete auf Wagen und Karren, zerschossene Gliedmaßen schleiften auf der Erde und die Bedauernswerten waren ohnmächtig vor Schmerz. Der Stadtrat rief im Stundentakt die Bevölkerung auf, Brot, Kartoffeln, Branntwein, Decken, Pferdefutter, Stroh, Fuhrwerke, Töpfe, Schüsseln, Nachtgeschirr, Fässer, Kerzen, Lampenöl, Verbandsstoffe, Laken, sogar das eigene Bettgestell und Holzlatten zum Schienen von Armen und Beinen zu spenden. Unter Strafandrohung forderte die Militäradministration die Versorgung der durchziehenden oder in Stadtnähe biwakierenden Soldaten.

In den Gassen und Straßen lagen die Verwundeten in ihrem jämmerlichen Zustand ohne medizinische Versorgung und ihrem Schicksal überlassen. Eigentlich wollten die beiden Frauen in die Nikolaikirche, doch der gesamte Kirchhof war mit Fuhrwerken, Karren, Verwundeten, die auf der blanken Erde lagen, verstopft. Soldaten und Bürger stiegen über sie hinweg. Mitfühlende Menschen reichten Wasser, andere plünderten die Hilflosen gnadenlos aus und nahmen ihnen weg, was sie gerade gebrauchen konnten. Viele der Verwundeten lagen fast nackt in Schmutz und Nässe und würden die nächsten Stunden nicht überstehen. Viele wurden von Kameraden angeschleppt und dann einfach irgendwo abgelegt. Allein das Kornmagazin beherbergte fast sechstausend Verwundete und Kranke.

»Schafft die Toten weg, sonst haben wir bald die Seuchen in der Stadt«, rief eine Frau mit schriller Stimme. Wahrscheinlich war es schon zu spät, denn neben den Verletzten lagen auch viele an Nervenfieber Erkrankte.

Die städtischen Leichenwagen waren pausenlos unterwegs und die Totengräber bahnten sich mit Gebrüll und unter Einsatz von Stöcken einen Weg durch die verstopften Gassen und Straßen. In der Korngasse, auf dem Naschmarkt, auf der Grimmaischen Gasse und dem Neumarkt gab es nur noch einen schmalen Pfad zwischen all den Toten und Verletzten. Die Straßenkehrer kratzten dazwischen Exkremente, Blut, Erbrochenes und Eiter vom Straßenpflaster, halfen die Toten zu bergen und wurden doch nicht fertig. Ein unerträglicher Gestank breitete sich aus.

»Hier kommen wir nicht durch«, ächzte Helene Hempel und drängte zurück. »Vielleicht schaffen wir es bis zur Thomaskirche.«

In der Reichsstraße wurde eine ganze Häuserzeile geleert und in den Wohnungen Verletzte untergebracht. Dafür wurden aus

den Wohnungen Matratzen, Bettgestelle, Küchengerätschaften, Schaufeln, Äxte und Spaten geholt.
Die Schusterfrau ahnte Schlimmes. Sie eilte, gefolgt von der vor Entsetzen die Hände über dem Kopf zusammenschlagenden Anna Fritzsche, wieder zurück in die Schuhmacherei. Doch es war schon zu spät. Sogar die Haustür war herausgebrochen worden, um als Trage zu dienen. Bänke, Tisch, Regalbretter, Leder, Töpfe, Schüsseln, die drei Hühner, Helenes Bett, ihre Schürzen, Unterwäsche, Kämme, Kartoffeln, Kohlköpfe, Zwiebeln, Gartengeräte, Axt, Schusterwerkzeug, Eimer und Handkörbe waren verschwunden.
Helene Hempel ließ sich laut weinend auf den nackten Fußboden sinken. Anna Fritzsche versuchte sie vergebens zu trösten. Dabei ahnte sie, dass auch ihre Existenz in Flammen aufgegangen war. Nachbar Arthur Kübler hatte von heftigen Kämpfen um Möckern und Wiederitzsch berichtet. Die wirren Nachrichten, die in die Stadt drangen, verstärkten nur die Gerüchte und Ängste. Immer enger zog sich der Ring um Leipzig zu, überall standen die Truppen der Völker, die sich gegen Napoleon verschworen hatten. Und immer weiter wurden die französischen Truppen nach Leipzig zurückgedrängt.
»Gestern haben doch die Siegesglocken geläutet«, wunderte sich Anna Fritzsche. »Wir hofften, die Kämpfe sind vorbei.«
»Es geht erst richtig los«, widersprach der Nagelschmied. »Ich muss zum Stadttor, alle arbeitsfähigen Männer sind zum Schanzen aufgerufen. Übrigens, deinen Mann haben sie auch freigelassen, Helene. Der schanzt jetzt am Grimmaischen Tor. Die brauchen den Platz wohl für die richtigen Kriegsgefangenen.« Er quälte sich ein sarkastisches Grinsen ab, dann eilte er davon. Elsa Kübler stand betreten in der offenen Tür. »Meine Haustür ist auch weg«, sagte sie leise. Sie brauchte nicht

hinzuzufügen, dass ihr Haus auch nur noch aus vier nackten Wänden bestand.

Die ganze Nacht hindurch fiel Regen, mal feiner, mal kräftiger und durchweichte alles, Uniformen und Mäntel, Decken und Schuhe, Boden und Proviant, Geschütze und Munition. Die Wachfeuer brannten nur schwer oder erloschen zischend, es gab weder trockenes Brennholz noch sauberes Wasser. Auf dem Schlachtfeld lagen noch die Toten und Verwundeten, eine Bergung war in der Nacht nur bedingt möglich gewesen.
Karl verharrte mit seinen Kameraden dort, wo sie am Tag zuvor gekämpft hatten. Am frühen Morgen formierten sie sich wieder, schlossen die Lücken und erwarteten den Angriffsbefehl, denn die Schlacht gestern hatte nicht wirklich einen Erfolg gebracht. Zudem waren auch in den französischen Reihen viele Kameraden gefallen. Zwischen den Ortschaften Paunsdorf bis Sellerhausen zogen sich die Reihen des VII. Korps und bildeten den linken Flügel der Gefechtsfront.
Kaum hatte sich der düstere Morgennebel gelichtet, begannen die Kämpfe. Die Russen unter Barclay de Tolly griffen an. Unversehens standen sie Karls Einheit gegenüber. Was sie nicht ahnten: in der Nacht hatten sich die französischen Truppen aus dem Gebiet um den Kolmberg und Kleinpösna klammheimlich abgesetzt und in Richtung Probstheida zurückgezogen. Hier leisteten sie erbitterten Widerstand gegen die anrückenden russischen Truppen.
In Karl war jegliches Gefühl abgestorben. Es schien alles wie ein Traum, ein böser, entsetzlicher Albtraum. Bald schon würde er einfach erwachen und es würde Tag sein, die Sonne würde scheinen und den Schrecken seiner Einbildungen hinwegfegen. Doch es war kein Traum. Die Kugeln, die um ihn

herumpfiffen und seine Kameraden reihenweise niederstreckten, die brennenden Dörfer und der immerwährende Lärm der Schlacht waren entsetzliche Realität.
Sie hockten in einer Senke und die Kugeln schossen über sie hinweg. Einige von Karls Kameraden rauchten sogar dabei ihr Pfeifchen und harrten der Dinge, die da kommen würden. Im Augenblick konnten sie nur die Stellung halten. Die Linie der Geschütze reichte von Paunsdorf bis hinter die Windmühle bei Stüntz.
»Habt ihr gehört, die Schweden haben bei Taucha ein ganzes Bataillon gefangen genommen«, raunte Peterhans Wolke, der wie ein Wiesel durch den Schützengraben eilte. »Und der Kaiser hat bereits ein Armeekorps nach Weißenfels gesandt, um den Rückzug abzudecken.«
»Rückzug? Woher weißt du das?«
»Ich hab's eben vom Brigadegeneral gehört.«
»Was bedeutet das für uns?«
»Keine Ahnung! Ich weiß nur, dass der Generalmajor seinen Adjutanten zu den Alliierten geschickt hat.«
»Warum? Wollen die verhandeln?«
Peterhans grinste. »Verhandeln? Klar, dass wir überlaufen.«
»Das glaube ich nicht. Wir können doch unseren König nicht verraten.«
»Wer sagt denn das? Wenn die Alliierten unseren König als Verbündeten annehmen, dann ist unser Übergang rechtens.«
»Was sagt denn der König?«
»Tja, da warten wir noch drauf.«
»Schultert das Gewehr! Vorwärts, marsch!« Der Befehl des Generalmajors kam am späten Nachmittag, als niemand mehr damit rechnete.
»Was ist los? Wo marschieren wir hin?«

»Die Kavallerie ist schon zu den Alliierten übergegangen.«
»Gehen wir jetzt auch über?« Verwirrt blickte Karl um sich. Er bekam keine Antwort. Stattdessen preschte nun der Generalleutnant auf seinem Pferd heran und stoppte die ganze Brigade.
»Halt! Stehenbleiben! Es gibt noch keinen Befehl zum Übergang!«
Sie blieben stehen, wo sie standen, ungeschützt, ungedeckt.
Doch als sich der Generalleutnant wieder ein Stück entfernt hatte, kommandierte der Generalmajor erneut: »Schultert das Gewehr, marsch!«
Ein Soldat sollte sich abgewöhnen zu fragen, was hinter den Befehlen steckt. Er sollte gehorchen und marschieren.
Als der Generalleutnant bemerkte, was hinter seinem Rücken geschah, wendete er sofort sein Pferd und kam wieder herangaloppiert. »Wer hat euch befohlen zu marschieren?«, tobte er.
»Der Generalmajor, Herr Generalleutnant«, erwiderte der Major pflichtgemäß.
»Der Generalmajor hat aufgehört zu kommandieren. Sie, Herr Major, übernehmen als ältester Stabsoffizier der Brigade das Kommando. Sie stehen mir dafür ein, dass die Brigade keinen Schritt weitergeht! Und Sie, Herr Generalmajor, haben sich vor General Reynier zu verantworten.«
Statt einer Antwort packte der Generalmajor die Zügel seines Pferdes, gab ihm die Sporen und sprengte zu den Alliierten hinüber, während er seiner ehemaligen Brigade mit einem weißen Taschentuch winkte.
Die Soldaten schauten ihm verblüfft und ungläubig hinterher.
»Und nun?«
»Ihr habt es gehört, Soldaten, wir bleiben hier und warten auf den Befehl des Generalleutnants. Wir werden unseren König nicht verraten!« Der Major hatte gesprochen.

Kurz darauf bemerkten die Franzosen den Übergang eines Teils der sächsischen Armee. »Die Sachsen laufen über! Haltet sie auf!«
Ein Hagel an Granaten und Kartätschen flog den fliehenden Sachsen hinterher, ohne sie jedoch ernsthaft aufhalten zu können. Plötzlich kam Unruhe in die ganze Brigade. Der Major brüllte etwas, es zischte und pfiff ohrenbetäubend. »Deckung! Geht in Deckung!«
»Was ist los? Was ist das?«
Aus der Richtung der Alliierten kam etwas geflogen. Keine Kanonenkugel, keine Kartätsche. Karl hatte so etwas noch nie gesehen. Mit ohrenbetäubendem Jaulen flog ein seltsames Geschoss heran, explodierte und versprühte brennendes Pech und Schwefel. Was war das für ein Teufelszeug?
Irgendwo im Pulverdampf entdeckte er Peterhans Wolke. Der kleine Trommler drehte sich um. Er hatte seine Trommel weggeworfen. »Komm mit, wir laufen über! Alle Sachsen laufen über! Wir sind frei, frei!« Etwas Feuriges flog durch die Luft. Er riss die Arme hoch und stürzte der Länge nach zu Boden. »Peterhans, Peterhans!« Karl wollte den lustigen kleinen Trommler nicht sterben sehen. Geduckt lief er zu ihm hin. »Was ist mit dir? Bist du verletzt?«
Über Peterhans' Gesicht flog ein befreites Lächeln. »Vorbei, es ist vorbei«, flüsterte er. »Er ist es nicht wert, der große General. Wir sind doch Sachsen, wir sollten für unser Vaterland kämpfen.« Peterhans wurde von einem Hustenkrampf geschüttelt, Blut sickerte aus seinem Mund. Karl stützte ihm vorsichtig den Kopf.
»Das ist Verrat! Alle Überläufer werden erschossen. Der Kaiser würde seine Soldaten nie im Stich lassen. Du irrst dich, Peterhans. Sie nehmen uns gefangen und dann erschießen sie

uns auch, die Preußen und die Russen und die Schweden und all diese verdammten Feinde. Peterhans, weißt du, ich habe mir immer gewünscht, zu den Soldaten zu gehen und meine Tapferkeit zu beweisen. Es ist auch für Friederike, sie soll doch stolz auf mich sein…« Und während er noch redete und redete, starb der kleine Trommler Peterhans Wolke in seinen Armen.

Die Geister der Toten erschienen Karl in der Nacht. Eine ganze Armee bewegte sich in seinen Träumen auf ihn zu. Unter den Tschakos sah er Gesichter, die Totenschädel ähnelten, mit leeren Augenhöhlen, verstümmelt, zerschossen, zerhackt und gespalten. Sie winkten mit blutigen Armstümpfen, liefen auf abgerissenen Beinstümpfen, hinterließen Ströme von Blut auf der Erde. Karl schoss auf diese unheimliche Armee von Toten, doch sie stürmten weiter vorwärts, auf ihn zu, um ihn aufzunehmen in ihre Welt der Verlorenen. Er wollte schreien, weglaufen, doch er stand nur da, das Gewehr mit dem aufgepflanzten Bajonett auf sie gerichtet. Kein Ton drang aus seiner Kehle, seine Beine waren gelähmt, obwohl er weglaufen wollte. Er stach mit dem Bajonett zu und der Stahl ging durch die Körper der Geisterarmee hindurch wie durch Nebel. Verzweifelt versuchte er sich gegen die gespenstische Invasion zu wehren, doch sie waren überall, nahmen ihn auf und machten ihn zu einem Teil von sich. Ein gewaltiger Druck lastete auf seinem Brustkorb und als er an sich herabblickte, sah er ein blutiges Loch, weiße Rippen hervorstechen, die eine Kanonenkugel durchschlagen hatte. Er wunderte sich, dass er keinen Schmerz empfand, und doch fühlte er Nässe, Kälte, Schwere. Jemand schaufelte nasse Erde auf ihn. Mit einem Schrei erwachte er. Es war dunkel, die Wachtfeuer glommen nur noch. Er blickte sich um. Überall lagen die Soldaten. Er konnte nicht unterscheiden, ob sie schliefen oder tot waren. Irgendwo im Osten graute der Morgen mit einem fahlen Streif am Himmel. Er sah die Silhouette eines Pferdes, das mit hängendem Kopf auf drei Beinen stand. Der Boden war bedeckt mit Tausenden Toten, Verstümmelten, Verwundeten. Es waren die Bilder, die wohl auf ewig in sein Hirn gebrannt waren. Er konnte sich nicht mehr erheben, seine Beine versagten den Dienst. In Schweiß gebadet und vom Regen durchnässt, schwitzte und fror er gleichzeitig, verspürte Ekel und Entsetzen. Eine Landschaft voller Leichen – wofür sind sie alle gestorben? Auf allen Vieren mühte er sich vorwärts. Er wusste nicht wohin. Immer wieder musste er über Tote kriechen, andere lebten noch und wimmerten, stöhnten, bettelten um Hilfe. Er kroch einfach weiter, auf den Lichtstreif am Horizont zu.

In der Ferne flammten die Kämpfe wieder auf. Diese Geräusche, der Donner, das Beben des Bodens, er wollte sich die Ohren zuhalten, wollte es nicht hören. Am liebsten hätte er geschrien, dass sie damit aufhören sollten. Wie sollte er diese Geräusche jemals aus seinem Kopf bekommen? Er wollte nur noch weg, immer vorwärts, irgendwohin.

Vor ihm lag ein Soldat in sächsischer Uniform. Eine Granate hatte seine Unterschenkel und einen Arm abgerissen. Der Arm lag ein Stück neben dem Körper. An der Hand fehlten zwei Finger.

Karl drehte den Kameraden um. Im fahlen Licht des Morgens schaute er ihm ins Gesicht. Es war schmutzig und klein, wie das eines Kindes.

»Gustav? Gustav!«

Die schmalen, eingerissenen Lippen verzogen sich zu einem Lächeln. »Ja«, hauchte Gustav. »Sind wir schon da?«

»Wo? Gustav, wo?«

»Bei den Unsrigen.« Seine Stimme war kaum zu verstehen. Karl legte seinen Kopf neben Gustavs. Der süßliche Geruch des Blutes ließ seinen Magen zusammenkrampfen.
»Wer sind die Unsrigen? Die Franzosen?«
Gustav warf den Kopf unruhig hin und her. »Ich habe es nicht getan«, wisperte er. »Ich habe ihn nicht getötet. Ich bin kein Mörder.«
»Wir sind Soldaten, Gustav. Soldaten töten, sie morden nicht.«
Gustavs Gesicht war weiß wie Wachs. Er hielt die Augen geschlossen, als befände er sich in einer anderen Welt. Seltsam spitz trat sein Kinn hervor, die eingefallen Wangen wirkten schlaff. Sein Mund stand etwas offen, Karl erkannte, dass einige Zähne fehlten.
»Junge, du darfst nicht sterben«, flüsterte Karl. »Nicht du, Gustav.«
Es dauerte eine Ewigkeit, doch dann zuckten Gustavs Lider und seine Lippen bewegten sich. Karl musste sich dicht über Gustavs Gesicht beugen, um etwas zu verstehen.
»Geheim … ich … verraten. Agent … Polizei … wegen mir … alle tot.«
»Unsinn, Gustav, du doch nicht. Du bist ein guter Kerl. Wir schaffen das schon. Ich bringe dich hier raus. Wirst sehen, alles wird gut.«
Plötzlich öffnete Gustav die Augen. Sein Blick war erstaunlich klar. Er schien etwas zu sehen, was Karl nicht sehen konnte. »Gut«, flüsterte er. »Nichts ist gut … der Krieg … der Mensch … ich …« Er schloss die Augen.
Karl schwieg. Er legte seinen Arm um Gustav und blieb so liegen. Um sie herum tobte die Schlacht, Kanonen- und Geschützdonner, Gewehrfeuer, Schreie, Befehle, Pferdewiehern, der Boden bebte und zitterte. Die Zeit ging über sie hinweg, bis Karl bemerkte dass, Gustav steif und kalt war. Langsam setzte er sich auf und

betrachtete den verstümmelten Leichnam. Sein Blick glitt über das mit Leichen übersäte Schlachtfeld, und plötzlich begann er zu weinen. Er schluchzte, es schüttelte ihn, die Tränenflut verschleierte seinen Blick, das grausige Bild verlor seine Schärfe. Immer deutlicher drang in Karls Bewusstsein, dass auch er wohl hundertfach getötet hatte, bis seine Munition zur Neige ging. Wie viele Mütter weinten um ihre Söhne, die durch die Kugeln aus seinem Gewehr gestorben waren? Wie viele junge Leben hatte er abrupt beendet, weil es ihm befohlen wurde? Was wäre aus all den jungen Männern geworden, wären sie nicht gefallen? Er betrachtete seine Hände. Sie waren schmutzig, voller Blut und zitterten. Er weinte um den Tagelöhner Gustav, den er früher immer beschimpft, verjagt und mit abschätzigen Blicken gestraft hatte. Ihm wurde klar, dass auch er Schuld an dem Elend um sich herum trug, dass auch er Verursacher von Leid war.

»Was sitzt du hier herum«, herrschte ihn der Feldscher an. »Verschwinde, wir suchen Verwundete. Für Tote haben wir keine Zeit.« Er winkte zwei Soldaten heran, die Gustav auf einen Fetzen Zeltleinen packten.

»Für den ist es besser so«, meinte der eine. »Wir werfen ihn in die Grube.« Karl starrte auf zwei blutige Stümpfe, wo einmal Gustavs Beine waren. Dann schleppten sie Gustavs Leichnam über das Schlachtfeld, hin zu einem länglichen Graben. Hunderte Leichen, Pferdekadaver, alles lag dort übereinander. Niemand sprach ein letztes Gebet, niemand warf eine Handvoll Erde auf die armen Teufel. Keine Blume würde ihr Grab schmücken.

»Ich bin ein Mörder«, schluchzte Karl. »Gustav, verzeih mir. Ich war überzeugt, auf der richtigen Seite zu kämpfen.«

Nur zögerlich fiel ihm auf, dass das Kampfgetöse langsam verebbte. Verwirrt schaute er um sich. Es fiel ihm schwer, einen klaren Gedanken zu fassen. Er hatte den Rückzug verpasst!

Er wischte sich die Tränen aus den Augen. Wie tief musste man fallen, um auf dem Boden der Realität aufzuschlagen?

Vor dem Grimmaischen Tor drängten sich die Verwundeten, um einen Passierschein für eines der Stadtlazarette zu erhalten. Furchtbare Szenen spielten sich ab. Ein endloser Zug dieser Gestalten schob sich heran, unaufhörlich und unerträglich. Sie lagen mit zerschossenen Gliedern auf Karren, Wagen, Pritschen, sogar Stalltüren und Hoftore wurden als Tragen benutzt. Oft faulten die Wunden schon, kaum einer war fachgerecht verbunden.Es war ein Wunder, dass die menschliche Natur solche Torturen überhaupt überstand. Dazwischen drängten sich Flüchtlinge aus den Dörfern und Vorstädten, Frauen, Kinder, Schwangere, Alte und Gebrechliche. Es gab kein Pardon, es gab keine Rücksicht, jeder war sich selbst der Nächste.
Friederike hatte die große Weidenkiepe geschultert. Vom Naschmarkt wollte sie Verbandsmaterial für das Johannishospital holen. Die Zentralstelle nahm die Abgaben aus der Bevölkerung in Empfang und verteilte sie gleichzeitig an die verschiedenen Einrichtungen. Es dauerte eine Zeit, bis Friederike in die Stadt gelangte. Sie wurde gestoßen und angerempelt, beiseitegeschoben. Es gab keinen anderen Weg in die Stadt hinein, denn alle kleinen Pforten waren verschlossen worden und auch die äußeren Tore verschanzt. Die inneren Tore hielten die Wachposten besetzt und kontrollierten jeden, der in die Stadt hinein und hinaus wollte. Für die Verwundeten war es eine Tortur und so mancher ließ sein Leben, noch ehe er die vielleicht rettende Stadt erreicht hatte. Nach mehreren Stunden hatte sie es geschafft, das Grimmaische Tor zu passieren. Spielten sich vor dem Tor schon entsetzliche Szenen ab, so war es innerhalb der Stadtmauern noch schlimmer. Die Stadt konnte die Menge an verwundeten Soldaten aller Nationen nicht

mehr fassen. Sie lagen überall herum, wo man sie hatte fallen lassen, in den Straßen, Gassen, Gasthäusern, Warengewölben, Kellern, Hinterhöfen, in Durchgängen, Kirchen, Schulen, Lagern, Schuppen und Passagen. Sie lagen in ihren schmutzigen, blutigen Uniformen, manche bereits ausgeplündert bis auf die Unterwäsche. Marodierende Soldaten der flüchtenden französischen Armee scheuten sich nicht davor, ihren eigenen verletzten Kameraden die Kehle durchzuschneiden, um ihnen auch den Rest an Hab und Gut nehmen zu können.

»Der braucht's ohnehin nicht mehr«, meinte einer dieser Unholde, als eine empörte Frau ihn an dem Mord hindern wollte. Doch wo anfangen und wo aufhören? Ein penetranter Gestank waberte durch die Straßen. Starben sie nicht an Blutverlust und Schmutz, so verdursteten, verhungerten sie, starben an Entkräftung und dem immer stärker grassierenden Fieber.

Neben den verwundeten Soldaten von den Schlachtfeldern strömten auch immer mehr Truppen der aufgeriebenen und auf Leipzig zurückgedrängten Franzosen durch das Grimmaische Tor hinein und zum Hallischen Tor wieder hinaus. Man munkelte, der große Kaiser habe den Rückzugsbefehl gegeben.

»Sieht ganz nach Flucht aus«, bemerkte ein Mann, der neben Friederike am Naschmarkt stand und das chaotische Geschehen mit sichtlicher Schadenfreude beobachtete. Es war unmöglich, gegen diesen Strom wieder zum Grimmaischen Tor hinauszukommen.

Der Mann neben ihr hatte Friederikes hilflosen Blick bemerkt. »Mädel, bring deinen Korb doch ins Gewandhaus, dort liegen so viele Verwundete, dass du noch hundertmal mit deinem Korb hinlaufen müsstest. Allein, es fehlt uns am Nötigsten, alle zu versorgen.« Er nickte ihr aufmunternd zu, während er graues Sackleinen als Verbandsmaterial in ihren Korb packte. »Und pass auf, dass sie dir nichts wegnehmen…«

Friederike hätte ihre Schätze mit einem Säbel verteidigen müssen, als sie sich durch die völlig verstopften Straßen der Innenstadt zwängte. Immer wieder wehrte sie bettelnde Hände ab, die sich ihr entgegenstreckten. Der Weg von Liebertwolkwitz nach Leipzig war nicht so anstrengend gewesen wie die wenigen Schritte bis zum Gewandgässchen, wo sich das Lagerhaus der Tuchhändler befand. Jetzt war es geräumt worden, um den vielen hundert Verletzten und Kranken Platz zu machen, die sich dicht an dicht wie Heringe in der Tonne auf den Lagerböden drängten. Die Luft war so beißend, dass Friederike kaum atmen konnte. In einem Raum amputierte ein Mann ununterbrochen Arme und Beine mit ungeeignetem Werkzeug. Er war ein Fleischer, der sich bereit erklärt hatte zu helfen. Der behandelnde Arzt war an Fieber verstorben. Es gab keine zweckentsprechenden Messer, die Gliedmaßen wurden mit Stricken und Lederriemen abgebunden und in einem Korb in der Ecke aufgetürmt. Der Fleischer griff zu einer rostigen Säge und fluchte, als er den Knochen durchtrennte. Er hatte vergessen, genügend Haut zum Verschließen des Stumpfes zu lassen. Der Patient würde ihm in Kürze unter der Hand verbluten.

Friederike tappte durch Pfützen aus Blut, Wasser und Eiter. Es gab keinen geeigneten Platz, das Verbandsmaterial hinzulegen, ohne es gleich zu beschmutzen.

Sie blickte sich suchend nach Krankenwärtern und Pflegern um, doch sie sah niemanden. Auf den Böden lagen die Kranken in erdrückender Enge und in ihren eigenen Exkrementen. Offenbar hatte sich schon seit Tagen niemand um sie gekümmert.

Diejenigen, die aufstehen konnten, schleppten sich zu Bottichen, die auf dem Perron in einer Reihe aufgestellt waren. Niemand leerte diese Behälter und ihr übler Inhalt wälzte sich langsam, aber stetig die Treppe hinunter.

Zwei Männer schleppten einen Suppenkübel herein und stellten ihn neben den Bottichen an der Treppe ab. »Wir müssen weiter, verteilen müssen das andere«, schnaufte der eine und sie beeilten sich, diesen Ort wieder zu verlassen.

Zu den Gerüchen und Ausflüssen kam das Stöhnen und Ächzen der Leidenden, von denen sich viele wünschten, lieber zu sterben, als noch weiter diese Qualen auszuhalten.

Friederike nahm die Kiepe vom Rücken, packte das Verbandszeug aus und begann, die Verwundeten zu verbinden. Sie löste die alten Verbände, was in vielen Fällen nur unter heftigen Schmerzensschreien gelang, reinigte die Wunden mit Essigwasser, von dem es zum Glück noch einige Kannen gab, und wickelte neue Verbände darum. Sie hatte nicht einmal die Hälfte der Unglücklichen versorgt, als ihr Vorrat zur Neige ging. Obwohl sie vor Schwäche zitterte, brachte sie es nicht übers Herz, die Verletzten unversorgt zu lassen.

»Helfen Sie uns, liebes Mädchen, liebe Frau, lieber Engel«, flehten sie in allen Sprachen. Friederike beschloss, ein weiteres Mal zum Naschmarkt zu gehen, um frisches Verbandsmaterial und Essigwasser zu holen.

Karl fühlte sich, als wäre alles Blut aus ihm herausgelaufen. Weich und kraftlos war sein Körper, er hatte aufgehört zu denken und zu fühlen. So also sah das Ende aus. Geboren, um auf dem Schlachtfeld zu sterben. Was hatte sich Gott dabei gedacht? Gott? Nein, dieser General! Dieser elende Franzose war schuld daran. Er opferte tausende Menschen, ließ sie kämpfen, töten, sterben. Und warum? Sie waren doch alle gleich, Brüder.

»Nein, das lasse ich nicht zu«, flüsterte er. »Nein, das darf nicht sein. Er ist ein Mörder, ein verdammter Mörder! Mörder! Mörder!«

Karl schrie seine Qual aus sich heraus, immer lauter, bis ihm die Stimme versagte. Er krächzte, hustete, krümmte sich und kam wieder zur Besinnung.
Dieser Napoleon musste sterben, ebenso elend wie Gustav. Jedes Glied würde er ihm einzeln abhacken, mit dem Säbel, ihn zerstückeln mit dem Bajonett, ihn von einer Kanonenkugel zerfetzen lassen.
»Wo ist er? Wo ist dieser verdammte Mörder?« Karl rannte über das Schlachtfeld, stolperte über Leichen, Pferdekadaver, ausgebrannte Wagen, umgestürzte Planen, verhedderte sich in Stofffetzen, Uni-formriemen, prallte mit einem Soldaten zusammen, der apathisch auf dem Boden hockte.
In rasender Wut zerrte er einen Offizier vom Pferd herunter. »Wo ist der General?«
»Ist er verrückt geworden?«, brüllte der Offizier. »Tu er seine Pflicht, Soldat!«
»Einen Teufel werde ich tun«, brüllte Karl zurück. »Wo ist Napoleon?«
»In der Stadt. Er wird sie verteidigen.«
»Er hat verloren, weiß er das nicht? Er weiß es, und er will flüchten, dieser Feigling. Ich werde ihn daran hindern.«
»Auf deinen Platz, Soldat«, schrie der Offizier, doch er rührte sich nicht. Karl ließ ihn einfach stehen und blickte sich um. Einige Schritte entfernt stand ein reiterloses Pferd, das Zaumzeug zerrissen, schmutzverkrustet, mit hängendem Kopf und blutigen Beinen. Doch es stand. Bis zur Stadt würde es ihn tragen.
Karl fasste nach den Zügeln und zog sich in den Sattel. Er hatte noch nie auf einem Pferd gesessen.
Von oben sah die Welt ein ganzes Stück kleiner aus, fand er. Er zog an den Zügeln, das Pferd bewegte sich unter ihm, aber nicht dahin, wohin Karl wollte. Zudem war es eine recht wackelige

Angelegenheit. Wie konnte sich denn die gesamte Kavallerie auf diesen Pferden halten, im Galopp voranstürmen und dabei auch noch kämpfen? Für einen Augenblick empfand Karl Hochachtung vor jedem Reiter, der dies schaffte. In Schlangenlinien lief das Pferd vorwärts, blieb stehen, warf den Kopf, wich zur Seite aus, kehrte um, scharrte mit den Hufen und wieherte.
»Verdammt, du dummes Vieh, nun lauf schon!« Karl hieb ihm die Hacken in die Flanken. Das Pferd preschte vor, er hielt sich erschrocken am Sattel fest. Es nutzte nicht viel, er rutschte hin und her, fand die Steigbügel nicht, zerrte an den Zügeln. Das Pferd bewegte sich nicht von der Stelle. »Bleib hier, du sächsischer Hundesohn«, rief der Offizier hinter ihm her. »Deserteure werden erschossen.« Ein Gewehrschuss peitschte, das Pferd bäumte sich auf und Karl landete sehr unsanft auf dem Boden. Es half alles nichts, er musste zu Fuß nach Leipzig.
Zwischen ungeordnet und kopflos flüchtenden Franzosen, versprengten sächsischen Soldaten, Flüchtlingen aus den Dörfern, Verwundeten und immer wieder angreifenden Verfolgern aus Russen und Kosaken machte sich Karl seine langen Beine zunutze. Allerdings erschwerten die chaotischen Zustände auf der Straße das Vorwärtskommen, dabei trieb ihn Wut, Verzweiflung und ein unbändiger Hass auf den Franzosenzwerg vorwärts. Er glaubte selbst nicht daran, den großen Kaiser und General eigenhändig umbringen zu können, aber allein die Vorstellung verlieh ihm Flügel. Er wusste nicht, was ihn in Leipzig erwartete. Zumindest hoffte er, noch mit den Franzosen in die Stadt hineinzukommen, doch es war zu spät. Schwedische Verfolger waren ihm auf den Fersen, das Grimmaische Tor war verschanzt und wurde von Franzosen verteidigt.
Verzweifelt blickte Karl um sich. Vor dem Tor herrschte ein Durcheinander von Soldaten und Zivilisten, Pferden, Wagen,

es war unmöglich, in die Stadt zu gelangen. Zudem eröffneten nun die Verteidiger der Stadt ein unablässiges Gewehrfeuer auf die angreifenden Schweden. Karl hockte hinter einem Haus in der Grimmaischen Vorstadt, immer gewärtig, einem Tirailleur gegenüberzustehen. Er entledigte sich seiner verräterischen Uniform, wusste er doch nicht, wie der Feind den Seitenwechsel der Sachsen überhaupt aufgenommen hatte. Keineswegs wollte er in Gefangenschaft geraten. Nur in Unterwäsche, die verschmutzt, durchnässt und stellenweise zerrissen war, schlich er sich fest an die Hauswand gedrückt vorwärts und wagte einen Blick über den umkämpften Platz auf das Grimmaische Tor. Das Tor war durch frische, starke Planken verstärkt, auf den Spitzen drohten eiserne Widerhaken, um ein Übersteigen zu verhindern. Er musste sich seine gute Ortskenntnis zunutze machen, um in die Stadt zu gelangen.

Die angreifenden Schweden waren auf eine Erstürmung der Stadt von dieser Seite nicht vorbereitet. Sie hatten weder Leitern oder Stangen, noch Seile, Äxte oder Brechstangen bei sich. In deren Gefolge konnte Karl nicht bleiben. Zudem gerieten die Angreifer unter Dauerfeuer aus allen Fenstern der Häuser, von den Dächern und sogar vom Kirchturm der Johanniskirche. Es war einfach zu gefährlich.

Karl schlich weiter zu einer Lehmmauer, hinter der niedrige Katen von armen Häuslern standen. Die Mauer sah nicht sehr wehrhaft aus. Sie lag in einer dunklen Nische. Er tastete nach Vorsprüngen, um sie zu erklettern. Hinter sich hörte er Rufe, Schreie, immer wieder pfiffen Gewehrkugeln über ihn hinweg. Ein preußischer Soldat sank getroffen zu Boden. Keiner seiner Kameraden kümmerte sich um ihn. Karl schlich geduckt heran und nahm dessen Gewehr an sich. Dann eilte er zurück zur Mauer und schlug mehrfach mit dem Gewehrkolben dagegen. Er brauchte nicht lange und die Mauer gab nach. Mit dem Fuß trat er die Bresche etwas größer, bis er hindurchschlüpfen konnte. Das Gewehr warf er weg, er hatte ohnehin keine Munition dafür.

Die Innenseite des Tores war mit Wagen, Palisaden und Lafetten verbarrikadiert, die Verteidiger kämpften verbissen gegen die eindringenden Truppen. Es entbrannte ein heftiger Kampf auf dem Platz vor dem inneren Tor. Offenbar hatten sich die Bewohner der Vorstadt schnell darauf eingestellt, dass die Angreifer wohl auch die Befreier der Stadt waren und kurzerhand die Franzosen, die die Häuser besetzt hielte und auf die Eindringlinge schossen, aus den Fenstern geworfen.

In den Gassen der Vorstadt tobte der Kampf weiter, Mann gegen Mann. Mit den Gewehren wurde weniger geschossen, dafür die Bajonette dem Gegner in den Leib gerammt und mit den Gewehrkolben die Schädel zerschmettert. Karl entdeckte einen preußischen Soldaten hinter einem Haus der Vorstadt, der mit dem Kopf in einer Kloake steckte und so entehrt sein Leben ausgehaucht hatte.

Karl musste versuchen, über die Obstgärten nahe der Bürgerschule in die innere Stadt zu gelangen. Er schaffte es bis an die schlichten Gartenhäuser. Auch von dort schossen die Verteidiger. Karl ging in Deckung. Da ertönten Kanonenschüsse vom Grimmaischen Tor her. Die Schweden hatten zwei Kanonen auffahren lassen und beschossen das Tor. Die verteidigenden Truppen konzentrierten sich nun auf diesen Angriff.

Karl ergriff die Chance, rannte zum Gartenhaus, warf ein Fenster ein und zog sich daran hoch. Mit einem Sprung stand er in einem dunklen Zimmer, eilte durchs Haus und auf der anderen Seite auf die Straße. Er war in der Stadt!

Es blieb keine Zeit, sich darüber zu freuen, er musste den Kaiser suchen. Ganz bestimmt hielt er sich irgendwo in der Nähe des

Marktes auf. Die Straßen und Gassen waren verstopft, Karl musste immer wieder Umwege suchen, um vorwärtszukommen. Über Hinterhöfe und Mauern, durch Passagen und Gärten gelangte er, stets auf der Hut vor Gewehrkugeln, bis zum Marktplatz. In der Stadt brannte es an mehreren Stellen. Offenbar waren Geschosse eingeschlagen.

In der Innenstadt liefen die Menschen in Panik wie gefangene umher. Alle Tore waren besetzt und verschlossen, lediglich in Richtung Ranstädter Tor drängten die flüchtenden Franzosen hinaus. Polnische Lanzenreiter versuchten, die am Grimmaischen Tor eindringenden Schweden, Preußen und Russen zurückzuschlagen.

Karl geriet in Versuchung, zur Schusterwerkstatt zu eilen, doch noch immer war er entschlossen, den Kaiser höchstpersönlich umzubringen. Doch wo war Napoleon? Wahrscheinlich wollte er wie seine Soldaten über das Ranstädter Tor flüchten, denn alle anderen Tore wurden von den Angreifern bestürmt. Zum Hallischen Tor stießen die Russen und die Preußen unter General Blücher vor. Die Franzosen durften nicht entkommen! Fieberhaft überlegte Karl, wie er Napoleon aufhalten könnte. Die Brücke! Er musste die Brücke über die Elster zerstören. Dann war der Kaiser in der Stadt gefangen!

Im gleichen Moment erinnerte er sich an das Häuschen in Löhrs Garten, wo er Friederike geküsst hatte. Der Sprengstoff! Endlich hatte er die Lösung gefunden!

Ohne Rücksicht zu nehmen, bahnte sich Karl einen Weg die Fleischergasse hinunter. In jedem Haus wurde gekämpft, die Treppenhäuser mit Möbeln verbarrikadiert. Da flogen Möbel aus den Fenstern, auch mal französische Verteidiger oder russische Angreifer. Auf der Gasse lagen Karren, Waffen, Leichen, Möbel, der Fleischerplatz selbst war versperrt mit Munitionskarren, Ge-

schützen und abgemagertem Schlachtvieh, das angstvoll brüllte. Wurde ein Haus erobert, dann wurde es sogleich geplündert, die Bewohner misshandelt oder gar getötet. Es gab keinen Unterschied zwischen Ostpreußen, Russen, Schlesiern, Kosaken, Pommern, Hessen, ihre Offiziere versuchten vergebens, die Ausschreitungen und Übergriffe zu verhindern. Wie entfesselt tobten Verteidiger undAngreifer in der Stadt, dazwischen die flüchtenden Franzosen, unzählige Verwundete und die in Todesangst davonlaufenden Einwohner.
Löhrs Garten war bereits in Sichtweite, Karl musste nur noch auf die andere Seite der Elster gelangen. Die Brücke zu sprengen war sicherlich kein Problem, er könnte die Ladungen unten an den Brückenpfeilern anbringen. In dem heillosen Gedränge da oben würde niemand auf ihn achten.
Während er sich mit dem Ellenbogen einen Weg durch die Fleischergasse hinunter zum Ranstädter Tor bahnte, näherte sich auch von der Promenade her eine Kolonne mit Pferden, Wagen, Unmengen an Fußsoldaten und Flüchtlingen. Kurz vor der Brücke begannen sie ein unsinniges Wettrennen, wer sie zuerst erreichte. Vor der Brücke verkeilten sich die beiden Kolonnen schließlich so hoffnungslos, dass es nun gar nicht mehr vorwärts ging. Karl blieb inmitten der Menschenmenge stecken, unfähig, sich überhaupt noch zu bewegen. Von hinten schoben sie nach, vorn ging es nicht weiter. Er hätte die Beine anziehen können, ohne auf den Boden zu fallen.
Der Fleischerplatz war durch Wagenburgen verbarrikadiert. Von hier aus hatten die Franzosen auf die Angreifer geschossen. Nun nutzten die heranrückenden Verfolger diese Barrikaden, um auf die flüchtenden Franzosen zu schießen. Eine Menge reiterloser Pferde rannte in Panik auf dem Platz umher, trampelte alles nieder, was ihnen unter die Hufe kam.

Im nächsten Augenblick gab es eine Detonation. Karl spürte einen gewaltigen Stoß gegen die Brust. Er sah Balken, Steinquader, Menschen, Pferde, sogar eine Kanone durch die Luft fliegen. Etwas zerplatzte in seinem Kopf, er sah grelles Feuer, eine riesige Stichflamme. Karl rang nach Luft, eine unsichtbare Faust presste seinen Brustkorb zusammen. Er röchelte, tastete nach seinem Kopf. Vor seinen Augen flackerte es blutrot, während sich um ihn herum alles drehte. Die Welt versank in Lautlosigkeit, die plötzliche Stille war unheimlich. Noch ehe Karl sich darüber wundern konnte, wurde es dunkel um ihn.

Der Krieg hatte alles, was heilig war, mit Füßen getreten. Die Johanniskirche war wieder als Lazarett umfunktioniert worden, es gab keine Gottesdienste mehr und statt göttlichem Glanz waberte der Gestank nach Fäulnis, Fäkalien und Tod durch das Kirchenschiff. Der Friedhof war kurzerhand zum Gefängnis für die Preußen, Österreicher und Russen geworden, die den Franzosen in die Hände gefallen waren. Aus dem einstmals so beschaulichen und gepflegten Gottesacker war eine Kloake geworden, denn die Gefangenen hausten unter den gemauerten Steinbögen an der Friedhofsmauer oder verkrochen sich in die Gruften. Jede Nacht brannten dort Feuer, die Gefangenen kochten sich neben den frischen Gräbern ihr kärgliches Mahl. Frische Gräber gab es täglich, denn die Kranken und Verwundeten starben wie die Fliegen. Nach und nach verschwanden die Gerätschaften des Totengräbers, Hacken, Schaufeln, Bretter wanderten in die Feuer und er wusste oft nicht, wie er die Toten noch beisetzen sollte. In den Tagen der Schlacht rund um Leipzig stieg der Totengräber Johann Ahlemann immer wieder auf den Turm der Kirche und beobachtete mit Grausen, was sich vor den Toren Leipzigs abspielte. Das wogende Meer der Kämpfer bot einen erschüttern-

den Anblick, die Spur der Verwüstung ebenso. Überall stiegen dunkle Rauchsäulen auf und kündeten von Tod und Zerstörung. Täglich grollte der Kanonendonner und schien immer näher zu kommen. Für die Verwundeten gab es keinen Platz mehr, der Totengräber musste seine eigene bescheidene Wohnung zur Verfügung stellen. Vorsorglich hatte er seine wenigen Habseligkeiten zusammengepackt, vor allem die Gottesackerbücher waren ihm wichtig.
Auch Friederike und ihre Mutter hatten ihre Kammer verlassen müssen und ihre Bettstellen und Strohsäcke den Verwundeten zur Verfügung gestellt. Gemeinsam mit anderen Pflegern waren sie in die Pächterwohnung gezogen, wo sie sich ein kleines Eckchen einrichteten, um ein paar Stunden Schlaf zu finden.
Die Arbeit im Lazarett zehrte an den Kräften und Nerven. Das Stöhnen und Schreien nahm kein Ende und war für alle Beteiligten nur schwer zu ertragen. Dennoch war das Johannishospital wie eine kleine Insel im Sturm des Kampfes vor dem Grimmaischen Tor, und alle, die darin lebten, arbeiteten und litten, beobachteten voll Angst und Sorge die Geschehnisse in und um Leipzig. Die tragischen Szenen, die sich unten auf dem Hof des Hospitals, in der Kirche und in den vollgestopften Räumen abspielten, gehörten mittlerweile zu ihrem täglichen Leben. Die Soldaten in ihrer verzweifelten Lage schreckten nicht davor zurück, die Angestellten des Hospitals, die Pfleger und Helfer zu drangsalieren, sich zu nehmen, wessen sie habhaft werden konnten.
Abgestumpft von all dem Elend, dem eigenen wie dem der Verwundeten, verrichtete Friederike ihren Dienst. Der Totengräber, der tagsüber mit seinen Gehilfen die Verstorbenen auf den Friedhof begrub und sich dabei einen Weg durch die Gefangenen bahnen musste, hielt Nacht für Nacht Wache auf dem Kirchturm. Mit großer Sorge beobachtete er, wie sich der Kreis der Kämpfenden

um Leipzig immer enger zog, wie immer mehr Flüchtlinge und Verwundete Hilfe in der Stadt suchten.
In der Nacht vom 18. zum 19. Oktober gelangte ein Zug von flüchtenden Soldaten, Wagen, Geschützen, Menschen, Vieh, Pferden und vor allem Verwundeten über die Kohlgärten zum Grimmaischen Tor. Keiner hatte bislang so etwas Schreckliches erlebt. Die Kugeln schlugen bereits in die Scheunendächer des Hospitalkomplexes ein, ringsum loderten Flammen, Kanonendonner ließ die Erde beben. In Todesangst verharrten die Menschen zusammengedrängt in der Pächterwohnung. Friederike und ihre Mutter hielten sich umklammert, die Familie des Totengräbers flehte auf Knien zu Gott, dieses Martyrium endlich zu beenden.
Als ob Gott sie erhört hatte, verebbte der Kanonendonner, nur gelegentlich vernahmen sie noch Gewehrfeuer. Die Stille war fast unwirklich.
Augenblicklich flog mit einem lauten Knall das verbarrikadierte Hoftor des Hospitals auf und russische wie preußische Soldaten stürmten herein. Hungrig und durstig verlangten sie nach Speis und Trank. Sie kamen und nahmen, sie plünderten und misshandelten. Selbst die alten und kranken Insassen des Hospitals blieben nicht verschont. Das letzte Vieh wurde aus den Ställen gezerrt, manches gleich auf dem Hof erschlagen.
»So sieht es also aus, wenn die Befreier kommen«, bemerkte Ahlemann sarkastisch. Vorsichtig steckte er die Nase zur Tür heraus. »Ich werde mal sehen, wie unser Haus aussieht.« Er hätte es nicht tun sollen. Vom Haus war nicht mehr viel übrig. Fenster und Türen waren herausgerissen, die Wände mit Blut und Unrat befleckt, die Decken von Kugeln durchlöchert und Mauern von Kanonenkugeln zertrümmert. Von den zurückgelassenen Habseligkeiten war nichts mehr übrig, was nicht gestohlen worden war, war zerstört worden.

Er mochte sich nicht ausmalen, was geschehen wäre, hätten sie das Haus nicht rechtzeitig verlassen.
Die dicken Mauern des Hospitals hatten ihnen Schutz gewährt, doch nun waren sie obdachlos. Die Pächterfamilie hatte sich in die Innenstadt geflüchtet, die Familie des Totengräbers wurde von der Familie des Küsters aufgenommen. Friederike und ihrer Mutter jedoch blieb nichts anderes übrig, als auf dem blanken Boden zu nächtigen und sich wie Tiere etwas Essbares zu suchen. Es gab nichts mehr, was nur im Entferntesten für eine Mahlzeit gereicht hätte. In ihrer Verzweiflung kochten sie alte Ledereinbände von Büchern aus, die die Plünderer in ihrer Zerstörungswut zerrissen hatten.
Die Gefangenen auf dem Friedhof wurden mit der Eroberung Leipzigs freigelassen, dafür wurden aber nun Franzosen eingesperrt.
Neben diesen äußeren Umständen standen sie unter dem Schock der Gefangennahme. Aus der Überlegenheit einer siegreichen, glorreichen, erfolgsverwöhnten Armee gelangten sie fast übergangslos in die Hände des Feindes. Eine Gefangennahme trug den Makel der Feigheit in sich. Franzosen galten als Diener eines Tyrannen, deshalb konnten sie keine Gnade erwarten, weder von den Alliierten Truppen noch von der Zivilbevölkerung. Der plötzliche Verlust der Freiheit und der Einritt in die Gefangenschaft bedeutete für viele Soldaten den psychischen Todesstoß.
Niemand kümmerte sich um die Gefangenen und das Elend wurde noch schlimmer, denn selbst diejenigen, die noch halbwegs bei Kräften waren, bekamen weder zu essen noch zu trinken. Nach wenigen Tagen waren sie ausgezehrt und fast wahnsinnig vor Durst. Glücklich war, wer eine Katze, einen streunenden Hund oder eine Ratte fangen konnte. Sie stritten sich um verdorrte Grashalme auf den Gräbern und scheuten nicht davor zurück,

sich gegenseitig an die Kehle zu gehen. Die entkräfteten Gefangenen stürzten in die Grüfte, andere wurden mit Absicht von ihren Kameraden dort hinabgestoßen. Mit Toten brauchte man nichts zu teilen. Wer noch Kräfte besaß, plünderte die Grüfte, warf die Leichen aus den Särgen, um das Holz zu verbrennen. Die Nächte waren eisig kalt, die Tage voller Regen und Nebel. Viele wurden von grassierenden Krankheiten dahingerafft.

Es war fast unmöglich, die Toten zu begraben, so lagen die Leichen zu Hunderten aufgetürmt. Der Anblick war selbst für Johann Ahlemann unerträglich.

»Du kannst nicht hier hinein.« Ahlemann breitete die Arme aus und schüttelte den Kopf.

Friederike presste die Hände um die Wasserkanne. »Ich höre die Schreie der Verdurstenden, das Wimmern der Sterbenden. So etwas dürfen wir doch nicht zulassen, auch wenn es Franzosen sind. Wir sind doch Christenmenschen.«

Er seufzte. »Du wirst den Anblick nicht ertragen können. Außerdem begibst du dich in Lebensgefahr.«

»Schlimmer als bisher kann es nicht kommen«, erwiderte Friederike entschlossen.

»Es ist verboten«, beschwor sie der Totengräber. »Nur ich darf mit meinen Gehilfen hinein, um die Verstorbenen zu begraben.«

»Und ich bin ein Chorknabe, der ihnen das letzte Geleit gibt.« Sie schob sich an ihm vorbei zum Tor. »Bitte!«

Ihrem flehenden Blick konnte sich der Totengräber nicht verwehren. Er reichte ihr einen alten Umhang aus Sackleinen. »Damit fällst du nicht so auf.«

Sie zog ihn über, bedeckte Haar und Stirn und folgte dem Totengräber und seinen Gehilfen.

»Bleib in meiner Nähe«, raunte er ihr zu. Sie musste aufpassen, wohin sie trat. Der Boden war durch den tagelangen Regen auf-

geweicht und übersät mit zerbrochenen Waffen, aufgerissenen Tornistern, Uniformen, zerdrückten Kopfbedeckungen. Alles war zudem mit Kot bedeckt und voll Moder und Schlamm. Ein abscheulicher Gestank verbreitete sich über das gesamte Gelände. Sie blieb stehen und hob den Kopf. Blankes Entsetzen stand in ihrem Gesicht, als sie zu den steinernen Schwibbögen, den Leipziger Familiengräbern, blickte. Von den einstmals in ehrendem Gedenken gestalteten Grabstellen war nicht mehr viel übriggeblieben. Die hölzernen Pfeiler waren allesamt herausgerissen, die Grüfte geöffnet. Darin lagen Leichen neben Gerippen, alte Totenschädel neben jüngst Verstorbenen. Die frischen Leichen wiesen Spuren eigenartiger Verletzungen auf, die man ihnen wohl gleich nach dem Tod zugefügt hatte. Friederike presste die Hände vor den Mund, der Herzschlag stockte ihr und eine eisige Hand krallte sich in ihre Eingeweide.
Ein Soldat, zum Skelett abgemagert, lehnte an der Wand und nagte an einem menschlichen Knochen. Die Gefangenen hockten apathisch da, starrten ins Leere und hatten sich ihrem Schicksal ergeben.
Jemand krallte sich an Friederikes Fuß fest. Mit einem Aufschrei sprang sie zurück. Eine Klaue wie von einem Toten umklammerte ihre Fessel. Sie versuchte sich zu befreien, trat nach dem Mann, der dem Tod näher war als dem Leben. Nein, hier konnte sie nichts mehr tun, nicht helfen. Es waren verlorene Seelen, die dem Größenwahn eines Tyrannen geopfert worden waren.
»Rike, Chiederike…« Die Worte waren kaum zu verstehen. Friederike glaubte, sich verhört zu haben. Entsetzt drehte sie sich um. Sie starrte in ein Gesicht, gleich einem Totenschädel, schwarz von getrocknetem Blut und Schmutz, die Haut überspannte den Knochen wie Leder.
»Wer bist du?« Ihre Stimme bebte.

Eine Hand streckte sich nach ihr aus, dann sank der Soldat zu Boden. Sie beugte sich über ihn.
»Philipp, bist du es?«
Unmöglich, das konnte nicht Philipp sein. Sie musste sich irren, sie wollte sich irren, das konnte, ja durfte nicht sein. Sie rannte, hastete, stolperte, kletterte über Tote, Sterbende, Skelette, alles war weich, die offenen Grüfte hauchten stinkende kalte Dünste aus. Es war der Geruch des Todes, dazwischen rauchende Feuer von verbrannten Särgen, verbrannten Uniformen.
Sie konnte nicht mehr hinschauen. Von Ekel und Entsetzen getrieben lief sie schreiend, schluchzend, wimmernd, stolperte, stürzte, rappelte sich auf, rannte in Panik von diesem grauenhaften Ort weg. Johann Ahlemann fing sie in seinen Armen auf, wo sie sich übergab. »Ich habe dir doch gleich gesagt, du sollst da nicht hineingehen. Das ist selbst für einen Totengräber zu viel.«

Der Schrecken danach

Karl schlug die Augen auf und sah sich in der Schusterwerkstatt liegen. Doch irgendwie war sie verändert. Sie sah so leer aus. Er starrte an die Decke, an die Wände, doch da war nur das Mauerwerk mit dem bröckelnden Lehmputz. Er musste sich irren, sein Geist narrte ihn. Aber dieser Geruch nach fauligem Leder war so real. Da sah er das Gesicht von Meister Hempel. Er beugte sich über ihn und sagte etwas. Doch Karl verstand nichts. Es war still um ihn, als wäre er in eine dicke Schicht Schafwolle gepackt. ›Ich bin tot‹, fuhr es ihm durch den Kopf. ›Jetzt sehe ich die Geister aller Verstorbenen. Also Oskar Hempel ist tot.‹ Dann erblickte er das Gesicht seiner Frau. ›Helene Hempel also auch.‹ Seltsam, er nahm es einfach zur Kenntnis. Ja, er freute sich sogar, ihnen im Himmel zu begegnen. So würde er sich nicht so einsam fühlen.

»Mutter?« Es war ohne Zweifel das Gesicht seiner Mutter, die sich nun über ihn beugte. Ihre Lippen bewegten sich, doch er hörte nicht, was sie sprach. Es war still, absolut still.

Ein Lächeln huschte über sein Gesicht, und nun lächelte auch das Gesicht seiner Mutter. Er hob den Kopf, im gleichen Augenblick verspürte er einen stechenden Schmerz und ein unerträglich lautes Pfeifen. Er presste die Hände auf die Ohren und blickte sich suchend um, woher das Geräusch kam. Sie standen alle um ihn herum, Oskar Hempel, Helene Hempel, Arthur Kübler, Elsa Kübler… und seine Mutter. Er befand sich tatsächlich in der Schusterwerkstatt – und er lebte!

Der Pfeifton ließ nicht nach, ob er nun seine Ohren mit den Händen zupresste oder nicht. Er verzog schmerzhaft das Ge-

sicht. Ein gewaltiger Druck lastete auf seiner Brust und das Atmen fiel ihm schwer. Was war geschehen?
Er lag auf dem nackten Boden in der nackten Werkstatt. Langsam tastete er an sich herab. Er war auch nackt, beinahe. Nur noch die Unterwäsche hing in Fetzen an seinem Körper. Seine Mutter beugte sich zu ihm herunter und stützte ihm den Oberkörper. Immer wieder streichelte sie ihm übers Haar. Er bemerkte, dass sie weinte.
Mit den Fingern bohrte Karl in den Ohren, um die Wolle herauszuziehen, die darin steckte. Warum hatte seine Mutter ihn mit Schafwolle zugestopft? Doch er fand nichts. Ihm wurde schwindelig und er musste sich wieder hinlegen. Die sich über ihn beugenden Gesichter zeigten Neugier und Mitgefühl, nur seine Mutter weinte immer noch.
»Was ist passiert?« Karl hörte seine Stimme in seinem Kopf dröhnen wie in einem leeren Fass. Erschrocken hielt er inne.
»Du hast Schwein gehabt, mein Junge.« Oskar Hempels Stimme klang von weit her und doch sehr unangenehm. Und noch immer war da dieses Pfeifen. Er fuchtelte mit den Händen herum, wollte das Pfeifen vertreiben. Das leise Stöhnen aus seiner Brust spürte er wohl, konnte es aber nicht hören. Der Schädel schmerzte, schien zerplatzen zu wollen. Doch sein Kopf befand sich noch auf den Schultern, er schien ganz zu sein.
»Wer hat Wein geholt?«
»Schwein, du hast Schwein gehabt, dass man dich gefunden hat in dem ganzen Chaos an der gesprengten Brücke. Der ganze Fluss ist voller Leichen und toter Pferde und überall liegen die Trümmer.«
»Ich habe es geschafft, ich habe die Brücke gesprengt!« Karl pumpte seine Lungen voll Luft, so erhaben fühlte er sich plötzlich.

»Er redet im Fieber, der Arme.« Anna Fritzsche presste Karls Kopf an ihre Brust. »Du redest irre. Das kommt von der Explosion.«
Karl wehrte sich gegen die ungewohnten Zärtlichkeiten. »Aber ich… ich habe doch... ich wollte doch… ist die Brücke kaputt?«
Arthur Kübler nickte. »Ich habe es mit eigenen Augen gesehen. Da hat es die ganzen Flüchtlinge erwischt.«
Karl bemühte sich, den Nagelschmied zu verstehen. »Und der Kaiser?«
»Welcher Kaiser? Der russische Kaiser befindet sich auf dem Marktplatz. Die Franzmänner sind geschlagen und geflüchtet oder gefangen.«
Karl stöhnte auf. »Aber… ich wollte doch… den Napoleon…«
Kübler winkte ab. »Der war ganz schnell verschwunden, hat seine ganzen Soldaten überholt und ist an deren Spitze abgehauen.«
»Er… er ist nicht tot?« Eine grenzenlose Enttäuschung breitete sich in Karl aus und er ließ sich wieder an die Brust seiner Mutter sinken. Er hatte versagt, die Brücke nicht gesprengt. Und der Franzosenzwerg war geflohen, der feige Hund! Aber wer hatte dann die Brücke zerstört?
»Hunger, ich habe Hunger«, murmelte er.
»Wir auch«, erwiderte Helene Hempel. Obwohl er auch sie nur gedämpft vernahm, klang ihre Stimme besonders unangenehm und schrill.
»Alles haben sie uns genommen, diese verfluchten Plünderer.« In Oskar Hempels Mundwinkel klemmte ein kalter Zigarrenstumpen. »Keine Kartoffeln, kein Mehl, kein Brot, keine Butter, kein Fleisch.«
»Die Soldaten essen die toten Pferde und verteidigen dieses Mahl mit ihren Waffen. Nicht einmal ihre Kameraden lassen

sie ran. Ich habe es mit eigenen Augen gesehen.« Arthur Kübler verzog das Gesicht. »Ich hätte schon was mitgebracht, wenn es mir gelungen wäre, da ranzukommen.«
Mühsam hob Karl wieder den Kopf. Das Sprechen fiel ihm beinahe ebenso schwer wie das Hören. »Habt ihr nicht einen fetten Hund? Der gibt doch einen ordentlichen Braten ab.« Mit Widerwillen dachte er an das kläffende Ungeheuer der Küblers.
Elsa Kübler wischte sich eine Träne aus dem Augenwinkel. »Den haben wir schon... ich meine, der ist uns davongelaufen.«
»So ein Pech.« Karl versuchte sich zu erheben und sank gleich darauf wieder zu Boden.
Oskar Hempel stützte ihn. »Dem Arthur hast du es zu verdanken, der hat dich erkannt unter all den Toten und Verletzten da an der Brücke. Wolltest du auch abhauen?«
Karl schüttelte den Kopf. Über seine misslungenen Pläne wollte er nun nicht mehr sprechen.
»Wasser haben wir noch, schönes klares Wasser aus unserem Brunnen.« Oskar Hempel zwinkerte Karl zu. »Trink es mit Verstand, Junge.« Er hielt Karl eine Schüssel mit abgeschlagenem Rand an die Lippen. Oskar Hempel hatte nicht übertrieben. Das Wasser war kühl, klar, erfrischend und stillte seinen Durst. Er war richtig dankbar für diese Kostbarkeit. Er versuchte erneut aufzustehen und blickte sich in der Werkstatt um. Nichts war mehr geblieben, keine Regale, keine Werkbank, nicht einmal sein Bretterverschlag, in dem er geschlafen hatte. Es gab keine Werkzeuge, kein Leder, nicht einmal eine Tür. In der Küche waren die Bänke und der Tisch zerschlagen worden, Hempels besaßen kein Bett mehr und auf dem Herd fehlten die Töpfe. Der alte Schrank, in dem die Hühner wohnten, war leer, nur noch etwas schmutziges Stroh lag darin. Wovon sollten sie

leben? Oskar Hempel konnte nicht mehr arbeiten. Das bedeutete, dass auch für ihn keine Arbeit mehr da war. Außerdem war er ja aus der Armee geflohen, desertiert. Die Alternative war wenig ermutigend.

Er legte seinen Arm um die Schulter seiner Mutter. »Lass uns nach Hause gehen.«

»Du brauchst nicht so zu schreien, Junge, ich höre noch gut.«

Er blickte sie verständnislos an. »Ich schreie doch nicht. Ich habe nur Wolle in den Ohren.«

»Das kommt von der Explosion. Vielleicht vergeht es wieder.«

»Ich will es sehen, diese … Explosion.«

Oskar Hempel wiegte den Kopf. »Du solltest dich ausruhen. Außerdem streift alles mögliche Gesindel vor den Toren herum.«

»Lass nur, Oskar, ich begleite ihn und bringe ihn notfalls wieder her, wenn ihm die Beine versagen. Sehr kräftig war der Karl ja noch nie.« Arthur Kübler grinste breit. Dann gingen sie langsam die Schuhmachergasse hinunter, während die Frauen ihnen besorgt nachblickten.

Die Kämpfe waren vorbei, doch die Stadt bot ein furchtbares Bild. Sie kamen kaum durch die Gassen. Überall standen, lagen, krochen, saßen oder starben Menschen, Soldaten wie Zivilisten. Läden, Buden, Verkaufsstände waren geschlossen, es gab nichts zu verkaufen. Menschen irrten ohne Obdach umher, bettelten um etwas zu essen oder einen Schluck Wasser. Sie suchten im Schmutz der Straßen nach etwas Essbarem, und sei es nur ein Kohlstrunk oder ein Apfelgriebsch. Selbst fauliges Stroh war noch als Lagerstatt willkommen.

Am Himmel kreisten dunkle Wolken von Raben, für die die Schlachtfelder ein willkommenes Mahl boten.

»Man erzählt, dass sich die Soldaten mit den Krähen um die Pferdekadaver streiten«, sagte Arthur Kübler, während er über die Unglücklichen stieg, die nur noch auf dem blanken Pflaster einen Platz gefunden hatten. Keiner wusste, wie lange sie hier schon lagen, oftmals mit entsetzlichen Verletzungen, oftmals ohne einen Klagelaut von sich zu geben. Sie warteten nur auf den Tod, auf die Erlösung.

Langsam, ganz langsam kam Karl zu Bewusstsein, welche Ausmaße das Elend hier annahm. Und es war ja nicht vorüber, selbst wenn die verhassten Franzosen vertrieben waren. Es war unmöglich, all die vielen Flüchtlinge, Gefangenen, Verletzten zu versorgen, wenn doch die Bevölkerung selbst nichts mehr besaß und die Dörfer rund um die Stadt verbrannt, die Felder zerstört und ihre Bewohner vertrieben worden waren. Und aus den Lazaretten und von den Schlachtfeldern stieg eine weitere unsichtbare Gefahr auf – das Nervenfieber. Niemand sah es kommen, man konnte es nicht riechen oder fühlen, es kam und streckte auch augenscheinlich Gesunde nieder. Nur wenige überstanden dieses Schrecknis, da auch die notwendigen Medikamente fehlten.

Das Gedränge auf dem Marktplatz steigerte sich noch, als die Fürsten der Alliierten Mächte in die Stadt einritten. Der erste war der Kronprinz von Schweden, der von den Leipzigern mit Jubel und Hurrarufen empfangen wurde. Kurz danach hielt der russische Zar Alexander Einzug in die Stadt, gefolgt vom König von Preußen. Unter Musik, Trommelwirbel und den Rufen der Bevölkerung versammelten sich die Monarchen vor dem Rathaus. Als Letzter stieß der Kaiser von Österreich zu ihnen.

»Ich weiß nicht, warum die diesen Fürsten zujubeln, bei all dem Elend, das hier herrscht«, murmelte Arthur Kübler. »Außerdem hat unser König bis zuletzt zu Napoleon gestanden. Das werden sie uns spüren lassen.«

Karl musste Küblers Worte von dessen Lippen ablesen. In dem Lärm und mit seinen blessierten Ohren verstand er nichts.

»Aber der König ist doch hier. Da kann doch nichts passieren.«
»Warten wir es ab. Diesen Fürsten sollte man nicht trauen. Ihre Politik richtet sich immer nach ihren eigenen Vorteilen. Auf die kleinen Leute haben sie noch nie Rücksicht genommen.«
Mühsam kämpften sie sich die Fleischergasse hinunter. Ineinander gefahrene Wagen, stehengelassene Geschütze, aus den Fenstern geworfene Möbel versperrten den Weg. Dazwischen lagen Tote und so mancher Verwundete. Hilfe war dringend nötig, doch wer sollte noch Hilfe geben können, wenn alle der Hilfe bedurften?
»Wir sollten nicht weiter als bis zum Äußeren Tor gehen«, mahnte Arthur Kübler. »Da draußen treiben sich sowohl Kosaken, Russen, Preußen als auch allerlei Gesindel herum, das nur aufs Plündern aus ist.«
Karl vermutete, dass Arthur Kübler zu gern selbst auf Plündertour gegangen wäre, schließlich war auch seine Werkstatt ausgeplündert und zerstört worden, und er musste nun zusehen, dass er wieder an Werkzeug und Material für seine Nagelschmiede herankam.
Vor dem Fleischerplatz blieben sie gezwungenermaßen stehen. Von hier aus konnten sie hinüberblicken, wo anstelle der gesprengten Brücke ein Notsteg über die Elster geschlagen worden war. Im mittlerweile schwarzen, morastigen Flusswasser lagen die Toten, viele nur knapp unter der Wasseroberfläche, die Arme im Todeskampf in die Luft gestreckt oder im Gras der Uferböschung verkrampft. Sie hatten sich nicht aus dem Schlamm befreien können und einen grausamen Tod gefunden. Der langsam fließende Fluss war nicht imstande, die Leichen fortzuschwemmen. So lagen sie an beiden Seiten des Ufers inmitten ertrunkener Pferde, denen ebenfalls der Schlamm und die steile Böschung zum Verhängnis geworden waren. Wagen,

Geschirre, Kisten, Geschütze, Steine, Balken, Eisenteile verstopften den Mühlgraben, dazwischen ragten die Körperteile der Toten heraus. Überall lagen Ausrüstungen der Soldaten, die diese in der vergeblichen Hoffnung weggeworfen hatten, so leichter das rettende Ufer zu erreichen.

Vor den Toren der Stadt spielten sich noch immer furchtbare Szenen ab. Verletzte hatten sich neben verendete Pferde geschleppt, um dort von den Kadavern zu leben. Mit Messern, Bajonetten oder nur mit den Zähnen rissen sie Fleischstücke aus den Kadavern, während obenauf die Krähen saßen und sich ebenfalls von dem Aas ernährten. Immer wieder wurden Verwundete gefunden, die sich versteckt gehalten hatten, um dem Gegner nicht in die Hände zu fallen. Denn es gab keine Gnade auf beiden Seiten.

Leichen lagen noch überall herum und es gab nicht genug Freiwillige, die sie bergen und begraben konnten. Zum Teil lagen die Toten noch so, wie sie im Kampf von den Kartätschen hingemäht worden waren. Es war unheimlich still. Der Geruch der Verwesung breitete sich immer mehr aus und sie konnten von Glück reden, dass es kühl war. Leipzig war umgeben von Leichenfeldern und noch immer stieg Rauch aus den verbrannten Dörfern auf.

Karl ahnte, dass auch sein Heimatdorf dieser gewaltigen Zerstörung zum Opfer gefallen war. Er würde nicht wieder dahin zurückkehren können, doch auch in Leipzig konnte er nicht bleiben. Er hatte während der Schlacht viele Tote gesehen, er hatte selbst getötet, um zu überleben.

Nur allmählich begriff Karl den ganzen Irrsinn des Krieges, der keine Sieger, aber Tausende Verlierer hervorgebracht hatte. Er packte Arthur Kübler am Arm, als er plötzlich zu zittern und zu weinen begann. Die Tränenflut wollte nicht enden und schwemmte das ganze Grauen aus seiner Seele heraus.

Ein neuer Frühling

Es war Mai. Ein blutiges Jahr war zu Ende gegangen. Die Schlacht war vorüber, doch der kriegswütige Kaiser brachte noch immer Leid und Tod über andere Städte. Er gab sich noch nicht geschlagen. Auch die Katastrophe, die über Sachsen hereingebrochen war, war noch nicht vorbei. Selbst wenn die Toten der Schlacht begraben, die Aufräumarbeiten beendet und die Schäden in der Stadt weitgehend repariert worden waren, mussten noch immer Tausende Verletzte und Kranke in den Lazaretten versorgt werden, waren die Dörfer im Umland zerstört und grassierten Hunger und Krankheiten innerhalb wie außerhalb der Stadttore. Leipzig, einstmals eine der reichsten Städte Deutschlands, zollte einen furchtbaren Tribut.

Der russische Oberst Prendel wurde Stadtkommandant, die Alliierten feierten die Befreiung Leipzigs von den Franzosen mit einem Fest. Er erließ ständig neue Anordnungen, denen die Bevölkerung unter Strafandrohung folgen musste, sei es, versprengte französische Verwundete zu melden, zurückgelassene Wagen vor das Grimmaische Tor zu bringen, sich nicht nach zehn Uhr abends noch auf der Straße aufzuhalten, den Unrat auf den Straßen und Höfen binnen vierundzwanzig Stunden zu beseitigen, im Theater nicht zu laut zu applaudieren, keine gestohlenen Dinge zu verkaufen, nichts aus den Lazaretten mitzunehmen und sich nicht dem Hasardspiel hinzugeben. Er ließ Brot, Reis, Holz und Fleisch für die Kosaken im Biwak requirieren, benötigte Stempelkissen, Papier, Schreibfedern, Tee und Knaster, Silberlöffel, Tischtücher, Essteller und Servietten, verlangte einen russischen Dolmetscher, Heu und Hafer für die Pferde, bespannte Wagen zum Verwundetentransport, genügend Wagenschmiere. Der Leipziger Stadtschreiber kam kaum nach, die im Stundentakt erteilten Forderungen des Herrn Obristen Prendel zu notieren. Auch erließ er Verordnungen, die das Elend der Stadt und das Leid der Inhaftierten mindern sollten: vom Frühstück für gefangene Franzosen über die Besorgung von Krücken für die Lazarette bis zur Beseitigung der Misthaufen auf den Marktplätzen.

Statt des Napoleonstags wurde nun der Geburtstag des russischen Zaren am 24. Dezember gefeiert. Der Hunger wütete ebenso unter der Bevölkerung wie das Fieber. Der sächsische König war gefangen genommen worden, Sachsen trug die Hauptlast aller Kriegshandlungen und Folgeschäden. Die Sieger ließen es die Sachsen und die Leipziger deutlich spüren. Rücksichtslos übergingen die fremden Militärbehörden den Leipziger Rat und die Beamtenschaft. Von einer Normalisierung des Lebens konnte noch lange keine Rede sein.

Und doch sehnten sich die Menschen danach, dass wieder Normalität in ihr Leben einkehrte.

Oskar Hempel hatte notdürftig seine Werkstatt wieder eingerichtet. Doch es fehlte an Leder, an Werkzeug und an Schusterdraht. Arthur Kübler konnte wieder arbeiten. Für dringend benötigte Lazarettbetten musste er Brettnägel herstellen. Auch Karls Schwester Karoline war inzwischen wieder wohlbehalten in das Pfarrhaus zurückgekehrt. Nachdem sie zwischen den Fronten in Ohnmacht gefallen war, wurde sie zunächst in eines der vielen Lazarette gebracht. Ihr Mann hatte sie schließlich nach langem Suchen gefunden und wieder zu sich geholt. Inzwischen war auch Anna Fritzsche zu Tochter und Schwiegersohn nach Lindenthal gezogen, weil ihre Kate in Möckern abgebrannt war. Karl wohnte noch immer bei Hempels auf einem Strohsack, allerdings durfte er nicht mehr als Lehrjunge bei ihnen arbeiten, da seine Mutter kein Lehrgeld mehr zahlen konnte. Er verdingte sich als Tagelöhner beim Bau neuer Lazarette und konnte sogar eine kleine Miete an Hempels entrichten.

Es war an einem Markttag im Frühling, als Karl einen einachsigen Wagen entdeckte, vor dem ein Esel in stoischer Geduld stand und die Ohren hängen ließ. Langsam umrundete Karl den Wagen.

»Friederike!«

Sie war es! Sie stand neben ihrem Vater und verkaufte Käse, Quark und Milch. Erstaunt hob sie den Kopf und lächelte. »Karl! Du lebst!« Karl hatte inzwischen gelernt, die Worte von den Lippen abzulesen.

Er grinste breit. Sie redete immer weiter, während er mit den Fingern auf seine Ohren zeigte. »Ich höre ganz schlecht. Aber sonst bin ich in Ordnung.«

Sie sagte etwas zu ihrem Vater, der zuerst Karl mit großen Augen anblickte, dann nickte. Sie sprang vom Wagen herunter und kam näher.

»Du verkaufst wieder Milch?«

Verlegen senkte sie die Augen. »Ich helfe dem Vater. Er ist während der Kämpfe in unserem Ort in Gefangenschaft geraten. Und als er fliehen wollte, ist er verletzt worden. Er braucht mich jetzt mehr denn je. Es ist ein bescheidenes Auskommen. Den Esel haben wir uns geliehen. Zum Glück steht unser Haus noch.«

»Das freut mich für euch.« Auch er wurde verlegen.

Insgeheim freute sich Friederike, dass sie sich wieder gefunden hatten. Sie war oft so abweisend zu ihm gewesen, das bereute sie nun.

»Komm«, sagte sie plötzlich. »Gehen wir hinunter zur Pleiße, an unseren Platz.«

»Unseren Platz« hatte sie gesagt! Die Bäume auf der Promenade, die die Kampfhandlugen überstanden und nicht für Reparaturarbeiten abgeholzt worden waren, zeigten erstes Grün. Sie blieben

stehen und blickten dahin, wo sie einst unbeschwerte Zeiten verbracht hatten. Friederike wurde plötzlich traurig. Karl bemerkte es.
»Es ist Frühling«, versuchte er sie aufzumuntern.
»Das Eis in meinem Herzen lässt keinen neuen Frühling zu.« Sie sprach leise und Karl hatte Mühe, sie zu verstehen.
»Die Sonne wird es wegschmelzen.« Er stellte sich so, dass er ihr Gesicht sehen konnte. Er verspürte das Bedürfnis zu reden.
»Ich bin froh, dass wir uns getroffen haben. Ich … ich bin froh, dass es vorbei ist.«
Sie nickte langsam. »Und ich bin froh, dass du lebst.«
»Es war furchtbar.« Er strich sich fahrig die Hände an den Hosen ab.
»Warum gibt es nur so viel Hass unter den Menschen?«
Karl kratzte sich nachdenklich am Kopf. »Vielleicht weil Gott Gut und Böse geschaffen hat. Das verträgt sich nicht.«
»Es gibt kein Gut und Böse. Jeder Mensch hat Schuld auf sich geladen.« Friederike senkte den Blick.
»Aber du doch nicht!«
Friederike dachte an ihre Schwester. »Ich auch«, sagte sie leise.
Karl schwieg. Wie viel Schuld hatte er auf sich geladen? »Wir haben daran geglaubt, an die schönen Worte von Freiheit, Gleichheit, Brüderlichkeit«, sagte er nach einer Weile. »Gerechtigkeit wollte er uns bringen, stattdessen brachte er nur Leid, Not und Tod.«
»Wir sind alle darauf reingefallen, du, ich, Philipp...«
Er sah Tränen in ihren Augen. Gern hätte er jetzt seinen Arm um ihre Schulter gelegt, sie tröstend an sich gedrückt.
»Er ist ein Teufel in Menschengestalt. Es hat ihn nicht gerührt, dass er Abertausende Soldaten in den Tod schickte. Dann ist er feige geflohen und nun stellt er wieder eine neue Armee zusammen. Sie laufen ihm wieder hinterher und glauben seinen verlogenen Worten.«

»Wahrscheinlich werden die Menschen nie schlau. Aber wenn es einen gerechten Gott gibt, dann wird auch dieser Napoleon bestraft.«
»Ich glaube nicht an eine himmlische Strafe. Hätte Gott dann nicht all das verhindern können?«
»Es sind die Menschen, die Böses tun. Menschen sollten ihn deshalb auch richten.«
»Das wollte ich ja…« Karls Stimme stockte. Plötzlich drängte es ihn, sein Herz auszuschütten. »Ich war stolz, die Uniform zu tragen«, begann er. »Ich war stolz, Soldat zu sein und für mein Vaterland zu kämpfen. Sachsen, das war ein Teil des großen Weltreiches des großen Kaisers, in dem alle Menschen gleich seien. Du solltest mich bewundern. Ich – ich habe es auch für dich getan.« Er stockte wieder. Jetzt, im Nachhinein, kam ihm das alles unwirklich vor. »Es war ein wunderbares Gefühl der Zusammengehörigkeit. In der Korporalschaft wurde alles geteilt, einer half dem anderen. Abends am Biwakfeuer erzählten wir uns von unseren Familien, von unseren Träumen, auch, was sein wird, wenn der Krieg vorbei ist, wenn wir gewonnen haben.«
Er warf einen kurzen Seitenblick zu Friederike, deren Blick in die Ferne ging.
»Dann habe ich sie sterben sehen, meine Kameraden, viele auf ganz grässliche Weise. Sie waren nicht schlecht, nicht böse. Sie waren einfache Soldaten und gehorchten den Befehlen. Ihr Los war es zu kämpfen, zu töten und getötet zu werden. Weißt du, manchmal fühle ich mich schuldig, dass ich noch lebe, während sie…« Er brach ab und wischte sich über die Augen, um die Bilder zu verdrängen. Doch sie kamen immer wieder, tags, nachts, wenn er sich schlaflos auf seinem Strohsack wälzte, und in den Träumen, die ihn heimsuchten und quälten. Er hörte den Kanonendonner, die Schreie, das angstvolle Wiehern der Pferde. Er roch den Pulver-

dampf, das Blut, die nasse Erde. Er fühlte das Gewehr in seiner Hand, das Beben des Bodens, den Tornister auf seinem Rücken. Hunger und Durst, Kälte und Nässe, Entbehrung und Todesgefahr, Angst und Verzweiflung, Schmutz und Heimweh, alles war so präsent, in ihm für immer eingraviert, dass er es nie mehr losbekommen würde.

»Ich kann dich sehr gut verstehen«, erwiderte Friederike. Auch sie fühlte sich noch immer schuldig. Doch das Leben musste weitergehen. »Weißt du, ich denke, im Leben ist es nicht so schlimm hinzufallen. Wichtiger ist es, danach wieder aufzustehen.«

Friederike berührte seine Hand, zunächst vorsichtig und scheu, doch mit zunehmender Sicherheit. In diesem Moment wusste Karl, gemeinsam würden sie es schaffen.

ENDE